La Corrida
des pendus

Collection rivages/noir

1. Jim Thompson : *Liberté sous condition*
2. Charles Williams : *La Fille des collines*
3. Jonathan Latimer : *Gardénia rouge*
4. Joseph Hansen : *Par qui la mort arrive*
5. J. Van de Wetering : *Comme un rat mort*
6. Tony Hillerman : *Là où dansent les morts*
7. John P. Marquand : *Merci, Mister Moto*
8. John P. Marquand : *Bien joué, Mister Moto*
9. David Goodis : *La Blonde au coin de la rue*
10. Mildred Davis : *Dark Place*
11. Joan Aiken : *Mort un dimanche de pluie.*
12. Jim Thompson : *Un nid de crotales.*
13. Harry Wittington : *Des Feux qui détruisent.*
14. Stanley Ellin : *La Corrida des pendus.*
15. William Irish : *Manhattan Love Song.*

Hors collection :

Joseph Hansen : *Le Noyé d'Arena Blanca*

ISBN : 2-86930-038-7

Titre original : The Panama Portrait

5-7, rue Paul-Louis Courier - 75007 Paris
10, rue Fortia - 13001 Marseille

Stanley Ellin

La Corrida des pendus

Traduit de l'américain
par Pierre Bondil

Collection dirigée par
François Guérif

rivages/noir

Ce livre a été publié en 1962 par les Editions Stock dans une version expurgée. La nouvelle traduction, intégrale, de Pierre Bondil, s'inspire de celle de Gisèle Bernier, tout en la complétant.

La République de Santo Stefano étant imaginaire, il en résulte que tous les personnages de ce roman sont également imaginaires.

A Selma et Irving

Seul l'homme qui fabrique la corde pour se pendre peut parler aux dieux.

Proverbe Axoyac

1

L'Hôtel Buchanan, ainsi que l'avait fait remarquer son directeur non sans fierté, était l'hôtel le plus grand et le meilleur de toute la République de Santo Stefano, mais en fait, il n'avait rien d'extraordinaire. Et d'ailleurs, se disait Ben, Port Buchanan était la ville la plus grande et la plus belle de Santo Stefano, et elle n'avait rien d'extraordinaire non plus.

Pourtant elle connaissait des moments fascinants. Debout devant sa fenêtre, Ben contemplait le monde extérieur qui semblait nager dans du miel ; et puis, comme si l'on avait pressé sur un bouton, la couleur miel vira au rouge vif et tout se teinta d'écarlate : le soleil couchant embrasa la ville entière. Le flamboiement perdit de son intensité et de sa clarté, et Ben fut frappé par le spectacle du ciel au-dessus de sa tête : un vert pastel, très pur, se fondait au loin dans une délicate tonalité lavande qui se muait finalement sur l'horizon en un pourpre d'une royale splendeur, si somptueux qu'on ressentait une sorte de douleur à le voir se dégrader avant de se perdre dans l'obscurité dont le voile recouvrait rapidement le ciel. Et soudain apparut une étoile qui scintillait, toute seule, au sein de ce néant : étoile du soir sur coucher de soleil.

La fenêtre donnait sur la rue principale, l'Avenida Hermanos. Une lumière fluorescente illumina la vitre de la *cantina*, en face de l'hôtel. D'autres lumières fluorescentes apparurent tout au long de l'avenue. Un bloc de maisons plus loin, une guirlande électrique décorait la marquise d'un cinéma et se balançait joyeusement. Devant l'entrée, la silhouette en carton grandeur nature d'un cow-boy masqué menaçait de son revolver les innocents acheteurs de billets. Quelques enfants de race indienne, se faufilant entre les jambes de plus âgés et plus nobles qu'eux, s'approchèrent du cow-boy, braquèrent leurs doigts dans sa direction, firent feu et s'enfuirent en courant. Un moment plus tard ils réapparurent, se groupèrent autour de l'effigie en carton qu'ils caressèrent tendrement et admirèrent en faisant grand bruit. Le tireur le plus rapide de Santo Stefano, pensa Ben. Un policier descendait l'avenue et se dirigeait vers le cinéma. Les enfants l'aperçurent et s'égayèrent comme une volée d'oiseaux au premier coup de fusil. Et cette fois, ils ne revinrent pas.

Le policier poursuivit sa marche placide. Il portait une courte cape blanche, des gants blancs et, avec une arrogante nonchalance, faisait tournoyer sa matraque autour de son doigt. Les vendeuses installées le long de l'avenue, des Indiennes assises devant les boutiques avec leurs inévitables paniers remplis de bonbons, de cigarettes, de fruits, de toutes sortes de babioles à leurs pieds, se levaient à son approche, passaient la courroie du panier autour de leur cou, et s'éloignaient lentement dans la même direction que lui. Lorsqu'il les avait dépassées, elles s'asseyaient à nouveau et les affaires reprenaient. Ce qui voulait dire, supposa Ben, que quand sa ronde le ramènerait par ici en venant de la direction opposée, le processus se trouverait inversé et les Indiennes reviendraient à leur point de départ. Comme cela se passait en tous les points du globe, le policier représentait la marée tandis que le vulgum pecus, que constituaient les vendeuses, avançait puis refluait avec le courant.

Ben eut un geste d'impatience et se détourna de la fenêtre. A cette heure-là, partout ailleurs dans le monde, il eût été déjà habillé, prêt pour le dîner. Mais il avait commis l'erreur de confier ses deux costumes au valet de chambre de l'hôtel afin qu'il les repasse, ce qui le mettait dans une situation de complète dépendance dont le valet devait bien se douter. Il fit un mouvement pour s'emparer du téléphone mais se ravisa. La standardiste allait répondre « Oui, oui, oui ! » avec empressement jusqu'à ce que d'autres voix viennent brouiller la communication en sollicitant bruyamment son attention ; ou bien, si par chance il parvenait à joindre le valet de chambre quelque part au fin fond des entrailles de l'hôtel, ce serait pour s'entendre dire, sur un ton de réprobation polie, « chacun son tour, chambre 404, chacun son tour, s'il vous plaît. » Alors, on lui raccrocherait au nez, et il ne resterait plus à la chambre 404 qu'à digérer la leçon et adopter des manières plus civiles.

La pièce était maintenant plongée dans l'ombre, éclairée uniquement par les reflets des lumières qui brillaient de l'autre côté de la rue. Ben traversa la chambre et trouva sur la commode le paquet de cigarettes qu'il avait acheté dans le hall de l'hôtel. C'était une marque locale, des Conquistadores, et ce nom était tout à fait justifié comme il s'en rendit compte lorsqu'il en alluma une : une flamme brève s'éleva, lui brûlant presque le nez, puis la cigarette se consuma en dégageant une épaisse fumée âcre qui lui mordit la langue et lui piqua le palais. Il s'approcha du lit, s'allongea sur le dos, bourra l'oreiller de coups de poing pour le rendre confortable sous sa tête, et fuma sa cigarette avec prudence, résigné maintenant à supporter ses petits ennuis avec philosophie.

Et pourquoi pas ? Il était ici en voyage d'affaires, lui, l'important chargé de mission des Industries Maritimes, nanti d'un compte confortable pour faire face à ses dépenses, dans cette île exotique en plein cœur du Pacifique, à 6.000 kilomètres de New York. C'était son premier voyage à l'étranger. C'était une aventure, une exploration, tout autant qu'un voyage d'affaires. Sans doute n'était-ce pas là l'état d'esprit qui sied à un envoyé spécial des Industries Maritimes, mais en un sens, n'était-ce pas pour ce motif qu'on l'avait choisi pour lui confier cette mission ? C'était là ce qu'il se demandait.

A New York, O'Harragh lui avait dit : « Ce que nous voulons, Ben, ce sont les langoustes apolitiques. » C'était bien dans la manière de O'Harragh. Il était connu pour sa façon de résumer en une formule une situation fort complexe ; et également pour la virtuosité, l'allant, l'assurance imperturbable qu'il montrait dans la gestion des affaires de la Compagnie. Il était le directeur général de l'entreprise toute entière. Un homme important chargé d'un travail important parce que les Industries Maritimes, depuis la deuxième guerre mondiale, avaient pris beaucoup d'expansion, s'étaient largement diversifiées.

Le rôle de la compagnie d'origine était de traiter industriellement poissons et crustacés. L'entreprise portait encore son vieux nom, mais elle ne se limitait plus aujourd'hui à ce genre de produits, s'occupait également de pétrole, d'acier et d'aluminium, de construction de maisons, et même de publication de livres. C'était O'Harragh qui avait mené cette bataille pour la diversification, qui avait entouré de ses soins chacune des opérations successives jusqu'à leur épanouissement, qui avait prêché avec ferveur les bienfaits de l'expansion devant le conseil de direction et les actionnaires. Le *Times* avait titré : *Pas de statu quo, dit O'Harragh ; il faut progresser ou reculer.* Le *Herald Tribune : Le futur est lié à l'expansion économique : O'Harragh.* Le *Wall Street Journal : O'Harragh s'élève contre la politique gouvernementale de stagnation.*

Tel était James F.X. O'Harragh. C'était cet homme qui avait décidé, entre autres choses, que Ben Smith, un jeune attaché commercial parmi tant d'autres, un zéro parmi un bataillon de zéros, devrait parcourir 6.000 km pour trouver de la langouste apolitique. Après tout, la langouste n'était qu'une variété de crevette dont la queue fournissait un mets délicieux. De quel droit prétendrait-elle donc se mêler de politique ?

Depuis cinq ans qu'il travaillait à la Compagnie, Ben n'avait vu O'Harragh qu'à deux reprises. La première fois c'était tout à la fin du stage de formation des attachés commerciaux auquel Ben s'était inscrit (ceux qui avaient gardé un souvenir désagréable de leur camp d'entraînement militaire l'appelaient le parcours du commerçant), lorsque les stagiaires qui avaient réussi avaient été réunis pour s'entendre adresser félicitations et mises en garde par leurs futurs responsables. O'Harragh avait été présent à cette réunion. Il n'était pas intervenu mais était resté assis là à écouter, les bras croisés sur la poitrine, l'image de Dieu présidant à la cérémonie tandis que les archanges parlaient. Il avait la réputation d'être un gros buveur, et après avoir observé son teint rougeaud, son nez gonflé et parcouru de vaisseaux ainsi que les poches sombres sous ses yeux éteints, Ben avait conclu qu'il n'avait certainement pas usurpé cette réputation.

Cela datait de cinq ans. Dans l'intervalle, O'Harragh était un nom qu'il avait entendu prononcer dans les réunions de bureau ou lu dans les journaux. Cela ne le concernait pas directement. L'homme à qui il devait plaire était Mark Hough, son chef de service au sein du département des aliments marins, et Ben lui donnait apparemment satisfaction puisqu'il l'avait proposé à plusieurs reprises pour de modestes augmentations de salaire et pour de l'avancement, sans pour autant exiger de lui un rendement exceptionnel. La dernière augmentation avait permis à Ben d'accéder à la catégorie des plus de 12.000 dollars par an, lui avait donné le courage de louer un joli trois-pièces sur Sheridan Square, et il était devenu l'un des partis les plus intéressants, mais aussi les plus circonspects, parmi les célibataires du siège de la Compagnie, dans Broad Street.

De telles conditions de vie auraient dû le satisfaire, mais il se rendait bien souvent compte qu'il n'en allait pas ainsi. Il réussissait bien dans son travail, mais pas mieux que ceux qui l'entouraient. Ils étaient trop nombreux à se ressembler de la sorte, c'était là le problème. Plus on montait, plus la pyramide se retrécissait, et moins il y avait de place, moins on avait de chance de promotion. Lorsqu'il avait commencé à travailler pour les Industries

Maritimes, il s'était dit que l'avantage de se trouver dans une entreprise de cette taille tenait aux nombreuses possibilités que cela offrait d'atteindre les échelons supérieurs et des salaires vraiment très élevés. Aux Industries Maritimes il y avait quarante vice-présidents responsables des différents services et, à quelques rares exceptions près, ils étaient tous issus des rangs de la Compagnie. Mais il avait appris, hélas, que lorsqu'on était l'un des quatre cents cadres candidats à quarante postes, on se trouvait perdu dans la masse.

Quant à son statut de célibataire, il aurait dû s'en montrer heureux s'il en croyait les idées communément transmises, mais la vérité était tout autre. Il s'était fait quelques bons amis au bureau, mais ils s'étaient mariés les uns après les autres et soit ils s'étaient éloignés de lui, soit cela avait été le contraire ; dans les deux cas le résultat était le même et il se retrouvait isolé, à l'écart, tout seul. Certains jours il quittait le bureau et hésitait, en bas, dans la rue, incapable de choisir le moindre de ces deux maux : rentrer à son appartement vide ou aller en ville pour essayer d'y trouver animation et distraction. Et l'expérience lui avait enseigné que les distractions, à moins d'être partagées avec quelqu'un, n'étaient jamais véritablement distrayantes.

Par tempérament, il n'avait rien d'un Don Juan. S'il la rencontrait, il était tout à fait disposé à épouser la partenaire idéale et à se ranger. De cette partenaire idéale, de ce qu'il attendait qu'elle fût, il n'avait aucune idée. Ce dont il était absolument sûr c'était de ne l'avoir encore jamais rencontrée et il commençait à craindre que cela n'arrive jamais. Assurément, aucune de celles avec lesquelles il était sorti à New York n'était la femme de sa vie. Il avait l'impression que, les unes après les autres, elles avaient joué un rôle en sa présence. Silencieuses ou bavardes, admiratives ou amicales, d'une discrétion réservée ou d'une sexualité flagrante, chacune d'elles avait néanmoins caché sa personnalité profonde, n'avait fait qu'endosser une attitude dans l'espoir de lui plaire, d'être récompensée par un mariage.

Non que cela lui déplût. Il savait sans en tirer vanité que son travail, son physique, sa manière de se comporter, son évidente respectabilité faisaient de lui un parti très avantageux. Il savait également que n'eût été l'appât d'une cérémonie nuptiale, il n'aurait guère rencontré de succès auprès des femmes. Une fois qu'elles avaient appris à le connaître, elles l'aimaient bien, mais les entrées en matière ne manquaient jamais d'être laborieuses. Il avait le sens de l'humour, était intelligent et connaissait beaucoup de choses, mais il était plus doué pour écouter que pour parler. Lorsqu'il se trouvait en agréable compagnie, il avait une telle crainte d'ennuyer sa partenaire que ses efforts se sentaient et que la gêne s'abattait sur eux. A l'âge de trente ans il était tout à fait capable, assis dans un taxi à minuit avec une jeune femme extrêmement désirable et légèrement éméchée, un bras passé autour de ses épaules, de se demander avec angoisse s'il devait l'embrasser, s'il pouvait tout au moins se hasarder à faire le premier pas sur le chemin de la séduction. En fait, il n'y perdait pas plus qu'il n'y gagnait (l'hésitation pouvant parfois se révéler un attrait irrésistible), mais cela l'humiliait de savoir qu'en l'occurence le mérite du succès ne lui revenait pas : c'était la femme qui avait tenu le rôle de l'agresseur. Ce n'était que par la suite, une fois que leur aventure avait pris une certaine importance, qu'il commençait à se sentir à son aise. Et puis, inéluctablement, arrivait le moment où il se rendait compte qu'elle n'était pas la femme qu'il cherchait.

Tout cela le tracassait, mais ne le tracassait tout de même pas autant que son travail. Après tout, le destin pouvait se charger d'intervenir dans les histoires d'amour et de mariage, mais c'était à l'individu qu'il appartenait de prendre en charge sa carrière. Que faire ? Partir ailleurs ? Ailleurs, c'était Madison Avenue et Rockefeller Center. Ce n'était plus une question de concurrence, c'était une vraie course d'obstacles où il fallait franchir des haies pleines de traîtrise dans une ruée effrénée vers l'inconnu.

Dans ce quartier-ci il y avait Broad Street, Bowling Green, l'immeuble des douanes. C'était une course de trot tout à fait loyale qui débouchait sur l'avancement à l'ancienneté.

Ben savait que lorsque l'on atteignait la trentaine, il fallait choisir une bonne fois pour toutes la voie que l'on allait suivre. Après ce cap, avec chaque année qui passait, s'amenuisait le pouvoir de décision. A trente-cinq ans, du côté de Madison Avenue, on vous considérait déjà comme trop vieux ; à quarante ans on n'existait plus. C'était le moment ou jamais de prendre une décision. Demain au plus tard.

Telles étaient ses réflexions, le matin même où tout commença, lorsque Miss Gordon, sa secrétaire, frappa à la porte de son bureau et entra sans attendre d'y être invitée. Ce n'était pas dans les habitudes de Miss Gordon. C'était une excellente secrétaire (trop bonne pour travailler avec les simples employés de bureau des étages au-dessous, mais trop forte de sa personne et trop dépourvue d'attraits pour les cadres supérieurs des étages au-dessus), et jusqu'alors elle s'était toujours montrée d'une impassibilité absolue dans son travail. Cela faisait deux ans qu'elle était au service de Ben, mais c'était la première fois qu'il la voyait pâle et effrayée.

Elle désigna du doigt le téléphone sur le bureau.

– C'est M. O'Harragh, dit-elle avec difficulté. C'est Mlle Thomas, sa secrétaire. Il dit... elle dit que c'est au sujet d'un rendez-vous pour déjeuner, et demande à ce que vous vouliez bien en discuter avec elle.

A ce moment-là, Ben comprit que la chose à laquelle il tenait le plus au monde était son métier, son travail agréable et facile qui lui rapportait 12.000 dollars par an, son bureau confortable et le bruit rassurant de la machine à écrire de Mlle Gordon derrière la porte, tandis qu'elle tapait les rapports du jour. C'était là tout ce qu'il désirait, ce travail auquel il s'était consacré depuis cinq ans. Dans le monde entier il n'y en avait pas de meilleur. Il avait fallu que cette menace vienne planer sur lui, que la tempête s'abatte pour qu'il en devienne pleinement conscient. L'intensité de ses émotions lui nouait le ventre. Si au moins au cours de toutes ces années il avait fait une seule chose qui puisse témoigner de sa valeur. Quoi, par exemple ? Quelque chose, se répondit-il avec colère. N'importe quoi.

Il restait assis, la main figée sur le téléphone, et Mlle Gordon, debout, attendait.

– Ce n'est pas forcément mauvais signe, n'est-ce pas ? demanda-t-elle enfin, mais le simple fait qu'elle lui en parlât prouvait qu'elle partageait son inquiétude.

Cela lui donna toutefois le temps de se reprendre. Si c'était un mauvais signe, Mark Hough, son supérieur direct, ne serait-il pas venu l'en informer en personne ? Et si, en revanche, c'était plutôt bon signe, n'en aurait-il pas été de même ? Comment O'Harragh avait-il bien pu s'y prendre pour trouver son nom sur les états du personnel de la Compagnie ? Et ne serait-il pas sage d'appeler Mark d'abord pour lui demander son avis ?

Ben avait soulevé l'appareil pour appeler Mark quand il réalisa que la secrétaire de O'Harragh était toujours en ligne. Il réalisa, du même coup, qu'il était incorrect de faire attendre la secrétaire de O'Harragh aussi longtemps.

– Allez-y, lui dit Mlle Gordon, d'une voix étranglée.

Et il s'exécuta :

– Ici, Ben Smith, dit-il. Service du marketing.

La voix, à l'autre bout du fil, était d'une chaleur bienveillante et amicale, et d'une diction impeccable, contrairement à celle de Mlle Gordon.

– Oh, M. Smith, je suis Mlle Thomas, du secrétariat de M. O'Harragh. Il m'a demandé d'arranger avec vous un rendez-vous pour le déjeuner, à treize heures aujourd'hui. Cela vous conviendrait-il ?

– Oui. Naturellement.

– Il n'y aura que vous deux. Il aimerait que vous le retrouviez dans la salle à manger privée, au trente-septième étage. Savez-vous où elle se trouve ?

– Non. Je veux dire, oui. Je trouverai.

– Merci, M. Smith. C'est à treize heures précises. Au revoir.

Par la suite, il eut honte de la panique qui s'était emparée de lui et il lui arriva de se sentir rougir de confusion rien que d'y repenser. Mais il ne regrettait pas entièrement cette expérience. Il n'avait aucun désir de se mentir à lui-même, et il avait appris à peu de frais que l'idée qu'il caressait de tenter sérieusement sa chance, de se lancer dans la compétition sauvage du quartier de Rockefeller Center, n'était que mensonge. Il savait au plus profond de lui-même ce que son travail aux Industries Maritimes représentait pour lui.

O'Harragh l'accueillit à l'entrée de la salle à manger. Ben n'y avait jamais pénétré auparavant, (elle était réservée à l'état-major de la Compagnie), mais Mark Hough la lui avait décrite une fois et elle fit plus que remplir son attente. C'était une pièce immense, très haute de plafond, dont un mur entièrement vitré offrait une vue panoramique sur Battery Park et la baie. Les trois autres murs étaient constitués d'une série de panneaux de verre derrière lesquels nageaient une multitude de petits poissons exotiques qui scintillaient et flamboyaient sous le pâle soleil hivernal. Au centre de la pièce, de l'eau se déversait sur une série de petites marches successives recouvertes de céramique avant d'arriver dans un bassin rempli de grosses truites paresseuses.

Un régiment entier aurait pu prendre place dans cette pièce, mais on n'y avait pas installé plus d'une douzaine de tables. Le reste de l'ameublement se composait d'un bar luxueux et de quelques fauteuils profonds. L'effet général tenait en même temps du club très sélectif et de l'aquarium public, et Ben se fit la réflexion que ce n'était certes pas là une si mauvaise façon de symboliser l'aristocratie des Industries Maritimes.

O'Harragh échangea avec lui une vigoureuse poignée de main et dit :

– Je suis Jim O'Harragh.

C'était aussi peu nécessaire pour lui de décliner son

identité que ça l'avait été pour Lindberg lors de son arrivée au Bourget.

– Notre table se trouve là-bas, dans le coin. Vous n'y voyez pas d'inconvénient, n'est-ce pas ? De la fenêtre on a une bien meilleure vue mais nous avons à discuter d'une affaire importante et le panorama pourrait nous distraire.

– Non, répondit Ben. Ça m'est égal. C'est très bien.

Il remarqua qu'il fallait quatre personnes pour les servir : un majordome, deux serveuses tout à fait ravissantes et un garçon de salle. Cela lui rappela que depuis un mois Mlle Gordon demandait une petite augmentation de salaire, une augmentation symbolique. « Quelque chose, disait-elle, qui serve au moins à m'encourager dans mon travail. Au moins je saurais qu'on apprécie ce que je fais ici. » L'augmentation n'était pas encore passée quoiqu'il eût énormément insisté auprès de Mark. Une serveuse de moins ici, se dit Ben, ou quelques petits poissons de moins à nourrir permettrait largement de verser à Mlle Gordon l'augmentation qu'elle aurait dû avoir depuis longtemps.

O'Harragh ne semblait nullement pressé. Il prit son temps pour composer le menu, but un deuxième apéritif avec Ben pendant qu'ils attendaient, et parla du temps. Il haïssait les hivers new-yorkais. La ville n'était déjà pas très agréable pendant les autres saisons, mais l'hiver c'était un cauchemar. Puis, sans transition, il sourit et dit :

– Je me suis laissé dire que toutes les femmes, en bas, ont des vues sur vous. Est-ce vrai ?

– Certainement pas, répondit Ben en rougissant.

– Vous êtes trop modeste. Il n'y a pas de mal à passer pour l'idéal masculin de la Compagnie. Après tout, vous n'êtes pas marié, n'est-ce pas ? Ou bien quelque jeune dame serait-elle sur le point de vous passer la corde au cou ?

– J'ai bien peur que non.

O'Harragh haussa les épaules.

– Pourquoi cela vous ferait-il peur ? Je n'avais pas votre âge que je versais déjà des pensions alimentaires à la suite de deux erreurs et je m'apprêtais à en commettre une troisième en me remariant. Si j'avais attendu plus longtemps, j'aurais eu davantage de bon sens. J'aurais su reconnaître en temps et en heure la femme qu'il me fallait. Je n'aurais pas couru avec un tel acharnement après toutes les autres.

– Oui, mais comment peut-on savoir que c'est la femme idéale quand on la rencontre ?

– On le sait. A vingt ans on ne peut pas le savoir parce que c'est une question d'hormones. Et il n'y a rien de plus trompeur que d'obéir aux exigences de ses glandes. Mais vous avez largement dépassé ce stade-là. A votre âge cela devient une question d'intelligence, de jugement. Tout au moins je l'espère. Je serais très déçu si je m'étais trompé.

– Je tâcherai de m'en souvenir, dit Ben en riant.

– Bien.

O'Harragh posa son verre vide qui se trouva aussitôt rempli.

– Que savez-vous de Santo Stefano ? demanda-t-il.

– De quoi ?

– De Santo Stefano. Le pays. Qu'est-ce que vous savez de lui ?

– Pas grand chose.

Ben chercha désespérément dans sa mémoire.

– Tout ce que je sais, c'est que cette île a un rapport avec les Galapagos et Juan Fernández. Je ne saurais même pas dire pourquoi.

– Parce que vous avez dû la voir tout comme elles sur vos cartes de prospection. Ces îles se trouvent toutes au large des côtes pacifiques de l'Amérique du Sud, mais les Galapagos sont plus au nord et Juan Fernández est beaucoup plus au sud. Quant à Santo Stefano, elle se trouve à trois cents kilomètres environ des côtes du Pérou, exactement à l'ouest de Callao.

– Les Industries Maritimes y ont-elles des intérêts ?

– C'est là toute la question, dit O'Harragh. Et la réponse dépend entièrement de vous.

– De moi ?

– Oui. Avez-vous conservé le souvenir d'un rapport auquel vous avez collaboré l'année dernière ? Il s'agissait de nos difficultés à nous approvisionner en queues de langoustes.

– En effet.

– Quelle était l'idée essentielle de ce rapport ?

– Eh bien, dit Ben, nous avions réussi à développer énormément nos ventes de langoustes et puis le marché s'est écroulé. Et nous nous sommes mis à perdre beaucoup d'argent. Selon nos enquêtes, c'était un problème à caractère politique. Nos principales sources d'approvisionnement étaient l'Afrique du Sud et Cuba. Mais les consommateurs semblaient marquer une réticence de plus en plus grande à l'égard des produits importés d'Afrique du Sud à cause de ce problème de l'*apartheid* et, naturellement, depuis que Castro a pris le pouvoir à Cuba, ce n'est même plus la peine de parler des intérêts financiers que nous avions dans cette île.

– Et à quelles conclusions était parvenue cette enquête ?

– Il n'y avait que deux possibilités : ou bien trouver une nouvelle source d'approvisionnement, ou bien renoncer complètement à ce produit.

– Et maintenant je peux vous assurer, dit O'Harragh, que nous n'avons pas l'intention d'y renoncer.

– Vous voulez dire que nous avons trouvé une nouvelle source d'approvisionnement ? A Santo Stefano ?

– Pas exactement. La marchandise s'y trouve, mais nous ne l'avons pas encore.

La nourriture commandée par O'Harragh avait été déposée devant lui mais il ne l'avait pas encore touchée. Ben se rendait compte que pour lui, la passion des affaires l'emportait largement sur celle de la nourriture.

– La question est de savoir si vous pouvez l'obtenir pour nous, reprit O'Harragh. Etes-vous l'homme de la situation ? J'ai étudié votre dossier et votre carrière chez nous, j'ai parlé de vous avec Mark Hough et quelques autres, et à mon avis vous l'êtes. Non seulement cela mais il faut des qualités exceptionnelles pour traiter cette affaire, et vous êtes l'un des rares employés de votre qualification à les réunir toutes. Pour tout vous dire, j'ai moi-même défini les qualités requises avant d'étudier personnellement dans l'optique de ces qualités le cas de chaque candidat : on peut donc dire que je vous ai sélectionné de ma propre autorité.

– J'en suis très flatté, dit Ben.

– Il s'agit de bien davantage que d'un compliment. Il s'agit de dollars et de cents, de s'assurer qu'un produit rentable sera disponible à la demande. C'est moi qui ai chargé votre service de travailler sur ce produit à l'origine, et il est hors de question que j'assiste sans intervenir à une déconfiture pareille. Vous pouvez penser que je suis un crétin prétentieux, mais je soutiens qu'il n'existe pas de problème commercial insoluble si l'on veut vraiment s'en donner la peine. Votre service a décidé d'abandonner ? Moi pas. Et c'est vous qui allez faire en sorte que je n'y sois pas obligé.

– De quelle façon ?

– En vous rendant à Santo Stefano et en vous chargeant de l'acquisition et du traitement de toutes les langoustes qu'ils pourront nous livrer. Ce ne sera pas facile. Nous voulons bâtir sur place nos propres usines de traitement et de congélation, et nous tenons absolument à en conserver le contrôle intégral. L'ennui est que ce pays est une toute petite île. Les intérêts financiers sont entre les mains de quelques familles, (elles détiennent les droits inaliénables de la pêche côtière), et jusqu'à présent personne n'a réussi à s'implanter là-bas. N'allez cependant pas croire que ce pays est sous la coupe d'un de ces dictateurs sud-américains typiques. En réalité, ils ont un gouvernement modéré de type républicain. Ils ont pris modèle sur le nôtre et ça continue à fonctionner. La raison en est que l'élite est composée autant de bons vieux Yankees que de Sud-Américains. Avant la Guerre de Sécession nos baleiniers y faisaient escale et une bonne partie de leur équipage ne remontait pas à bord ; et puis, quand la guerre a éclaté, les bateaux corsaires des rebelles confédérés ont commencé à arraisonner les baleiniers et beaucoup d'entre eux se sont réfugiés à Santo Stefano et ne sont plus jamais revenus au pays. Tout cela a bien évidemment débouché sur des mariages entre les deux communautés, et c'est ce mélange de bon sens Yankee et d'émotivité sud-américaine qui fait d'eux aujourd'hui un peuple intraitable en affaires. Le moins que l'on puisse dire, c'est que c'est le bon sens qui prédomine.

– Cela devrait les rendre plus accommodants, remarqua Ben. Il est tout à fait dans leur intérêt d'attirer chez eux les investissements étrangers, non ?

– Naturellement. C'est dans l'intérêt de n'importe quel petit pays pauvre d'attirer les investissements étrangers, surtout lorsqu'ils représentent des entreprises comme les Industries Maritimes dont la politique est pondérée. Nous ne sommes pas des impérialistes cherchant à exploiter autrui. Notre but est de développer des ressources encore ignorées, de faire progresser le niveau de vie local, de partager, et cela de manière équitable, avec l'administration du pays et avec les intérêts financiers sur place. Et cela représente des affaires profitables pour nous aussi, nous ne pratiquons pas la philanthropie. Aider au développement économique d'un pays équivaut à développer un nouveau marché. S'ils vous vendent quelque chose, ils seront en mesure de vous acheter autre chose. L'ennui c'est que Santo Stefano est un cas très spécial. Oh, ils ne s'opposeront nullement à ce que nous investissions ; ils nous laisseront bâtir notre usine et la diriger si nous leur donnons un nombre de parts majoritaires. En fait, les hommes importants de Santo Stefano sont des conservateurs bourrés de préjugés. Ils dorment debout et craignent que les capitaux étrangers qui viendraient à s'introduire dans le pays ne les réveillent. Ce doit être la manifestation de leur composante sud-américaine.

– Et la composante yankee ?

– C'est celle qui leur permet de gérer actuellement leurs affaires en faisant des bénéfices. Santo Stefano est l'unique petit pays là-bas qui puisse équilibrer sa balance commerciale à son avantage. Cela fait cinquante ans qu'ils le font et ils ont bien l'intention de continuer.

– Comment cela ?

D'un large geste du bras, O'Harragh dégagea la table devant lui. Il tira un crayon de sa poche et dessina sur la nappe les contours d'une grosse cosse de haricot.

– Voici Santo Stefano, dit-il.

Puis il traça un trait noir bien appuyé qui divisa le dessin en son milieu.

– Et ceci, c'est une chaîne de montagnes, la Sierra Xares, qui s'étend d'est en ouest. Sur la côte ouest elle décrit un coude vers le nord et forme, sur cinquante kilomètres, une succession de falaises rocheuses. Et il se trouve que ces cinquante kilomètres représentent l'une des plus riches réserves mondiales en guano.

– Ils en font de l'engrais ?

– Avec ses seize pour cent d'azote, il vaut son pesant d'or. Une fortune en tous cas. Certains petits pays insignifiants ont du pétrole ; Santo Stefano a du guano. Et ses propres usines de traitement dans une ville proche de ces falaises. Elle s'appelle Huanu Blanco. La seconde grande ville du pays est la capitale, Port Buchanan, sur la côte est. Vous pouvez vous faire une idée de la marge bénéficiaire réalisée si je vous dis que tout le travail de ramassage et de traitement de cet article d'exportation de haute valeur marchande est assuré par des centaines d'Indiens illettrés et sous-payés.

O'Harragh considéra rêveusement ce tableau pendant un instant.

– Quoi qu'il en soit, le reste du pays se partage entre l'agriculture et la pêche, quelques toutes petites industries et, bien entendu, une bureaucratie envahissante. Sans compter, d'ailleurs, une armée envahissante elle aussi. La population globale du pays avoisine seulement le demi-million d'habitants, et l'armée se compose d'environ vingt mille hommes, ce qui devrait vous situer les choses. Et pourtant ils ne se sont jamais trouvés engagés dans la moindre guerre.

– Alors pourquoi une armée de cette taille ?

– Pouvez-vous imaginer meilleure manière de lutter contre le chômage ? Ou un meilleur système pour s'assurer que le statu quo demeure le statu quo ? Mais ils peuvent se le permettre. Le guano finance tout.

– Le dossier va être difficile à plaider, fit observer Ben.

– Mais pas impossible, répondit O'Harragh en faisant courir un trait en forme de fourche à l'intérieur de la cosse de haricot symbolisant Santo Stefano. Nous avons de notre côté un homme important sur lequel nous pouvons nous appuyer au début. Son nom est Kipp, Ian Kipp, et il est directeur de leur chemin de fer, la ligne Port Buchanan - Huanu Blanco - Córdoba par laquelle s'effectuent pratiquement tous leurs gros transports. Il représente la firme britannique qui a construit la ligne et qui l'entretient. Elle ne possède qu'une part d'actions minoritaire, mais Kipp jouit d'une influence certaine. Quand les trains ne roulent pas, le guano n'est plus acheminé vers Port Buchanan pour y être mis dans les cales et je n'ai pas besoin de vous dire que des accidents peuvent toujours se produire.

– Pour quelle raison serait-il de notre côté ?

– Parce que, à l'exception des quelques trains de voyageurs et de marchandises qui circulent sur la côte est où se trouvent les ports de pêche, il transporte du guano, en tout et pour tout. Les gens de là-bas s'en contentent peut-être, mais pas lui. Sa compagnie voudrait réaliser de meilleurs profits, et si les Industries Maritimes s'implantent là-bas, il est certain d'y parvenir. Quant au reste, vous allez devoir traiter avec des gens vis-à-vis desquels il vous faudra vous montrer très convaincant. Victor Bambas-Quincy est le personnage le plus important, à la fois le roi du guano et grand propriétaire terrien. Son nom comporte un trait d'union, à propos, et quand vous rencontrez un nom à trait d'union comme celui-là, vous pouvez être certain de courir au devant d'ennuis. C'est la marque distinctive de la vanité, de l'esprit rétrograde et de la peur de l'avenir ; et vous, Ben, il se trouve que vous représentez l'avenir. Quel effet cela vous fait-il ?

– C'est très excitant. Avons-nous des rapports détaillés sur tous ces gens-là, sur l'affaire dans son ensemble ? J'aimerais en prendre connaissance.

– Mark Hough possède environ une centaine de pages de rapports détaillés qu'il va mettre à votre disposition, et le service juridique est en train d'établir les contrats jusqu'au moindre détail de la moindre clause. Vous recevrez toutes les instructions nécessaires avant votre départ. Vous n'avez pas à vous en faire pour ça.

– Il y a quand même une chose qui m'inquiète, dit Ben. C'est la langue. Mes trois années d'espagnol au lycée ne me seront pas d'un grand secours.

– Vous n'en aurez pas besoin. L'espagnol que l'on parle à Port Buchanan peut se comparer au français que l'on parle à Montréal. Il existe mais n'est pas essentiel. L'anglais est la langue principale des gens avec lesquels vous allez être amené à parler affaires. Et vous n'aurez également aucun problème avec le système monétaire. C'est le même que le nôtre, à la différence que le dollar qui a cours à Santo Stefano vaut environ vingt pour cent du nôtre sur le marché des changes actuel.

– C'est très pratique.

– En effet. Mais il y a le revers de la médaille. Fred Burleson qui était là-bas l'an dernier pour y établir nos rapports affirme que ce à quoi il est le plus difficile et le plus pénible de s'habituer c'est l'odeur, la nuit. Non, il ne plaisantait pas. Dans la journée le vent d'est qui souffle des côtes du Pérou est très agréable, mais au coucher du soleil le vent tourne et le parfum du guano vous arrive à pleins poumons directement de l'ouest. C'est pourquoi vous ne rencontrerez que fort peu de touristes là-bas, si vous en rencontrez. Les habitants, eux, doivent y être habitués. Lorsque Burleson en a fait état en une occasion, ils ont eu l'air plus surpris qu'outragés.

– Pourquoi pas ? L'argent n'a pas d'odeur.

O'Harragh eut un petit rire amusé.

– De l'argent tout droit sorti d'une mine on ne peut plus naturelle, plaisanta-t-il avant de redevenir brusquement sérieux. Voilà toute l'affaire. Ce que nous voulons, Ben, c'est de la langouste apolitique. Comment vous allez y parvenir, cela ne regarde que vous, pour autant que vous restiez dans la légalité. Si vous réussissez... (il s'appuya au dossier de son fauteuil et prit son temps avant de poursuivre), si vous réussissez vous aurez la responsabilité intégrale de toute l'exploitation une fois qu'elle sera lancée. Cela représente un poste de vice-président avec un salaire double de celui que vous gagnez pour l'instant, et votre quartier général à San Francisco. C'est la ville la plus civilisée qu'il y ait au monde. Et je n'essaye pas de vous faire l'article. Vous jugerez par vous-même... si vous parvenez à nous obtenir la marchandise.

– Et si j'échoue ?

A nouveau, O'Harragh prit tout son temps.

– Laissez-moi vous présenter les choses à ma façon, dit-il enfin. Je vous ai choisi moi-même pour ce travail. Si vous me faites faux bond j'aurai l'air d'un imbécile, non seulement à mes propres yeux, mais aussi aux yeux de certaines autres personnes de cet immeuble dont le respect m'est indispensable. Je suis un citoyen normal, sain d'esprit, animé d'esprit de vengeance. Le seul moyen pour moi de préserver mon amour-propre serait alors de vous sacrifier à lui : indemnité de licenciement, lettre de recommandation réservée et tout le reste. Vous ne pouvez rien objecter à cela. C'est comme de jouer à quitte ou double en lançant les dés.

– Admettons que je ne veuille pas lancer les dés. Est-ce que j'ai le choix ?

– Vous l'avez, mais le même raisonnement reste valable. J'étais persuadé que vous alliez sauter sur cette occasion. Si vous n'en faites rien, j'aurai fait preuve d'un bien piètre discernement. Ce n'est pas ce que nous voulons, n'est-ce pas ?

– Certainement pas.

– De toutes façons, il n'y a aucune raison de se montrer défaitiste. Absolument aucune.

O'Harragh repoussa encore un peu plus son assiette et se pencha vers Ben dans une attitude persuasive.

– Ce qu'il faut que vous fassiez, Ben, c'est agir selon votre instinct. Documentez-vous le plus possible, mais une fois que vous serez sur place, n'essayez pas d'appliquer les méthode habituelles envers et contre tout. Il y a certains aspects de Santo Stefano, de ce qui s'y passe, qui sont hors des sentiers battus. On m'en a parlé à titre strictement confidentiel, et je ne vais pas vous les révéler. Non, n'ayez pas l'air si surpris, j'ai de bonnes raisons pour agir de la sorte. Il y a certaines choses qu'il vous faudra découvrir par vous-même et utiliser à votre propre avantage. Appelez cela de l'opportunisme si vous le voulez, mais si c'est payant, c'est ce qu'il convient de faire. Souvenez-vous en. Je sais que tout ceci peut vous sembler terriblement mystérieux bien que ce ne soit pas là le but recherché. Cela a un rapport avec des situations réelles, même s'il n'entre pas dans mes intentions de vous les exposer.

– Pouvez-vous me dire pourquoi ?

– Parce que lorsqu'on anticipe une situation, on s'en fait une image erronée. Attendez de vous y trouver confronté. Avoir un certain avant-goût des choses est excellent, mais en avoir trop peut devenir paralysant. Voilà ce contre quoi je veux vous protéger.

– Si je peux me permettre d'insister, reprit Ben, Fred Burleson travaillait sur cette affaire en toute connaissance de cause, mais il n'a pas pu la mener à bien. Et Fred est quelqu'un d'expérimenté. Il sait absolument tout ce qu'il peut être nécessaire de savoir sur mon service.

– Pour certaines raisons vous serez plus apte que Fred à dominer les difficultés de l'affaire de Santo Stefano.

– J'aimerais bien connaître ces raisons, dit Ben en riant. Je me sentirais mieux armé pour livrer bataille.

– Vous ne pouvez pas être mieux armé que vous ne l'êtes déjà. Le pourquoi et le comment ne sont pas pertinents ici. Tout ce qu'il vous faut garder bien présent à l'esprit c'est que les Industries Maritimes et vous-même êtes indissolublement liés dans cette affaire, et que lorsque vous agirez là-bas dans votre intérêt personnel, nous en tirerons également un bénéfice. Vous comprendrez le pourquoi et le comment bien assez tôt.

O'Harragh ne prononça pas un mot de plus sur le sujet. Mark Hough et les services juridiques prirent la relève tandis que Mlle Gordon s'occupait du billet d'avion de Ben et que O'Harragh, après avoir transmis son oracle, se retirait une fois de plus sur son Olympe. Ben le regrettait. Tout ce dont il disposait pour aller de l'avant était essentiellement la confiance que O'Harragh avait placée en lui, et chaque fois qu'il envisageait son futur incertain, son ventre se nouait, et de s'entendre confirmer cette confiance aurait peut-être pu le soulager. De plus, il s'aperçut après y avoir réfléchi qu'il aimait bien O'Harragh. C'était un personnage retors, impitoyable, inflexible, mais il ne s'en comportait pas moins comme quelqu'un de tout à fait humain et ne craignait pas de le montrer. Qui d'autre, à sa place, aurait admis que le mobile de cette affaire était sa fierté personnelle ? Des mots tels que « fierté » et « intérêt personnel » n'appartenaient pas au dictionnaire des termes en vigueur aux Industries Maritimes. On savait se tenir, aux Industries Maritimes. On ne tranchait jamais dans la chair lisse pour révéler qu'un cœur battait au-dessous. Mais O'Harragh le faisait, lui, et n'en était que plus digne d'admiration.

Donc l'oracle avait été transmis et Ben Smith, comme tant d'autres, était couché sur un lit dans une chambre obscure qui dominait l'Avenida Hermanos : il écoutait les bruits nocturnes qui montaient de l'avenue et se demandait pourquoi il avait été choisi comme porte-drapeau des Industries Maritimes, ce que O'Harragh pouvait bien savoir sur lui que lui-même ignorait, et pourquoi il avait refusé de lui parler de la route inconnue qui s'ouvrait devant lui.

C'est alors que Ben prit conscience de l'odeur. Elle entrait par la fenêtre avec la brise de la nuit et laissait une sensation d'aigreur, une chaleur acide et âcre dans la bouche et le nez. Il s'assit afin de mieux l'analyser puis se dirigea rapidement vers la fenêtre qu'il ferma bruyamment. Mais l'odeur subsistait. Elle était si présente qu'il pouvait l'imaginer tourbillonnant autour de lui comme un nuage de fumée.

C'était la fenêtre qui offrait la seule ventilation de la pièce : en moins de deux minutes Ben se mit à suffoquer, à désirer cet air pourtant détestable. Il ouvrit la fenêtre et se résigna à supporter l'odeur. Il s'aperçut qu'en ne la combattant pas, en l'acceptant comme un élément naturel, elle devenait tolérable.

On frappa à la porte. C'était un jeune garçon qui apportait d'une main les deux costumes fraîchement repassés et de l'autre une grande bombe à vaporiser, de cette sorte qui fonctionne en actionnant une tige terminée par une poignée en « T ». Ben prit les costumes et alluma la lumière pour aller chercher quelques pièces de monnaie sur la commode. Le bruit du vaporisateur le fit se retourner et il vit le garçon manipuler l'appareil comme un démon, dirigeant le jet de haut en bas et de bas en haut et remplissant la chambre d'un brouillard parfumé. Ben inspira. C'était de la fleur d'oranger, un parfum enivrant et agressif qui triomphait presque, mais pas totalement, de l'odeur nocturne de Santo Stefano. On ne peut aussi aisément triompher de plusieurs milliers de tonnes de fientes d'oiseaux en vaporisant un peu de parfum. Le résultat, lorsque le garçon essoufflé eut achevé son rude labeur, donna une puanteur de guano dominée par des effluves de fleur d'oranger.

– Merci, dit Ben. C'est gentil de votre part.

Le garçon empocha son pourboire avec un sourire.

– Ce n'était pas grand chose. J'ai reçu l'ordre de venir vous le faire tous les soirs. Et chaque fois que vous le voudrez.

Son sourire de Joconde suggérait qu'il avait encore assurément devant lui l'un de ces cinglés de Yankees.

Tout cela signifiait, se dit Ben, que les plaintes de Fred Burleson avaient été suivies d'effet. Il s'habilla et sortit pour aller dîner. Ce ne fut que dans l'ascenseur bondé qu'il comprit, à l'expression des autres passagers, que non seulement sa chambre, mais aussi ses vêtements, avaient été généreusement aspergés de parfum.

2

– Selon un dicton de nos Axoyacs (ce sont nos Indiens à Santo Stefano) le cou est fait pour qu'on se pende, dit Bambas-Quincy. Bien évidemment, ce dicton ne saurait avoir une signification bien profonde. Vous vous rendrez rapidement compte, M. Smith, que la sagesse populaire est rarement empreinte de profondeur car elle provient d'une classe trop dégénérée pour pouvoir faire preuve de véritable réflexion et de sagesse. Pourtant, je trouve dans ce dicton un certain humour un peu fruste qui n'est pas sans charme. Ne partagez-vous pas mon point de vue ?

– Effectivement, fit Ben, cela possède un charme un peu barbare.

Ses compagnons et lui se tenaient sur l'une des grandes marches de marbre de la Galeria de Arte Santo Stefano, et il avait l'impression qu'aux yeux de quiconque se trouvant dans la rue ils devaient avoir l'air de poser pour une photographie de groupe. Un cliché tout en contrastes car, à côté de l'imposant Bambas-Quincy, raide comme un piquet, il y avait Martin Bolivar Adams, un homme aux épaules voûtées qui était son intendant général, puis le jeune employé de très petite taille à la face lunaire qui s'appelait Blas machin-chose et qui avait accueilli Ben la veille à l'aéroport.

Un peu à l'écart du groupe, mais pas tant qu'il ne risquât de rompre la composition de l'image, se tenait Jerôme Bambas-Quincy, vivant portrait de son père au temps de sa jeunesse. Il avait le même nez long et droit, les lèvres minces, les yeux d'un gris pâle et les cheveux noirs ; mais au-delà de la ressemblance physique des deux hommes, Ben pressentait une profonde dissemblance entre le père et le fils. Une sorte d'impatience émanait du jeune homme ; il donnait l'impression de vouloir foncer en avant pour toutes choses tandis que son père offrait l'image d'une impassibilité dure comme le diamant et d'un sang-froid à toute épreuve. Pendant l'heure qui venait de s'écouler, Ben avait vu à plusieurs reprises la flamme de cette impatience se heurter au roc impassible. Cela ne faisait aucun doute, l'héritier présomptif était pressé, voulait, pour le moins, partager le trône sinon l'occuper seul, et il y avait là un élément qu'au siège de la Compagnie on avait omis de prendre en considération.

Ben se souvenait que, lorsqu'on lui avait dressé un tableau de Santo Stefano, il n'avait été fait mention de Jérôme qu'en passant, simplement pour lui signaler que Bambas-Quincy avait un fils et deux filles et que le fils, comme tout fils de magnat de Santo Stefano qui se respecte, avait été envoyé aux Etats-Unis pour y faire ses études. Mais son rôle n'était peut-être pas aussi anecdotique. Jérôme était peut-être un pion important dans la partie qui allait se jouer. Cette partie était à peine engagée, il était encore trop tôt pour juger de la valeur de chacune des pièces en présence, pour ne pas parler de la position qu'elles allaient adopter, mais un joueur intelligent se doit d'analyser la situation dès le départ. Et si je ne suis pas un joueur intelligent, se demanda Ben, pourquoi diable m'a-t-on choisi pour me confier la responsabilité de cette affaire ? De prime abord, la question ne semblait pas digne qu'on s'y arrête. Cela agaçait Ben qu'elle ne cesse ainsi de se manifester à son esprit.

Il arrêta là ses réflexions lorsque Victor Bambas-Quincy tendit la main, paume vers le ciel, comme si le décor qui s'offrait à eux devait être soumis à son inspection, soupesé dans sa paume.

– La Plaza de Hermanos, dit-il ; et la statue qui se dresse au centre est, bien entendu, celle de Fernando Hermanos, le premier conquérant de Santo Stefano.

– Cela ne lui a pas été bien difficile, fit observer Jérôme. Il n'a pas eu à lutter contre des Incas anthropophages, M. Smith. Tout ce qu'il a trouvé ici, c'étaient nos pauvres lapins d'Axoyacs.

Bambas-Quincy regarda son fils en levant les sourcils.

– En tous cas, en l'année 1541, Hermanos franchit les trois cents kilomètres qui séparent le continent de cette île dans un petit bateau à voile qui n'était guère plus grand qu'une barque, et avec une douzaine d'hommes seulement. Et il était prêt à affronter des dangers bien plus menaçants que les Axoyacs s'il le fallait. Il est injuste de rabaisser un héros sous prétexte que l'ennemi qu'il rencontre se comporte plus en lapin qu'en homme. C'est plutôt à l'ennemi qu'il faut s'en prendre. N'êtes-vous pas de cet avis, M. Smith ?

– Tout à fait, acquiesça Ben. Mais pourquoi donc avait-il décidé de venir ici ? N'était-ce pas plus avantageux pour lui de s'établir sur le continent où l'on trouvait de l'or à profusion ?

Jérôme eut un sourire mauvais.

– Pas vraiment. Il était l'un des meilleurs amis de Pizarro, et quand celui-ci fut assassiné, Hermanos et quelques autres fidèles ont dû filer en vitesse. Les routes étant surveillées, ils sont partis par mer, et c'est comme ça qu'ils ont abouti ici. Et malgré ce que prétend mon père, M. Smith, je ne rabaisse personne. J'admets volontiers que treize contre cinq mille ne soit pas gagné d'avance, même si les cinq mille sont des lapins.

– n ce temps-là, reprit Bambas-Quincy en pesant ses mots, on faisait des hommes braves. Ils ne craignaient personne à part Dieu. Pizarro lui-même fut incontestablement le plus brave de tous. Alors qu'il gisait dans la poussière et que la vie s'échappait de ses blessures, il trouva la force de tracer une croix sur le sol avec son propre sang et d'y apposer ses lèvres. C'est bien là un acte digne d'un homme à la fois brave et pieux. Hermanos et ses compagnons étaient de la même trempe. Ils n'auraient pu survivre longtemps ici s'il n'en avait été ainsi.

Ben contempla la statue et se représenta Fernando Hermanos et ses vaillants tueurs prenant position sur ce tas de rochers, de forêts et de marécages. Treize contre cinq mille, ils avaient construit leurs maisons ici, déboisé, réduit les Indiens en esclavage en leur apprenant les vertus de la croix et du fouet. Ils avaient fait venir des femmes du continent, et même d'Espagne, et s'étaient reproduit de manière prolifique. Aujourd'hui, la Plaza de Hermanos constituait leur mémorial, et dans la lumière sirupeuse qui la baignait, dans la brume dense, humide et dorée qui l'enveloppait, des femmes indiennes maussades aux robes de coton de couleur terne, nu-pieds, le grand chapeau arrondi des Axoyacs posé droit sur leur tête, vendaient des crèmes glacées en forme de briques derrière de minuscules charrettes ; et des petits cireurs de chaussures indiens, décharnés et en guenilles, un au moins par paire de chaussures existant dans la ville, offraient leurs services aux passants d'une voix où perçait le désespoir ; les passants, eux, soldats en grand uniforme portant le sabre, jolies filles dont les jupes étaient plus longues de cinq centimètres que ne le voulait la mode sur le continent, employés de bureau, commerçants, fonctionnaires, tous allaient leur chemin tranquillement tandis que la statue qui les dominait leur rappelait constamment qui ils étaient, qui étaient les Indiens, et pourquoi tel était l'ordre des choses.

Et Ben se fit la réflexion que c'était précisément là le genre de sentimentalité sirupeuse à laquelle se laisse prendre l'Américain naïf lorsqu'il se trouve dans un endroit semblable, et que c'était précisément ce qu'il devait éviter. Nous avons dans notre propre pays des

Indiens qui meurent de faim au fond de leurs réserves, se dit-il. Qui suis-je pour m'arroger le droit de tirer de belles conclusions bien morales sur ce pays-ci ?

Il était chargé de mission pour le compte des Industries Maritimes, un point c'était tout. Jeune cadre dont l'avenir était en jeu, il n'avait aucune intention de faire pencher le plateau de la balance dans le mauvais sens. Son plus grand défaut et sa grande faiblesse avaient toujours été cette habitude qu'il avait de réagir intérieurement et avec trop de passion à ce qu'il voyait ou entendait, de se lancer dans une analyse intellectuelle, de ruminer des pensées philosophiques et de s'y complaire. C'était un travers contre lequel il lui fallait lutter. C'était tout à fait réalisable, se répétait-il. Il suffisait de jouer à l'éternel touriste, appareil photo autour du cou. Tout voir sous l'angle du pittoresque. Le mot qui convenait : le pittoresque.

– C'est pittoresque, fit Ben en adressant un sourire à la ronde.

Le mot était juste. Tous l'approuvèrent. Ils lui retournèrent son sourire.

– Très pittoresque.

– Et très chaud, dit Adams qui s'essuya le front avec un mouchoir.

Un coup d'œil suffit à Ben pour conclure qu'Adams souffrait davantage d'un ennui mortel que de la chaleur.

– Nous avons parfois, en décembre, des périodes semblables, reprit Adams, mais là c'est encore pire que d'habitude. J'espère que ce type de temps ne vous gêne pas. Je crois que nous n'en aurons pas fini de si tôt.

– Si l'on considère que j'ai quitté New York en pleine tempête de neige, dit Ben, je n'ai pas à me plaindre. Ceci correspond davantage à mes goûts.

– Vous préférez ça à un Noël sous la neige, hein ? souligna Bambas-Quincy non sans gaieté. Il est vrai qu'il n'y a jamais de neige ici, mais je dois vous dire que le temps que nous avons actuellement n'est pas vraiment de saison. C'est le courant qui nous l'amène, voyez-vous. *El*

Niño.

– Comment dites-vous ?

– *El Niño*. C'est un courant marin que nous appelons l'Enfant parce qu'il se manifeste souvent vers Noël. En règle générale, nous sommes en plein milieu du courant du Pérou qui est très froid, ce qui fait que la chaleur n'est jamais insupportable dans l'île, aussi lourde soit-elle. Et puis, brusquement, le courant s'écarte et est remplacé par *El Niño* qui nous apporte des eaux très chaudes venant de l'Equateur.

– Cela doit être agréable pour ceux qui aiment nager, fit observer Ben.

– Il n'en va pas de même pour les poissons, répliqua Bambas-Quincy sèchement. Bah, cela concerne les affaires et nous avons tout le temps pour en parler. Nous verrons cela plus tard, M. Smith. Il vous faut d'abord connaître le côté plus plaisant de notre petite île.

D'un geste courtois de la main il désigna le musée et précéda ses compagnons pour franchir l'imposante porte du bâtiment.

C'était une vaste construction voûtée de forme circulaire ; l'éclairage intérieur en était si médiocre qu'il fallait quelques instants à l'œil pour s'habituer à la pénombre ; une odeur de moisissure saturait l'air. Au sol, entre des vitrines soigneusement alignées, se dressaient ici et là les silhouettes fantomatiques de statues blanches de style classique. Tout autour des pièces, sur les murs, étaient exposés des tapisseries, des oriflammes, des armures et des armes : une bien jolie collection, se dit Ben, pour un pays qui jamais au cours de son histoire ne s'était trouvé engagé dans un guerre. Parmi tous ces objets, Ben découvrit des tableaux de tous formats richement encadrés mais qui paraissaient n'avoir qu'une importance secondaire par rapport aux autres trésors du musée.

Le conservateur avait dû être informé de leur arrivée. Il apparut tout au bout de la galerie latérale et s'empressa de venir les rejoindre, les bras largement ouverts en signe de bienvenue tandis que le bruit de ses pas se répercutait d'un mur à l'autre. C'était un petit homme qui se donnait l'air important. Il s'adressa à Bambas-Quincy comme à un frère depuis longtemps perdu de vue, se montra amical envers Jérôme, poli avec Adams, et ignora totalement Blas Machin-chose. A Ben il témoigna une cordialité chaleureuse, se montra ravi que son arrivée à Santo Stefano se soit bien passée, reconnaissant à ce visiteur distingué venu des Etats-Unis d'Amérique de daigner témoigner de l'intérêt en venant visiter cet humble entrepôt dédié à l'art. Il faisait de grandes phrases qui, se dit Ben, n'en étaient pas moins empreintes de sincérité. A en juger d'après les apparences, ce musée ne devait guère avoir de visiteurs. Le conservateur était vraisemblablement reconnaissant chaque fois qu'il voyait un inconnu pénétrer dans son domaine.

– Tout ce que vous voyez-là, dit-il avec un signe de tête en direction des vitrines, est essentiellement précolombien. Vous intéressez-vous à l'art précolombien, M. Smith ?

– Je crains d'être fort ignorant à cet égard.

– Vous ne perdez pas grand chose, intervint Bambas-Quincy. Elever ces poteries grossières et ces horribles objets en métal au rang d'œuvres d'art est une plaisanterie.

Le conservateur exprima sa réprobation d'un ton léger :

– Et je continue à vous affirmer, Victor, qu'il s'agit là d'une question de goût. Il y a des experts qui soutiennent que ces objets façonnés par les Axoyacs sont des chefs-d'œuvre. A quoi bon contredire les experts dans leur spécialité ?

– Que ce soit la leur ou la mienne, je ne vois pas la différence, reprit Bambas-Quincy en montrant l'un de ses poings vers lequel il darda deux doigts de son autre main. Je prends une boule d'argile grasse et j'y fais des yeux de cette façon. Ai-je façonné une œuvre d'art ?

– Ce n'est pas impossible, dit Jérôme, le visage

impassible. Tu devrais essayer un de ces jours, Papa.
Bambas-Quincy rejeta la tête en arrière et se mit à rire.
– Bon sang, certainement, dit-il. J'y travaillerai du matin au soir et je produirai un millier de chefs-d'œuvre. J'ai même mieux. (Il agita un doigt en direction de Blas). Je vais demander à Blas de le faire. On lui donnera un peu de place dans le bureau pour faire tout ça, comme ça il deviendra un grand artiste au lieu de rester un mauvais comptable. Qu'en pensez-vous, Blas ?
Blas hasarda un petit sourire.
– Ce sera plus facile que de tenir les comptes, dit-il.
Le conservateur, voyant qu'il avait perdu cette bataille inégale, soupira et s'adressa à Ben d'une voix que l'espoir rendait presque pathétique.
– Peut-être serez-vous intéressé par quelques-uns de nos tableaux ? malheureusement pour nous, les véritables chefs-d'œuvre de l'île appartiennent à la cathédrale, deux Zurbarán notamment : un Saint-Joseph et un Emmaüs. Avez-vous déjà visité la cathédrale ?
– Non.
– Quand vous irez, regardez-les bien. Ils sont magnifiques. Bien sûr, nous n'avons rien ici qui puisse les égaler...
– Ça devrait pourtant être le cas avec tout l'argent que mon père a dépensé pour ce genre de choses, assura Bambas-Quincy.
– Oui, acquiesça le conservateur d'un ton las, ça devrait être le cas. Nous possédons néanmoins quelques pièces de très bonne qualité. Venez voir.
Le conservateur montra le chemin et la procession se mit en marche, longeant les murs. De près, Ben remarqua qu'en plus d'être mal éclairés, les tableaux voyaient leur sujet rendu presque indiscernable parce que l'âge avait assombri la peinture et qu'une couche de vernis les recouvrait comme un miroir. Quant aux cadres dorés qui les entouraient, ils étaient si richement décorés et si larges qu'ils rapetissaient jusqu'aux toiles les plus importantes.
A la base de chaque cadre, une plaque de cuivre portait

le nom de l'artiste ainsi que le titre de l'œuvre, et en les regardant de très près Ben reconnut des noms familiers : Corot, Meissonier, Gérôme, Zuloaga. Ceux-ci mis à part, la majorité des toiles semblaient avoir été peintes par des artistes britanniques qui lui étaient totalement inconnus, tous portant fièrement les initiales R.A. à la suite de leur nom comme l'imprimatur scellant leur invisible talent. De la qualité, certainement, se dit Ben, mais du talent, non. Et il lui était maintenant donné d'apprécier le choix subtil des mots opéré par le conservateur pour parler de ses trésors. Des pièces de très bonne qualité, avait-il dit, et en présence de Bambas-Quincy c'était là un chef d'œuvre de diplomatie.

Il ne leur fallut pas longtemps pour tout voir. Lorsqu'ils firent halte, au terme de la visite, le conservateur s'adressa à Ben :

– Il faut que vous sachiez, M. Smith, que c'est à la famille Bambas-Quincy elle-même que nous devons ces tableaux. Le père et la mère de mon excellent ami ici présent ont effectué un voyage en Europe au début de ce siècle et ont fait l'acquisition de ces œuvres qui ont représenté leur contribution à notre musée, à l'époque tout nouveau et très pauvre. Cela vous permet de comprendre certains aspects de notre collection, par exemple...

– Pas de nus, interrompit Jérôme. Grand-mère n'appréciait pas les nus. Elle n'a pas changé, d'ailleurs.

– Tu peux avancer un argument tendant à prouver qu'elle a tort ? lui demanda son père.

– Ce n'était pas du tout ce que je voulais dire, s'interposa vivement le conservateur. Je souhaitais seulement expliciter la raison de ce côté académique qui est si présent dans notre collection. L'importance donnée à... euh... au métier. Autres temps, autres mœurs. C'est uniquement cela que je voulais expliquer.

– Ou autres temps, meilleures mœurs, hein ? reprit Bambas-Quincy. Que pensez-vous de tout cela M. Smith ?

Ben s'était préparé à cette question.
– Très intéressant, répondit-il.
Et lorsqu'il vit que le conservateur le regardait avec un petit sourire presque complice il ne put résister à la tentation d'ajouter :
– On ne voit pas beaucoup de tableaux comme ceux-ci à New York.
Bambas-Quincy poussa triomphalement du coude le conservateur :
– Vous avez entendu ça ? Même pas à New York, mon ami.
– Oh, Papa, écoute, dit Jérôme. On n'en voit pas là-bas parce que les musées les gardent en sous-sol. Ils les cachent. Personne ne veut les voir.
– Eh bien, moi, je le veux, rétorqua Bambas-Quincy. Je suis vieux-jeu, borné, puritain, alors ça me plaît de voir des choses authentiquement belles. Si je veux assister au spectacle de la laideur et de l'incompétence, il me suffit de faire un tour dans n'importe quelle rue pour que ça me saute au visage. Ou je peux jeter un coup d'œil à cette stupidité indigène, là. Ou encore à ces monstruosités dont tu décores ta propre chambre !
– Picasso, dit Jérôme sur un ton plein de pitié. Le plus grand peintre que l'Espagne ait jamais produit.
– Alors il n'a aucune excuse. Les Indiens, au moins, peuvent invoquer leur ignorance.
– Je vous en prie, intervint le conservateur mal à l'aise. Après tout, c'est une question de goût, Victor. On aime une chose ou on en aime une autre... pourquoi faudrait-il que l'on ait tort ou raison ? Tous les goûts sont dans la nature, c'est comme ça.
– Et je ne sais pas si M. Smith, de toutes façons, est très intéressé par ce genre de discussion, remarqua Adams. Nous étions venus ici pour une toute autre raison, n'est-ce pas ?
– C'est vrai, dit Bambas-Quincy, tout à fait exact.
Ben admira la façon dont cet homme pouvait maîtriser sa colère, la rapidité avec laquelle le soleil pouvait

réapparaître de derrière des nuages de plus en plus bas.

– Notre hôte, ici présent, dit Bambas-Quincy au conservateur, s'est trouvé intrigué par ce qui semble être notre obsession nationale, les pendaisons. Il m'a dit que, dans l'avion de Lima, l'hôtesse lui a demandé s'il comptait assister aux pendaisons. Et à l'hôtel, le réceptionniste lui a posé la même question sybilline. Ce qui a rendu tout cela encore plus mystérieux, (et Ben se rendit compte que chacun autour de lui goûtait une plaisanterie dont le sens lui échappait), c'est quand je lui ai expliqué que la peine de mort n'existe pas à Santo Stefano. Alors, que peuvent bien signifier ces histoires de pendaisons, hein, M. Smith ?

– S'agirait-il de quelque chose qui est exposé ici ? demanda Ben en regardant autour de lui.

Il n'aimait guère être pris pour cible d'une plaisanterie, mais s'il devait en passer par là pour parvenir à se construire un avenir doré, il se laisserait prendre pour la meilleure tête de turc qu'on eût jamais vue.

– Quelque chose qui se trouve sous mes yeux mais que je ne vois pas ?

– Vous n'en êtes pas loin, dit Bambas-Quincy.

– Il s'agit de notre monument national, ajouta Adams.

– Ou de notre honte nationale, si l'on en croit le Père Bibieni, commenta Jérôme qui était maintenant d'aussi bonne humeur que son père.

– En tout état de cause, affirma le conservateur, c'est une très grande œuvre d'art.

C'était une statue qui se dressait tout au fond du musée, à bonne distance de l'endroit où ils se trouvaient. Elle était à demi cachée dans une niche profonde, et une chaîne soutenue par des barres verticales l'entourait de manière à empêcher quiconque de s'en approcher assez pour la toucher. Tout près était assis un homme vêtu d'un uniforme fripé. Il les regarda approcher avec des yeux lourds de sommeil, les bras croisés sur la poitrine. Puis, il leur adressa un signe de tête mais ne bougea pas de sa chaise, pareil à un Cerbère bedonnant.

– Une très grande œuvre d'art, répéta le conservateur sur un ton admiratif.

Il regarda Ben et lui demanda :

– Etes-vous de mon avis ou bien la trouvez-vous trop choquante ?

La question était posée dans les termes qui convenaient parfaitement. Et on ne pouvait y répondre de but en blanc. La statue représentait le corps entièrement nu d'un petit homme sec au moment de la strangulation. Il touchait terre de la pointe des pieds, cambré dans la rigidité de l'agonie, et l'on apercevait les muscles raidis qui saillaient sous la peau. Spectacle à première vue assez choquant, le pénis en pleine érection se dressait tel un serpent furieux prêt à mordre. L'homme ouvrait tout grand les bras, et dans une main il serrait un couteau à courte lame.

Mais, aux yeux de Ben, tout ceci n'était rien comparé au spectacle qu'offrait la tête sculptée. Au-dessus du nœud coulant qui enserrait la gorge, le visage aux traits indiens était un masque où se mêlaient l'horreur et l'extase. L'horreur se lisait dans les yeux exorbités, elle était dans la langue turgescente qui saillait entre les lèvres tordues par la souffrance, mais l'extase était présente également. On ne pouvait l'isoler sur aucun des traits du visage, on ne pouvait la définir ni l'expliquer, mais elle était présente.

Et tout cela était souligné, traduit dans la façon dont la statue avait été peinte. C'était l'image multicolore de la mort par strangulation. Le tronc était gris, le visage et les extrémités des membres livides, les yeux exorbités d'un blanc brillant, révulsés au point que seul le blanc demeurait visible.

Si la fonction de l'art était de traduire la réalité de manière aussi scrupuleuse, aussi atroce, pensa Ben, alors ce devait être du grand art. Mais pourquoi était-il nécessaire de classer ces objets de la sorte ? En ce qui le concernait, il ressentait une terrible identification avec ce personnage sculpté et peint. Il éprouvait le contact de cette corde se resserrant sur sa propre gorge, il sentait ses muscles se contracter, résister. Etait-ce là ce que l'on était censé ressentir en regardant cette sculpture ?

Il formula sa question à l'adresse du conservateur qui haussa les épaules et répondit :

– Qui sait quelle réaction les grands artistes veulent faire naître chez ceux qui regardent leurs œuvres ? Indéniablement, Domingo Quetzan, l'auteur de cette œuvre, était un grand artiste. Il était de l'île, c'était un Axoyac. Au cours de l'année 1800, notre évêque l'envoya au Brésil afin qu'il travaille avec Aleijadhino et devienne l'un de ses élèves. Avez-vous entendu parler d'Aleijadhino ?

– Non.

– Eh bien, c'était un grand sculpteur qui exécuta nombre d'œuvres d'inspiration religieuse. Notre evêque souhaitait que Domingo apprenne à traiter des sujets sacrés et l'aide ensuite à décorer la cathédrale qui était à l'époque en cours d'édification. Malheureusement, Domingo avait une manière toute différente de voir les choses. On prétend qu'il ne resta que très peu de temps avec Aleijadhino puis qu'il sombra dans l'éthylisme dont il mourut bientôt au Brésil. Il ne revint jamais dans l'île mais envoya cette statue à l'évêque en guise de cadeau. Un cadeau bien embarrassant n'en doutons pas puisqu'il demeura caché pendant un siècle jusqu'à ce que monpère le découvre et le place ici-même lors de la fondation du musée.

Adams désigna de la tête l'homme aux yeux ensommeillés qui était assis sur une chaise à proximité.

– Vous pouvez vous rendre compte par vous-même qu'il n'a jamais cessé d'être embarrassant, ajouta Adams à l'intention de Ben en grimaçant un sourire empreint d'ironie. Cet objet doit être surveillé jour et nuit en raison des sentiments qu'il inspire aux femmes Axoyacs. Elles se glissent jusqu'ici lorsque personne ne regarde et s'en font pénétrer.

– Les femmes stériles uniquement, précisa le conservateur. Elles croient que le phallus de cette statue a le pouvoir magique de les rendre fécondes. Il ne s'agit pas là d'une superstition isolée. Bien des peuples ont cru que le sperme d'un homme qui meurt étranglé possède une grande vertu reproductrice.

– C'est répugnant, dit Bambas-Quincy. Le mâle est une chose et la femelle en est une autre. Une femme honnête ne s'autoriserait pas de semblables pensées.

– Bien sûr que si, coupa Jérôme sur le ton de la plaisanterie en désignant du pouce la statue. Je voudrais bien avoir un dollar pour chaque petite vierge en chaleur de cette ville à qui le vieil Ajaxa ici présent a enseigné ce qu'elle allait connaître plus tard. Pas vrai, Blas ?

Blas ne semblait nullement ravi de devoir se mêler à cette conversation.

– Ces filles sont stupides, répondit-il en prenant un air dégoûté. Que savent-elles, en fait ?

– Elles en savent assez après un coup d'œil sur ceci, reprit Jérôme. Les veinardes ! Ce que ne peuvent leur apprendre leurs grand-mères elles le trouvent ici sans peine en une seule leçon.

– Nous avons un hôte parmi nous, lui rappela son père, alors épargne-nous donc tes grivoiseries de bas-étage. Elles ne sont pas très drôles.

– Ajaxa, fit Ben. Etait-ce ainsi qu'il s'appelait ? Cela voudrait dire que cette statue aurait été inspirée par un modèle vivant ?

– Disons plutôt légendaire, répondit le conservateur. Pour les Indiens demeurés fidèles au paganisme, Ajaxa fut ce chef Axoyac que les Espagnols pendirent. Mais il parvint à survivre si longtemps sous la potence que les dieux, pris de pitié, lui placèrent dans la main un couteau à l'aide duquel il trancha la corde, accomplissant ainsi un exploit que nul n'aurait osé imaginer. De ce fait, il devint lui-même une sorte de dieu pour son peuple.

– Il s'agit donc là d'une pure légende.

– Mais toute légende contient une part de vérité, dit Bambas-Quincy. Les Espagnols eux-mêmes ont rapporté l'événement. En ce qui les concerne, ils ont attribué le miracle à l'intervention de Saint Etienne de Xares. Si l'on en croit leurs écrits, les bras du saint étaient distinctement visibles tandis qu'ils soutenaient le pendu, et comme les bourreaux ne voulaient pas libérer Ajaxa, un couteau était soudain apparu dans sa main, lui permettant de recouvrer sa liberté. Voyez-vous, M. Smith, je me suis personnellement penché de fort près sur le sujet. A l'époque médiévale, un prieur français, Gautier de Coincy, a relaté un épisode comparable dans ses écrits. Celui-là concernait la Sainte Vierge et ne manquait pas d'une note humoristique. Le supplicié était un voleur qui, lors de ses méfaits, implorait Marie afin qu'elle lui vienne en aide : c'est donc de manière tout à fait naturelle qu'elle lui est venue en aide alors qu'il en avait grand besoin sur le gibet. Mais nulle part il n'est fait état d'un quelconque baptême de ce sauvage nommé Ajaxa, nulle part il n'est suggéré qu'il eût été touché par la Foi. Je suis quant à moi persuadé qu'un témoin de la scène, le bourreau lui-même qui sait ? a refermé les doigts du malheureux sur le couteau, voyant là un moyen d'aggraver son supplice. Tout comme on l'a fait remarquer, on n'aurait pas imaginé possible que quelqu'un puisse trancher la corde et se libérer alors qu'il était suspendu dans le vide. Comment tourmenter mieux un mourant qu'en lui procurant un moyen de salut dont il ne puisse faire usage ?

– Quand cela s'est-il passé ?

– La délivrance d'Ajaxa ? en 1588. Une date facile à retenir, n'est-ce pas ?

– Et cette statue a été exécutée vers 1800, reprit Ben. Il faut reconnaître que votre sculpteur, votre Domingo, était doué d'une imagination remarquable. A en juger d'après son œuvre, on croirait qu'il était présent ce jour-là.

– En un sens, c'était bien le cas, répondit Bambas-Quincy sur un ton plaisant. Le miracle devint en effet une cérémonie rituelle, M. Smith, et Domingo devait avoir assisté à plusieurs de ces cérémonies. Dans deux semaines, vous pourrez, vous aussi, assister à l'une d'elles. C'est le grand événement de l'année à Santo Stefano. Cela se passe sur le Victorica, dans une région montagneuse où vivent les Indiens. L'expérience ne manquera pas de vous fasciner, vous verrez.

– A condition que vous ne perdiez pas connaissance au milieu du spectacle, fit observer Jérôme. Je vous souhaite d'avoir l'estomac solide. La première fois c'est difficilement supportable.

– Vous parlez d'un spectacle, dit Ben. S'agirait-il de faire revivre l'heureuse aventure d'Ajaxa ? Serait-ce une sorte de reconstitution historique ?

– Une reconstitution mon œil, dit Jérôme. C'est pour de vrai. Nous n'avons pas de corridas à Santo Stefano, M. Smith : la Fête de la Corde est notre *fiesta brava*. Trois ou quatre Indiens se succèdent à la potence, tenant dans leur main un couteau tel que celui-ci, et ils tentent de rester pendus le plus longtemps possible avant de couper la corde. C'est une compétition. Celui qui tient le plus longtemps remporte le prix.

Ce sujet était visiblement du goût de Blas qui précisa, une lueur d'intérêt dans les yeux :

– Il n'y a pas qu'eux qui peuvent concourir. Tout le monde le peut à condition d'y être autorisé par le médecin.

Ben crut voir la statue torturée d'Ajaxa s'animer devant lui.

– N'est-ce pas dangereux ? demanda-t-il.

Les sourires qui accueillirent sa question lui firent réaliser combien elle était stupide.

– Eh bien, fit Adams, jamais je n'ai assisté à un festival qui ne compte au moins un mort. Il y a quelques années, sur les quatre concurrents, trois trouvèrent la mort. Oui, je pense que le mot n'est pas trop fort : c'est un petit peu dangereux.

– Mais c'est de la barbarie pure et simple, s'exclama Ben. Pourquoi votre gouvernement le tolère-t-il ?

– Il ne le tolère pas, dit Bambas-Quincy sèchement. Il l'encourage. Vous ne pouvez pas avoir le même regard que nous pour juger de cela, pas encore en tous cas, mais l'intérêt culturel de cette manifestation n'échappe pas à notre gouvernement. Sachez que la Commission Culturelle dote chaque Fête de la Corde d'un prix de dix mille dollars santo stefaniens, soit plus de deux mille dollars américains : cela représente une fortune immense pour ces gens ; un prix qui vaut la peine de risquer sa vie.

– Ce qui ne les empêche pas de ne pas savoir qu'en faire quand ils gagnent, dit Adams.

– Avec les Indiens... commença Bambas-Quincy avec un haussement d'épaules avant de dire : quant à la barbarie apparente de tout cela, M. Smith, je vous demande seulement de ne pas vous faire une opinion définitive avant d'avoir assisté à la cérémonie. Il est impossible d'en décrire la complexité. Avez-vous déjà connu un grand silence ? Avez-vous déjà été conscient d'un silence si intense qu'il semble exploser à l'intérieur de vous-même ?

– Non.

– Vous verrez. Vous vous trouverez au milieu de milliers de gens dans un vaste amphithéâtre qui domine l'homme au bout de sa corde. Un homme qui va mourir sous vos yeux s'il commet une erreur d'une fraction de seconde en évaluant la force qu'il lui reste. Il n'en faut pas plus. Tout se passe en quelques secondes : trente, quarante au plus pendant lesquelles le silence qui vous environnera produira dans vos oreilles l'effet d'un hurlement. Cela constitue, en soi, une expérience à ne pas manquer.

Ben secoua la tête.

– C'est peut-être une expérience un peu excessive.

– Comment pourrait-elle être excessive ? s'insurgea Bambas-Quincy. On ne se trouve pas personnellement impliqué dans cette expérience. On n'est que le témoin d'un spectacle. On assiste à un drame qui se déroulerait, que l'on soit présent ou non.

– Je le sais bien, dit Ben. Néanmoins, je crois que je vais laisser ce drame bien particulier aux Indiens. Il leur appartient en propre.

– Certainement pas. Vous devez comprendre, M. Smith, que nous vivons ici au cœur d'un conglomérat de cultures. Cette cérémonie appartient à nous tous. Les Indiens l'ont fait naître en tant que rite, les Espagnols en ont fait un art, et nos ancêtres venus des Etats-Unis, ces hommes originaires de la Nouvelle Angleterre qui se sont fixés ici il y a plus d'un siècle, ont contribué à en faire une science. Nous avons donc une cérémonie qui est le fruit de divers héritages. Une authentique cérémonie nationale.

– Vous voulez dire que tout le monde l'approuve ? demanda Ben. Il n'y a personne qui s'y oppose ?

Ce n'était pas une chose à dire. Ou bien ce n'était pas ainsi qu'il fallait s'exprimer. Il s'était montré trop critique, trop agressif et sa question jeta un froid manifeste.

Puis le conservateur prit la parole en s'adressant à Bambas-Quincy :

– Vous savez bien que certains manifestent leur opposition, Victor. Vous ne pouvez le nier.

– Bon, j'admets que le Père Bibieni est un âne et un empêcheur de tourner en rond. Mais il n'est pas évêque. La position de l'évêque est on ne peut plus claire.

– Le Père Bibieni le contraint à faire face à un sérieux dilemme, Victor, reprit le conservateur d'une voix apaisante. Et les autres confessions elles non plus ne peuvent être négligées. Les méthodistes et les baptistes se trouvent confrontés au même dilemme. Sans compter les forces politiques...

– Les *dielistas,* s'exclama Bambas-Quincy. De la vermine.

– Il y a des opposants, reprit le conservateur en s'adressant à Ben. Mais en vérité ils ne pourront rien changer. Il serait même dangereux d'essayer. Les Axoyacs sont des fanatiques de cette fête. Une fois, ils ont mis un homme en pièces (ils lui ont littéralement arraché les membres un par un), parce qu'il s'était précipité au secours de son fils qui expirait au bout de la corde. Nul n'a le droit de toucher un homme sous la potence avant qu'il ne se soit libéré en coupant la corde ou qu'il ne soit mort. Vous pouvez imaginer quelle fureur entraînerait l'interdiction de la Fête.

– On ne peut pas en tenir rigueur aux Indiens, intervint Jérôme. Leur vie est plutôt terne. Il se trouve que c'est là leur façon de l'égayer un peu.

– A vous entendre on croirait qu'il s'agit d'un jeu, s'insurgea Blas qui paraissait scandalisé. Ce n'est pas un jeu. C'est un art. Un véritable art.

– Tout à fait d'accord, dit Bambas-Quincy en gratifiant Ben d'un sourire. Blas est nul en comptabilité, mais pour ce qui est de cet art, c'est un expert. Le jour de la cérémonie, il vous en expliquera les moindres aspects.

– Mais c'est dans deux semaines, fit Ben. Je pensais que d'ici là nous aurions réglé nos affaires et que je serais déjà parti.

– Nous ne traitons guère d'affaires pendant *El Niño,* M. Smith. Il y a la Fête et son cérémonial. Après, nous aurons tout le temps de négocier. Je m'étais laissé dire que vous étiez célibataire, est-ce exact ?

– Oui.

– Il n'y a donc pas d'épouse qui vous attende là-bas chez vous ? Ou auriez-vous d'autres obligations qui réclameraient votre présence ?

– Pas spécialement.

– Dans ces conditions, rien ne s'oppose à ce que vous profitiez au maximum de votre séjour ici. Il faut que vous fassiez la connaissance de ma petite famille, que vous visitiez notre île. Ma fille Elissa sera pour vous, j'en suis certain, un guide charmant. Elle prendra, de son côté, le plus vif intérêt à vous connaître. Elle n'est jamais allée à l'étranger et se passionnera pour tout ce que vous aurez à lui apprendre sur votre pays.

Ben fut très étonné de ce qu'il ressentait. Cette perspective n'était certes pas pour lui déplaire, mais tout au bout se dressait la statue et l'horrible spectacle qu'elle annonçait. A cette pensée, et à la constatation de l'attitude blasée que ses compagnons adoptaient à cet égard, il éprouvait comme de violentes crampes d'estomac. Cependant, sous-jacente à cette répulsion brutale, il sentait naître une fascination grandissante. Etre là, assister à ce spectacle... mon Dieu, pensa-t-il soudain, je ne vaux pas mieux qu'aucun d'entre eux !

– Alors ? lui demanda Bambas-Quincy.

– Puisque vous insistez..., répondit-il.

Ils prirent congé du conservateur sur les marches du musée. Le soleil déversait des flots de lumière. Les autos qui tournaient autour de la place remplissaient l'air du ronflement de leurs moteurs. Une Indienne au visage ridé, à la bouche édentée, dont le panier rempli de cigarettes était retenu par une courroie passée autour de son cou, grimpa laborieusement trois marches en direction du groupe puis fit demi-tour et s'éloigna lorsque Blas lui adressa un signe de tête impératif.

– Ah ! s'écria le conservateur. Voici vos compatriotes. Nos autres visiteurs américains.

Ben suivit son regard et, de l'autre côté de la rue, vit une étrange procession s'avancer très lentement ; elle était conduite par un personnage trapu dont la tête nue et chauve brillait au soleil. La jeune femme qui l'accompagnait et qui s'adressait à lui avec animation, était une grande blonde vêtue d'une jupe courte et collante qui soulignait à chaque pas le mouvement harmonieux de ses hanches ; elle marchait pieds nus et tenait à la main une paire de chaussures.

Quelques pas derrière eux s'avançait un second homme en bras de chemise, tout seul, comme perdu dans la foule, les mains derrière le dos et les yeux rivés au sol. Puis, respectant une distance comparable, venaient une demi-douzaine de jeunes gens vêtus identiquement de pantalons de coton bleus serrés et de chandails noirs à col roulé. La solennité se lisait sur leurs traits : ils conversaient gravement, hochaient lentement la tête en guise d'approbation et jetaient parfois un regard plein de mépris sur la foule et le décor qui les entouraient.

– Qui sont-ils ? demanda Ben.

– Celui du milieu, répondit le conservateur, celui qui garde les mains derrière le dos en marchant, c'est David Chapin, l'artiste. Vous connaissez certainement ses œuvres.

– Pas vraiment, dit Ben, mais j'ai entendu parler de lui. On lui fait assez de publicité chez nous. Que fait-il ici ?

– Je me le demande, dit le conservateur en fronçant les sourcils.

– Nous nous le demandons tous, ajouta Jérôme.

– Cela fait deux mois qu'il est ici, précisa Bambas-Quincy. Assez pour attirer les *nadaistas* comme des mouches. Regardez-les.

– Ce sont nos beatniks à nous, expliqua Jérôme. Ils dénigrent tout, excepté Chapin. On dirait qu'ils éprouvent à son égard les mêmes sentiments que les Indiens à l'agard d'Ajaxa.

– Et qui sont les autres ?

– La femme de Chapin et son agent artistique, répondit Jérôme. Si vous restez quelque temps dans le coin, vous les rencontrerez probablement. On les voit partout. Des gens désagréables, je suis navré d'avoir à le dire, et je ne sais même pas si les peintures de Chapin suffisent à les excuser. Je ne suis pas encore prêt pour apprécier le genre d'élucubrations dont il barbouille ses toiles.

Le conservateur poussa un soupir :

– Il se peut qu'il possède beaucoup de talent, comme il se peut qu'il n'en possède aucun. Le monde évolue si vite de nos jours qu'il est bien difficile de se maintenir au courant.

– Eh bien, conclut Bambas-Quincy, il faut que le monde ralentisse.

3

Ben avait fini par apprendre que son nom était Blas Miralanda. Il avait vingt-cinq ans, le même âge que M. Jérôme. M. Jérôme Bambas-Quincy, bien sûr. En fait, c'était un vieil ami de M. Jérôme. Ils avaient suivi ensemble leurs études secondaires puis M. Jérôme était parti à l'Université de Stanford, aux Etats-Unis, tandis que lui devait travailler à Santo Stefano.

– Malheureusement, bien que je sois de bonne famille, je suis très pauvre, expliqua Blas.

C'était la troisième journée que Ben passait en sa compagnie à visiter les lieux ; *de bonne famille,* cette expression lui était devenue familière. Ben s'était aperçu qu'il s'agissait là d'une manière polie de définir la position sociale de quelqu'un sur cette île minuscule. Quand le patronyme comportait un trait d'union, il n'était nul besoin d'une telle précision ; son importance était reconnue. Mais il y avait également des noms dépourvus de trait d'union mais non de respectabilité, et à ceux-ci Ben associait automatiquement ces trois mots.

D'autres indices permettaient d'appréhender l'ordre social. Par exemple, la coutume voulait que l'on se référât à son employeur en utilisant son prénom que l'on faisait alors précéder d'un « Monsieur » de bon ton. Ainsi, Bambas-Quincy père était-il M. Victor ; et son fils, le jour même où il avait intégré Stanford, alors que Blas partait de son côté apprendre un métier, était devenu M. Jérôme. Un degré en-dessous d'eux on trouvait des gens qui ne pouvaient prétendre à la même majesté. Des gens connus de Blas qui s'appelaient Taliaferro ou Salazar, travaillaient dans des bureaux et faisaient partie du club des sports. Et tout au bas de la pyramide il y avait les Indiens qui n'étaient que des prénoms et rien de plus.

– Ce Luis, disait Blas. C'est le seul à avoir jamais gagné la fête de la Corde à deux reprises, et aujourd'hui le voilà indigent.

Et il n'y fallait voir aucune suffisance. Ben se rendait bien compte qu'il n'en était nul besoin. Les règles, à Santo Stefano, étaient définies de manière si explicite que quel que soit le barreau de l'échelle sur lequel on se trouvait, on était assuré d'y rester. Personne n'essayait de vous dépasser ; et l'idée ne vous venait pas d'essayer de dépasser les autres. Une conscience de classe aussi tranquillement et solidement établie qu'elle contituait un bouclier invincible contre la suffisance. C'est le sommelier, lorsqu'il devient jaloux de ses prérogatives, qui se montre suffisant, pas le Duc.

Tout cela faisait de Blas un compagnon agréable. Il n'y avait en lui nulle méchanceté, nulle envie, nulle tentation de se lamenter sur son misérable sort. Son père, quoique le meilleur homme du monde, s'était montré totalement insouciant de l'avenir, de telle sorte que Dieu avait livré sa famille à la misère. Qui pouvait contester les voies du Seigneur ?

– Mais vous avez une situation, dit Ben. Elle doit vous ouvrir des perspectives d'avancement... de façon à gagner davantage d'argent.

– S'il fallait compter là-dessus..., répondit Blas en haussant les épaules. Mais bien sûr il y a d'autres moyens de réussir. D'autres chances.

– Par exemple ?

– En se mariant. Je suis de bonne famille. J'ai beaucoup à offrir à une jeune fille, de bonne famille comme moi, mais dont le père serait riche. Mon oncle était pauvre mais il a fait un beau mariage et aujourd'hui il appartient à la délégation de Santo Stefano aux Nations Unies. Il faudra que vous fassiez sa connaissance quand vous retournerez à New York. Je vais lui écrire et lui parler de vous.

– Je serai heureux de le rencontrer. Mais vous voyez bien quels avantages vous trouveriez à ce qu'une compagnie telle que la mienne s'installe ici. Cela créerait des emplois pour beaucoup d'hommes comme vous. Et des possibilités certaines de promotion. Et si vous le désiriez, vous pourriez probablement terminer votre carrière en tant que cadre supérieur dirigeant un service sous votre propre responsabilité.

– Pour y parvenir il faut un certain tempérament. Je ne suis pas sûr de posséder ce type de tempérament. D'autre part, votre compagnie n'est pas encore installée ici. Ce sera peut-être le cas un jour, et peut-être que non. Et croyez-moi, il n'y a rien de répréhensible à faire un mariage de convenance personnelle. Le plus souvent ce genre de transaction apporte beaucoup de bonheur. Il y a cinquante... non, soixante ans, la famille Bambas-Quincy ne possédait rien ; ils étaient aussi pauvres que je le suis. Et puis M. Roberto, le grand-père de M. Jérôme, est parti sur le continent pour affaires, pour le compte d'un ami...

– En Europe ?

– Non, sur le continent.

Blas eut un geste de la main en direction du littoral sud-américain distant de trois cents kilomètres et poursuivit :

– Il est parti à Buenos Aires, chargé d'une mission pour un ami, et c'est là qu'il a rencontré et épousé cette femme riche. C'était Mme Carlotta, dont vous allez bientôt faire la connaissance. Tout l'argent venait de son côté à elle, mais ils l'ont utilisé ensemble ici à bon escient. Et d'après ce que j'ai entendu dire, leur mariage a été heureux à tous points de vue. Je sais pour en avoir été témoin que lorsqu'il est décédé il y a dix ans elle est demeurée inconsolable. Elle porte encore le deuil.

– Pour s'être mariée il y a soixante ans, dit Ben, ce doit être une très vieille femme.

– On la croirait centenaire. De plus, à ce que j'ai cru comprendre, elle était affreusement laide quoique de bonne famille. De l'une des meilleures familles d'Argentine, en fait. Pourtant, elle n'en demeure pas moins quelqu'un qui en impose énormément. Elle a gardé son... (Blas se frappa le front du doigt, cherchant le mot qu'il voulait) son ardeur. On la voit briller dans ses yeux. Elle prétend ne plus pouvoir entendre ni comprendre ce qui se dit et tout d'un coup elle prononce des paroles qui prouvent qu'elle a tout compris. Cela réserve parfois de drôles de surprises.

Il éclata de rire avant de conclure :

– Oui, elle m'a surpris bon nombre de fois.

– Est-ce qu'elle habite avec la famille ?

– Bien sûr, répondit Blas en levant les sourcils. C'est sa famille. Mais la plupart du temps elle réside dans leur grande demeure, dans les montagnes du Victorica. Le médecin affirme qu'à son âge il vaut mieux vivre loin de la ville. D'autre part, la propriété est toute proche de l'endroit où se tient la Fête de la Corde à laquelle elle assiste toujours. Elle a été la première femme à assister aux pendaisons, en dehors des Indiennes bien évidemment. Avant son arrivée dans l'île, il n'était pas considéré comme convenable qu'une femme y assistât. D'autant que lorsqu'un homme montait alors à la potence il était nu. Maintenant, il doit porter un *antia,* vous savez, un petit morceau d'étoffe, de façon à préserver la décence.

– Mais il ne peut donc pas prétendre, dans son exploit, faire preuve de la même virilité qu'Ajaxa.

– En fait, répondit Blas sans se départir du plus grand sérieux, sous l'*antia,* si. Mais personne ne peut le voir, et c'est là l'essentiel.

Ben avait déjà appris que ce n'était pas là sujet à plaisanterie pour Blas. Et étant donné la nature du sujet en question, qui pouvait lui donner tort ? Un sujet qui déclenchait dans votre chair des sensations étranges qui n'étaient pas nécessairement admirables. Une fois que l'on avait commencé à en parler, il était difficile de s'arrêter.

– Il y a un médecin ici, à Port Buchanan, qui a décidé de consacrer sa vie à l'étude physiologique de la pendaison, reprit Blas. Le Dr Felix Mola. Un excellent ami de M. Victor. Il vous sera ainsi possible de le rencontrer et vous pourrez alors lui poser toutes les questions qui vous intéressent. C'est un expert. Ce qui, en soi, n'a rien d'étonnant, parce que les fêtes de la Corde lui offrent d'incomparables possibilités d'observation.

Cela intriguait Ben de constater le nombre de fois où le sujet de la Fête de la Corde revenait dans la conversation de ces gens. Il trouvait également frustrant de se rendre compte que chaque fois qu'il parlait affaires, qu'il mentionnait la raison de sa présence à Santo Stefano, Blas éludait adroitement et détournait la conversation. Il se demandait si Burleson avait été confronté au même problème. Burleson était quelqu'un de susceptible qui n'avait qu'une seule et unique pensée en tête : les intérêts des Industries Maritimes. Si, en sa présence, on avait un peu trop usé de ces adroits changements de conversation, de cette fixation sur l'art des pendaisons publiques, il avait très bien pu décamper en claquant la porte, anéantissant toutes les chances de Ben de décrocher un contrat pour le compte des Industries Maritimes. Une perspective réjouissante. Cela signifiait que les Indiens ne seraient pas seuls à se pendre au cours de leur fête pour apaiser les dieux ; lui aussi se pendrait haut et court pour apaiser l'esprit agité de James O'Harragh. Et s'il était prévu qu'on lui tende un couteau de façon à ce qu'il puisse se libérer, on ne lui en avait pas encore fait part.

Là résidait le côté le plus frustrant de la situation : ce sentiment pénible que le temps s'écoulait sans que rien ne fût fait. Depuis que, le jour de son arrivée, il avait passé quelques heures avec Bambas-Quincy, il ne l'avait plus revu. Pas plus que Jérôme, Adams, ou quiconque avec qui il aurait pu aborder les négociations. Il n'avait même pas pu rencontrer Ian Kipp en qui il était censé trouver un allié. Au siège de la compagnie ferroviaire Port Buchanan-Huanu Blanco-Cordoba, un jeune homme qui aurait pu être le jumeau de Blas lui avait assuré que M. Kipp était ravi de son arrivée et qu'il allait bientôt se mettre en rapport avec lui. Mais Ben attendait toujours que Kipp se manifeste.

Cela prenait l'allure d'un cauchemar, la nuit, lorsqu'il essayait de trouver le sommeil dans cette chambre étrangère envahie par l'odeur du guano et le parfum de la fleur d'oranger. C'était moins pénible dans la journée quand il faisait du tourisme en compagnie de Blas. A Port Buchanan, l'air du jour était propre, salé et ensoleillé. Blas était le plus agréable des compagnons ; et la ville elle-même avait beaucoup à offrir. Dans ces conditions, il pouvait au moins faire semblant d'être un touriste.

Il parvenait également à trouver un certain réconfort dans les affirmations très sérieuses de Blas. Si Bambas-Quincy et Kipp étaient dans l'impossibilité de le rencontrer pour l'instant, ce n'était pas sans une indéniable raison. Laquelle avait nom *El Niño,* ce courant marin chaud qui baignait maintenant les côtes. Quelle curieuse chose, *El Niño.* Apparemment, la fission de l'atome ne pouvait déclencher plus grande réaction en chaîne. Quand les eaux froides devenaient soudain chaudes, les aliments microscopiques dont se nourrissaient les poissons périssaient tous. En conséquence les poissons s'en allaient chercher leur nourriture bien loin de Santo Stefano. En conséquence les oiseaux marins qui faisaient des poissons leur ordinaire devaient s'en aller ailleurs en quête de nourriture. En conséquence la réserve de guano qui était assurée par ces oiseaux marins tarissait. Et par suite toute l'activité de la République de Santo Stefano qui était basée sur le guano tarissait de même.

Voilà pourquoi, expliquait Blas, visiblement satisfait d'être parvenu à exposer tout ce processus avec autant de clarté, cela nécessitait autant de travail pour organiser le ralentissement du rythme de production des usines de Huanu Blanco, ainsi que celui du transport jusqu'ici, à Port Buchanan, pour réduire la main d'œuvre, pour redéfinir les horaires de chemin de fer, etc. Aux premiers jours de la présence de *El Niño* régnait toujours une certaine confusion car personne ne pouvait prévoir quand le bouleversement allait se produire. Mais ensuite allait venir la période des vacances, les moments de répit et de détente ici en ville et, après, la fête sur le Victorica.

En attendant ils jouaient les touristes, effectuant un premier tour de la ville dans la Fiat bruyante que Blas avait empruntée à Jérôme, puis parcourant les rues à pied, allant de l'Hôtel Buchanan dans le quartier ouest aux quais du quartier est, là où le cours boueux du Rio Xares s'achevait dans le Pacifique. L'hôtel n'était guère éloigné de la Plaza de Hermanos. De ce côté-là, les rues étaient larges et propres ; la place elle-même, avec son joli palais présidentiel et son imposante cathédrale qui se faisaient face de part et d'autre d'un espace vert, valait d'être vue.

La Avenida Hermanos venait de l'hôtel et traversait la place. Si on la suivait vers l'est on s'apercevait que les rues transversales se retrécissaient, que les bâtiments qui la bordaient devenaient de plus en plus lugubres. A un point d'où l'on apercevait mâts et cheminées de bateaux dans le lointain du côté des docks, l'avenue elle-même se resserrait et serpentait à travers un désordre de ruelles et de taudis où grouillaient des gens de petite taille, tristes et taciturnes, ainsi que des enfants nus. Et à cet endroit-là, Ben trouva que régnait une odeur plus présente encore que celle qui envahissait Santo Stefano la nuit. Le guano était bien bénin comparé à ce mélange de friture, de poisson pourri et d'ordures ménagères oubliées.

Le seul point vert au cœur de cette noirceur était la Plaza Republica de Santo Stefano, une parcelle d'herbe grillée et de terre caillouteuse qui occupait l'angle où l'avenue croisait la Calle Contenta. Cette place-là aussi avait sa statue, un marbre abîmé représentant un personnage portant la robe et qui levait une croix au-dessus de sa tête : le saint patron de l'île. Les dommages subis par la statue, expliqua Blas (le nez cassé, les oreilles manquantes et nombre de fentes et d'éclats de pierre de la robe) étaient l'œuvre des équipages des baleiniers d'autrefois.

– Tout se passait de manière assez stupide, expliqua-t-il. Ils se saoulaient dans les *cantinas* de la Calle Pescadores puis sortaient chercher la bagarre. Ce n'est que plus tard, quand certains d'entre eux se furent mariés et eurent fondé une famille ici qu'ils empêchèrent les autres de continuer. Le capitaine Quincy fut l'un des premiers à devenir citoyen de Santo Stefano. Il y a une maquette de son bateau, le *Maid of New Bedford,* dans la maison de M. Victor. Elle ne manquera pas de vous intéresser.

– Je serai très heureux de pouvoir la voir, assura Ben.

A quelques pâtés de maisons de la plaza, l'Avenida Hermanos se jetait dans la Calle Pescadores, la rue qui formait le front de mer. Au-delà il n'y avait plus que les docks où étaient amarrés quelques vieux rafiots rouillés, puis une série de quais destinés à la pêche qui s'avançaient dans l'estuaire du Rio Xares, et, au-delà, les trois cents kilomètres d'Océan Pacifique qui séparaient l'île du Pérou.

Tout cela constituait la vieille ville. La ville neuve était le quartier situé de l'autre côté du Rio Xares, une sorte de village de style tropical fait de petites maisons toutes semblables, peintes dans des tons pastels, qui donnaient sur des rues tranquilles : les foyers où vivaient la classe moyenne dont s'enorgueillissait peut-être Port Buchanan. Le club des sports s'y trouvait également, et ce fut là que Ben se rendit compte combien Bambas-Quincy avait été fidèle à la vérité et n'avait donc pas cédé à la raillerie en se référant à la Fête de la Corde comme à une obsession nationale.

Le club lui-même ressemblait à n'importe quel country-club de Floride ou de Californie avec son bâtiment spacieux réhaussé de stuc ; l'entouraient une piscine, des courts de tennis et un parcours de golf entretenu avec soin. A bien des égards, la plupart des jeunes gens que Ben y rencontra à l'heure du déjeuner étaient bien de ceux que l'on s'attend à trouver dans un tel endroit. Blas lui avait déjà appris leurs noms et leurs occupations : il y avait là Jorge Taliaferro et Julio Salazar qui travaillaient comme Blas pour Bambas-Quincy ; Gil Alden-Aragone qui rêvait de gloire politique après avoir été désigné comme l'un des candidats du Parti Radical en vue des élections législatives qui allaient se tenir en mars ; et Cris Santa Cruz qui avait hérité de son père le magnifique magasin de vêtements situé sur le Paso de James Monroe, à côté de l'hôtel, et qui, avait ajouté Blas en haussant les épaules, vivait de manière plutôt dissolue.

Tous portaient des lunettes noires, des chemises et des shorts de tennis blancs, fumaient des cigarettes importées des Etats-Unis (et Ben se rendit compte non sans en ressentir une certaine gêne qu'il était le seul de la table devant lequel un paquet de Conquistadores fût posé), et tous partageaient une camaraderie qui s'étendit bientôt à lui. Ce fut Taliaferro qui brisa la glace en lui demandant quelle université il avait fréquentée.

– Dites-lui que vous êtes allé à Harvard, lui conseilla Santa Cruz. Jorge est allé à Stanford. Seul un homme sorti de Harvard peut trouver grâce à ses yeux.

– Je suis désolé, dit Ben, il se trouve que j'étais à la North Kansas State. Vous n'en avez probablement jamais entendu parler.

– Bien sûr que si, assura Taliaferro, ils avaient une super équipe de basket-ball les deux dernières années où j'étais étudiant. Je crois bien qu'ils ont remporté le championnat national, non ?

– Enfin presque, dit Ben, mais pas tout à fait.

– On peut faire confiance à Jorge pour connaître les scores de tous les matches, plaisanta Santa Cruz. C'est tout ce qu'ils font à Stanford : ils travaillent dur, s'entraînent dur et prennent des douches froides. Dieu merci, les choses n'étaient pas comparables dans notre bonne vieille université de Californie, n'est-ce pas, Gil ?

Il cligna de l'œil en direction d'Alden-Aragone qui répondit sobrement :

– Non, Dieu merci.

– Ne faites pas attention à ces deux-là, dit Taliaferro à

Ben. Cela fait cinq ans qu'ils essayent de convaincre le monde entier que l'Université de Californie est un endroit de perdition et qu'ils en ont été les pires représentants. Malheureusement pour eux je les connais depuis...

– Excuse-moi de t'interrompre, dit abruptement Santa Cruz mais je te prierais de ne pas justifier tes propres absences en prétendant que je les partage.

– Et c'est valable aussi pour ton petit camarade, renchérit Alden-Aragone. A propos, où se trouve notre ami Jérôme ?

– Où crois-tu qu'il puisse être à cette époque de l'année, intervint Blas. A Huanu Blanco.

– En train de faire l'inventaire, lança Salazar en pointant un doigt en l'air et en se mettant à compter à voix haute : un oiseau, deux oiseaux, queues levées, travaillez. Trois oiseaux, quatre oiseaux, rendement insuffisant...

– Cinq oiseaux, six oiseaux, entonna Santa Cruz. Tu n'as pas encore trouvé tes rimes, là, on dirait, hein, Julio ?

– Et tu n'as toujours pas réussi à prouver que les oiseaux lèvent la queue quand ils travaillent, ajouta Arden-Aragone. Moi, je maintiens que tu confonds avec les chevaux.

– Très drôle, fit Blas.

– Et avec les taureaux, compléta Santa Cruz qui se tourna alors vers Ben. Quand vous avez fait escale sur le continent, est-ce que vous avez eu l'occasion de voir les taureaux ?

– Vous voulez dire les courses de taureaux ?

– Oui.

– Non. Même si l'occasion m'en avait été offerte, je doute que j'aurais eu l'estomac assez solide pour y assister. La région d'où je viens est entièrement consacrée à l'élevage. On y aquiert une véritable affection pour les taureaux.

– On ne peut pas vous donner tort, dit Salazar. Il est aujourd'hui absolument impossible d'assister à une course de taureaux honnête.

– J'en ai pourtant vu une ou deux qui m'ont semblé honnêtes à moi, dit Taliaferro.

– De l'endroit où tu étais assis, oui. Comment pourrais-tu savoir de combien ils ont raccourci les cornes du taureau ou les dégâts qu'ils font avec leurs piques ?

– Je ne le peux pas, reconnut Taliaferro de bonne grâce. Mais le spectacle qui m'est proposé me satisfait.

– Tu parles d'un aficionado, reprit Salazar. Tu es aussi lamentable que ces touristes américains qui regardent ça avec des yeux ronds comme des soucoupes et qui crient *olé* chaque fois que le taureau à moitié mort essaye de s'échapper de l'arène.

– *Olé !* s'écria Santa Curz en agitant sa serviette au-dessus de sa tête.

Ils déjeunaient dans le patio du club, un endroit ombragé que le bruit d'une fontaine semblait rendre plus frais qu'il n'était en réalité. D'autres tables étaient disposées autour de la fontaine et leurs occupants se retournèrent pour regarder Santa Cruz.

– Est-ce que ça te gênerait de ne pas te montrer en spectacle, lui souffla Blas d'un ton furieux.

– Cris, mon vieux, renchérit Alden-Aragone, tu ne te rends pas compte que tu es en train de mettre en danger tout mon avenir politique ?

– Mais comment peut-on truquer une course de taureaux ? demanda Ben à Salazar. Même un taureau de ferme devient dangereux si on lui tord la queue.

– Mais pas si on lui raccourcit les cornes de telle sorte qu'il ne puisse que pousser avec le bout arrondi qui lui reste, et si en supplément on le pique si profondément qu'il n'a même plus la force de relever la tête pour le faire. Je ne nie pas qu'il y ait des matadors blessés et quelques-uns tués en exerçant leur métier...

– Leur art, intervint Santa Cruz avec une horreur feinte. Leur art.

– ... leur métier, reprit Salazar. Mais n'importe quel gros animal devient dangereux si, quand il charge, on place son ventre sur sa trajectoire. En réalité, c'est l'homme qui rend les courses de taureaux dangereuses, pas le taureau.

– Le taureau brave est un animal diminué, le toréador fait dans son pantalon de lumière et le moment de la vérité est une jolie tromperie. Je peux vous le dire. J'ai des membres de ma famille dont le travail consiste à organiser des courses d'un bout à l'autre du continent.

– Du calme, dit Santa Cruz. Tu vas te faire éclater une artère.

– N'empêche que Julio a raison pour les touristes qui se prennent pour des *aficionados,* dit Taliaferro. Quand j'étais étudiant, je suis descendu à Mexico avec des copains une année, pendant l'été, et nous sommes allés regarder les taureaux. Vous auriez dû voir mes gentils petits camarades Yankee essayer de faire encore mieux que Hemingway. Le spectacle qu'ils offraient était bien supérieur à ce que les taureaux pouvaient faire. Ah, *la fiesta brava*. Sa beauté ! Sa magnificence ! L'universalité de sa tragédie ! L'étude exquise de ses mouvements et de ses couleurs ! Tout sauf la triste vérité que voilà : regarder un homme torturer un animal peut procurer à certains une jolie petite sensation sadique au fond des tripes.

– Est-ce cela que vous éprouvez en assistant à une course de taureaux ? s'enquit Ben.

– Ce n'est pas à lui qu'il faut poser cette question, dit Santa Cruz. Quand il était gamin il arrachait les ailes des mouches. Il n'est pas objectif.

– J'ai lu un article d'un psychiâtre qui était l'un de ces *aficionados,* raconta Alden-Aragone. Il écrivait que le matador est un homme qui doute de sa propre virilité et qui doit donc dominer le taureau pour se rassurer lui-même.

– La seule chose dont un matador doute, c'est du montant de son compte en banque, assura Salazar.

– Il n'avait tout de même pas tort, insista Alden-Aragone. On ne peut nier que les courses de taureaux aient une signification sexuelle. Ça saute aux yeux.

– Tout a une signification sexuelle, dit Santa Cruz.

Vous avez été témoin de l'effet que la Fête de la Corde produit sur les femmes. Il n'y a pas une seule fille qui, après avoir assisté au spectacle, refuserait d'aller faire un petit tour dans les bois avec vous.

– Si son papa était d'accord, dit Taliaferro.

– C'est répugnant, dit Blas d'un ton froid.

– Vous voulez dire qu'ils s'y rendent en famille ? demanda Ben.

– S'ils en ont les moyens, oui, répondit Taliaferro. Le voyage jusqu'au Victorica coûte cher pour ceux qui n'ont pas de voiture. A propos, Blas vous a-t-il montré notre brave Ajaxa ? Ça vous donnera une idée...

– Et comment pouvez-vous comparer la corde avec les taureaux ? s'insurgea Blas en s'adressant à Santa-Cruz. Cette comparaison est ridicule.

– Je ne les comparais pas. Je ne faisait que mettre en lumière l'effet que chacun d'eux produisait sur les femmes. Tu sais comment sont les femmes, hein, Blas ? A moins que tu n'en sois pas encore arrivé là ?

– Il y a quelque chose d'erroné dans ta théorie, Cris, remarqua Alden-Aragone tristement. Blas en est bien la preuve. Regarde-le : il approche de l'âge mûr et il a gardé toute l'ingénuité de la jeunesse. Eh bien, s'il s'était seulement offert une nuit chez Mme Sophie, juste une petite heure de recherche scientifique...

Ben surprit le signe d'avertissement que Santa Cruz adressait de la tête à Alden-Aragone et dont celui-ci tint immédiatement compte.

– La maison de Mme Sophie, expliqua-t-il à Ben sur un ton léger, est la meilleure de la ville, mais je ne la recommanderais pas sérieusement ; la marchandise n'y est pas garantie.

– Je m'en souviendrai, dit Ben.

Puis il fit un signe de tête à Taliaferro :

– Oui, j'ai déjà vu la statue d'Ajaxa. Et j'irai à la Fête avec les Bambas-Quincy. La seule chose qui m'inquiète c'est de savoir si je serai capable de supporter ce spectacle. Jérôme m'a fait clairement comprendre que la première fois c'est difficile.

– Parce que c'est véritablement le moment de la vérité, affirma Blas. Quand on se passe la corde autour du cou il n'y a plus de trucage possible.

– Absolument aucun, assura Taliaferro d'une voix solennelle.

– Et si le futur pendu tranche la corde tout de suite ? demanda Ben.

– Cela aussi je l'ai vu se produire, répondit Taliaferro. Ça veut seulement dire qu'il a tout de suite compris que sa chair était plus forte que son esprit. Il n'y a pas de honte à ça. Personne n'y fera jamais allusion.

– Dans un cas pareil, peut-on se représenter l'année suivante ?

– Si l'on en est reconnu physiquement capable, pourquoi pas ? Celui qui souhaiterait tenter cette expérience aurait pendant toute l'année essayé de se conditionner de telle sorte que son esprit pèse davantage dans la balance que sa chair. Voyez-vous, l'épreuve de la corde est bien plus spirituelle que physique. Quiconque la tente sans comprendre cela est en mauvaise posture dès le départ.

– Les Indiens le comprennent, dit Blas. Mais nous autres avons du mal à nous en convaincre. Voilà pourquoi nous n'avons eu que deux champions au cours de toutes ces années.

– Un moment, nous avons pensé que Blas serait le troisième, intervint Santa Cruz, et puis il s'est mis à prendre du poids.

– Qu'est-ce que vous entendez par là, dit Ben en s'adressant à Taliaferro, quand vous parlez d'être en mauvaise posture ?

– Vous avez toutes les chances d'y laisser votre peau. Vous voulez lever le couteau vers la corde mais ne le pouvez pas. Alors vous vous mettez à vous tordre et à donner des coups de pieds dans le vide et c'est à ce moment-là que l'on voit des gens détourner le regard. C'est...

– En vérité, l'interrompit Salazar, la corde, elle, possède réellement toute la mystique à laquelle prétend la course de taureaux. La corde est le test ultime. Elle ne connaît ni sentiments, ni peur ; il n'est nul besoin de la tourmenter pour lui communiquer l'envie de vous tuer. Elle va vous tuer parce que telle est sa fonction. Elle représente Dieu. Quand un homme attache sa corde à la potence, il voit au plus profond de son âme pour la première fois. Chaque seconde qui s'écoule au bout de la corde l'approche davantage de la vérité sur lui-même. Comme le disent les Indiens, tout homme est en partie animal et en partie dieu. L'animal est effrayé mais le dieu est sans peur parce qu'il vit au-delà de la mort. La corde vous révèlera ce dont vous vous rapprochez le plus : de l'animal ou du dieu.

– *Olé !* chuchota Santa Cruz avec force.

– Tu peux en rire, lui dit Blas, mais tu sais bien que tu vas y assister comme tout le monde.

– Naturellement. Blas, quelquefois tu me rappelles le Père Bibieni. Bien que vous ne soyez pas du même bord, il n'en existe pas moins une étrange ressemblance entre vous.

– Avez-vous entendu son sermon de dimanche dernier ? demanda Alden-Aragone.

– J'ignorais que Blas montât en chaire le dimanche, dit Santa Cruz. Je croyais que c'était son jour de congé.

– Espèce de clown, tu sais très bien de quoi je parle. J'ai l'impression que cette fois-ci, le bon père a rompu les amarres. La Fête n'est plus la dernière étape sur le chemin du péché. Elle est devenue un péché mortel : elle incite au suicide.

– Oui, je sais, dit Alden-Aragone. J'ai aussi entendu dire que l'évêque l'avait fait venir pour avoir avec lui une longue entrevue en tête à tête, et qu'il avait essayé de lui expliquer, en utilisant des mots tout simples, que l'homme qui participe à la fête n'est pas plus coupable de suicide qu'un matador, un pilote de course automobile ou n'importe quelle personne exerçant un sport violent. Et il paraît que l'évêque a été battu à plate couture.

– Où êtes-vous allé chercher tout ça ? demanda Taliaferro.

Ce à quoi Santa Cruz répondit :

– On peut faire confiance aux politiciens pour tout connaître des affaires privées des autres.

– Est-ce que ce Père Bibieni a beaucoup d'adeptes ici ? demanda Ben. Pourraient-ils réellement faire interdire la Fête ?

– C'est peu probable, dit Alden-Aragone. A l'exclusion de quelques innocents bien intentionnés, son seul appui lui vient de la frange de la population proche de l'aliénation mentale. Nos *nadaistas* (il faut les voir pour le croire) et quelques radicaux du cru.

– Je croyais que vous figuriez sur la liste des candidats représentant le Parti Radical, s'étonna Ben.

– C'est juste un nom. Nous ne sommes radicaux ni dans le domaine politique ni dans le domaine social. Nous souhaitons seulement qu'on admette au palais présidentiel que le vingtième siècle est enfin arrivé.

– Chers amis et électeurs, s'écria Santa Cruz, M. Gil Alden-Aragone va maintenant vous faire un bref exposé sur l'importance, pour notre république, du développement d'une classe moyenne prospère.

– Il y a encore quelqu'un d'autre qui aimerait voir mettre fin à la Fête, dit soudain Salazar. Un étranger, pas moins.

– A quoi bon discuter de cela ? dit Blas. Un autre étranger se trouve justement parmi nous.

– Je le sais bien. Et je ne vois pas de plus sincère compliment à lui adresser que de lui dire qu'il ne ressemble en rien à son compatriote, Dieu merci.

– Allons, Julio, reste poli, plaisanta Taliaferro.

– Mon compatriote ? demanda Ben. De qui s'agit-il ?

– De ce peintre que nous avons aperçu quand nous étions devant le musée, expliqua Blas.

– David Chapin ? Qu'est-ce qu'il a à voir avec la Fête ?

– Rien du tout, heureusement, répondit Salazar. Mais

il semble croire que les opinions qu'il en a ont une grande importance. Il n'était pas là depuis une semaine qu'il les avait déjà confiées en détails aux journaux.

– Il est tombé dans le piège tendu par les journalistes, dit Alden-Aragone. Tu connais le *Transcript* de Port Buchanan aussi bien que moi. Et ce que le *Transcript* imprime le lundi, tu es sûr de le retrouver dans *El Diario* le mardi.

– L'ennui, dit Santa Cruz à Ben sur un ton d'excuse, c'est que nous avons les mêmes réactions de provinciaux que dans n'importe quel trou perdu de l'Arkansas. Nous n'avons pas l'habitude de recevoir des célébrités. Lorsque ça se produit, notre plus grande hâte est de les ramener à notre niveau. Je suis persuadé que si Chapin s'était douté qu'il risquait de froisser nos sentiments nationaux par ses réflexions désobligeantes sur la Fête, il n'aurait pas ouvert la bouche.

– Qu'a-t-il donc dit ?

– Oh, fit Santa Cruz avec un haussement d'épaules, le couplet habituel contre la vivisection, et c'est exactement ce qu'attendait le *Transcript*. Pour des raisons obscures qui n'engagent qu'eux, ils sont violemment anti-yankee. Aussi dès le lendemain ont-ils publié leur article sur toute une colone, et dans la colone voisine ils ont titré « Les Yankees préfèrent ça » au-dessus de plusieurs vues de Hiroschima après la bombe ainsi que des photos d'une ou deux de ces jeunes filles japonaises qui sont venues aux Etats-Unis se faire refaire le visage. C'était de la provocation pure et simple. Vous pouvez deviner les sentiments des gens à l'égard de Chapin après cet incident.

– Mais pourquoi ce journal est-il aussi anti-yankee ? J'ai l'impression que nous ne possédons ici absolument aucune influence. Et je suis bien placé pour ça.

– C'est bien là la raison, répondit Alden-Aragone. Hormis pour obtenir que nous votions pour vous aux Nations Unies, votre influence ici est nulle, et le Parti Républicain a l'intention de perpétuer cet état de choses.

Il se trouve que le *Transcript* est leur porte-parole.

– Et *El Diario* est l'écho espagnol du Transcript, précisa Santa Cruz. La seule différence c'est qu'ils aiment publier des photographies de jolies filles. Eux aussi ont publié l'interview de Chapin mais en l'illustrant uniquement de photos de son épouse.

– Une femme délicieuse, fit Taliaferro rêveusement.

– Délicieuse ou non, reprit Ben, quelles sont les chances d'un changement politique dans l'avenir ?

– Infimes, dit Alden-Aragone après avoir hoché lentement la tête. Si mon parti se défend bien, il n'en restera pas moins minoritaire à la Chambre et au Sénat. Et il se peut qu'il ne se défende pas si bien que ça. Les *Fidelistas* mettent les bouchées doubles pour persuader les gens de ne pas voter du tout afin d'exprimer leur désaccord on ne sait pas trop vis à vis de quoi, et nous allons y laisser des plumes.

– Ils sont communistes ?

– Le parti communiste, en fait, n'existe pas ici car il est illégal, mais ils sont téléguidés par Moscou, c'est sûr. Ajoutez à ça des socialistes, des agitateurs axoyacs et tout un assortiment d'énergumènes. Je n'ignore pas la difficulté de votre position, Ben. J'aimerais bien pouvoir vous remonter le moral mais c'est impossible. Et Chapin ne vous a guère aidé avec sa naïveté.

Ben maudit en silence David Chapin, sa naïveté et l'ensemble de son œuvre.

– Mais que vient-il faire ici ? demanda-t-il. Qu'est-ce qui l'a décidé à venir à Santo Stefano ?

– Dieu seul le sait, répondit Taliaferro.

– Peut-être Chapin ne le sait-il pas lui-même, ajouta Santa Cruz. Un moment le bruit a couru qu'il fuyait la police des Etats-Unis pour une raison ou une autre, mais nous nous sommes renseignés auprès de Hintze, votre consul adjoint ici, et ce n'était qu'une fable. Tout ce que nous savons c'est que lui et sa bande ont brutalement débarqué un beau jour à l'aéroport, sont descendus au Buchanan un certain temps puis se sont installés quelque part du côté des quais dans l'une des ruelles qui donnent sur la Calle Contenta. Très mystérieux, tout cela. Peut-être y cherche-t-il une certaine *vie de bohême* * à la mode de Port Buchanan.

– Et c'est dans ce quartier-là qu'il peut la trouver ?

– Tout au moins ce qui s'en rapproche chez nous, expliqua Santa Cruz. En dehors de la marée habituelle des pauvres et des Indiens, c'est là que vous trouverez nos esprits libres à nous. Le long de la Calle Contenta, ils tiennent plusieurs cafés où les *nadaïstas* viennent se réunit.

– L'activité nocturne de la ville, commenta Alden-Aragone à l'attention de Ben. Autant que vous sachiez la vérité : Port Buchanan est vraiment un antre de moralité.

– Peut-être est-ce là la raison de la présence de ce peintre, dit Salazar. Il est d'une morale si élevée. A propos, il paraît qu'il va faire un discours ce soir au café Le Soleil et la Lune, celui qui se trouve sur la Plaza Republica. Si nous y allions pour lui demander les raisons de sa présence ici ?

– Pas moi, assura Taliaferro. Je suis marié maintenant. J'ai déjà utilisé mes six permissions de sortie le soir cette semaine.

– Moi de même, dit Santa Cruz, mais tu peux compter sur moi. Et toi, Gil ? Nous pourrions passer la soirée ensemble et montrer à Blas et à notre impérialiste yankee ici présent la vie cachée de Port Buchanan.

– Bien sûr, répondit Alden-Aragone. Je pourrai même offrir une tournée générale de café et aller à la pêche aux suffrages.

– Je préfère m'abstenir, dit Blas avec raideur.

– Oh, allez ! Viens ! insista Santa Cruz. Ce n'est pas Mme Sophie !

– Je préfère m'abstenir, répéta Blas un peu plus fort.

– Et vous, alors ? demanda Santa Cruz à Ben. Quand

(*) En français dans le texte.

Gil en aura terminé avec sa propagande électorale, vous pourrez plaider publiquement en faveur d'une meilleure compréhension entre les peuples.

– Je veux bien essayer, dit Ben.

4

Quand il rentra à son hôtel, un message l'y attendait. M. Victor Bambas-Quincy avait téléphoné de Huanu Blanco et priait M. Smith de le rappeler aussitôt que possible. Assis sur le bord du lit, une main sur le téléphone, Ben éprouvait le même sentiment qu'au moment fatidique où O'Harragh l'avait convoqué. Il était fort possible que Bambas-Quincy, après avoir pris connaissance du contrat, lui annonçât sa décision de refuser de le signer. Cela lui promettait des bénéfices confortables, certes, mais cet accord mettrait en péril le mode de vie de Santo Stefano et il ne pouvait sacrifier égoïstement la république à ses propres intérêts. Au revoir, M. Smith, et *bon voyage* *.

Comme toujours, l'imagination se révéla plus noire que les faits. Au téléphone, Bambas-Quincy fit assaut d'amabilité, priant sont interlocuteur de bien vouloir excuser son absence et formulant l'espoir qu'il ne s'était pas trop ennuyé pendant ces derniers jours. M. Blas Miralanda avait reçu pour instruction de veiller à ce que son séjour fût agréable. S'en était-il correctement acquitté ?

– Tout à fait, dit Ben. Et je lui en suis fort reconnaissant. De même qu'à vous.

(*) En français dans le texte.

– Non, non. C'est bien là le moins que nous puissions faire. De toutes façons, je viens de confier à M. Adams, mon intendant général, la responsabilité de mes affaires et je rentre demain à Port Buchanan pour remplir mon rôle d'hôte. Il faut que vous soyez des nôtres pour le dîner : vous ferez ainsi la connaissance de ma petite famille et de quelques bons amis. Ma voiture passera vous prendre à vingt heures.

– Ce n'est pas nécessaire. Je n'aurai aucun mal à trouver un taxi.

– Non, la voiture sera chez vous à vingt heures. Au revoir, M. Smith. Ah, au fait, n'oubliez pas la tenue de soirée, s'il vous plaît. Ma mère sera présente et elle apprécie ces petites formalités.

Ben reposa le récepteur puis considéra les paroles qui venaient d'être prononcées, pesant chacun des mots. Les nuances dont s'entoure un accord commercial peuvent être subtiles au point d'en paraître négligeables et demeurer néanmoins lourdes de conséquences. Par exemple, cette allusion à la tenue de soirée. Il n'en avait pas amené parce que Fred Burleson, dans son rapport, n'en avait pas souligné la nécessité. Ce qui pouvait signifier que Burleson, qui portait à chaque détail une attention scrupuleuse, n'en avait pas eu l'usage. Ce qui pouvait alors signifier que l'on témoignait à Ben Smith une considération que l'on n'avait pas témoignée à Fred Burleson : à n'en pas douter, un signe encourageant. Ou cela pouvait ne rien signifier du tout. En dernière analyse, la seule chose qui ne faisait aucun doute c'était qu'avant le lendemain soir il lui faudrait louer une tenue de soirée, et rien ne saurait davantage mettre un homme mal à l'aise que d'avoir conscience de porter un costume de location lui allant plus ou moins bien.

Ce fut Santa Cruz qui résolut ce problème. Salazar et lui retrouvèrent Ben tard dans la soirée et le conduisirent vers une spectaculaire Cadillac décapotable de couleur blanche ; Alden-Aragone était au volant. Tandis qu'ils se glissaient entre les voitures qui encombraient l'Avenida

Hermanos, Ben fit allusion à son invitation du lendemain et aux exigences qu'elle impliquait.

– Louer un costume ? s'exclama Santa Cruz. Voilà qui est absolument irréalisable : c'est la période de la Fête qui commence. Les sous-secrétaires et le personnel de cuisine des ambassades ont nettoyé les réserves depuis déjà une semaine.

– Bon, fit Ben.

Il évalua Alden-Aragone :

– Gil, nous avons à peu près la même taille. Est-ce que l'idée de...

– Désolé. La perspective de voir un habit de soirée radical s'exhiber à un dîner du Parti Républicain me heurte. D'ailleurs, je ne sais si je devrais vous encourager à fréquenter des gens de cette sorte.

– Arrête de le taquiner, Gil, dit Santa Cruz en riant avant de se tourner vers Ben. Présentez-vous à mon magasin du Paseo de James Monroe demain matin, et l'on vous trouvera le meilleur costume que nous ayons. Ce sera mon cadeau à notre bon ami venu du nord.

– Oh, non ! Je serais confus d'accepter, s'exclama Ben. Après tout, ma compagnie se fera un plaisir de régler la facture.

– Dans ce cas, s'empressa de déclarer Santa Cruz, le prix sera majoré de dix pour cent.

– Tout ça pour notre bon ami venu du nord, persifla Salazar.

– Tous ces dîners de famille sont-ils toujours aussi cérémonieux ? demanda Ben. A New York on ne m'en avait pas touché mot.

– Pas tous, répondit Salazar. Chez Victor cela signifie généralement que la vieille dame consentira à se montrer. Ce qui n'arrive plus très souvent maintenant. Elle passe la majeure partie de son temps dans les montagnes.

– Oui, je sais. Blas m'en a parlé.

– En bien ou en mal ? s'informa Santa Cruz.

Ben réfléchit à la question.

– C'est difficile à dire, hasarda-t-il. J'ai quand même

eu l'impression qu'il avait un peu peur d'elle.

– *La reina,* dit Salazar. Elle est la reine et sait vous le faire comprendre. Tu te souviens quand nous étions gamins, Cris ?

– Comment l'oublier ?

– Nous étions souvent fourrés chez eux, précisa Salazar à l'intention de Ben. Jérôme et ses sœurs disposaient d'une fabuleuse maison de jeu, au fond de la propriété ; nous avions fondé notre club à nous et elle nous tenait lieu de quartier général. La vieille dame ne venait jamais de ce côté-là, mais les jours de pluie où nous étions dans la grande maison elle apparaissait tout à coup et nous paralysait sur place. Nous pouvions très bien être en train de jouer à quelque chose en poussant des hurlements et tout d'un coup elle était là sur le seuil de la pièce : la seconde suivante on aurait pu entendre une ange passer. Elle nous terrifiait.

– Pas les filles, dit Santa Cruz.

– Même les filles.

Alden-Aragone jeta un coup d'œil dans le rétroviseur et secoua la tête.

– Gil a raison, Julio, assura-t-il. Les filles savaient qu'elle les adorait. Elles n'avaient pas peur d'elle. C'étaient les garçons qu'elle détestait.

– Est-ce qu'elle le montrait aussi ostensiblement que ça ? s'enquit Ben.

– Oui, répondit Alden-Aragone. Elle nous toisait en pinçant les lèvres, puis elle disait à Luz et à Elissa, « Est-il absolument nécessaire que vous passiez votre temps avec eux ? » Si ça ne marchait pas, il lui arrivait d'essayer de les attirer en leur promettant quelque chose.

– Oui, c'est vrai, s'écria Santa Cruz qui poursuivit avec une voix de fausset : « Venez avec moi mes petites filles. J'ai quelque chose de joli pour vous. »

– Et Jérôme ?

– Elle le mettait dans le même sac que nous, assura Alden-Aragone. Ce n'était qu'un petit garçon tout aussi dégoûtant que les autres.

– C'est surprenant. Et moi qui croyais que les grand-mères étaient folles de leurs petits-fils. Et comme Jérôme était le seul garçon de la famille...

– Oh, c'est qu'en ce qui la concerne, elle est beaucoup plus reine que grand-mère, expliqua Salazar. Elle est une sorte de vestige datant de l'ère victorienne, l'incarnation glacée d'une vertu proclamant son dégoût de la gent masculine.

– Splendide, s'exclama Santa Cruz. Belle image ! Magnifique éloquence !

– En tous cas, il n'y a rien de plus vrai, dit Salazar. Elle me donne toujours l'impression que le terme répugnant lui paraît bien pâle pour caractériser les mâles. Je ne peux pas imaginer comment son mari s'y est pris pour l'attirer dans le même lit que lui.

– Quoi qu'il en soit, dit Alden-Aragone, du jour où elle a épousé Roberto, elle a été l'élément moteur de la famille. C'est à son argent et à son intelligence qu'ils doivent de posséder la plus grosse fortune du pays. Vous savez bien que Roberto n'a jamais rien entendu aux affaires. Cela ne change évidemment rien à son étroitesse d'esprit ni à sa pruderie, mais le respect qu'on lui témoigne est mérité. Sachez d'ailleurs que Victor lui demande encore régulièrement conseil.

– Si je vous comprends bien, c'est elle seule qui pourrait décider de l'implantation des Industries Maritimes dans l'île ?

– C'est difficile à dire. Mais de toute évidence, elle a été invitée à donner son avis. Je ne serais pas du tout surpris que le dîner de demain ait été organisé pour lui permettre de jeter un coup d'œil sur vous. Elle a quatre-vingt-dix ans passés. Elle n'aurait certainement pas entrepris ce long voyage jusqu'à la ville uniquement pour le plaisir, surtout par ce temps.

– N'essayez pas de faire bonne impression sur elle, dit Santa Cruz à Ben. Contentez-vous d'être là et de la laisser regarder attentivement mon costume. Je vous garantis qu'elle sera absolument éblouie.

– Peut-être ferais-je aussi bien de me contenter d'y envoyer le costume.

– Il me semble me souvenir avoir entendu parler d'une histoire de ce genre, renchérit Alden-Aragone. Un costume qui pendant deux jours avait occupé le fauteuil de l'un des membres d'une association d'étudiants tandis que le membre en question s'était absenté pour une raison urgente.

– Il ne faut pas m'en tenir rigueur, Gil, dit Santa Cruz. A cet âge-là j'étais un adolescent très perturbé.

– Et elle, c'etait une adolescente très perturbée.

– Une femme. Elle avait au moins quarante ans. Mais son cœur avait su rester jeune, que Dieu la bénisse.

– Et c'est reparti encore une fois, remarqua Salazar. Berkeley, la Babylone du Nord.

Santa Cruz se tourna vers Ben :

– Vous n'avez aucune idée de ce que ça représente d'être un jeune et riche Sud-Américain par chez vous, cher ami. C'est le paradis. Le seul problème c'est qu'il ne faut pas oublier de parler un anglais à la grammaire légèrement écorchée et à l'accent pimenté. C'est ce parler latin qui les fait tomber en pâmoison.

– Ça, et tout l'argent que papa envoie pour permettre de suivre de bonnes études, ajouta Alden-Aragone.

– Pas mon papa à moi, protesta Salazar. Pendant tout le temps que j'ai passé à l'université, c'est-à-dire quatre années entières, il s'est imaginé que le dollar de Santo Stefano avait la même valeur que le dollar américain. J'étais sûrement l'étudiant le plus pauvre à l'ouest des Rocheuses.

– Ce que je ne comprends pas bien, avoua Ben, c'est la raison pour laquelle il a éprouvé le besoin de vous y envoyer. Je ne parle pas de l'université en tant que telle mais des universités américaines. S'il y a un tel sentiment anti-yankee ici, principalement chez les gens de la génération précédente, pourquoi ne pas avoir choisi une bonne université du continent ? Ou d'Europe, après tout ?

– La réponse est évidente, dit Alden-Aragone. Dans le monde entier il n'existe pas d'endroit plus sûr que les universités américaines pour qu'un garçon passe à l'âge adulte.

– Là-haut, chez vous, quand les étudiants décident de manifester avec violence, expliqua Santa Cruz, ça donne une course à la petite culotte. Ils ne s'emparent même pas des filles, non, seulement des petites culottes. Ailleurs il n'en va pas de même. Une manifestation estudiantine annonce une intention de renverser le gouvernement. Cela ne faisait peut-être pas trop plaisir à mon père de m'envoyer à l'étranger pour apprendre comment voler les petites culottes des filles, mais ça lui aurait fait bien moins plaisir encore de me voir revenir au pays la tête farcie d'idées extrémistes.

– Vous aussi avez fait des études supérieures aux Etats-Unis, dit Salazar à Ben. Avez-vous eu une activité politique digne de ce nom ?

– Ça ne veut pas dire que les circonstances n'y étaient pas favorables. Non, ça ne m'intéressait pas, voilà tout.

– Tout à fait d'accord, acquiesça Salazar. Mais si vous aviez suivi des études ici, ça vous aurait intéressé.

– Nous y voilà, intervint Alden-Aragone. Et maintenant, où diable allons-nous garer ?

L'Avenida Hermanos, qui se rétrécissait comme un entonnoir en serpentant entre les taudis proches de la Plaza Republica, était encombrée de voitures petites et grandes, de bicyclettes et de vélomoteurs, de charrettes tirées par des ânes qui semblaient dormir debout. Devant eux, au plus dense de l'embouteillage, un agent de police en colère hurlait des ordres, mais personne n'y prêtait la moindre attention. Tout le monde klaxonnait, agitait des clochettes, lançait des injures à l'agent de police, s'apostrophait en anglais, en espagnol et dans un étrange dialecte guttural que Ben n'avait jamais entendu et qui lui paraissait d'autant plus effrayant.

Au milieu de ce désordre indescriptible couraient des enfants, certains sans chemise, d'autres sans pantalon, d'autres encore sans chemise ni pantalon, qui se déplaçaient en bande, contournaient les véhicules ou les escaladaient ; ils portaient des têtes de mort en papier mâché, des petits drapeaux au bout de bâtons (le drapeau national de Santo Stefano avec sabre doré, lame dirigée vers le haut, sur champ bleu) et, parfois, de petites cordes tressées avec un nœud à une extrémité qu'ils faisaient tournoyer au-dessus de leurs têtes comme des lassos ou pendre de manière suggestive comme des bourreaux miniatures traquant férocement leur victime.

– Avant la fin de la semaine, il y en aura bien un ou deux qui seront morts, remarqua Santa Cruz à l'intention de Ben. C'est la même chose tous les ans. Ça les amuse de jouer au champion de la fête et, tout d'un coup, on s'aperçoit qu'il est trop tard pour couper la corde.

Alden-Aragone ajouta le bruit de son klaxon au tumulte qui les environnait.

– La seule façon dont ils puissent résoudre le problème de circulation qui se pose toujours ici (et son ton était celui de l'automobiliste furieux quelle que soit sa nationalité) c'est de raser ce quartier et de le reconstruire de A à Z. J'espère que mes petits-enfants vivront assez longtemps pour le voir.

Les voitures recommencèrent à avancer, centimètre par centimètre. Quelques habiles manœuvres permirent au conducteur de s'extraire de l'embouteillage et de garer la voiture à moitié sur le trottoir. A peine en étaient-ils descendus qu'une nuée d'enfants la prit d'assaut, sautant sur les sièges pour atteindre la rue de l'autre côté.

– Attrapez celui-là ! cria Alden-Aragone.

Ben passa un bras autour de la taille du premier et du plus petit du groupe avant qu'il pût s'enfuir. L'enfant hurla et se débattit jusqu'à ce qu'Alden-Aragone l'eût sévèrement apostrophé en espagnol ; alors il se calma puis se mit à renifler et à pleurer.

– *Luis de la Horca esta en el Sol y la Luna,* gémissait-il en agitant son drapeau d'un geste sans espoir dans la direction où ses amis avaient déjà disparu. *Luis de la*

Horca !

– Bah, laissez-le partir, dit Alden-Aragone.

L'instant d'après le garçon avait bondi par-dessus le siège arrière de la voiture et disparu à son tour.

– J'ai cru comprendre qu'il nous racontait que Luis je ne sais comment était au café Le Soleil et la Lune, dit Ben. S'agirait-il du champion que Blas admire tant ? Le seul qui ait remporté la Fête à deux reprises ?

– C'est bien lui, répondit Salazar. Et le nom que le gamin lui donnait était Luis de la Corde. Le champion de la potence. Environ une fois dans sa vie on peut voir un homme réaliser un fantastique exploit à la Fête de la Corde, si fantastique que ça lui donne le droit d'être appelé ainsi. Luis est la merveille dont s'enorgueillit notre génération.

– Mais que fait-il donc au café Le Soleil et la Lune ? demanda Santa Cruz. D'habitude, en cette période de l'année, il se trouve sur le Victorica, au village de Chicamayo. Et quand il vient en ville, c'est toujours dans l'une de ces *cantinas* indiennes où on lui paye tous les verres qu'il peut avaler. N'allez pas me raconter qu'il est venu ici dans le seul but d'écouter la déclaration de Chapin. Tu vas voir, Gil, que Chapin va annoncer sa candidature.

– Et avec Luis de son côté, renchérit Salazar, il se pourrait bien qu'il soit élu.

Ben comprit la justesse de cette réflexion lorsqu'ils approchèrent du café. La rue sur laquelle donnait celui-ci était absolument bondée de spectateurs excités, pas uniquement des enfants mais aussi des hommes et un assez grand nombre de femmes, tous se bousculant et jouant des coudes pour tenter d'apercevoir leur héros par la porte ouverte. Ils durent faire preuve d'une certaine brutalité pour parvenir à se frayer un chemin à travers cette foule, mais à l'entrée, la masse des corps était si compacte qu'il était impossible de la franchir. Le Soleil et la Lune n'était pas très grand ; toutes les tables étaient occupées et des spectateurs debout s'alignaient le long des murs. Ce fut alors que Ben apprit les avantages que pouvait procurer un nom à trait d'union.

– Je désire une table pour quatre. Je suis M. Alden-Aragone.

Il s'était adressé à l'homme énervé et ruisselant de sueur qui gardait la porte. Sa mauvaise humeur disparut comme par enchantement, et même la sueur qui couvrait le visage laid du personnage sembla s'évaporer. On leur fraya un chemin, un serveur apporta une table renversée sur sa tête : on disposa des chaises tout autour et le serveur s'assura de leur propreté en les cinglant de son torchon. Quand ils eurent tous pris place, il se mit au garde à vous et attendit leur commande.

– De la *chicha* et de la sauce, commanda Alden-Aragone. Et de la bière. Beaucoup de bière, très fraîche.

– Qu'est-ce que c'est que la *chicha ?* demanda Ben.

– C'est le vin du pays, lui répondit Santa Cruz. On l'extrait du maïs et on laisse fermenter deux jours. Les Indiens en raffolent.

– Il faut s'en méfier, avertit Salazar. C'est véritablement de l'huile de fusel. Quelqu'un devrait peut-être prévenir les invités d'honneur.

Il regardait par-dessus l'épaule de Ben et celui-ci, en se retournant un peu, aperçut derrière lui une table encombrée de nombreuses bouteilles et autour de laquelle étaient assis Chapin, sa femme, son agent trapu et chauve ainsi qu'un Indien de petite taille à la peau basanée. Au moment où le regard de Ben croisa le sien, la femme de Chapin lui adressa un sourire qui exprimait une franche et amicale confiance. C'était si inattendu qu'il demeura bouche bée après qu'elle eut détourné le regard et repris sa conversation avec l'agent artistique. Ben éprouva davantage de difficulté à détourner son regard. C'était une grande et jolie fille, mais cependant que sa chevelure d'un blond pâle, ses lèvres pleines, ses seins épanouis exprimaient une sensualité intense et attirante, elle paraissait comme nimbée d'une innocence juvénile et candide. Ben estima qu'elle avait dans les vingt-cinq ans et qu'elle était donc d'au moins quinze ans plus jeune que Chapin. Il se dit qu'il devait s'agir du parfait exemple de la jeune fille en quête de l'image du père, et du peintre blasé qui avait su en tirer parti. Le veinard.

Du coude, Salazar attira son attention :

– Regardez le cou de Luis, chuchota-t-il. Vous verrez la marque.

C'était un spectacle à donner le frisson. Luis portait une chemise sans col : très visible autour de sa gorge basanée se distinguait une ligne pâle imprimée dans la chair : la trace de la corde au bout de laquelle il s'était balancé par deux fois, et par deux fois il avait attendu de voir la mort fondre sur lui dans un bruit de tonnerre tandis que d'une main défaillante il étreignait la courte lame qui était son unique recours contre le trépas.

Pourtant, à le regarder, il n'avait pas l'air d'un héros, il ne faisait guère impression. Frêle et ridé, il écoutait, à demi hébété, ce que lui racontait Chapin, et lorsque ce dernier buvait il levait lui aussi son verre, déversant avidement le liquide dans sa gorge d'un petit mouvement du poignet. A première vue, rien ne le distinguait d'un Axojac quelconque de Port Buchanan, d'une épave humaine que son maître aurait eu la fantaisie d'inviter à boire un verre dans ce café.

Mais il avait fait quelque chose que nul autre n'avait fait. Pas seulement une fois, mais deux, il avait délibérément gravi cette hauteur suprême qui sépare la vie de la mort, il s'était élevé jusqu'à son sommet, avait plongé son regard de l'autre côté dans l'inconnu et était revenu en parler. Ben se souvenait avoir entendu Blas lui dire que les Axojacs avaient la ferme conviction que le champion de la Fête de la Corde ne faisait pas que se pendre un court instant de plus que ses rivaux, mais qu'il mourait littéralement avant de revenir à la vie. Et à voir tous ces gens qui se démanchaient le cou, grimpaient sur des chaises pour entr'apercevoir Luis de la Corde, Ben trouva impossible de ne pas partager avec eux un sentiment d'angoisse mêlée d'admiration en présence de ce petit Lazare au teint acajou.

Alden-Aragone avait dû lire ses pensées.

– Il ne paye pas de mine, hein ? dit-il en souriant. Un poids plume maigrichon, rien de plus. Mais si jamais vous serriez son cou entre vos mains, vous auriez l'impression de tenir une barre de fer.

– Chez lui il n'y a pas que le cou qui ressemble à une barre de fer, ajouta Santa Cruz. Blas vous a-t-il raconté la fois où il s'est pris pour Ajaxa ?

– Non.

– Eh bien un jour qu'il s'était enivré, il s'est posté à proximité de la statue et a attendu qu'une femme Axojac vienne lui rendre hommage. Ajaxa inspire parfois à ces femmes des idées extrêmement impudiques. Quand elles croient que personne ne les observe, elles relèvent leur jupe...

– La divinité surtout connue sous le nom de Priape porte d'innombrables autres noms, l'interrompit Alden-Aragone.

– Exactement, reprit Santa Cruz. Quoi qu'il en soit, Priape, sous le nom de Luis de la Horca, se précipita sur cette petite dame à la jupe relevée et tenta de la violer. Ce fut un véritable scandale car la femme poussa des hurlements affreux et le pauvre Luis fut pris l'arme à la main.

– C'est ce qu'on appelle s'identifier à un dieu, conclut Alden-Aragone.

– Qu'a-t-on fait de lui ? demanda Ben. Le viol n'est-il pas considéré ici comme un délit grave ?

– Si, acquiesça Santa Cruz. Mais premièrement, il ne s'agissait pas d'une femme de race blanche, et deuxièmement, ni la victime, ni son mari ne voulurent déposer contre Luis.

– A l'époque, dit Alden-Aragone, j'ai eu l'impression qu'une fois le calme revenu ils se sont tous deux sentis grandement honorés par cette tentative de viol. En guise de dénouement, Luis fut condamné à une semaine de prison pour ivresse dans un lieu public alors que n'importe quel autre Indien aurait eu droit à dix années de travaux forcés. Ou encore, à un couteau entre les omoplates de la part de l'époux outragé. On peut dire que notre Luis a une certaine chance.

Le serveur approchait en tenant un large plateau en équilibre au-dessus des têtes des consommateurs.

– Par ici, ordonna Alden-Aragone. Vous pouvez le poser ici. Nous nous occuperons des mélanges nous-mêmes.

Outre la bouteille de *chicha*, l'homme posa sur la table une douzaine de bouteilles de bière et un bol contenant une sorte de pâte d'un rouge vif : cette sauce de tomates au poivre dont Alden-Aragone expliqua qu'elle constituait un ingrédient indispensable. Il prépara pour Ben un verre du mélange : deux doigts de l'alcool incolore et une cuillerée de sauce qu'il fallait ensuite remuer vigoureusement avant de tout boire d'un trait. Cela eut sur Ben l'effet d'une traînée de feu parcourant son gosier avant d'exploser au niveau du diaphragme. Il comprit alors à quel usage était destinée la bière : à éteindre le feu ou, tout au moins, à le calmer, et après cette unique expérience, il s'en tint à la bière.

Il remarqua que le Soleil et la Lune semblaient conçus pour rendre les clients assoiffés. La très insuffisante ventilation n'était assurée que par la porte unique demeurée ouverte et par un ventilateur de plafond qui luttait en vain contre le brouillard formé par la fumée de cigarettes qui l'entourait. Les murs avaient autrefois été décorés de peintures représentant un soleil flamboyant et un croissant de lune miraculeusement réunis, illuminant un paysage aride peuplé de monstres surréalistes, mais de cette œuvre d'art il ne restait plus que des fragments ; la peinture, en s'écaillant, avait rendu les murs rugueux ; par endroits le plâtre était tombé, révélant les lattes de bois. Et tout cela était noyé sous l'éclairage cru des ampoules électriques du plafond qui projetaient cette sorte de lumière inhumaine que l'on peut s'imaginer trouver à la surface de la lune.

Quand Ben en fit la remarque à Alden-Aragone, celui-ci lui répondit :

– Certes, ce serait infiniment plus agréable avec une atmosphère tamisée digne des cafés de San Francisco, mais cela est tout à fait hors de question dans les débits de boissons du quartier. Le règlement stipule qu'ils doivent maintenir ce type d'éclairage jusqu'à l'heure de la fermeture. Il y a toujours un ou deux policiers en civil assis dans les parages, et ils aiment bien voir ce qui se passe. Vous voyez cette bande de motards installée aux tables du milieu, là-bas ?

Ben regarda dans la direction indiquée et vit les blousons de cuir noirs, les casquettes à visières maintenant dans l'ombre, les visages durs aux épais favoris. Les filles du groupe paraissaient aussi peu commodes que les hommes.

– Ils se donnent le nom de Jeunes Nationalistes, poursuivit Alden-Aragone, et quand ils ne font pas la course d'un bout à l'autre de nos côtes en semant la panique dans les villages, ils viennent traîner dans des endroits tels que celui-ci pour y chercher la bagarre. Ils n'ont rien à craindre parce que la police les ménage. Ils représentent ce genre de vermine qu'il convient de cultiver si l'on veut ne pas se laisser déborder par un type de vermine plus néfaste encore. La haine qu'ils vouent aux *nadaistas* est sans limites.

– Partagez-vous cette manière de concevoir les choses ?

– Non, parce que pour moi les *nadaistas* ne sont pas dangereux. Mais certains pensent le contraire.

– Dangereux ou pas, intervint Salazar, ils cherchent les ennuis. Ce qui les amuse c'est de tourner autour des églises en hurlant des slogans anti-cléricaux, ou de rédiger des tracts orduriers sur le compte des membres du gouvernement qui ont le malheur de leur déplaire. Mais comme par hasard ils deviennent tout mignons quand les Jeunes Nationalistes sont dans le coin.

– Parfois, dit Santa Cruz. Oh, ma parole, nous allons

peut-être assister à une soirée mémorable.

Un grand *nadaista* reconnaissable à son chandail noir et à son bleu de travail, dont les cheveux, comme ceux de ses amis, étaient taillés en frange sur le front, avait conduit Chapin vers l'estrade des musiciens qui faisait face à la salle. Il essayait, sans y parvenir, de le présenter au public. Il donna de furieux coups de poing sur le vieux piano, mais même cela ne pouvait réussir à dominer le vacarme qui submergeait la pièce, un déferlement fait de hurlements, de vociférations, de coups de sifflet déchirants, tandis que les poings martelaient les tables et que les pieds frappaient le plancher délabré. Le martellement adopta un rythme régulier et soutenu. La bouche du garçon s'ouvrit puis se referma en une prière silencieuse, et du bras il ordonna à tous de faire silence ce qui eut pour seul effet de renforcer le martellement sous lequel tremblait le plancher de bois.

Le garçon renonça à prendre la parole. Il désigna la table de Chapin, adressa un signe à Luis et celui-ci, lentement, se leva. Impassible, il fit face à la foule et le bruit commença à décroître. Un incontestable magnétisme émanait de ce petit homme. Debout, immobile, il imposait le silence par sa seule présence, et quand il l'eut obtenu il déclara, dans un espagnol étrangement guttural :

– Mon ami veut nous parler. Nous allons l'écouter.

Il avait dit tout ce qu'il avait à dire. Il parcourut lentement du regard la foule qui l'entourait puis se rassit sans hâte, comme il s'était levé. Le présentateur eut la sagesse de ne pas tenter de renouveler son introduction, eut un geste de la main en direction de Chapin puis quitta l'estrade. Pour le moment, il le savait, Chapin était protégé par le charme que Luis de la Corde avait jeté sur la foule. Un charme qui pouvait fort bien ne protéger que lui.

Chapin regardait la foule entre ses paupières à demi-closes. On eût dit qu'il était lui-même en transes. Ben pouvait maintenant observer son visage profondément marqué envahi d'une barbe de plusieurs jours ; dans ses cheveux noirs hirsutes des fils blancs brillaient sous l'éclairage trop vif. Il était en manches de chemise, comme le jour où Ben l'avait aperçu devant le musée. Il farfouilla dans la poche de sa chemise, puis dans celles de son pantalon et finit par produire une feuille de papier toute chiffonnée. Pendant tout ce temps-là, la foule attendit sans manifester d'impatience, mais à un léger murmure et au mouvement des corps sur les chaises, Ben comprit que le charme sous lequel elle se trouvait était bien fragile et bien précaire. Lorsqu'il jeta un coup d'œil vers la femme de Chapin il vit qu'elle avait le regard fixé sur son mari et le visage comme figé par l'inquiétude, une main pressée sur ses lèvres.

– Mes amis, commença Chapin qui sembla tressaillir au son de sa propre voix puis s'éclaircit la gorge. Mes amis, je n'ai rien d'un orateur, mais je suis ici pour vous présenter mes excuses.

Il montra la feuille de papier, poursuivit :

– Ceci est la copie d'une lettre d'excuses que j'ai adressée aux journaux, mais ils ne vont pas l'imprimer. Je ne sais pas pourquoi, mais j'en suis sûr. Je suis donc venu ici ce soir pour vous communiquer le contenu de cette lettre. Afin que chacun puisse comprendre (notamment les Axoyacs que j'aperçois là-bas dans le fond), je vais essayer de la traduire au fur et à mesure.

Il traduisit rapidement le début de sa lettre dans un espagnol étonnament sûr, et des applaudissements partirent de plusieurs tables.

– Jusque-là, ça va, remarqua Alden-Aragone.

Et Salazar d'ironiser :

– Si on aime la façon dont on parle notre langue à Mexico.

– Mes excuses, poursuivit Chapin, concernent ce que j'ai déclaré en public sur votre Fête de la Corde alors que j'en ignorais encore la signification.

En entendant ces mots, les *nadaistas* manifestèrent une certaine gêne. Ils se regardèrent, froncèrent les sourcils, hochèrent la tête pour exprimer leur désarroi. L'un des Jeunes Nationalistes lança *« Arriba la horca ! Arriba Santo Stefano ! »* et plusieurs *nadaistas* se levèrent afin de voir d'où était parti ce cri.

– Une soirée mémorable, souffla Santa Cruz d'un air ravi. Tout ce qu'il y a de plus mémorable.

– Maintenant que je comprends la signification de cette Fête, reprit Chapin, je dois retirer tout ce que j'ai dit à ce sujet.

D'autres *nadaistas* se dressèrent alors. « Traître ! » lança l'un d'eux que ses compagnons obligèrent immédiatement à se rasseoir. Aux murmures qu'ils échangeaient, aux discussions en sourdine de plus en plus passionnées qui se tenaient entre leurs têtes rapprochées à se toucher, Ben comprit que Chapin ne s'était pas aliéné le groupe tout entier, n'avait fait qu'y provoquer un schisme. Tout dépendait de savoir, se dit Ben, si l'on vénérait l'homme ou ses croyances.

Chapin ne prêtait aucune attention à cette agitation. Le regard lointain, il cherchait les mots dont il avait besoin.

– Je suis un artiste, dit-il. Toute ma vie a été consacrée à trouver la forme véritable des choses au-delà de leurs apparences. Peut-être est-ce Dieu que je cherche, si Dieu est le nom qui convient. Mais les noms n'ont aucune importance... une seule chose en a : il faut que toute vie possède une forme signifiante, de même pour l'univers tout entier, et mon travail d'artiste consiste à la découvrir et à la rendre visible. Les signes en sont présents tout autour de nous. Ils se manifestent dans les objets les plus usuels dont la signification excède largement celle que nous nous empressons de leur attribuer. L'œil ne voit que l'apparence de la nature. Le cœur... (et de son poing il se frappa la poitrine), le cœur de l'artiste lui dit qu'il y a derrière cette apparence quelque chose de puissant et de signifiant qu'il doit comprendre.

Il mit un terme à ce flot de paroles pour les traduire, et les applaudissements jusque-là clairsemés se firent plus prolongés et plus nourris qu'auparavant mais mêlés de huées et de sifflements. Ni les applaudissements ni les autres manifestations n'eurent d'effet perceptible sur Chapin. On aurait dit un homme progressant pas à pas à travers une étendue sauvage envahie de ronces et d'épines à la poursuite d'une vision et n'ayant d'yeux que pour elle.

– Ceci est la vérité en ce qui concerne tous les artistes, dit-il. Ce besoin qu'ils éprouvent de découvrir la réalité profonde, le principe fondamental qui explique toutes les apparences. Et c'est aussi cela, je le sais maintenant, qui pousse un homme à se pendre à la potence, qui le fait participer à votre Fête au prix de sa vie.

Le conflit éclata brusquement au sein du groupe des *nadaistas*. Les uns, debout, criaient des injures à Chapin ; les autres essayaient de les obliger à se rasseoir ; une mêlée confuse régnait autour de la moitié des tables de la salle. Dans le fond, les spectateurs protestaient : « Assis, devant ! Ecoutons la suite ! » Puis ils renoncèrent et tous se levèrent à leur tour. A la table de Chapin, l'homme chauve bondit de sa chaire et hurla à l'adresse du peintre : « Descendez de cette estrade, pour l'amour de Dieu ! » En même temps il gardait une main sur l'épaule de la jeune femme blonde afin de la retenir. Seul Luis restait assis, semblable à une statue de pierre.

Pendant un moment Chapin resta interloqué devant ce spectacle, puis il se mit à agiter son poing vers la foule comme s'il voulait la frapper collectivement au visage.

– L'homme de la Corde est un artiste, cria-t-il. M'entendez-vous ? C'est un artiste ! Il ne va pas à la potence pour prouver ce qu'il sait faire, pas plus qu'un véritable artiste ne peint un joli tableau pour satisfaire les imbéciles ! Il est là pour chercher à connaître la signification de la corde et celle de la vie elle-même !

Salazar émit un grognement méprisant.

– Je pourrais lui donner en une seule phrase la signification de la corde, dit-il.

– Une autre fois, coupa Santa Cruz. Pour le moment, tâchons de sortir de cette maison de fous.

C'était trop tard. Au milieu de la salle, une table se renversa avec fracas. Une bouteille de bière vola au-dessus de la tête de Chapin et s'écrasa contre le mur derrière lui. Sa femme se mit à hurler et se rua vers lui tandis que d'autres bouteilles rebondissaient sur l'estrade et tombaient sur les occupants des tables avancées qui répliquèrent de la même façon. Les Indiens qui étaient debout au fond de la salle, pris de panique, tentèrent de franchir la porte qui se trouvait derrière eux. Puis les Jeunes Nationalistes passèrent à l'attaque et Ben se retrouva pris au milieu d'une mêlée sauvage et confuse mettant aux prises *nadaistas*, Jeunes Nationalistes, ainsi que divers inconnus portant la barbe et coiffés de bérets qui semblaient également avoir quelques différends d'ordre politique et artistique à régler. Coincé de la sorte, il s'aperçut qu'à ses oreilles, les roulements de sifflet discordants des policiers qui résonnèrent tout autour de lui faisaient une douce musique.

La mêlée dura trois minutes. Quand ce fut fini, la salle ressemblait à un champ de bataille où se trouvaient réunis non seulement la quasi-totalité des combattants essoufflés et des spectateurs innocents (ils étaient en effet peu nombreux à avoir pu s'échapper par l'unique sortie), mais en plus par une nuée de policiers armés de matraques et par un peloton de soldats aux casques blancs qui brandissaient des badines de bambou. Le chef de cette troupe ne portait ni uniforme ni le moindre signe trahissant son rang ou son grade. Vêtu d'une chemise et d'un pantalon et chaussé de sandales il aurait pu être n'importe quel client anonyme du Soleil et La Lune, et Ben reconnut en lui l'un des spectateurs qui avaient occupé une table non loin de lui pendant toute la durée des événements. Il était grand et maigre et son visage exprimait l'affliction de quelqu'un qui s'attend toujours au pire et se trompe rarement.

Il ne faisait aucun doute que, à sa grande satisfaction, il avait déjà repéré les instigateurs de l'échauffourée. Il se fraya un chemin jusqu'au pied de l'estrade où Chapin, la chemise déchirée et un mince filet de sang suintant à la commissure des lèvres, se faisait réconforter par sa femme. Il lança un ordre et un policier costaud empoigna Chapin. Un autre s'était déjà saisi du *nadaista* qui avait essayé de présenter le peintre et le poussait sans ménagement à côté de ce dernier.

– Je suis désolé, dit le chef, mais en application du Code Civil, article onze, section six...

– Je m'en fous de votre Code Civil, s'écria Chapin furieux en essayant sans succès d'échapper à son gardien. Vous savez pertinemment que c'est cette bande de voyous qui a tout commencé. Pourquoi n'allez-vous pas leur lire à eux votre Code Civil ?

– ... alinéa deux-onze, poursuivit imperturbablement l'homme, je dois ordonner votre arrestation et votre incarcération pour incitation au désordre. A toutes fins utiles, je suis le capitaine Armando Valdez de la Garde Civile, investi des pleins pouvoirs pour assurer l'ordre au nom de la République.

La femme de Chapin fit face au capitaine.

– Vous étiez assis à cette table-ci, lança-t-elle sur un ton accusateur. Vous avez tout vu, et maintenant vous osez...

– Nora, l'interrompit Chapin sèchement. Reste en dehors de tout ça. Tu n'as rien à y voir.

– Capitaine, cet homme est un citoyen américain, dit l'agent de Chapin. Je revendique le droit de contacter notre représentant consulaire avant que vous ne preniez des mesures contre lui.

– Vous pouvez appeler qui vous voulez. De toute façon aucune action ne sera engagée avant demain matin dix heures, quand le juge ouvrira l'audience. Cette nuit, le prisonnier sera conduit au poste de police où il sera gardé à vue sans que soit fixé un montant de caution. Je vous dis cela de façon à ce que vous-même et M. Hintze, votre estimable représentant consulaire, ne gaspilliez ni votre temps ni votre énergie.

Tous observaient ce petit drame avec beaucoup

d'intérêt, mais Ben remarqua qu'Alden-Aragone était dévoré d'excitation.

– Ecoutez, chuchota-t-il, ceci peut devenir la *cause célèbre* * qui éclipsera toutes les autres *causes célèbres.* Cet homme parlait pour défendre la Fête, vous comprenez ? Il défendait l'honneur de la république contre une attaque subversive, et voilà qu'on l'arrête ! Si je ne peux pas en tirer un parti important au niveau politique, si je ne parviens pas à faire la une des journaux...

– Désolé, Gil, mais je travaille pour Bambas-Quincy, dit Salazar en secouant la tête. Il ne faut pas compter sur moi.

– Eh bien, moi, je marche avec toi, dit Santa-Cruz. Quelle carte vas-tu jouer ?

– Ce pauvre diable aura besoin d'un avocat, et cet avocat ce sera moi. Mais je voudrais que tu prennes tout de suite contact avec le *Transcript* et *El Diario,* Cris, afin qu'ils envoient des reporters et des photographes au poste de police sur le champ. Ne leur fournis aucun détail ; dis-leur seulement que Chapin a provoqué une émeute, cela devrait suffire. Allez, vas-y.

– Je ferais bien de partir moi aussi, dit Salazar. Sans rancune, j'espère, Gil ? Tu comprends ma position.

– Bien sûr. Emmène Ben avec toi. Vous prendrez un taxi. Alden-Aragone tendit la main à Ben.

– Je suis désolé que cela se soit terminé de la sorte, mais la prochaine fois...

– Ça ne fait rien, dit Ben. De toutes manières, je reste ici.

Il n'avait pas quitté des yeux Nora Chapin que l'on avait refoulée à l'écart du groupe entourant son mari. Elle demeurait là impuissante et rejetée par les autres tandis que d'âpres éclats de voix ponctuaient la discussion dont elle se trouvait exclue.

– Comme il vous plaira, dit Alden-Aragone à Ben

(*) En français dans le texte.

avant de se jeter en plein cœur de la discussion. « Capitaine, je suis Gil Alden-Aragone. Peut-être avez-vous entendu parler de moi et connaissez-vous ma réputation. Je désire représenter M. Chapin devant la justice, s'il n'a aucune objection à formuler à cet égard.

Pour l'heure, Chapin s'était tant énervé et se trouvait dans une telle rage qu'il frôlait l'incohérence. D'une voix étranglée d'où seules émergeaient de façon audible un certain nombres d'obscénités, il parvint à faire comprendre la piètre opinion qu'il avait des hommes de loi en général, et en particulier de ceux qui voulaient soutenir sa cause où elle n'existait pas dans le seul but de jouer les sangsues.

Alden-Aragone sut se maîtriser.

– Ne soyez pas stupide, conseilla-t-il à Chapin sans se départir de son sang-froid. Vous semblez totalement ignorer à quel point vous avez besoin d'un avocat, étant donné le pétrin dans lequel vous vous trouvez. Je ne vous demande pas un centime pour assurer votre défense.

– C'est bien aimable à vous, grogna Chapin d'un ton hargneux, puisque de toutes façons je n'ai pas un centime à vous donner.

L'agent de Chapin observait attentivement Alden-Aragone.

– Si ce n'est pas de l'argent que vous désirez, lui dit-il, où se trouve votre intérêt dans tout cela ? Qu'espérez-vous gagner à vous occuper de cette affaire ?

– Rien. Je veux que justice soit faite. Libre à vous de ne pas me croire, Monsieur, mais votre pays ne possède pas le monopole de la justice, contrairement à ce que l'on pourrait penser.

Le capitaine de la Garde Civile désigna Alden-Aragone d'un signe de tête plein d'austérité :

– Ce monsieur, dit-il à l'agent artistique, jouit d'une réputation honorable et est issu d'une bonne famille. Le prisonnier peut bénéficier de ses services.

– Et moi, alors ? intervint le *nadaista* qui avait précédé Chapin sur l'estrade et qu'une clef au bras maintenait immobilisé à côté du peintre. Est-ce que je bénéficie moi aussi gratuitement de vos services ?

Il leva les sourcils et contempla Alden-Aragone d'un air moqueur.

– Je crains de ne pas être très au fait de votre cas. Mon offre concerne uniquement M. Chapin.

– Son cas et le mien sont rigoureusement identiques, dit Chapin.

Mais le *nadaista* se borna à rire puis dit :

– Ne te mets pas en colère pour rien, David. Je me débrouillerai très bien. La police et moi sommes de vieilles connaissances.

Sans que quiconque sache bien comment cela s'était passé, l'affaire se trouva réglée. Un cordon de policiers se forma autour des prisonniers, un chemin fut dégagé jusqu'à la porte et la troupe se mit en marche, Alden-Aragone et l'agent de Chapin emboîtant le pas aux policiers. Quand Nora Chapin essaya de se glisser entre les agents pour rejoindre son mari, le cortège fit halte et il y eut un moment de confusion.

– Rentre à la maison, Nora, lui dit Chapin. Rentre à la maison et attends-moi là-bas. Je t'ai déjà dit que je ne voulais pas que tu sois mêlée à cela.

– Je peux aussi bien t'attendre au poste de police, plaida-t-elle.

– Je vous en prie, lui dit le capitaine d'un ton las. Ce n'est pas un endroit où vous puissiez rester toute la nuit.

– Il a raison, renchérit le *nadaista*. Je sais de quoi je parle. Rentrez chez vous, Nora. Racontez à Juliana ce qui s'est passé et attendez là-bas avec elle.

– Je vais demander à l'un de mes hommes de l'escorter, dit le capitaine.

Mais Ben, dont l'épaule frôlait celle de Nora Chapin, se surprit lui-même en lui disant :

– Je vais vous accompagner si vous n'y voyez pas d'inconvénient.

Elle le regarda et le reconnut. Elle eut le même sourire timide et fugace qu'elle lui avait adressé depuis sa table dans le café. C'était comme si elle avait gardé de lui un souvenir diffus appartenant à un passé agréable. Bien qu'il fût certain de ne l'avoir jamais rencontrée auparavant.

– Je ne veux pas rentrer chez moi. Je veux rester avec mon mari. Je voudrais que tout le monde le comprenne bien.

– Vous ne pourrez pas rester avec lui, dit Ben. Et si vous ne rentrez pas chez vous, ça n'aura d'autre résultat que de le rendre inquiet à votre sujet.

Il lui prit la main et, avec une confiance absolue et candide, elle le laissa faire. Ben en conçut une soudaine assurance qui répandit dans ses veines une chaleur comparable à celle de la *chicha*.

– Je connais M. Alden-Aragone, dit-il, et je peux vous assurer qu'il va s'occuper de tout.

– Et je me porte garant de ce gentleman, dit Alden-Aragone à la jeune femme en regardant Ben d'un air de franche admiration. C'est M. Ben Smith, un de vos compatriotes. Je suis sûr que vous trouverez en lui un ami dévoué et compréhensif.

Au moment où Alden-Aragone se détournait pour franchir le seuil, Ben vit qu'il lui adressait un clin d'œil dont la signification ne faisait aucun doute. En un sens, c'était très flatteur, se dit Ben, mais c'était lui faire par trop crédit. On pouvait faire confiance à quelqu'un comme Alden-Aragone pour s'imaginer que le monde entier partageait son sens aigu de l'opportunisme.

5

Le foyer des Chapin se trouvait dans un bâtiment situé à quelques pâtés de maisons du café Le Soleil et La Lune. Nora Chapin indiqua le chemin : ils suivirent la Calle Contenta, une rue étroite le long de laquelle étaient alignés étals et charrettes à bras qui continuaient à proposer leurs marchandises même à cette heure tardive, après quoi vint la Calle Indios, une rue plus étroite encore, une ruelle, en fait, dans laquelle on ne pouvait se croiser sans s'aplatir contre le mur, et finalement ils s'engagèrent dans un passage sombre qui séparait deux des bâtisses de la Calle Indios, aussi misérables que les autres mais plus grandes.

Ce passage menait à une cour dépotoir située derrière le bâtiment. Là, une lumière unique, suspendue tout en haut d'un poteau destiné à étendre le linge, éclairait une rangée de lieux d'aisance dont les eaux s'écoulaient dans une infecte rigole qui disparaissait sous les lieux d'aisance de la cour voisine. Ben contempla ce spectacle, puis il regarda l'escalier extérieur de la construction en bois délabrée qui se dressait devant lui. De vagues silhouettes étaient vautrées sur chacun des paliers. On les entendait parler, rire, échanger soudain brièvement des injures. Une voix s'éleva dans un chant plaintif et chevrotant, accompagnée par une guitare désaccordée qui égrenait les notes. Des bouteilles tintaient en s'entrechoquant. Un Indien émergea de l'obscurité du bâtiment et tituba à travers la cour en direction des lieux d'aisance. Il aperçut Nora et exprima son approbation d'ivrogne d'un signe de tête répété pendant tout le restant du trajet. Il ne ferma pas la porte des latrines derrière lui tandis qu'il occupait les lieux.

– Vous voulez dire que c'est là que vous vivez ? demanda Ben.

– Voyez-vous, lui répondit Nora sans s'offenser, au point où nous en sommes, nous sommes heureux d'avoir trouvé un endroit pour vivre, quel qu'il soit. Pensiez-vous que David plaisantait quand il affirmait ne pas avoir d'argent ? Nous n'en avons pas. Et si nous pouvons même rester ici, c'est à la bonté de Tito et de Juliana que nous le devons.

Elle lui avait déjà expliqué en cours de route que le jeune homme arrêté avec Chapin était Tito Aguilar, un poète plein de talent, que Juliana était la femme de Tito et qu'elle était la seule des deux à avoir les pieds sur terre. Elle-même jouait un rôle identique auprès de David.

– Mais je croyais qu'il plaisantait, dit Ben. Après tout, il est David Chapin, non ? L'un des artistes actuels dont le succès est le plus grand. Il devrait être très riche.

– Eh bien, ce n'est pas le cas.

Nora se fraya un chemin entre les occupants des premières marches et gravit l'escalier grinçant tout en parlant par-dessus son épaule :

– Nous sommes au bout du rouleau. On ne peut pas gagner de l'argent en ne peignant pas et la dernière fois que David a peint quelque chose remonte à trois ans. Vous êtes au courant des problèmes que David à rencontrés dans son travail ces trois dernières années, n'est-ce pas ? Le *Times* en a parlé, *Art News* également...

– Non, je n'étais pas au courant. Je ne suis pas vraiment de près ce qui se passe dans le domaine de la peinture. Je fais partie des gens qui aiment aller dans les musées de temps en temps. Mais d'après le peu que j'ai lu sur lui, ses tableaux se vendent des sommes faramineuses. De telles sommes n'ont rien à voir avec ce genre de quartier.

– A vous entendre parler, dit Nora sur un ton de léger reproche, on croirait que les gens choisissent d'habiter dans un endroit pareil parce que ça les amuse. Nous ne sommes pas venus ici par charité afin de voir comment les Indiens se débrouillent pour vivre. Il suffit de passer dans la rue pour le voir.

– C'est vrai.

– Et si vous saviez à quel point Max tient à son confort...

– Qui est-ce ? L'agent artistique de votre mari ?

– Oui. La Galerie Max Klebenau, c'était lui. Il a découvert David. Et sa galerie a très bien marché jusqu'à ce que David soit victime de ce blocage et que nous commencions à voyager d'un endroit à l'autre. Je parle de son blocage en tant que peintre, qui l'a empêché de faire la moindre toile au cours de ces trois dernières années.

– Pourtant, compte tenu de sa renommée et de celle de Klebenau, vous pourriez emprunter assez d'argent pour vivre décemment... Il doit y avoir tout un tas de gens aux Etats-Unis qui seraient heureux de vous dépanner.

– C'est vrai, convint Nora, et ils l'ont déjà fait. Nous devons de l'argent à tout le monde. Même à mon père parce qu'il nous a envoyé des billets d'avion pour nous permettre de rentrer. Si je vous disais tout ce que nous devons, vous ne me croiriez pas. Cela représente des milliers et des milliers de dollars. Je ne vois pas comment nous pourrons jamais les rembourser. Je ne vois même pas comment nous allons pouvoir nous en sortir à moins de revendre ces billets d'avion. Max ne veut pas que nous le fassions, mais nous y serons peut-être obligés. Et le consulat, ici, ne peut nous être d'aucune aide. Le consul se trouve à Washington en ce moment, et la seule personne sur place est son espèce d'adjoint stupide qui se comporte comme si nous étions des espions communistes.

Elle dit tout cela d'une voix dépourvue de crainte, sans un seul accent de désespoir. Ben se demanda alors si elle comprenait vraiment dans quelle triste situation elle se trouvait (elle était sans le sou, montait des marches usées pour atteindre sa chambre au cœur des taudis d'une ville étrangère, tandis que son mari était en prison), ou bien si elle avait simplement une confiance aveugle dans les dénouements heureux. Elle avait hurlé et lutté dans le café quand Chapin s'était trouvé en danger ; elle avait donc du caractère, cela Ben en était sûr. Mais quand faire preuve de sang-froid était devenu de mise elle s'en était si bien acquittée que Ben en était demeuré confondu. Il n'était pas moins confondu par la façon dont ces trois êtres apparemment intelligents avaient pu se fourrer dans un guêpier pareil. En admettant que Chapin fût auss profondément névrosé qu'il le paraissait et que Nora lui fût soumise corps et âme, un homme d'affaires comme Klebenau n'était-il pas capable de les guider sur une route plus raisonnable ?

Il se demandait en quels termes il allait formuler sa question lorsqu'ils atteignirent le sommet des escaliers et pénétrèrent dans une pièce qui donnait directement sur le palier. Elle faisait office de cuisine et de chambre à coucher : il y avait à peine assez de place pour le fourneau à pétrole, le lit, une petite table et un banc. Les murs étaient dans un état encore pire que ceux du café Le Soleil et La Lune.

Une femme se leva du lit quand ils entrèrent, une Indienne qui portait un short et un corsage à basques ; ses cheveux formaient une longue tresse dans son dos. Ce qui surprit Ben fut qu'il s'agissait de la première Indienne qu'il rencontrait à Santo Stefano dont le visage ne fût pas un masque inexpressif et dont les yeux ne fussent ni totalement vides, ni profondément réservés. Il y avait une sorte de révélation dans la manière dont ce visage plat au teint basané exprimait si ouvertement la joie puis, aussitôt après, la perplexité et l'inquiétude. Ce devait être cela le véritable aspect des Axoyacs, se dit Ben, quand ils étaient entre eux, bien à l'abri du regard des intrus.

Nora remarqua également cette expression inquiète. Elle se hâta d'expliquer ce qui s'était passé au café et Juliana, femme de Tito Aguilar, poète et prisonnier, accueillit par un soupir les agissements du destin.

– Tout le monde devient un peu fou pendant *El Niño*,

dit-elle. Surtout mon pauvre mari. Et maintenant le vôtre est touché, lui aussi. Pauvre David, cette prison est infestée de punaises. Il sera couvert de poux quand il rentrera.

Elle conduisit Ben et Nora dans la pièce contiguë, séparée de la chambre-cuisine par un simple rideau.

– Entrez, leur dit-elle. Il y a moins d'air mais pas de curieux qui passent leur tête à la fenêtre pour venir entendre ce qui ne les regarde pas.

La seconde pièce de l'appartement était presque complètement occupée par un lit, une couche en toile, une commode et une pile de bagages. Les murs étaient couverts d'images découpées dans des magazines et de reproductions de peintures. Sous le lit, Ben vit que s'entassaient des piles de magazines et de livres si hautes que le matelas reposait en partie dessus.

Ben s'assit sur la couche qui s'affaissa dangereusement sous son poids, tandis que les deux femmes s'installaient côte à côte sur le lit, le dos contre le mur. Nora fit immédiatement tomber ses chaussures ; elle fit pivoter ses jambes de façon à ce que ses pieds nus aillent se poser sur les cuisses de Juliana et celle-ci, sachant visiblement ce que l'on attendait d'elle, se mit à les masser lentement, les pétrissant sous ses doigts. Nora appuya sa tête contre le mur et ferma les yeux. Une expression de ravissement se peignit sur ses traits.

– Oh, mon Dieu, dit-elle, comme c'est agréable.

– La première fois que je vous ai vue, remarqua Ben, vous ne portiez pas de chaussures non plus. Vous marchiez Plaza de Hermanos en les portant à la main. Je me suis demandé pourquoi.

– Ce n'était pas bien sorcier. Cela fait des mois que mes pieds me font terriblement souffrir et la seule chose que l'on puisse faire quand on n'a pas d'argent c'est de marcher : par conséquent ça ne peut qu'empirer. De toute façon, les chaussures de femmes ne sont pas prévues pour marcher. Elles ne sont vraiment bien que quand on reste assise.

Ben ne manqua pas de remarquer que, en marchant comme en position assise, les jambes de Nora étaient longues et bien galbées, un vrai régal pour les yeux en dépit des rougeurs provoquées par les piqûres de moustiques. Puis il s'aperçut que Juliana le regardait avec hostilité et il s'empressa de détourner son regard du spectacle agréable qu'offraient ces jambes. Juliana se leva brusquement.

– Je vais faire du café, annonça-t-elle à l'intention de Ben. Venez dans la cuisine. Le fourneau est vide et le bidon de pétrole est trop lourd pour que je puisse le soulever.

Quand ils furent dans la cuisine elle lui fit face et approcha son visage tout près du sien.

– Ecoutez, chuchota-t-elle d'un ton furieux. Je suis ici chez moi et je n'aime pas vous voir assis là à reluquer les femmes comme un cochon dans un bordel. Si c'est cela que vous désirez, vous pouvez aller chez Mme Sophie. Je vous dirai où cela se trouve à moins que vous ne le sachiez déjà.

La violence de l'attaque le stupéfia.

– Je vous donne ma parole... commença-t-il.

– Vous perdez votre temps. Si je croyais réellement que vous n'avez nullement l'intention de faire l'amour avec Nora, je me demanderais si vous êtes vraiment un homme. Vos envies ne regardent que vous, mais gardez-les dans votre tête où personne ne peut les voir. Ne les laissez même pas s'exprimer par vos yeux. De toute manière, cela ne vous avancerait à rien. Le seul homme avec lequel Nora ait envie de faire l'amour est son mari. Tâchez de vous en souvenir.

– J'essaierai, répondit Ben d'un ton sarcastique, mais étant donné que d'une minute à l'autre je risque de perdre le contrôle de mes instincts les plus vils, il serait sans doute préférable que je parte dès maintenant.

– Vous n'allez pas perdre le contrôle de vous-même. Vous allez prendre le café avec Nora et bavarder jusqu'à ce qu'elle éprouve le besoin de dormir. C'est le seul moyen de l'empêcher de s'inquiéter toute la nuit pour David. Maintenant prenez ce bidon et versez du pétrole là-dedans. C'est presque plein mais vous pouvez en rajouter un petit peu. Je ne veux pas qu'elle croie que j'essaie de tenir le rôle de *duenna*. Ça ne lui plairait pas.

Ben s'acquitta de ses fonctions et retourna dans l'autre pièce. Il avait vraiment l'intention de dire un bref au revoir et de partir sur-le-champ, mais quand il eut regardé Nora il changea d'avis et s'installa précautionneusement sur la couchette.

– Cela vous a pris bien longtemps, observa Nora. De quoi parliez-vous tous les deux ?

– Des fourneaux, répondit Ben. Et de la façon de les remplir. Juliana s'exprime dans un très bon anglais, je trouve.

– Elle parle quatre langues couramment : l'anglais, le français, l'espagnol et le quechua. C'est la langue des Axoyacs. Tito m'a dit que de toutes les femmes qui ont fait des études supérieures ici, elle est celle qui a obtenu ses diplômes le plus brillamment.

– Une Indienne ?

Mais lorsque Ben la vit froncer les sourcils, il se hâta de préciser :

– Ce n'est pas ce que je voulais dire. Cela m'a surpris qu'une Indienne puisse suivre des études supérieures ici.

– Oh. En fait, en ce qui concerne Juliana, il s'agissait un peu d'une expérience et, bien entendu, cela a très bien marché. Elle est remarquablement intelligente. Et les gens de sa famille ne sont pas comme la majorité des Axojacs de la région de Huanu Blanco. Son père a appris à lire et écrire tout seul et ils ont fait de lui un contremaître. S'il avait été de race blanche, il occuperait un poste de responsabilité maintenant, mais pour un Indien, devenir contremaître est déjà tout à fait exceptionnel. Il en va de même pour Juliana. Elle est la seule Axoyac à enseigner à l'école réservée aux enfants Indiens de la ville. Du moins, s'il ne la renvoient pas à cause de Tito qui n'arrête pas de se mettre dans des situations impossibles. Elle prétend que ça ne lui ferait rien, mais en réalité ça lui briserait le cœur. Elle adore enseigner.

– Elle est bien plus âgée que Tito, non ? Comment l'a-t-elle rencontré ?

– Non, pas du tout. Elle n'est pas plus vieille que lui. Ça tient surtout à la façon écœurante qu'ont certains Sud-Américains de toujours rester jeunes jusqu'à ce qu'ils perdent leurs dents. Je sais bien que Tito paraît dix-huit ans, mais il en a environ dix de plus. (Nora haussa la voix). Juliana, comment toi et Tito vous êtes-vous rencontrés ?

– En lui écrivant pour lui dire combien j'admirais son travail.

Elle sortit de la cuisine avec un plateau pour le café et pendant qu'ils se servaient, elle ajouta :

– J'avais lu des poèmes d'un certain Tito Aguilar dans une petite brochure, et ils étaient si enthousiasmants que j'ai écrit à l'auteur. Et en moins de temps qu'il n'en faut pour le dire, je me suis retrouvée mariée avec lui. C'est comme ça que ça se passe avec les poètes. La première femme qui leur adresse une lettre d'admiration a le droit de les garder pour le meilleur et pour le pire.

– Tu as eu de la chance que ce soit Tito, dit Nora. J'ai rencontré plusieurs poètes qui avaient tout du ver de terre. En tous cas, c'est différent pour les artistes. Quand, pour la première fois, je suis allée travailler pour Max et que j'ai vu les tableaux de David accrochés aux murs de la galerie, je n'y ai absolument rien compris. Ça m'ennuyait beaucoup quand j'étais avec David car j'avais peur qu'il se rende compte que je ne les aimais pas. Il m'a fallu longtemps pour comprendre qu'il lui était totalement indifférent que l'on aime ou non sa peinture, et mon opinion à moi importait encore moins que celle de quiconque. Je pense que c'est à ce moment-là que je suis devenue amoureuse de lui.

– Est-ce que vous aimez ses toiles, maintenant ? demanda Ben.

– Eh bien, j'ai fini par comprendre ce qu'il essayait de

faire et toute la différence est là. Avant, je n'y voyais que coulures et giclures (vous savez, ce genre de peinture où le geste tient une si grande place), de telle sorte que si la toile achevée se révèle intéressante, c'est uniquement une question de hasard. Beaucoup de peintres travaillent ainsi aujourdhui, s'en remettant au hasard. Mais le jour où j'ai compris quelle était la technique de David, le genre de contrôle qu'il exerçait sur chaque trait, ça a été comme une révélation de ce qu'était le véritable David Chapin. Et cela ne s'est produit qu'après notre mariage.

– Vous parlez sérieusement ? s'enquit Ben. Pour moi ce sont bien des coulures et des giclures. C'est à ça que ça ressemble.

– Oh, mon Dieu, non. Si vous le voyiez travailler, vous sauriez qu'il place la peinture exactement là où il le veut et de la façon dont il le veut. Les gens s'imaginent que le pinceau devrait déposer la peinture sur la toile. Mais non. On peut très bien la projeter dessus depuis une certaine distance et obtenir exactement ce que l'on souhaite. Et de cette manière, les coups de pinceau ne rajoutent pas un élément artificiel.

– Mais le hasard intervient quand même dans une certaine mesure, non ? Ces giclures ne sont pas toutes calculées d'avance d'après ce que j'ai cru comprendre.

Nora garda ses jambes repliées sous elle mais se redressa.

– Ecoutez, dit-elle d'un ton convaincu, cela peut paraître paradoxal, mais le hasard ne tient un rôle que lorsque l'artiste souhaite qu'il en soit ainsi, si bien qu'on ne peut même plus parler de hasard. Le problème de certains artistes vient du fait que l'inspiration ne les visite que trop peu souvent. Ils deviennent fous à force de chercher un sujet et une manière de le peindre. Quand David projette de la peinture à titre d'essai sur une toile c'est parce que le résultat obtenu peut prendre forme dans son esprit et donner naissance à quelque chose. Autrefois ce problème ne se posait pas parce que les artistes recevaient des commandes sur des sujets précis, et dès que le travail était commencé l'expression artistique prenait libre cours. Les églises voulaient des sujets religieux...

– La bourgeoisie voulait des portraits, dit Juliana.

– Oui, et tous les peintres de formation académique savaient exactement ce que voulaient les acheteurs de telle sorte qu'ils n'avaient plus qu'à peindre. Mais j'ai vu David perdre la tête à essayer de visualiser un sujet de départ. Max dit que c'est cela qui l'empêche de peindre quoi que ce soit. Il met tant de lui-même à tenter de trouver le thème apocalyptique majeur qu'il se retrouve totalement bloqué.

– Et c'est cela que je ne parviens pas à comprendre, dit Ben en hochant la tête. Y a-t-il vraiment un thème dans ses peintures, dans celles de Jackson Pollock ou des autres ? Si oui, c'est que je dois être aveugle. Tout ce que je parviens jamais à éprouver en regardant ce genre de peinture, c'est de l'irritation. Une sorte de frustration, si vous voulez.

– Oh, dit Nora, on croirait que vous parlez de ces jeux qui vous proposent de découvrir le nombre de visages cachés dans une image donnée. C'est totalement différent.

– Comment est-ce, alors ?

Telle qu'il l'avait posée, sa question était plus qu'ironique mais elle l'avait bien mérité. Il était déjà arrivé à Ben de discuter avec des interprètes de la peinture expressionniste abstraite. Il s'était aperçu qu'ils n'avaient aucune réponse cohérente à donner aux questions qu'il se posait en toute bonne foi. Soit ils se retranchaient derrière leur jargon, soit ils rejetaient dédaigneusement cet étranger non-initié aux secrets de leur coterie.

Nora Chapin le surprit. Son front se plissa puis elle dit :

– Je pense que c'est comme de regarder le ciel et de ne pas le voir. C'est bien cela qui se passe la plupart du temps, non ? On regarde la couleur du ciel et les nuages, mais on n'appréhende pas vraiment la tonalité des couleurs ou la composition des nuages. On sait seulement qu'on a vu quelque chose qui en valait la peine. Par la suite, on se rend compte que cette image du ciel s'est inscrite en vous. On ne peut s'en souvenir avec précision, mais son essence s'est inscrite en vous. C'est ce qui se passe pour les tableaux de David. Les bons, bien sûr. Certains sont exécrables et il le sait.

– D'accord, mais maintenant vous me dites que ses tableaux peuvent être comparés à des créations naturelles purement fortuites. Dans son discours, au café, il a dit que derrière chaque objet existant dans l'univers se trouvait une réalité profonde. Et un principe fondamental pour donner son unité à l'ensemble.

– Je n'ai jamais dit que les créations de la nature étaient fortuites. Je ne défends ni une thèse, ni l'autre. Mais David, si. Il est persuadé qu'il existe dans l'univers une immense force créatrice qui peut être appréhendée. Je sais bien que ces imbéciles de critiques écrivent toujours que son travail témoigne de la fragmentation de la société moderne, de la dissolution de la raison et compagnie, mais ce n'est pas vrai. Tout ce que David veut montrer c'est l'effet de l'acte créateur, quelle que soit la forme qu'il prend. Sur une surface limitée, il essaye de trouver l'équivalent de la force créatrice sous-jacente à l'univers tout entier. La société est vraiment le cadet de ses soucis.

– C'est là sa faiblesse, intervint Juliana. C'était également celle de Tito mais il est en train de changer. Il n'est pas nécessaire de vivre bien longtemps dans la Calle Indio pour commencer à changer.

– Que veux-tu, tu sais comment est David, dit Nora.

De manière tout à fait inattendue Juliana se pencha vers elle et l'embrassa affectueusement sur la joue.

– Oui, dit-elle. Et je sais aussi comment tu es. Et je vous adore tous les deux.

Le seul à se sentir gêné par cette petite scène fut Ben. Pas uniquement gêné mais également irrité, et d'autant plus qu'il savait n'avoir aucune raison de l'être.

– J'ai cru comprendre que David était capable de changer, lui aussi, dit-il non sans méchanceté. Son attitude à l'égard de la Fête de la Corde semble pour le moins avoir subi un changement radical.

– C'est de ma faute, dit Juliana. Entièrement de ma faute.

– Vous voulez dire que vous êtes en faveur de cette fête ? demanda Ben surpris.

– Pas sous sa forme actuelle. Mais sous celle qui était la sienne autrefois, oui, certes. C'est pourquoi je me suis arrangée pour que David rencontre Luis de la Horca, afin qu'il puisse comprendre la signification de la Corde pour le peuple Axoyac, qu'il sache ce qu'elle représentait et pourquoi, dans le passé, il s'agissait d'une cérémonie d'une telle importance. J'ignorais totalement que David était émotif au point de considérer cela comme l'une de ces révélations qu'il traque sans répit. C'était idiot de ma part. Maintenant il s'est mis à dos la plupart des gens qui étaient ici pour lui de véritables amis.

– Quand je l'ai prévenu que c'était ce qui allait peut-être se produire, dit Nora, il m'a répondu que les véritables amis ne se retournent pas contre vous. Quand il a une idée dans la tête il peut être têtu comme une mule.

De la façon dont elle le disait, cela ne sonnait pas comme une condamnation, et il y avait presque un accent de fierté dans sa voix.

– En quoi la Fête est-elle différente aujourd'hui ? demanda Ben à Juliana. On m'avait dit que la cérémonie était la même qu'à l'époque d'Ajaxa.

– Tout change, répondit-elle. Tôt ou tard, toute cérémonie perd sa signification et devient un spectacle. Aujourd'hui, la Corde est un spectacle pour gens cruels. S'il n'y a nulle cruauté en vous, abstenez-vous d'y assister.

– Je n'ai guère le choix. Victor Bambas-Quincy m'a pratiquement ordonné d'y aller, et je ne peux vraiment pas risquer de l'offenser.

Juliana ne répondit rien. Elle le regardait, et il vit son visage se revêtir du masque des Axoyacs.

– Vous ne comprenez pas, s'exclama-t-il dans un

effort pour faire disparaître le masque et renaître à sa place une expression humaine. Pour moi, les intérêts en jeu sont très importants. Plus que vous ne pouvez le concevoir.

Il expliqua quels étaient ces intérêts en jeu, expliqua en détail tout ce qui concernait les Industries Maritimes, le contrat, le futur et ce qu'il pouvait lui apporter ; et tout ce temps il se demanda pourquoi il se sentait tenu de se justifier devant cette Indienne. En quoi lui devait-il excuses et explications ? Qu'en penserait O'Harragh s'il assistait à la scène ? et Bambas-Quincy ? Qu'avait donc cette île de si particulier qu'il se sentait constamment tenu d'être sur la défensive ? Etait-il, quoique de manière différente, aussi vulnérable que David Chapin ? Etait-ce cela que Nora avait reconnu en lui au premier coup d'œil et qui avait fait que, dès l'instant de leur rencontre, ils n'avaient pas eu l'impression d'être des étrangers l'un pour l'autre ? La première question était décourageante et entraînait derrière elle toute une série de questions aussi décourageantes, mais inhérentes à l'explication qu'il était en train de fournir sur l'intérêt que portaient les Industries Maritimes à une langouste apolitique ainsi que sur son propre rôle dans cette affaire.

Il ne devait jamais connaître la réaction immédiate de Juliana à cette explication. Un bruit de pas se fit entendre sur le palier extérieur à l'appartement, des cris résonnèrent puis des gens firent irruption dans la pièce tandis que d'autres se pressaient dans l'embrasure de la porte. Tous manifestaient leur joie d'apporter de bonnes nouvelles. Ben se rendit compte que tout dans leur apparition exprimait la gaieté ; la soudaine inquiétude qui était apparue sur le visage de Nora s'effaça aussitôt. Au poste de police, on se serait cru au cirque, racontèrent-ils. L'avocat qui s'était miraculeusement proposé pour aider David était un as. C'était la première fois qu'ils voyaient quelqu'un remettre à leur place ce salopard de Valdez et ses précieux Gardes Civils. La comparution devant le juge, dans la matinée, serait à mourir de rire.

Ces nouvelles leur furent transmises par un jeune garçon (dans son cas précis on ne pouvait se tromper sur son âge), dont les efforts évidents pour incarner l'image sévère et réservée du parfait *nadaista* étaient voués à l'échec. Son visage de chérubin joufflu ainsi que les grandes oreilles en chou-fleur qui l'encadraient en lui donnant l'air d'un gnome ne lui laissaient aucune chance d'y parvenir. Il débordait d'entrain, gesticulait pour décrire les protagonistes de l'affaire et, de toute évidence, connaissait là le moment de gloire de sa jeune existence. La plupart de ceux qui l'accompagnaient était également des *nadaistas ;* parmi eux se trouvaient quelques jeunes filles qui, avec leurs chandails noirs à col roulé, étaient incontestablement *nadaistas* au-dessus de la taille tandis qu'en dessous, en revanche, leurs jupes mettaient une touche de coquetterie. Toutes et tous paraissaient si vifs et pleins d'allant que Ben se sentit vieux et rassis en comparaison.

Leur chef s'aperçut soudain de sa présence, le regarda fixement puis, s'adressant à Juliana, abandonna l'anglais pour un espagnol très rapide.

Elle dédaigna de répondre dans la même langue.

– Ne sois pas aussi stupide, dit-elle avec un mépris marqué. Je n'ai pas pour habitude d'inviter des espions ici. Il s'appelle Ben Smith et, est arrivé de New York pour affaires. C'est un ami de Nora.

Le poids de son autorité était manifeste. Le garçon, de la tête, adressa un signe d'excuse à Ben.

– Je vous demande pardon, dit-il. C'était idiot de ma part. Mais compte tenu du combat idéologique qui...

Il poussa un cri qui ne trahissait pas une véritable douleur lorsque Nora, après avoir déplié l'une de ses jambes, lui expédia un coup de pied en plein tibia.

– Tes histoires d'idéologies ne m'intéressent pas, Pepe, dit-elle. Ce sont David et Tito qui m'intéressent.

– Oh, dans ce cas, répondit Pepe d'un ton joyeux, je vais m'asseoir à côté de vous qui êtes si belle, si grande, si blonde et si éblouissante et je vais tout vous raconter.

Ben, qui n'ignorait pas ce que cette façon délibérée de se moquer de soi était destinée à dissimuler, pensa ironiquement : Oui, mon chien aussi court après les voitures, mais il serait bien embêté s'il en attrapait une. Ce ne fut pas sans plaisir qu'il vit Juliana chasser aussitôt ce jeune chiot d'une pichenette. Au moins, elle ne favorisait personne.

– Tu vas aller t'asseoir sur la couchette, lui intima-t-elle. Et en faisant attention. Si elle cède, ce pauvre Max sera obligé de dormir par terre cette nuit. Prima peut s'asseoir sur le lit avec nous. (Du geste elle indiqua la jeune fille, petite et jolie, qui, visiblement en adoration s'était tenue aux côtés de Pepe). Tous les autres vous sortez, pour l'amour de Dieu. Allez vous faire du café dans la cuisine. On ne peut plus respirer ici.

Tandis que la foule qui avait envahi le seuil disparaissait dans la cuisine, Prima s'assit sur le lit, glissa tout de suite son bras sous celui de Nora et posa la tête sur son épaule. Ben suivit avec intérêt cette négation de la vieille théorie qui veut que toute femme ressente une animosité innée envers les autres représentantes de leur sexe, en particulier les plus jolies. S'il se basait sur ce qu'il avait vu jusque-là, les femmes étaient tout autant attirées que les hommes vers Nora Chapin, quand bien même la raison en était différente.

– Il n'y a pas de quoi s'inquiéter, dit Prima d'une voix réconfortante. Je n'avais jamais vu ça. Cinq minutes après notre arrivée au poste de police, le bâtiment était envahi de journalistes et de photographes, et il y avait jusqu'à un député du Parti Radical ! Et comme bien entendu nous étions tous là, vous pouvez vous faire une idée de la pagaille que c'était. L'avocat a été fantastique. Il s'est opposé à tout ce que la police essayait d'entreprendre. Il leur a dit que David et Tito s'étaient comportés en défenseurs de l'honneur républicain, et qu'au moment où la bagarre avait éclaté ils essayaient de soutenir Luis contre les attaques portées par des éléments subversifs agressifs. Et Luis était là lui aussi : il disait oui, oui à tout, si bien que Valdez ne savait pas à quel saint se vouer. De notre côté nous les encouragions tous de la voix et les policiers ne pouvaient rien faire à cause de tous les photographes présents. C'était splendide. Absolument splendide.

– Surtout vos encouragements, intervint Juliana d'un ton sec. Tous les braves petits humanitaristes ont donc été convertis. Vous pouvez maintenant aller tous ensemble à la Fête, avec les Jeunes Nationalistes, et parier entre vous en regardant quelqu'un mourir au bout de la corde. Tu as raison. Ça a été une splendide conversion.

– Vous ne comprenez pas, dit le garçon avec chaleur. Nous non plus nous ne comprenions pas quand nous nous sommes battus. Mais après, quand nous l'avons regardé alors qu'ils l'emmenaient... Vous savez l'importance qu'il accorde à la vérité. Est-ce que nous pouvions nier qu'il essayait de l'atteindre pour nous quand il était prêt à souffrir de la sorte pour y parvenir ?

– Il a raison, Juliana, hasarda timidement Prima. Vous même avez toujours dit que la corde avait une signification extrêmement importante.

– Autrefois, il y a très longtemps, répliqua Juliana avec rudesse. Mais pas aujourd'hui. Ni demain.

– De quelle signification s'agit-il ? demanda Ben.

– De celle d'autrefois. Personne ne prend plus le chemin du Victorica, à l'exception de celui qui porte sa propre corde. L'origine en est que les Axoyacs n'ont jamais été un peuple courageux. Quand ils étaient au Pérou, les Incas les ont attaqués et ils se sont réfugiés dans cette île. Et quand les Espagnols sont venus les attaquer ici, ils se sont laissés réduire en esclavage. Seul Ajaxa a dit qu'ils devaient résister, qu'ils devaient combattre, qu'ils devaient au moins mourir comme des hommes. C'est pourquoi les Espagnols l'ont pendu, et à la suite de ce qui se passa sur l'échafaud ce jour-là, il devint un héros y compris à leurs propres yeux. Pour les Axoyacs, c'était là un étrange spectacle : ils pensaient que les Espagnols étaient des dieux, et voilà que ces dieux-là traitaient l'un des leurs comme un dieu. Ainsi, chaque année à la même époque, ils étaient plusieurs à partir sur le chemin de la potence afin d'essayer de gagner leur place au cénacle des dieux. Ils n'avaient pas le courage nécessaire à soulever des armées et se battre les armes à la main, mais ils possédaient, peut-être, un plus grand courage encore. S'ils y étaient contraints, ils étaient prêts à affronter la mort de façon à pouvoir devenir des dieux et non plus des animaux enchaînés dans les champs comme des esclaves. Voilà ce que cela signifie vraiment lorsqu'ils se balancent au bout de la corde et qu'ils sont en train de suffoquer ! Mais il n'y a que Luis à le savoir, lui et ses semblables. Pas les imbéciles qui viennent contempler le spectacle.

– David pense que cela va encore plus loin, Juliana. Ce que vous venez de décrire, c'est le symbolisme de la cérémonie. Lui a le sentiment que l'expérience de la corde peut apporter une révélation qui dépasse ce symbolisme.

– David est un mystique, un visionnaire. Il pense que s'il parvient à regarder assez loin par-delà la réalité, il verra Dieu en personne. Mais personne ne peut faire ça, Nora. Et cela peut être dangereux pour lui de considérer la corde pour davantage qu'elle n'est en réalité : une corde pour se pendre. Si seulement il pouvait arrêter de ressasser tout ça dans sa tête.

– Au moment de la Fête ? demanda Pepe. Quelle que soit la manière dont on considère les choses, à quoi d'autre peut-on bien penser à l'époque de la Fête ?

A cet instant, quelqu'un entra en apportant des bouteilles de bière froide. D'autres arrivèrent, requérant le jugement de Juliana pour arbitrer un différend qui faisait rage à la cuisine. Cette fois-là, il fut impossible de se débarrasser d'eux. La paisible discussion se mua en une réunion plus bruyante puis en une célébration de victoire, et Ben, en vertu de l'espace restreint de la pièce, se retrouva en plein cœur des réjouissances.

A quatre heures du matin, il avait supporté tout le bruit et ingurgité toute la bière dont il était capable. Il se fraya un passage pour sortir de la pièce et, en dépit des regards insistants de Juliana, il parvint à entraîner Nora avec lui. Ils s'arrêtèrent sur le palier de l'escalier. Derrière eux, la porte et la fenêtre atténuaient le raffut de la fête.

– En tout cas, dit-il, ce ne sont pas les voisins que vous avez ici qui vont venir se plaindre de ce tapage nocturne, hein ?

– Se plaindre n'est pas dans leurs habitudes, lui répondit-elle.

– Sans doute.

Il marqua un instant d'hésitation, se demandant comment s'y prendre pour lui annoncer ce qu'il souhaitait faire.

– Ecoutez, se lança-t-il, à présent que je suis au fait de vos problèmes financiers, j'aimerais vous aider. (Il tenait dans sa main tout l'argent qu'il avait sur lui et le lui tendit). Vous ne voyez pas d'inconvénient à l'accepter, n'est-ce pas ? Après tout, il ne s'agit que d'un prêt. Vous pourrez me rembourser quand cela vous conviendra.

Elle prit les billets sans fausse honte.

– Vous n'avez pas besoin de vous excuser de votre geste, dit-elle en lui souriant. J'allais de toute manière vous demander de me prêter de l'argent.

– J'en suis heureux. Je voudrais que vous me considériez comme quelqu'un sur qui vous pouvez compter à tout moment en cas de besoin. Mais si vous ne voyez pas d'inconvénient à ce que je vous dise ce que je pense...

– Oui ?

– Eh bien, il est profondément ridicule que vous vous trouviez dans une situation de ce genre. Je veux parler de cette façon de vivre et de l'obligation d'emprunter de l'argent pour subvenir à vos besoins. Je ne mets pas en doute le talent de David mais je préfère ne pas dire ce que je pense de son bon sens. Quel que soit le motif de sa venue à Santo Stefano...

– Max nous a demandé de venir, c'est là l'unique raison.

– Klebenau ?

– Oui. Après tout il est marchand de tableaux et dans son métier il est parfois nécessaire de voyager. Nous sommes venus parce qu'il ne voulait pas être loin de David au moment où il traverse une crise aussi grave.

– Vous voulez dire que Klebenau est ici pour affaires ? Mais c'est un désert culturel ! A qui pourrait-il acheter ? A qui pourrait-il vendre ? De plus j'ai l'impression qu'il n'a pas dix cents en poche pour traiter des affaires, même si telle était son intention.

– Je sais. Mais il est ici pour affaires.

– Quel genre d'affaires ?

– Je suis désolée mais je ne peux pas vous le dire.

– Parce que vous l'ignorez ou parce qu'il ne veut pas que vous en parliez ?

– Parce qu'il ne veut pas que j'en parle. Tout ce que je peux vous dire c'est que nous voyageons depuis plus de deux ans en rapport avec cette affaire à laquelle il s'intéresse, ce qui peut vous donner une idée de son importance. Voilà dans quoi est passé tout l'argent. Nous sommes partis pour Mexico en voiture et puis il y a cet autoroute qui est censé traverser le Guatemala mais c'était déviation après déviation si bien que la voiture a fini par rendre l'âme et, à partir de là, l'argent a filé entre nos doigts. Panama, Colon, Buenos Aires, Rio, Lima (Nora comptait les villes sur ses doigts), et maintenant ici. Max a commencé à téléphoner aux Etats-Unis pour emprunter de l'argent alors que nous étions encore à Buenos Aires. Quand nous sommes arrivés ici, par conséquent, il ne restait plus personne à qui téléphoner. Le problème c'est que Max aime ce qu'il y a de mieux et que David n'a pas la moindre idée de la valeur de l'argent. Tant qu'il en a il le dépense et s'il n'en a plus cela ne le préoccupe absolument pas.

– Et après tout cela, fit Ben incrédule, Klebenau n'a toujours pas conclu son affaire ?

– Non, mais il va peut-être y parvenir ici. Sinon, la prochaine étape sera probablement Quito.

– Et comment ferez-vous pour y vivre ?
– Comme ici, je suppose. David est célèbre, il se trouve donc toujours quelqu'un qui se fait un plaisir de l'aider. Tito dit qu'il a des amis à Quito qui seront prêts à nous héberger aussi longtemps que nous le souhaiterons.
Ben parcourut du regard le décor misérable qui les entourait.
– Dans une maison comme celle-ci ? Au milieu de la même saleté ?
– David n'y attache aucune importance.
– Je ne parle pas de David ! S'il est d'accord pour laisser Klebenau le traîner dans tous les bidonvilles d'Amérique du Sud, libre à lui. Mais il n'y a aucune raison pour qu'il vous y entraîne à sa suite, n'est-ce pas ?
Elle se contenta de hocher la tête puis lui demanda :
– Etes-vous marié ?
– Non. Mais je ne vois pas le rapport.
– Oh, il existe pourtant. Si vous n'êtes pas marié, vous ne pouvez pas comprendre ce qu'il y a entre David et moi. Nous ne sommes pas heureux lorsque nous sommes séparés l'un de l'autre.
– J'ai des amis que leurs affaires obligent à voyager. Leurs femmes se font facilement une raison de devoir les attendre à la maison.
– Pour moi ce n'est pas là le rôle d'une véritable épouse. Je veux pouvoir faire l'amour avec David chaque fois que l'envie nous en prend, et je veux m'occuper de lui en toutes circonstances. C'est pour cela que je l'ai épousé. Et notre mariage est une réussite parce qu'il veut la même chose.
– Mais s'il vous aimait réellement, ne chercherait-il pas à prendre davantage soin de vous ?
– Il m'aime réellement, dit Nora sans se départir de sa patience. C'est pourquoi il veut m'avoir avec lui tout le temps.
Ben abandonna. Ils parlaient manifestement de choses différentes et le mot « amour » n'avait pas pour eux la même signification. Il y avait amour et amour, et ni lui ni

cette femme ne pouvaient saisir exactement la définition que l'autre en donnait. C'était le genre de malentendu qui pouvait conduire à une discussion stérile et les blesser dans leurs sentiments. Ben n'en voyait pas l'intérêt et il n'insista donc pas. Il conseilla à Nora de se débarrasser de ses visiteurs et de dormir un peu, promit de la retrouver à dix heures au tribunal, puis prit congé avec l'intime conviction que les gens n'apprécient jamais de recevoir de bons conseils mais qu'ils sont toujours disposés à accepter de l'argent à la place.

La Calle Contenta était sombre et silencieuse à cette heure tardive : les marchands ambulants, enveloppés dans des couvertures, dormaient à côté de leurs charrettes et de leurs étals. Quand il héla un taxi, sur la Plaza Republica, Ben réalisa qu'il s'était démuni de tout son argent liquide et que, à son tour, il allait devoir compter sur la charité du portier de nuit de l'hôtel.

6

Le fidèle Blas avait pris pour habitude de venir chaque matin rejoindre Ben à la table où il prenait son petit déjeuner dans la salle à manger de l'hôtel afin de prendre un café avec lui tout en fumant une cigarette. Ce matin, il affichait un air morose. Il avait déjà reçu un coup de téléphone de M. Victor et avait été soumis à un interrogatoire sur le rôle qu'il avait tenu dans les événements scandaleux survenus au café Le Soleil et La Lune. Dieu merci il avait pu jurer qu'il n'avait pas approché cet endroit, mais M. Victor n'ignorait pas que Ben s'était trouvé au beau milieu de tout cela. C'était extrêmement regrettable.

– Comment a-t-il pu le savoir ? s'enquit Ben. Je n'ai vu

mon nom nulle part dans les journaux.

– Pour ce qui est de cela, Gil Alden-Aragone et Cris Santa Cruz sont tous deux d'excellents amis de M. Jérôme. Ils n'ont pu manquer de trouver toute l'histoire à leur goût et d'aller aussitôt la lui raconter. Assurément, lui-même est ensuite allé en faire part à son père dans un esprit identique, et il a ainsi vendu la mèche. C'est bien là l'expression que vous employez ? Il a dû tout raconter dans les plus petits détails. M. Victor est au courant qu'on vous a finalement vu quitter le café en compagnie de la femme du peintre, et cela ne lui a pas plu.

– Vous m'en voyez désolé, mais je ne vois pas en quoi cela peut le regarder.

– C'est pourtant le cas. Vous êtes son invité et ces gens ont mauvaise réputation. Vous ne pouvez lui reprocher de vouloir vous protéger de leur influence.

– Je vous assure qu'ils sont tout à fait inoffensifs. Et même s'ils ne l'étaient pas, je n'aurais pas besoin de votre patron pour me protéger d'eux. D'ailleurs, je souhaiterais qu'il cesse de me considérer comme un hôte et qu'il commence à voir en moi quelqu'un avec qui il doit traiter d'une affaire. Si j'étais assis en face de lui à une table en train de parler affaires, j'aurais moins de temps pour fréquenter des personnages peu recommandables dans les cafés.

– Je vous en prie, dit Blas qui faisait peine à voir. Je vous en prie, tâchez de comprendre. M. Victor fait grand cas des sentiments de sa mère, une dame dont les principes moraux sont très stricts. De plus, elle est en mesure de connaître tous les racontars de Santo Stefano. C'est dire combien il est dangereux pour vous de fréquenter des gens de mauvaise réputation. Voilà pourquoi je vous mets en garde contre eux.

– Merci pour le conseil, mais je devrai attendre pour le mettre à profit. J'ai promis à Mme Chapin d'assister à l'audience ce matin.

– A l'audience du tribunal ? s'exclama Blas en le

regardant comme s'il avait perdu la raison. C'est impossible ! Absolument impossible ! Il y aura forcément quelqu'un pour y remarquer votre présence. Ce serait le comble de la folie de s'exposer à un tel risque. Je vous supplie en ami de modifier vos plans. Allons plutôt visiter la cathédrale ce matin. C'est l'endroit idéal étant donné les circonstances.

Son inquiétude était profonde, cela se voyait, et Ben en fut intrigué. Pourquoi, se demanda-t-il, ce personnage à la solde de Bambas-Quincy se préoccupait-il donc autant de sa réussite à lui ? Par amitié ? Il serait puéril de le croire. Leur amitié en était au stade de l'ébauche ; il s'agissait plus entre eux d'une rencontre imposée que d'autre chose. Ou se pouvait-il que ce zéro apparemment négligeable, ce Blas Miralanda fût en réalité l'un de ces facteurs mystérieux mentionnés par O'Harragh ? Ce dernier l'avait-il acheté pour s'en faire un allié afin d'obtenir la signature du contrat ? Alors en ce cas, pourquoi en faire un secret ? Et pourquoi, surtout, quelqu'un serait-il allé s'imaginer que l'alliance d'un comptable minable méritait d'être monnayée ?

Se trouver aux prises avec de telles questions n'avait rien de sécurisant d'autant que Blas demeurait une inconnue et qu'il n'avait visiblement aucune intention de livrer à Ben le mot de passe à condition qu'il y en eût un. En fin de compte, Ben ne se rendit ni au tribunal ni à la cathédrale mais au magasin de Santa Cruz, sur le Paseo de James Monroe, pour procéder à l'essayage de son smoking. Il y fut accueilli par un directeur de magasin obséquieux qui l'entoura de ses roucoulements, et par deux tailleurs d'un certain âge qui jouèrent du mètre-ruban, de la craie et des épingles avec un enthousiasme forcené. Le directeur l'assura que sa venue était attendue ; ils pouvaient lui certifier que l'habit serait la perfection même et qu'il serait livré à son hôtel d'ici quelques heures. Quant à M. Santa Cruz lui-même, il se faisait excuser, étant parti au tribunal pour y voir son ami, M. Alden-Aragone, plaider dans l'affaire qui avait eu un tel retentissement dans la presse de la matinée. M. Smith connaissait-il M. Alden-Aragone ? Il avait bien de la chance. Voilà un jeune homme dont l'avenir s'annonçait brillant. Il n'y aurait pas lieu d'être surpris si on le retrouvait un jour président de la république.

Tout cela mit Ben au supplice. Il contemplait la triple image de lui-même que lui renvoyait le miroir du magasin, et détestait ce qu'il voyait. Même Santa Cruz, qui était certainement autant que lui dépendant du bon plaisir de Bambas-Quincy et de ceux qui l'entouraient n'avait pas hésité à aller assister à l'audience pour y applaudir un ami. Et Ben Smith, lui ? Il avait laissé Blas Miralanda, un subalterne servile et grassouillet, peureux comme un lièvre, lui communiquer ses propres craintes. Le miroir lui renvoyait la triple image détestable d'un Blas Miralanda qui serait un peu plus grand et citoyen des Etats-Unis.

Il n'avait qu'une hâte, celle de quitter ce magasin. Le trajet en taxi pour atteindre le tribunal situé de l'autre côté de la Plaza de Hermanos fut très court. Ben lança au conducteur le prix de la course assorti d'un généreux pourboire, gravit quatre à quatre les marches du palais de justice et s'aperçut une fois à l'intérieur qu'il arrivait trop tard. L'audience, lui signala un huissier, était terminée. Elle n'avait duré que quelques minutes. Le juge avait rendu un non-lieu, et puis voilà. Il était heureux pour les accusés que l'on fût dans la période de la Fête car personne ne prenait alors de telles affaires trop au sérieux.

Ben se retrouva sur les marches du bâtiment et décida, l'air maussade, qu'il ne lui restait rien de mieux à faire que de tuer le temps jusqu'à l'heure du dîner chez les Bambas-Quincy. L'atmosphère de la Fête ajoutait son pittoresque à la plaza et aux rues alentour, mais il refusait de s'y intéresser. Tout comme il refusait la compagnie de Blas et les visites touristiques qu'elle promettait. Il savait ce qu'il allait faire : s'installer confortablement dans sa chambre, revoir une fois de plus, bien que les connaissant désormais tous par cœur, les documents dont il disposait pour sa mission, et mettre à jour sa correspondance, ce qui se résumait à peu de choses : la lettre hebdomadaire qu'il envoyait à ses parents dans le Kansas, des notes destinées à Mlle Gordon et à Mark Hough au bureau, et peut-être une ou deux cartes postales à des gens qui figuraient dans son carnet d'adresse. Mais ça allait l'aider à faire passer le temps. Ce qu'il désirait avant tout c'était rester seul.

Sa résolution ne dura que le temps de son retour à l'hôtel. Là, il était attendu par Nora, David Chapin, et Max Klebenau, tous trois assis au milieu du hall où ils étaient le point de mire de tous les regards. Ils paraissaient totalement exténués. Chapin, qui portait encore la chemise déchirée de la veille, était hagard et pas rasé, Klebenau n'était pas rasé et portait des vêtements tout fripés, et Nora avait les yeux très cernés. Ce fut Nora qui fit les présentations et expliqua la raison de leur présence. Elle avait parlé aux autres de Ben, et dès qu'ils avaient quitté le tribunal, Klebenau avait insisté pour le rencontrer. Il voulait s'entretenir avec lui de quelque chose d'important. Et le plus tôt serait le mieux.

Ben constata la curiosité que ce trio de piètre apparence suscitait à la ronde. Bien fait pour Blas et ses mises en garde, se dit-il. Les ennuis viennent parfois de fort loin sonner à votre porte et en l'occurence il n'en était pas mécontent. La blessure due à son sentiment de culpabilité se referma aussitôt, ne laissant qu'une cicatrice pratiquement exempte de démangeaison. Il se sentait d'attaque, sûr de lui, capable de résoudre tous les problèmes auxquels venaient le confronter ces réfugiés de la Calle Indios. En priorité venaient les problèmes du corps. Le souvenir du logement qu'ils partageaient avec Tito et Juliana s'imposa à son esprit avec force. Le plus urgent, ici, c'était beaucoup d'eau chaude et du savon, puis un repas et des boissons fraîches dans de grands verres. L'occasion ne se présentait pas si souvent, pensa-t-il, d'offrir à des compatriotes de la nourriture pour leur subsistance plutôt que par sociabilité.

Quand il leur proposa de disposer de sa chambre et de la baignoire à leur gré, puis de venir le rejoindre pour le déjeuner, Chapin saisit la clef qu'il leur tendait et répondit avec humeur :

– Je suppose que nous avons effectivement l'air passablement crasseux aux yeux de tout ce joli monde. Et une chemise ? Vous en avez sûrement une à me prêter ?

– Prenez tout ce qu'il vous faut dans l'armoire. Et si vous désirez que vos vêtements passent au pressing, appelez le garçon d'étage. A condition de ne pas en avoir un besoin urgent.

– Je connais le garçon d'étage, dit Chapin. J'ai moi aussi séjourné ici. (Il s'adressa à Klebenau). Max, laissez-nous un peu de temps. Après vous pourrez monter, ce sera votre tour.

Nora parvint à glisser un merci rapide tandis que son mari l'entraînait vers l'ascenseur, et Klebenau, qui les regardait pénétrer dans la cabine, dit à Ben :

– Ne soyez pas stupéfait de son absence de savoir-vivre. Il n'en a jamais eu et il devient de pire en pire. Mais il apprécie ce que vous faites, vous pouvez me croire sur parole. Cela fait trop longtemps que nous nous lavons tous dans une cuvette pour ne pas l'apprécier.

– Oui, dit Ben, je sais.

Il guida Klebenau jusqu'au bar qui donnait sur la salle à manger ; ils s'installèrent à une table, dans la pénombre. Ben commanda une bouteille de bière et Klebenau, faisant observer qu'il était trop tôt pour absorber de l'alcool, demanda de l'eau de Vichy et du jus d'orange. Il en fit un mélange à parts égales, ajouta plusieurs cuillerées de sucre. Avec un plaisir évident, il vida son verre jusqu'à la dernière goutte et recommanda la même chose.

– Je suis complètement idiot de faire des trucs comme ça parce que mon père et mon grand-père sont tous les deux morts du diabète. Mais je suis esclave d'une affection immodérée pour les sucreries. Mon pouls se met à battre plus vite rien qu'en contemplant un assortiment de pâtisseries françaises. Un vice on ne peut plus stupide. Et sans le moindre prestige.

– Selon vous, certains vices en auraient ?

– Oui : l'alcool, la drogue, la concupiscence, toujours les mêmes. Ils exercent une véritable fascination sur les esprits vulgaires. Ils ont la saveur des passions débridées, du suicide assuré. Mais les mêmes gens considèrent que de mettre fin à ses jours en absorbant du chocolat est une plaisanterie douteuse. J'espère que vous ne prenez pas cela en mauvaise part au cas où vous vous livreriez à l'un de ces vices prestigieux.

– Il se trouve que non. De quoi vouliez-vous me parler ?

– Ah, fit Klebenau en enfonçant sa paille jusqu'au fond de son verre et en le vidant bruyamment. C'est délicieux.

Il s'appuya au dossier de sa chaise et gratta son crâne lisse d'un doigt boudiné avant de poursuivre :

– Je suis sûr que cela ne vous surprendra pas si je vous dis que le problème le plus important à l'ordre du jour est celui de l'argent.

– Mais encore ?

– Tout est relatif. Si vous étiez le PDG des Industries Maritimes, je dirais une toute petite somme. Si vous étiez le garçon qui nettoie la table là-bas, je dirais une fortune. Je suppose que la réponse se trouve quelque part entre ces deux extrêmes. Disons une somme raisonnable.

– Et en chiffres, cela donnerait quoi ?

– Environ trois mille dollars. Cela me dépannerait jusqu'à ce que j'aie réglé l'affaire qui m'amène ici, et me permettrait également de régler quelques dettes que j'ai faites à droite et à gauche en ville. Naturellement, il s'agirait d'un prêt. Je vous signerai un reçu stipulant le taux d'intérêt acceptable qui vous conviendra.

Pendant les années passées à travailler pour le compte des Industries Maritimes, Ben avait réussi à économiser quelque deux mille dollars. Jusqu'à ce jour, ce chiffre lui avait paru tout à fait respectable ; et soudain, Klebenau le réduisait à une portion congruë. Ce qui n'avait rien pour rendre ce petit homme gras et souriant un peu plus sympathique.

– Quelle valeur pourrais-je en fait accorder à ce reçu, Klebenau ? Et quelle est donc l'affaire qui vous occupe dans cette île ?

– Etes-vous preneur ?

– Pas pour la somme que vous demandez. Je ne possède pas autant.

– Vous, non, mais votre compagnie, oui. Et puisque vous disposez d'un compte pour vos frais divers, vous pourrez rembourser l'argent dès que je vous aurai moi-même remboursé.

– Je ne crois pas que ce genre d'arrangement emporterait leur adhésion. Ils pourraient ne pas éprouver la même sympathie que moi pour les Chapin. Une sympathie, d'ailleurs, qui ne va pas jusque-là. Comment avez-vous réussi à persuader des gens comme eux à se laisser entraîner dans une situation pareille ? Comment vous y êtes-vous pris ? Vous les avez hypnotisés ?

– Vous me flattez, répondit Klebenau avec amabilité.

Il fit venir le serveur et lui demanda un cigare. Lorsqu'on le lui eut amené, il l'alluma et inhala voluptueusement la fumée.

– Vous n'y voyez pas d'inconvénient, n'est-ce pas ? demanda-t-il. Cela fait bien longtemps que je n'ai pu me payer un tel luxe.

– Vous n'avez pas répondu à ma question. Chapin jouit d'une réputation internationale dans le domaine de la peinture. D'autre part, son arrogance et son mauvais caractère me paraissent ne rien avoir à envier à personne. Alors pourquoi vous laisse-t-il organiser sa vie à votre guise ?

– Parce qu'il a toute confiance en moi. Cela vous paraît-il étrange ? Après tout, cela fait quinze ans que je le connais. Les cinq premières années, il ne pouvait compter que sur moi pour assurer sa subsistance. J'achetais ce qu'il peignait alors que personne d'autre ne daignait y jeter un coup d'œil. Et ils n'avaient pas tort. Il avait été l'élève d'Orozco au Mexique et il lui fallut très longtemps pour se libérer de son influence. Lorsqu'il a découvert son propre style j'ai organisé ses premières expositions, emporté l'adhésion des critiques et trouvé des acheteurs intéressants. En un mot, je lui ai permis de devenir connu. Il sait également que j'ai été le premier à apprécier son talent. C'est un homme d'une indépendance farouche, mais même le plus indépendant des artistes souhaite qu'il y ait au moins une autre personne dans le monde qui apprécie son art.

– Vous voulez dire ces machins expressionnistes abstraits ?

– Je préfèrerais que vous n'employiez pas le mot « machin ». Cela ne fait pas honneur à votre sensibilité artistique.

– Elle est peut-être très limitée, répondit Ben d'un ton froid. En tous cas je ne fais pas preuve d'hypocrisie. Je ne prétends pas voir dans ce genre de peinture ce que vous, vous prétendez y voir. Non que j'essaye de me faire passer pour un béotien, je défends toujours Chapin, Pollock et les autres quand les gens que je déteste les attaquent. Mais j'aimerais bien ne pas avoir à le faire et je ne le fais jamais vraiment avec conviction. En fait je ne veux pas me retrouver du même côté que les anciens combattants de la Première Guerre mondiale, les politiciens des régions les plus arriérées ou tout autre râleur inculte quand il s'agit d'art. En revanche, je déteste qu'une clique désagréable d'amateurs d'art moderne vienne me dire ce qu'il faut que je pense. Le problème des gens de mon espèce dans le domaine de l'art aujourd'hui, c'est que, d'un côté comme de l'autre, tous les connards nous tombent sur le dos.

Klebenau opina de la tête puis dit :

– Tout à fait exact. Mais cela peut s'appliquer à toutes les périodes de l'histoire de l'art où les défenseurs de l'académisme se retrouvent le dos au mur, obligés de livrer une lutte sans merci.

– Je croyais ce combat perdu depuis des lustres. Le style de peinture que j'ai vu ici dans le musée de Santo Stefano est défunt depuis bien longtemps.

– Oh, cette chambre des horreurs. Oui, ce style de peinture est défunt depuis bien longtemps à l'exception du tableau de Corot, et le Corot de ce musée est d'ailleurs un faux. Il a la facture d'un vrai mais non sa luminosité. Quand je parle d'académisme, je ne me réfère pas au réalisme du XIXe siècle. Je parle de l'académisme moderne, celui qui ne jure que par le non-figuratif. Il s'est imposé de haute lutte il y a une génération, survit actuellement à sa propre génération et doit donc disparaître. C'est un académisme basé sur le principe de la nouveauté et celle-ci n'est plus qu'une peau de chagrin. Il n'est rien de plus triste qu'un révolutionnaire victorieux. Sa *raison d'être* * se trouvait dans sa lutte contre l'ordre établi. La victoire une fois assurée, il lui faut continuer à faire du bruit comme si la lutte se poursuivait de crainte que quelqu'un ne soupçonne qu'il fait maintenant lui-même partie intégrante de cet ordre établi. Ce que vous taxez de clique désagréable d'amateurs d'art moderne, mon ami, n'en est absolument pas une. C'est l'académisme hurlant à la mort. Kandinsky en fut le fondateur, David Chapin en est le dernier représentant de valeur. Après lui le déluge.

– En fait de déluge, la peinture de Chapin me suffit déjà. Qu'est-ce que vous y voyez, qui m'échappe à moi ? Croyez-moi, je souhaite sincèrement l'apprendre.

– Je vous crois. Mais comment répondre à une telle question ? J'ai le sentiment que nous ne cherchons pas la même chose dans sa peinture. Qu'y trouvez-vous ?

– La confusion la plus totale. En fait, elle me paraît inhumaine.

– Quel paradoxe outrancier ! Aucune création de

(*) En français dans le texte.

l'esprit humain ne peut être inhumaine. Elle peut déconcerter, rendre furieux, effrayer, mais elle possède toujours une part d'humanité. David lui-même en est l'un des représentants les plus complexes, mais vous devez lui reconnaître un esprit discipliné ainsi qu'une main disciplinée. Savez-vous en quels termes les tenants du classicisme définissaient la sculpture ?

– Non.

– Ils disaient qu'elle consistait à ôter d'un amas de matériau brut tout ce qui n'en était pas essentiel, jusqu'à ce que la forme cachée fût révélée. Dans sa période la plus récente, David en est venu à penser qu'il pouvait appliquer la même méthode. Regardez ses toiles sous cet angle-là et elles vous parleront peut-être davantage.

– Je ne vois pas ce que vous voulez dire. Quand on peint, on applique de la peinture sur une surface vierge. On ne retire rien du tout.

– On retire la virginité. David a le sentiment que cette surface vierge n'est qu'un voile recouvrant une création pré-existante. A chaque coup de pinceau, il contribue à retirer ce voile. Il rend la création visible.

– A ses propres yeux seulement.

– Vous le croyez vraiment ? Votre problème, M. Smith, c'est que vous lui demandez d'interpréter ce que vous voyez. Et il s'agit de quelqu'un d'extrêmement têtu. Il tient absolument à interpréter ce que lui voit. Je suis bien tenu de reconnaître que, malheureusement, il a une foule d'imitateurs qui ne font qu'embrouiller les choses. Ils singent sa technique, barbouillent des kilomètres et des kilomètres de toile et se prétendent artistes. Etre un artiste requiert bien autre chose. Cela requiert le type de talent et l'intégrité que David possède. Il est en même temps un chercheur, un visionnaire, quelqu'un qui tente de trouver des réponses à des questions impossibles. Ce sont là les qualités d'un grand peintre.

– Et vous êtes vraiment convaincu qu'il est un grand peintre ? En discutant avec Nora j'ai cru comprendre qu'il lui était arrivé de peindre des horreurs.

– Comparativement à ce qu'il fait d'habitude, oui. Car pour ce qui est de sa stature, il a toujours été superbe, même dans sa période non-figurative. Au cours de sa dernière période il a peut-être produit, disons, une centaine de tableaux. Une douzaine sont de véritables chef-d'œuvres et cela suffit à faire de quiconque un grand peintre. Aucun grand maître reconnu comme tel ne doit être jugé d'après ses erreurs. Heureusement, cela se produit rarement. Cette partie de la population qui prétend adorer l'art est douée d'une capacité sans limite à s'illusionner elle-même. J'ai entendu des gens se pâmer devant des vues de la Montagne Sainte-Victoire totalement insipides peintes par Cézanne. Je les ai vus s'extasier dans un élan quasi-religieux en contemplant des meules de foin peintes en série par Monet. Normal. Cézanne et Monet étaient de grands maîtres. C'est là un aspect louable de la stupidité que d'applaudir à tout ce qu'ils ont pu signer. A cet égard, j'ai vendu certaines toiles avortées de David une vraie fortune. J'ai accepté l'argent sans le moindre remords de conscience parce que David est un grand peintre.

– Et cela n'est-il pas de nature à rogner un peu son intégrité ?

– Ce pourrait être le cas s'il avait l'impression que sa peinture pouvait se diviser aussi facilement en chef-d'œuvrs et en ratages. Mais ce n'est nullement le cas. Quand il examine une toile qu'il vient d'achever, c'est toujours avec désespoir. Il sait qu'elle est ratée. Dans son esprit il voyait une image à transcrire sur la toile. Le résultat ne peut être à la hauteur. Comment pourrait-il en être autrement ? Quelle réalité peut jamais égaler l'impossible perfection qui habite l'imagination ? Pourtant, David n'est pas fou. Ratage ou pas, quand l'œuvre est terminée, il sait qu'elle doit lui acheter la liberté d'en commencer une nouvelle. C'est là que j'interviens : l'argent que j'obtiens en échange de sa toile achète cette liberté.

– Et pas à n'importe quel prix. Sans compter la

carrière, la gloire et tout ce qui les accompagne. D'accord, cela suffit amplement à expliquer l'attachement qu'il a pour vous. Mais Nora ? Comment l'avez-vous attirée de votre côté ?

– Je lui ai donné David.

– Tout bêtement ? Vous êtes sûr qu'elle ne s'en est pas chargée elle-même ?

– Vous avez des façons bien conventionnelles de considérer les choses, dit Klebenau d'un ton imperturbable. Si vous n'y voyez pas d'inconvénient, je vais commander une autre de ces boissons extrêmement rafaîchissantes. Mener une conversation sur des bases conventionnelles a toujours eu le don de me donner soif.

Lorsque le garçon eut apporté la consommation, Ben regarda Klebenau y déverser du sucre d'une main hardie.

– Vous devriez penser à votre père et votre grand-père en faisant ce geste.

– C'est bien ce que je fais, dit Klebenau en levant son verre comme pour porter un toast. Et je pense également à l'insuline qui, Dieu merci, est facilement disponible s'il m'arrive d'en avoir besoin. Pour en revenir à Nora...

– Oui ?

– Eh bien, pour comprendre nos rapports, il faut remonter quelques années en arrière à l'époque où je l'ai rencontrée pour la première fois. Pour être exact, c'était il y a sept ans. J'avais demandé à une agence de m'envoyer un employé de bureau, quelqu'un qui serait susceptible de faire beaucoup d'heures de présence pour un faible salaire et ce fut Nora qu'ils m'envoyèrent. Si je me souviens de ce matin-là ! Elle m'est apparue comme une enfant adorable avec son visage innocent et son corps infiniment provocant, et je me suis dit, « Mon Dieu ! Un Renoir vivant ! » Elle a tout ce dont ce vieux jouisseur a rêvé dans ses rêves les plus resplendissants. C'était vraiment un jouisseur, vous savez. A un point tel que cela nuisait parfois à son travail. Il était fou des femmes, et il y a des fois, je pense, où il a dû éprouver à les peindre le même problème qu'un artiste affamé éprouverait à peindre une nature morte particulièrement savoureuse. Comme je le disais donc, je me trouvais devant un Renoir vivant. Elle avait alors dix-neuf ans et venait de terminer sa première année à l'université. Elle y avait étudié les Beaux-Arts, un programme effrayant réservé à des gens sans talent et destiné à faire d'eux de futurs professeurs chargés d'enseigner à d'autres gens sans talent, mais elle avait quitté l'université pour faire l'expérience de la vie. C'était très important pour elle. Elle voulait vivre, goûter à ce que la vie peut apporter, et ce programme était trop ambitieux pour être mis en pratique à Sarah Lawrence. En revanche, l'atmosphère des galeries de peinture de la Cinquante-septième rue, les petites rues de Greenwich Village, les bistros des quais... ah, voilà qui s'appelait vivre. Et pourquoi avait-elle pris cette grande décision ? Parce que, disait-elle, elle devait faire ses preuves aux yeux de ses parents. Ils l'aimaient, certes, mais n'approuvaient pas ses conceptions. Elle était trop sérieuse et trop comme il faut, trop moderne, et ils avaient la nostalgie du feu sacré d'autrefois. Pendant les deux premières années de leur mariage ils avaient connu la bohème au cœur de Greenwich Village. Ils n'éprouvaient que mépris pour la jeune génération telle que la représentaient Nora et ses camarades qui ignoraient quelle liberté, quelle expérience stimulante on peut connaître en vivant de la sorte.

– De drôles de parents, observa Ben.

– En fait ce sont des gens charmants. J'ai appris à bien les connaître et je me suis rendu compte qu'ils adorent Nora. D'autant que cette attitude qu'elle leur reproche était essentiellement due à un certain regret pour l'interlude de totale indépendance, aussi heureux que bref, qu'ils ont également connu. Vous comprendrez mieux de quoi je parle quand je vous aurai dit qu'après cet interlude de deux ans à New York, ils furent obligés de s'installer à Hatford, dans le Connecticut, où le père de Nora travaille pour une compagnie d'assurances. Comparé à Hartford, Port Buchanan est un paradis terrestre.

– Je vous crois sur parole, dit Ben. Et Nora ?

– Eh bien, je l'ai engagée, et en moins d'un an elle est devenue irremplaçable. Non seulement elle faisait une excellente secrétaire, mais elle avait appris beaucoup de choses sur l'art, sur la façon de traiter avec les clients, et avait prouvé qu'elle était capable de tenir la galerie toute seule quand je m'absentais. Elle possède une qualité rare. Elle a une confiance implicite dans tous les gens qu'elle rencontre et il semble que cela inspire confiance en elle. Cela fait sept ans que je la connais. Pendant toutes ces années je ne l'ai jamais entendue proférer un mensonge, mis à part de temps en temps un petit mensonge de politesse pour dire ce qu'elle pensait d'un nouveau chapeau ou pour se débarrasser de la compagnie d'un soupirant insupportable en prétextant un mal de tête. C'est la personne la plus confiante que je connaisse. Peut-être cela est-il lié à une certaine absence chez elle de sens de l'humour. Pour ma part il m'a toujours semblé naturel de considérer que la capacité de mentir facilement et de manière convaincante était l'une des composantes du sens de l'humour. Quand, bien sûr, ce trait de caractère est présent chez quelqu'un de bien par ailleurs. Quand quelqu'un de méchant ment, cela fait partie intégrante de sa vilenie. En vérité, la confiance qu'elle me témoignait fit de moi son ange gardien, et elle en avait sérieusement besoin. Elle avait toujours la ferme volonté d'observer de très près la comédie humaine et, bien évidemment, les loups ne manquent pas qui cherchent à faire leur proie de ce genre d'agneau. Et c'était bien là ce qu'elle était : un agneau. Elle habitait à Greenwich Village avec une fille de très mauvaise vie, se liait d'amitié avec les créatures de tout acabit qu'elle rencontrait mais n'en restait pas moins la vierge immaculée de Hatford, Connecticut. En tant qu'ange gardien, je l'encourageai à rester dans cette voie. Non que j'eusse une profonde admiration pour la chasteté qui me semble aller contre nature chez l'un comme chez l'autre sexe. Mais simplement, je pressentais que le premier homme auquel se donnerait Nora serait celui qu'elle épouserait, et je voulais être certain que cet homme serait bien celui qu'il lui fallait.

– Ainsi vous lui avez choisi Chapin.

– Non, c'est elle qui l'a choisi. En fait, quand elle m'avoua pour la première fois qu'elle était amoureuse de lui, j'essayai de l'en dissuader. Je lui fit remarquer qu'il était de vingt ans son aîné, encore célibataire à l'âge de quarante ans (ce qui est toujours mauvais signe), et que, au mieux, il était quelqu'un de difficile à vivre. Ce serait comme d'épouser Michel Ange : il ne s'est jamais marié, vous savez ; heureusement pour les petites Italiennes confiantes et innocentes, il avait, pour s'occuper de lui, un vieux serviteur sale et coléreux lui aussi. Je ne pouvais trouver pire argument car Nora, en réalité, adorait Michel Ange. J'aurais bien sûr dû m'en douter. Toutes les jeunes femmes saines trouvent irrésistibles ces représentations d'une vigueur musculaire flamboyante. En fin de compte, quand j'ai reconnu ma défaite, je me suis résigné au rôle de marieur.

– Comment cela ?

– En disant à David que cette jeune fille l'adorait et qu'il serait idiot de ne pas l'épouser. Pourquoi tourner autour du pot ? L'homme tout autant que l'artiste pouvait difficilement demeurer insensible aux charmes de mon Renoir vivant. D'ailleurs, quel homme n'eût été flatté d'apprendre qu'une femme comme Nora l'aimait assez pour l'épouser sur-le-champ ? En dernier ressort je me montrai sans scrupules au point d'user de mon expérience de marchand de tableaux. Je suggérai à David que si la marchandise n'était pas satisfaisante, il pourrait la retourner. Après tout, de nos jours, personne ne prend plus le mariage si au sérieux qu'il doive être préservé à tout prix. Si Nora et lui n'étaient pas faits l'un pour l'autre, j'étais tout à fait disposé à payer les frais de leur divorce.

– Le lui avez-vous dit à elle ?

– Ai-je l'air idiot à ce point ? Je ne lui ai rien dit du tout. J'ai assisté à leur mariage et leur ai souhaité beaucoup de bonheur. Ensuite, ça ne dépendait plus que de Nora. Le mariage, loin d'être une association, représente tout à fait les rapports qu'entretiendraient deux personnes naviguant dans une petite barque. L'homme tient fièrement la barre pour guider l'embarcation tandis que la femme écope avec acharnement dans l'espoir de la maintenir à flot. Sachant à quel point la barque de Nora prenait l'eau de toutes parts, je ne pouvais qu'espérer qu'elle ferait preuve de suffisamment de bon sens pour se mettre aussitôt à écoper, et de suffisamment d'endurance pour s'y tenir en permanence.

– L'enfer, observa sèchement Ben.

– Sans doute, concéda Klebenau, jusqu'à ce que Nora eût appris son rôle. La société dans laquelle nous vivons ne prépare pas la femme à la condition matrimoniale. Si l'on considère le plan physique, elle lui renvoie l'image d'un couple bien habillé, de vrais mannequins de matière plastique fumant avec un bel ensemble des cigarettes d'une marque connue dans tout le pays. Au plan psychologique, elle insiste lourdement sur le besoin de communication entre le mari et la femme. De communication ! Quel mot obscène pour parler des rapports entre mâle et femelle. Cela fait surtout penser à un couple de psychiâtres s'analysant mutuellement chacun leur tour. Regardez quelqu'un comme David. Il passe par des hauts et des bas comme tous les maniaco-dépressifs. Au mieux, il explosera dans des élans de fureur créative. Au pire, sa tête est pleine d'images floues qu'il tente désespérément de comprendre. Il est absolument incapable de communiquer par l'intermédiaire du langage. Je connais des artistes qui le peuvent, mais je ne leur fais pas confiance. La créativité est un mystère insondable et, plus un artiste est prolixe, plus il se détache de la possession de ce mystère. Au lieu d'exercer son talent, il parle de lui.

– Quand bien même vous auriez raison, intervint Ben, il existe d'autres sujets de discussion que l'art. Surtout quand on est marié.

– Oui, David et Nora ont effectivement d'autres sujets de conversation. Mais elle a appris que, quel que soit ce dont ils discutent, ce qui captive l'essentiel de son intérêt à lui c'est quelque chose de lointain, quelque chose qu'elle ne pourra jamais partager avec lui. Elle m'a confié une fois, avec une franchise dépourvue de toute honte, que le seul moment où elle a l'impression de le posséder totalement est lorsqu'ils font l'amour. Il est très viril et, contrairement à la plupart de ceux de son espèce, exclusivement monogame. Pour une femme, voilà qui peut compenser beaucoup de choses.

– Et Nora s'en est satisfaite ?

– Si voulez dire que, des deux, c'est elle qui a fait la plus mauvaise affaire, vous vous trompez. En tout état de cause, vivre avec un Michel Ange n'est jamais ennuyeux. Et il y a bien plus important : ce que ce mariage a amené à Nora. En se comportant exactement comme le type de femme dont David a besoin, elle a fait de lui l'homme dont elle a besoin. Elle n'a pas d'autre fonction que lui. Il la complète. C'est pour cela qu'elle est heureuse.

– Ce qui ne change rien au fait qu'elle habite actuellement dans le plus dégoûtant cul de basse fosse que j'aie jamais vu. Qu'elle ait fait une bonne ou une mauvaise affaire, est-il absolument nécessaire qu'elle vive de la sorte ?

– Absolument pas, si je peux trouver un peu d'argent. Après tout, c'est de cela que nous discutons, n'est-ce pas ? Cela dépend de vous.

– Mais pourquoi ? Je ne vous connais même pas. Et après tout ce que vous m'avez dit, je ne sais toujours rien de l'affaire qui vous a amené ici. En quoi serais-je forcément celui qui devrait vous avancer de quoi vous tirer d'embarras ?

– Vous avez bien donné de l'argent à Nora hier soir ?

– Cela ne signifiait nullement que j'avais l'intention de vous racheter des actions.

– Pourtant, insista Klebenau, vous lui avez donné de l'argent. Une telle générosité est étonnante. Plus étonnant encore le fait que vous ayez de l'argent à donner. (Il tendit la main dans un geste de supplication). Je vous parle du fond du cœur, Smith. Je suis sur le point de traiter l'une des affaires les plus importantes de ma vie et j'ai besoin de votre aide pour la mener à bien. Il n'y a plus personne ici vers qui je puisse me tourner et je suis trop loin des Etats-Unis pour pouvoir y trouver de l'argent. J'accepte vos conditions quelles qu'elles soient. Je vous garantis un remboursement équivalent au double de la somme que vous m'aurez prêtée, que cette affaire réussisse ou pas.

– Il existe donc une possibilité d'échec ?

– Je suis prêt à en courir le risque. Votre remboursement est garanti. Je connais le marché de l'art, Smith. Dans moins de deux ans j'y aurai repris ma place et même bien davantage.

– Pas question d'investir mon argent avec des inconnus qui refusent de me dire ce qu'ils manigancent, Klebenau.

– Il y a de quoi rire, dit Klebenau d'un ton amer. Si je vous disais de quoi il s'agit, vous comprendriez tout de suite pourquoi je ne peux rien vous dire. (Il pesa le pour et le contre). Non, je ne peux pas prendre ce risque. Avec les meilleures intentions du monde vous pourriez tout réduire à néant. Vous savez ce que ça signifie ? Deux ans de ma vie, et des dettes à la pelle depuis ici jusqu'à Manhattan. C'est impossible. Vous devez me croire sur parole.

Ben se sentit gagner par la tentation. Ses deux mille dollars ne lui servaient à rien là où ils se trouvaient. Pourquoi ne pas les utiliser pour acquérir un droit de propriété sur ce trio ? Que pouvait-il y avoir de mal à ça ? Il réfléchit à ce qu'il pouvait y avoir de mal à ça et repoussa la tentation. Toutefois, l'image de Nora Chapin regagnant son taudis de la Calle Indios continua à s'imposer à son esprit.

– Je ne peux pas traiter selon vos conditions, Klebenau, dit-il. Mais peut-être puis-je vous dépanner un peu. Combien vous en coûterait-il par semaine de vous installer dans un endroit décent de ce côté-ci de la Plaza Republica ?

– Pas beaucoup. Cinquante dollars américains couvriraient tous les frais.

– D'accord. Je vais vous les donner. Et j'aimerais vous voir déménager tous les trois dès aujourd'hui si vous le pouvez.

Klebenau prit le chèque dans sa poche puis sortit un petit carnet où il en inscrivit le montant.

– Tout est consigné ici, dit-il. L'argent que vous avez donné à Nora hier soir y figure également. Vous ne nous avez pas fait la charité. Vous nous avez consenti un prêt amical, et vous récupérerez votre argent le plus tôt possible.

– J'attendrai mon tour, dit Ben. Votre carnet doit être presque plein maintenant.

– C'est exact.

Le chèque, au lieu de dérider Klebenau, semblait le décourager. Il resta un moment sans parler puis dit :

– Il y a encore une chose que je voudrais vous demander. J'ai cru comprendre que vous étiez en bons termes avec les Bambas-Quincy. Pouvez-vous me ménager une introduction ?

– Je ne me risquerais même pas à essayer. Je les ai déjà entendu dire ce qu'ils pensent de Chapin et j'ai comme l'impression que, pour eux, qui se ressemble s'assemble. Il faudra que vous vous débrouilliez seul pour obtenir votre introduction.

– Croyez-vous que je ne m'y sois pas déjà employé ? Mais c'est pire qu'un rideau de fer qui entoure cette famille. C'est à croire que j'essaye de les assassiner et non d'avoir une petite conversation avec eux.

– Une petite conversation sur quoi ? Serait-ce avec eux que vous voulez conclure votre affaire ?

Klebenau fit la sourde oreille à cette question. Il consulta sa montre et se leva.

– Je suppose, dit-il, que je peux prendre mon tour dans la baignoire maintenant. Nous vous retrouverons ici pour le déjeuner. Ah, à propos, quand David sera là, évitez, je vous en prie, de lui parler de sa peinture. Il déteste qu'on lui pose des questions sur son travail ou qu'on en parle en sa présence.

– Existe-t-il un sujet particulier que l'on puisse aborder devant lui ? demanda Ben d'un ton sarcastique.

Klebenau posa une main sur sa poitrine dans un geste théâtral avant de répondre :

– Ne vous en faites pas pour ça. Lorsque je suis là, il n'y a jamais de silence embarrassant.

Ce qui, Ben devait s'en apercevoir pendant le repas, n'était rien moins que la vérité.

7

Le soir même, il était prêt et habillé bien avant que la limousine des Bambas-Quincy ne vienne le chercher. En attendant, il s'était octroyé un verre afin de maîtriser ses nerfs, mais cela n'avait pas eu plus d'effet que l'image flatteuse que lui renvoyait le miroir. Son costume neuf lui allait de manière parfaite ; il était très présentable, pour reprendre une expression couramment utilisée. Et pourtant, son malaise demeurait. Tout tendait à prouver une chose : la partie allait vraiment commencer maintenant, et ce dîner en était pour lui l'ouverture. Il allait être soumis à l'inspection du clan Bambas-Quincy, et s'il échouait...

C'était là une perspective inquiétante pour quiconque n'était pas, par nature, un joueur. Ben Smith savait qu'il n'en était pas un. Sous ces habits resplendissants, se disait-il sans joie, se trouvait toujours l'adolescent de la petite ville d'Aurelia, dans le Kansas, qui avait été élevé dans le refus du poker et des jeux de dés. Piètre préparation pour quelqu'un qui avait autant que lui l'ambition de réussir. C'étaient les O'Harragh, les Alden-

Aragone et les Klebenau qui pouvaient apprécier le quitte ou double. Pour le même enjeu, tous se réjouiraient à l'avance d'être invités à ce dîner. Où n'était-ce là qu'une façade ? Etait-il possible que, tout en se consacrant au jeu, ils fussent l'objet de ce même malaise mais qu'ils réussissent si bien à le dissimuler que personne ne pût soupçonner leur secret ? Il tira de cette réflexion un semblant de réconfort. A en croire le miroir, le Ben Smith qui était visible avait, lui au moins, l'air d'un gagnant.

La voiture arriva sur le coup de huit heures, un carrosse à air conditionné conduit par un chauffeur Indien. L'air conditionné était très rare à Port Buchanan et Ben s'y abandonna avec reconnaissance, goûtant non seulement la fraîcheur, mais aussi le soulagement de ne plus respirer les miasmes familiers que la brise du soir amenait. L'odeur restait présente dans la voiture, mais de manière fort discrète.

Leur destination se trouvait de l'autre côté du pont qui franchissait le Rio Xares. Après avoir dépassé les quartiers périphériques de la ville nouvelle, la route escaladait une ligne de hauteurs. Dans le faisceau lumineux des phares, Ben avait une vision fugitive de murs blancs, apercevait des villas décorées à moitié cachées derrière de hautes haies de végétation tropicale. La demeure des Bambas-Quincy se dressait sur la crête de la colline. Vue de près, elle évoqua pour Ben ces monstruosités architecturales dont il avait entendu dire qu'elles gâchaient le paysage hollywoodien avec leur faste criard, dans les années vingt.

Il s'aperçut bientôt que ce style n'épargnait pas l'intérieur du bâtiment, lui-même doté de l'air conditionné. Le mauvais goût le disputait au luxe dans une débauche de soie, de peluche, d'acajou et de fer forgé. Dans le vestibule, tandis qu'il attendait qu'une servante aille, en courant, annoncer son arrivée, un unique objet retint agréablement son attention : la maquette d'un magnifique voilier aux lignes très pures placée dans une vitrine. L'inscription gravée sur une plaque d'argent indiquait qu'il s'agissait d'une reproduction de la vraie *Maid of New Bedford.* Ben se souvint que Blas avait fait allusion à ce navire historique. A bord un Quincy était arrivé qui s'était uni à une Bambas, et ils étaient à l'origine de tout ceci. Ou, pour être tout à fait exact, ils en étaient à l'origine avec l'apport décisif d'une héritière argentine *fin de siècle* *, l'aïeule redoutable qu'il allait rencontrer ce soir. Dans l'esprit de tous il ne semblait pas y avoir le moindre doute qu'elle fût la responsable de la fortune familiale.

Ce fut Jérôme qui vint l'accueillir par une chaleureuse poignée de main.

– Eh bien, s'exclama-t-il avec un plaisir évident, on dirait que vous ne vous êtes pas ennuyé, hein ? Pour vous distraire essayez la Calle Contenta. Après ça, j'espère que vous ne m'en voudrez pas si je vous appelle Ben. Quand on s'affiche du côté de la Calle Contenta, on ne peut pas se permettre d'être connu sous son nom de famille. Les gens refuseraient de le croire.

Ben essaya de se montrer amusé de ce compliment consternant.

– Je n'ai quand même pas fait une impression aussi lamentable, si ? demanda-t-il.

– Au contraire. Vous avez fait une impression fantastique sur bien des gens. Gil m'a dit que vous aviez enlevé la femme de Chapin au nez et à la barbe de son mari, et il en est vert de jalousie.

– Il n'y a vraiment pas de quoi. Je l'ai raccompagnée jusque chez elle, un point c'est tout. Vous pouvez lui dire qu'il peut reprendre goût à la vie. Il n'a absolument rien manqué.

– Vraiment ? Eh bien, je ne lui en toucherai pas un mot. Je préfère le laisser souffrir. A dire vrai, il va être absolument insupportable étant donné la façon dont il a fait la première page des journaux ce matin. Maintenant,

---

(*) En français dans le texte.

venez que je vous présente à ma famille et à ses amis les plus chers. Oh, et surtout ne vous offensez pas de ce que mon père pourrait dire à propos des événements d'hier soir. Ce genre de bêtise a le don de le mettre en colère, et il lui faut un certain temps pour se calmer.

Manifestement, Bambas-Quincy n'avait pas encore recouvré tout son calme. Il accueillit Ben presque affectueusement puis, sans plus se soucier des autres personnes présentes dans la pièce, il se mit aussitôt à se lancer dans un exposé de ses griefs ; c'était un scandale qu'un hôte estimé, un visiteur venu de loin, eût été obligé de subir un tel étalage de mauvaise conduite, de violence et de dépravation, en assistant à ce qui s'était passé au café Le Soleil et La Lune. Qu'est-ce que les visiteurs pouvaient bien penser de Santo Stefano si ce genre de scène leur était présentée comme typique de l'île ? Comment un employé de confiance tel que Julio Salazar (oui, et Salazar était pour lui comme un fils, de même que tous ses employés), avait-il pu inviter un étranger dans un bouge pareil, un tel repère de mœurs dissolues ? Oh, mais Salazar allait le payer cher. Et s'il existait ne serait-ce qu'un moyen d'associer Santa Cruz et Alden-Aragone dans un châtiment identique, quelle satisfaction n'y prendrait-il pas !

Lorsque Ben essaya de présenter un démenti à cette interprétation des faits, Bambas-Quincy passa outre :

– Non, non, dit-il, je ne veux pas entendre prononcer un seul mot pour leur défense. Le seul qui possède quelque excuse est Salazar. Lui, au moins, a quitté les lieux le plus vite possible. Les deux autres sont des gredins finis. Ils prennent plaisir à mettre la pagaille.

– C'était juste pour s'amuser, Papa, protesta Jérôme. Tu les connais depuis qu'ils sont mômes.

– Ce que j'ai pu admettre chez des enfants je le trouve méprisable chez des adultes. Oui, je les connais bien ces deux-là ! Santa Cruz passe son temps à dilapider l'héritage de son père et Alden-Aragone en est arrivé au point où il serait prêt à trancher la gorge de n'importe qui à seule fin d'en tirer un avantage politique. Ne venez pas me raconter que ce peintre a soudain décidé de son propre chef de s'adresser à tous pour défendre la Fête de la Corde. Tout cela a été monté de toutes pièces depuis le début. Oui, le Parti Radical peut se montrer fier de son candidat. Vous allez voir que la prochaine fois il va essayer de gagner le soutien du Parti de la Résistance. Je suis sûr qu'il serait ravi de pouvoir compter sur leur aide. Tout est bon pour se faire élire, le voilà son programme.

– N'importe quoi, dit Jérôme d'un ton las.

Ben demanda :

– Qu'est-ce que le Parti de la Résistance ?

– Un assortiment de bandits, de *fidelistas,* d'Indiens en fuite, répondit Bambas-Quincy. Des criminels qui se cachent derrière le sigle d'un parti politique. Certains d'entre eux vivent comme des hordes de loups dans la jungle au nord des montagnes et rançonnent ceux qui ne peuvent se défendre. C'est le chemin qu'Alden-Aragone et ses chers radicaux vont bientôt emprunter. Ils ne connaissent rien à la politique. Ils ne connaissent que le scandale et le désordre.

Une femme aux cheveux gris s'avança et posa une main sur le bras de Bambas-Quincy.

– Tu hurles, Victor, dit-elle doucement tout en levant les sourcils à l'adresse de Jérôme pour indiquer qu'elle savait où il fallait chercher le responsable. Et tu accapares notre invité. Il y a d'autres personnes qui désirent faire sa connaissance.

Jérôme les présenta pour la forme :

– Ma mère, Ben Smith.

Il s'apprêtait à poursuivre sa discussion avec son père lorsque Mme Bambas-Quincy attira Ben à l'écart.

– Je suis sûre que vous en avez assez de tout cela, lui dit-elle.

A son expression harassée Ben conclut que jouer le rôle de médiateur entre le père et le fils n'avait pour elle rien de neuf. C'était une petite femme fanée qui semblait vivre dans un état de tension permanente. Pourtant, on devinait sans peine que dans sa jeunesse elle avait dû être extrêmement jolie.

Elle le conduisit de présentation en présentation au gré d'une petite conversation polie. Il y eut d'abord la plus jeune sœur de Jérôme, Luz, et son époux, Florian Fontanas-Todd. Luz était une grande fille à l'allure masculine qui ressemblait étonnamment à son frère. Fontanas-Todd n'avait pas de menton et donnait l'impression d'un garçon efféminé à la poignée de main molle et aux traits hautains qui, de prime abord pouvait inspirer l'antipathie. En y regardant d'un peu plus près ce sentiment se muait en pitié tant il apparaissait alors comme l'ombre craintive de son épouse bruyante et décharnée. M. Smith devait tout lui raconter de cette histoire du café, dit Luz. Gil Alden-Aragone n'était-il pas un vrai démon ? Et pour ne rien gâter, il était beau, mais beau ! Elle avait été follement amoureuse de lui autrefois, confia-t-elle d'une voix rauque, et qui pourrait lui en tenir rigueur ? En disant cela, elle sourit à son mari et il lui rendit son sourire pour bien indiquer que lui, en tous cas, n'y songeait pas. Elle était sa reine et il lui pardonnait toutes ces erreurs de jeunesse.

Par comparaison, ce fut un soulagement d'être présenté à Ian Kipp, sa femme et sa fille. Plus encore, Ben fut heureux de constater la cordialité que Kipp lui témoignait. Il avait attendu impatiemment que ce dernier répondît à son appel, avait commencé à craindre que, pour quelque raison personnelle, le responsable du chemin de fer de Santo Stefano, un allié déclaré, eût décidé de ne pas jouer le rôle qu'espéraient les Industries Maritimes. Mais si la chaleur de son accueil signifiait quelque chose, de telles craintes n'avaient pas lieu d'être.

Kipp était un personnage bien en chair, d'une taille au-dessus de la moyenne, qui réussissait, en dépit de sa corpulence, à avoir fière apparence dans sa veste à carreaux. Sa femme et sa fille, en revanche, manquaient totalement d'élégance. Ben avait parfois accueilli, pour le compte des Industries Maritimes, des familles britanniques de passage à New York, et les Kipp confirmaient une théorie que lui avaient inspiré ces visiteurs. A savoir que les Anglais étaient la seule et dernière race dont les représentants masculins se vêtaient avec davantage de goût que les femmes.

Leur fille unique, Penelope, une jeune fille maigrichonne d'une vingtaine d'années, était escortée par une homme de trente-cinq ans environ aux traits pleins d'intelligence qui témoignait de cette urbanité propre aux castillans. Mme Bambas-Quincy le présenta comme étant M. Virgilio Barruguete, dramaturge et romancier, certainement l'un des citoyens les plus distingués de Santo Stefano.

Barruguete accepta cette présentation avec une bonne grâce quelque peu résignée.

– Il vous serait difficile de connaître mes livres, dit-il à Ben. Un seul a été publié dans votre pays et n'y a rencontré aucun succès. J'ai bien peur que ma façon d'écrire ne présente guère d'attraits pour vos concitoyens. Je suis, ainsi que notre hôte lui-même aime à le claironner à tous vents, quelqu'un de vieux-jeu. J'écris sur les vices intéressants que cutlive l'humanité, bien entendu, mais exclusivement sur cette frange de gens qui pratiquent ces vices avec aplomb et qui sont suffisamment raffinés pour s'en faire une analyse claire. Hélas, cette frange d'humanité est bien trop limitée pour patronner un auteur ainsi qu'il voudrait l'être.

– Ce n'est pas vrai, dit Penelope. J'adore vos livres. Ce que vous écrivez est de la vraie littérature. Qui d'autre essaye encore aujourd'hui d'écrire de la littérature ?

– Oh, quelques-uns peut-être, répondit Barruguete en souriant.

– En fait, il y a un point sur lequel il n'est pas loin du compte, observa Kipp en s'adressant à Ben. Ma fille, qui est allée étudier en Angleterre, est rentrée il y a peu de temps, et, d'après ce qu'elle dit, tout y a changé en pire. Cela fait trente ans que, personnellement, je n'y ai pas remis les pieds, mais je préfèrerais être pendu que d'y retourner maintenant pour voir la sainte horreur qu'ils en ont fait.

– Tout est gris, dit Penelope. Il n'y a plus aucun esprit d'entreprise. C'est totalement à l'opposé de Santo Stefano. J'étais si heureuse quand je suis arrivée à Londres, et une semaine plus tard, j'aurais donné n'importe quoi pour être chez moi avec papa et maman dans notre bonne vieille maison. Je ne sais pas comment les gens peuvent vivre en Angleterre.

– Je vous en avais avertie avant votre départ, rappela Barruguete. L'image que vous vous faisiez alors de l'Angleterre correspondait au rêve des poètes et des romanciers. « Oh, être en Angleterre maintenant qu'avril est là », mais seulement si l'on possède un parapluie. N'ai-je pas employé ces mêmes termes ? Et aujourd'hui le socialisme a droit de cité en Angleterre. Le processus de nivellement est en marche, et cela est bien pire encore que le climat. Un voile de grisaille va recouvrir ce pays autrefois merveilleux. C'est le fléau des temps futurs. Espérons qu'il ne viendra pas un jour étouffer le radieux soleil de Santo Stefano.

Puis il se tourna vers Ben et lui demanda :

– Avez-vous beaucoup voyagé ?

– Pas en dehors des Etats-Unis. Pour tout dire, c'est la première fois que je vais à l'étranger.

– Je vous envie. La première fois est toujours la plus belle. Et je suis fier de pouvoir dire que cette magnifique île a beaucoup à offrir, même au plus blasé des voyageurs. Avez-vous vu Huanu Blanco et ses falaises étranges ? Ou le Victorica au cœur des montagnes escarpées ? Ou encore Cordoba, à la pointe nord de l'île ?

– Jusqu'à maintenant je n'ai visité que la ville. Néanmoins, je pense accompagner les Bambas-Quincy sur le Victorica pour la Fête.

Barruguette inclina la tête en direction de Mme Bambas-Quincy.

– En ce cas, grâce à nos excellents amis, nous y serons tous réunis. Nous pourrons vivre ensemble cet événement.

– Moi aussi, ce sera la première fois que j'y assisterai, dit Penelope d'une voix enjouée en posant la main sur sa poitrine à peine développée. Je suis terrifiée à la perspective de ce que ça va être.

– Très différent de l'année dernière, je l'espère, intervint sa mère. Ce fut horrible. Tous ces voyoux habillés en noir. Et ce prêtre fou qui faisait le maximum pour exciter tout le monde. (Elle tourna un regard d'excuse vers Mme Bambas-Quincy). Pardonnez-moi, ma chère, mais il faut bien qu'il soit fou pour se comporter de la sorte. Une attitude de barbare. J'étais sûre que cela allait tourner à l'émeute avant la fin de la Fête.

Mme Bambas-Quincy soupira :

– Oui, on peut dire que le Père Bibieni est un peu bizarre.

– Le Père Bibieni n'est pas bizarre, dit Barruguete. Comme tous les adeptes du médiévalisme, le paganisme est pour lui synonyme de satanisme. La Fête de la Corde est païenne, et par conséquent satanique. C'est ce qu'il se produit lorsqu'on laisse quelqu'un d'inculte présider aux valeurs morales. Savonarole a fait jeter au bûcher les grands livres de la Renaissance et nous avons aujourd'hui un nouveau Savonarole parmi nous. Croyez-moi, il vaudrait bien mieux le brûler lui-même que de brûler les livres. Je veux dire par là qu'on devrait l'expédier dans un endroit tel que la Fête ne risquera plus de souffrir de ses attentions néfastes.

– Plus facile à dire qu'à faire, fit observer Kipp.

Tout en emmenant Ben un peu plus loin, Mme Bambas-Quincy lui confia :

– En tout état de cause, Victor m'a assuré que la police veillerait à ce que l'ordre règne cette année. Il n'y a pas lieu d'envisager le moindre incident désagréable. On peut s'en remettre à la Garde Civile pour faire en sorte que tout se déroule parfaitement.

Elle acheva le cycle des présentations en ramenant Ben vers son époux et son fils qui conversaient tranquillement en compagnie d'un couple : ces nouveaux arrivants furent présentés à Ben comme étant le docteur Mola et sa femme ; le docteur, un homme aux cheveux argent, rayonnant de cette bonne humeur propre aux grands-pères, informa aussitôt Ben qu'une de leurs connaissances communes, Blas Miralanda, lui avait signalé l'intérêt que portait leur visiteur d'Amérique du Nord à la Fête de la Corde.

– Il m'a flatté, avoua le docteur, en suggérant que j'étais seul capable de vous apprendre certains aspects physiologiques particuliers relatifs à la pendaison. Ce n'est certes pas le cas, mais qui donc n'éprouve aucun plaisir à s'entendre dire qu'il fait autorité dans le domaine qu'il a choisi ?

– Quelle modestie, dit Mme Bambas-Quincy sur un ton rempli d'affection.

Bambas-Quincy tapota l'épaule du docteur en s'écriant :

– Bon sang, Felix, vous allez voir qu'il va vous croire. (Il se tourna vers Ben). Cet homme reçoit de tous les pays du monde des lettres avides de renseignements sur le sujet. Il est actuellement en train de rédiger un livre pour lequel il reçoit des offres d'importants éditeurs tant européens qu'américains. Ne vous laissez pas prendre à son petit côté innocent. C'est lui qui fait autorité en ce domaine, et il le sait fort bien. Posez-lui toutes les questions que vous voudrez et vous verrez qu'il saura vous répondre sans coup férir.

– Pas maintenant, protesta Mme Bambas-Quincy. Rappelez-vous que ni Mme Mola ni moi-même ne partageons votre goût pour ce genre de questions et de réponses.

– Vous avez raison, affirma le docteur. Il est des sujets qui gagnent à s'associer à l'odeur d'un bon cigare et à la saveur d'un petit verre d'alcool. Cela peut attendre.

Pendant qu'il orientait la conversation sur un cas intéressant qu'il avait eu à soigner le matin même, Ben fit discrètement l'inventaire des personnes présentes dans la pièce. D'après son compte, il en manquait deux : la fille aînée de la famille et l'aïeule. C'était l'absence de cette dernière qui l'inquiétait. Son imagination en avait fait une sorte de dragon dont il redoutait la rencontre. Une rencontre qui, cependant, pouvait lui permettre de se rapprocher de son but. Il avait à ce moment-là l'impression que rien n'allait se passer ce soir-là.

Quand les invités se dirigèrent vers la salle à manger, il attira Jérôme à l'écart et l'interrogea discrètement. Il se sentit partagé entre un soudain soulagement et une appréhension renouvelée lorsque ce dernier lui répondit :

– Grand-mère ? Oh, elle va venir, soyez tranquille, mais pas avant que nous ne soyons tous au garde-à-vous pour saluer son entrée. C'est une grande dame, mais elle est orgueilleuse comme un paon. Elle aime soigner son entrée.

Assurément, la salle à manger se prêtait à une entrée de grand style. Elle avait l'apparence et la taille d'une salle seigneuriale : une pièce fraîche, spacieuse et haute de plafond, presque vide de meubles à l'exception d'un buffet gigantesque le long d'un mur et d'une longue table de banquet au centre de laquelle étincelaient l'argent et le cristal. Le sol était recouvert de ce carrelage très vernissé, typique de Santo Stefano, qui a la couleur de la terre ; et tandis que les pas des invités qui prenaient place autour de la table résonnaient sur ces dalles, les domestiques se déplaçaient dans la pièce aussi silencieusement que des chats. Cela avait un aspect fantastique que de voir ces Indiens se mouvoir en tous sens dans un profond silence, puis Ben baissa les yeux et se rendit compte qu'ils étaient tous pieds nus.

Deux places non occupées s'imposaient aux regards : l'une juste sur la gauche de Ben et la seconde en bout de table où il nota que l'on n'avait disposé aucun siège. A sa droite se trouvait Mme Mola, l'épouse du docteur, qui n'avait pas encore prononcé un seul mot en sa présence. Le genre de femme, décida-t-il, qui passait sa vie à se demander si sa bru s'occupait comme il convenait de ses petits-enfants. Il la considéra tandis qu'elle lui adressait un vague sourire avant de se retirer dans ses pensées obscures, et il se dit que, pour le meilleur ou pour le pire, celle qui allait s'installer sur sa gauche (probablement la fille aînée des Bambas-Quincy, Elissa) était assurée de se voir l'objet de pratiquement toutes ses attentions au cours du dîner. Il ne lui restait plus qu'à prier qu'elle ne ressemblât pas trop à Luz, sa cadette.

L'étiquette semblait parfaitement connue des invités. Chacun restait debout à sa place, observant un silence funèbre, jusqu'à ce qu'enfin un fauteuil roulant apparût sur le seuil. Il était drapé de velours rouge de telle sorte que l'on n'en devinait que les contours et il ressemblait davantage à un trône mobile qu'à un fauteuil roulant. Il était poussé par le chauffeur qui avait amené Ben, maintenant revêtu de la livrée des domestiques. Tout à côté marchait une jeune fille, petite et mince, habillée simplement d'une robe en brocart à col montant de la couleur de l'ivoire. L'ovale exquis de son visage qu'encadrait un nuage de cheveux noirs et ses yeux gris ombragés par de longs cils noirs rendaient toute présentation inutile. Ben ne doutait pas que ce fût Elissa Bambas-Quincy, l'Infante de la maison ; une vision inoubliable. On avait peine à croire que tant de beauté épanouie était issue de cette incarnation de la décrépitude que le fauteuil roulant offrait aux regards.

Le temps peut se montrer cruel. Il avait vidé de son suc vital la vieille dame enveloppée de dentelle noire sur son trône rouge. Il l'avait ratatinée et ramenée à la taille d'une marionnette ; elle avait d'ailleurs l'attitude d'une marionnette au repos. Et ce qui restait de son visage était ce qui reste d'un ballon gonflé depuis trop longtemps dont la presque totalité de l'air s'est échappé. Sa peau était sillonnée de rides. Ses joues, flasques comme des sacs vides, pendaient telles des fanons plus bas que ses mâchoires édentées. Mais l'orgueil subsistait. Il était présent dans les lèvres exsangues et pincées, dans le regard dur et pénétrant, dans la savante architecture de la coiffure et ce nœud de dentelle noire piqué au milieu des cheveux blancs. Les mains aussi, rabougries comme les pattes d'une volaille, exprimaient l'orgueil à leur manière tandis qu'elles se cramponnaient aux bras du fauteuil. Et elles exprimaient également un sens aiguisé du savoir-vivre au travers de l'unique ornement que ce riche et puissant vestige du passé avait choisi de porter : une énorme émeraude à l'index de la main droite.

– Ma mère, annonça Bambas-Quincy qui ajouta en s'adressant directement à Ben : et ma fille Elissa.

Les invités rassemblés autour de la table inclinèrent la tête devant le fauteuil roulant, et le bonsoir qu'ils murmurèrent en chœur prit l'accent d'une sourde oraison. La vieille dame promena lentement sur les convives le regard de ses yeux myopes avant de l'arrêter enfin sur Ben. Puis l'une des griffes jaunes se souleva du bras du fauteuil et le doigt bagué se pointa dans sa direction.

– Si vous n'y voyez pas d'inconvénient, dit Bambas-Quincy, ma mère désire faire votre connaissance.

Ben s'approcha du fauteuil.

– C'est me faire beaucoup d'honneur, dit-il.

Mais la vieille dame semblait indifférente à ce qu'il pouvait avoir à dire. La griffe s'avança et se saisit de la main de Ben tandis que les yeux de lézard l'examinaient de la tête aux pieds.

– *Norteamericano ?*

Sa voix était si faible qu'il eut quelque peine à deviner les syllabes.

– *Si, señora.*

Les lèvres minces dessinèrent un rictus sarcastique.

– Me prendriez-vous pour une Indienne ? chuchota la vieille femme. Je parle anglais. Vous pouvez me parler en anglais.

Ce fut tout. Elle libéra sa main et il comprit que l'examen était terminé, pour l'instant du moins. Quelle impression il avait faite il n'aurait su dire. Mais il comprenait maintenant le sentiment qui accompagnait la présence de la vieille dame, et que Salazar, Alden-Aragone et Santa Cruz avaient essayé de lui transmettre. Une aura glaciale émanait d'elle. Elle était semblable à une idole de pierre qui s'effrite, bien loin du monde charnel qui l'entoure et pour lequel elle n'éprouve que dédain.

Il était agréable de ne plus être près d'elle, de pouvoir se consacrer à sa petite-fille. Pendant le dîner, Elissa et lui bavardèrent tout d'abord avec une certaine gêne, puis de plus en plus d'aisance. En fait, il fut surpris de constater que la conversation ne tarissait jamais, contrairement à ce qui se passait d'ordinaire quand il rencontrait une jeune femme pour la première fois. La raison essentielle en était qu'il ne parvenait pas à détourner d'elle son regard, et qu'il ne lui restait plus alors qu'à parler et parler encore ou à avoir l'air d'un parfait ahuri. Par ailleurs, ils étaient si étrangers l'un à l'autre que le simple fait d'apprendre à se connaître apportait suffisamment d'eau au moulin de la conversation.

Elle n'avait jamais quitté Santo Stefano, n'en éprouvait nulle envie puisque tous ses désirs étaient comblés sur place. Elle avait ses livres, la musique, une belle voiture, et même la solitude que, pensait-elle, on peut goûter pleinement chez soi. Pour savourer l'existence, il fallait pouvoir s'isoler. Mais peut-être M. Smith ne pouvait-il pas comprendre ce sentiment. Les hommes semblaient éprouver le besoin de se sentir entourés de leurs semblables. Ils paraissaient toujours impatients de se mesurer au monde au lieu de prendre ce qu'il avait à offrir.

– Nous n'y pouvons rien, répondit-il. Nous devons penser à notre travail, à notre carrière. Il est difficile de se faire une situation en restant chez soi.

– Oui, mais c'est très triste.

– Pas du tout. Si je n'étais pas venu ici pour mon travail, je ne vous aurais pas rencontrée. Cela eût été encore plus triste pour moi.

– Merci, dit-elle avec un sérieux tout à fait charmant.

Et vous n'auriez pas connu Santo Stefano non plus. C'est très différent des Etats-Unis, n'est-ce pas ?

– De la région d'où je viens, assurément.

– C'est-à-dire de New York ? Je connais un peu la ville par mes lectures et ce que j'en ai vu au cinéma. Au cinéma, en tout cas, cela donne l'impression d'un endroit effrayant.

– Ce peut être effrayant en dehors du cinéma aussi. Mais je ne suis peut-être pas bon juge. Voyez-vous, la plus grande partie de ma vie je l'ai passée dans l'état du Kansas qui se trouve beaucoup plus à l'ouest. Dans une petite ville qui s'appelle Aurelia.

– Quel joli nom. Si votre ville ressemble à son nom, elle doit être ravissante. Pourquoi en êtes-vous parti ?

Au déjeuner, Nora Chapin lui avait posé exactement la même question et il lui avait dit la vérité pure et simple. Tout comme Port Buchanan, Aurelia avait sa propre puanteur ; mais celle-ci n'avait rien à voir avec le guano qui, dans cette île lointaine, était l'odeur de l'argent. A Aurelia l'unique odeur connue était celle de l'échec. Autrefois, la ville s'était développée et étendue, elle avait failli devenir une cité prospère et puis soudain, un jour, elle avait cessé de se développer et les faubourgs avaient commencé à dépérir. Maintenant elle n'offrait plus que l'image d'une plante qui a survécu à la canicule mais qui ne refleurira plus jamais.

Et dans sa maison elle-même régnait cette odeur. Son père possédait une imprimerie, et alors qu'à une époque il avait caressé des visions d'avenir, il était maintenant pénétré de ce sentiment plaintif de l'échec qui affligeait la ville entière. La majorité des habitants locaux auraient dit que les Smith se débrouillaient fort bien, mais les propriétaires de la plus grande imprimerie de la ville vivaient trop près du très petit nombre de gens fortunés pour trouver une consolation dans l'opinion de ceux qui, en-dessous d'eux, composaient la masse des gens aux maigres revenus. Dans un endroit comme Aurelia il est parfois plus facile d'être vraiment pauvre que presque riche. De savoir qu'ils vivaient juste à la limite des plus beaux quartiers, que leur voiture avait toujours une année de plus que celles qui trouvaient l'abri d'un garage à un pâté de maisons à peine, qu'ils étaient occasionnellement admis à franchir la porte du Country Club grâce à l'aimable invitation de l'un des membres de l'aristocratie dont il se composait, voilà ce qui rongeait les Smith tel un chancre.

Ben était parvenu à s'en apercevoir à la fois parce qu'il était assez intelligent pour cela et parce qu'à l'université comme à l'armée il disposait du recul nécessaire. L'essentiel de son temps sous les drapeaux, il l'avait passé à diriger le journal de sa caserne, située à moins d'une journée de route de chez lui, mais il avait trouvé de plus en plus d'excuses pour ne pas rendre visite à sa famille durant ses permissions. Il n'y avait aucune joie à attendre de cette maison-là. Ce qui était arrivé à son père et à sa mère arrivait maintenant à ses deux frères aînés, associés dans l'imprimerie, et le moment venu il s'était enfui le plus loin possible, aussi vite qu'il l'avait pu. Comparée à Aurelia la ville de New York pouvait paraître immense et effrayante, mais elle offrait à qui était ambitieux la possibilité de se battre. C'était un champ de bataille, pas un cimetière.

Voilà ce qu'il avait dit à Nora, mais qu'il ne pouvait se résoudre à avouer à Elissa Bambas-Quincy. Cela brossait un tableau par trop médiocre. Nora avait compati, parce qu'elle était femme à le faire : en dépit de son visage innocent, il y avait chez elle une sorte de réalisme grossier. Elle connaissait par expérience le côté sordide de l'existence et l'acceptait sans s'en offusquer. L'Infante à la beauté éthérée qui était assise à côté de lui appartenait à une toute autre race.

Aussi passa-t-il rapidement sur le sujet d'Aurelia, dans le Kansas, et sur son enfance là-bas, affirmant de manière on ne peut plus exacte que tôt ou tard, tout homme digne de ce nom doit quitter sa maison pour se lancer à la conquête du monde. Il savait que l'essentiel de ses confidences était pure vantardise, mais sous le regard admiratif d'Elissa qui ne le quittait pas des yeux tandis qu'il parlait, il sentait bouillonner en lui la vanité masculine sans qu'il pût rien lui opposer. Jamais jusqu'à ce jour il n'avait été conquis à ce point.

Quand le dîner fut terminé, les dames quittèrent la salle à manger en une procession calme à la suite du fauteuil roulant, tandis que les hommes restaient à table pour fumer un cigare, boire un cognac, et s'entretenir de tels sujets qui, ainsi que l'avait affirmé le docteur Mora, gagnent à s'associer à leur odeur et à leur saveur. L'atmosphère qui régnait dans la pièce avait imperceptiblement changé. Si nul ne retirait sa veste ni ne desserrait son nœud de cravate, tous donnaient l'impression de l'avoir fait.

– Eh bien, messieurs, commença le docteur en tâtant ses poches avec une inquiétude feinte pour finalement en extirper un morceau de papier qu'il brandit au-dessus de sa tête, je suis persuadé que vous êtes tous intéressés par la liste des participants à la Fête de la Corde. Il se trouve que je l'ai sur moi.

– Il se trouve que vous l'avez, reprit Bambas-Quincy dans un éclat de rire général. Bon sang, Félix, vous savez bien que nous sommes sur des charbons ardents à nous demander de quoi la compétition aura l'air. Il y a cinq concurrents cette année, c'est bien cela ?

– Quatre, répondit le docteur en se référant à sa liste. Juan Chicamayo, Léon Chicamayo...

– Il a été remarquable l'année dernière, intervint Ian Kipp. C'est bien le même ?

– Oui, répondit le docteur. Il y a aussi Pablo Huanu Blanco et...

Il marqua une pause pour souligner le dernier nom.

– ... Miguel Tercero.

– Ah, celui-là a beaucoup de courage, s'exclama Barruguete. Son père et son grand-père sont morts au bout de la corde et le voici maintenant qui va risquer sa vie à son tour.

– La malchance s'acharne sur eux, dit avec mépris l'homme sans menton, Florian Fontanas-Todd. Je ne miserai pas un sou sur ses chances.

– Le courage attire la chance, contra Barraguete. Réfléchissez à cela et oubliez les deux premières tentatives malheureuses. Tercero pourrait bien vous surprendre.

– Mais vous n'avez donné que quatre noms, dit Bambas-Quincy au docteur. Ils devaient être cinq.

– C'est vrai, confirma Jérome. Je croyais que nous avions quelqu'un de Port Buchanan pour concourir contre les Indiens, cette année.

– Nous ne l'avons plus, dit le docteur. A peine lui avais-je accordé son Certificat de Participation que le Père Bibieni est venu le trouver. Est-il nécessaire que je vous décrive la véritable campagne d'intimidation qui a suivi ?

– Oh que non, répondit Barruguete en grimaçant. Mes amis, cela n'est plus drôle du tout. Je vous le dis, ce prêtre est obsédé par l'idée qu'il y a péché à risquer sa vie pour défendre une cause.

– Loin de moi l'intention de vous contredire, intervint Ian Kipp, mais on peut difficilement lui demander de considérer ce païen d'Ajaxa comme une véritable cause à défendre, ne partagez-vous pas mon avis ?

– La vraie raison est peut-être bien plus profonde que ça, fit observer le docteur. Pour moi, l'obsession du Père Bibieni est due à des causes physiques pour lesquelles je l'ai vu récemment. Rien que de très ordinaire, mais néanmoins fort pénible. Puis-je compter sur votre discrétion absolue, messieurs, si je vous révèle qu'il souffre de constipation ? Considérez-en les implications une minute. Des intestins qui sont rebelles aux médicaments les plus efficaces rendent leur possesseur infiniment malheureux. Il devient amer, en veut au monde entier. Que se passe-t-il ensuite ? Son amertume devient philosophie. Le patient considère que là se trouve le bien, et que tout le reste est mal. C'est aussi simple que cela. Un seul homme souffre d'intestins congestionnés et le monde entier doit souffrir avec lui.

– Pour moi c'est encore plus simple, gronda Bambas-Quincy. Cet homme est manipulé par l'infâme Parti de la Résistance. Je ne serais pas surpris de découvrir qu'il est à leur solde. Ses violents sermons dirigés contre eux et contre les *nadaistas* ne servent qu'à masquer son véritable rôle.

– Il faudrait avoir beaucoup d'imagination pour croire un mot de tout ça, dit Jérôme. Ce n'est qu'un fanatique d'un genre un peu différent, rien de plus.

– Mais qui pratique un bien triste fanatisme, ajouta Barruguete. A ses yeux une démonstration de bravoure faite en public est rigoureusement semblable au suicide d'un lâche dans un recoin sombre. Pour lui cette preuve de courage viril au cœur d'un monde décadent est tragique. Il ne peut comprendre que, pour un homme, la seule vraie tragédie est de démontrer son courage en privé sans aucun témoin pour l'apprécier. Voilà un sort que je ne souhaiterais pas à mon pire ennemi.

– Tout à fait d'accord, dit Kipp. Prenez par exemple certains de ces types qui se font volontiers jeter en prison ou tuer pour de soi-disant principes. Il ne leur faudrait pas longtemps pour s'en détourner s'ils savaient que leur geste allait demeurer anonyme.

Ben se remémora les propos amers de Juliana Aguilar.

– Mais y-a-t-il vraiment en l'occurence un principe à défendre ? demanda-t-il. Et si oui, pourquoi alors offrir une somme d'argent au vainqueur ?

Florian Fontanas-Todd haussa les épaules dédaigneusement.

– Même les Indiens peuvent devenir décadents. Il y a bien longtemps qu'aucun Axojac n'a plus été motivé à faire preuve de son courage par l'exemple seul d'Ajaxa. Aujourd'hui ils ont besoin de *chicha* et d'argent pour se souvenir de leurs ancêtres.

– Mais jamais sur la potence, s'insurgea le docteur. A vous écouter on a l'impression qu'un concurrent peut très bien se passer la corde autour du cou dans un état d'ébriété. Nul ne l'oserait. Savez-vous combien de temps il survivrait alors ?

– A cet égard d'ailleurs, demanda Ben, combien de temps peut-on survivre quand les conditions réunies sont les meilleures possibles ?

Le docteur posa les coudes sur la table et joignit le bout de ses doigts. A présent il était tout à fait dans son élément.

– Combien de temps peut-on survivre ? C'est une question délicate, très délicate. Voyez-vous, je n'ai pas le droit de couper la corde pour ausculter la victime (c'est-à-dire écouter les battements de son cœur) durant quinze minutes au moins après que son corps ait cessé de bouger. C'est la règle de la cérémonie : personne ne peut approcher de la potence tant que le concurrent qui n'a pas réussi à couper lui-même sa corde n'est pas mort, et ce délai de quinze minutes a été fixé il y a bien longtemps car considéré comme suffisant pour certifier la mort. Par conséquent les résultats de mes examens sont parfois tenus secrets parce que dans plusieurs cas de mort apparente il m'est arrivé de détecter un battement de cœur faible mais distinct. Bien sûr, il n'est pas question de rendre publique une telle information. Les Indiens veulent croire que l'homme qui a échoué sur la potence est mort sur la potence, et ce serait folie que de leur ôter cette illusion. Ainsi que je l'ai déjà expliqué à M. Kipp, ce serait tout aussi fou de le faire en Angleterre où la pendaison constitue la peine capitale. Le peuple anglais aime à croire qu'à peine la trappe est-elle ouverte, la mort s'ensuit. Ce n'est pratiquement jamais le cas, mais pourquoi semer le doute dans l'esprit des gens en le leur disant ? Je suppose que cela est valable également dans certains états de votre pays où la pendaison constitue toujours un châtiment légal.

– Mais il s'agit d'un type de pendaison fort différent, non ? s'enquit Ben.

– C'est exact, car toutes ces pendaisons qui ont cours dans les pays anglo-saxons sont, en réalité, destinées à briser les vertèbres cervicales. Un gros nœud est placé selon un angle bien précis par rapport à la mâchoire et, sous le poids du corps qui tombe, il est censé fracturer la colonne vertébrale et causer une lésion irréversible de la moelle épinière. Mais parfois cela ne marche pas aussi bien que ça. On assiste alors à un cas de strangulation classique ou, comme cela s'est produit plus d'une fois, à une décapitation. Voilà qui est très éloigné de ce que notre fête propose. Le but ici n'est pas de tuer, mais de voir si l'on sait survivre. L'aspect le plus singulier de la Fête est certainement la chance donnée à chaque concurrent de couper lui-même la corde pour se délivrer.

– Tout comme chacun de nous peut le faire en sectionnant la corde invisible qui nous tient, assura Barruguete. C'est là que vous touchez à la signification profonde de la Fête. La vie est une succession de dilemmes cruels qui sont autant de cordes susceptibles de nous pendre. Le courage nous tient lieu de couteau. Le lever alors que nous sommes à l'agonie, trancher ces fils meurtriers, tel est le drame éternel de l'humanité.

La statue d'Ajaxa en proie aux affres de la mort s'imposa désagréablement au souvenir de Ben.

– Mais combien de temps faudrait-il pour qu'un concurrent ne puisse plus lever le couteau ? Le choc ne l'en empêche-t-il pas presque aussitôt ?

– Oui, je vois à quoi vous pensez, lui répondit le docteur. Toutefois, les mots « presque aussitôt » sont très relatifs. Pour certains, l'état de léthargie vient après quelques secondes. D'autres peuvent résister pendant pratiquement une demi-minute. Le record fut établi par l'inégalable Esteban de la Horca il y a maintenant une quarantaine d'années. Il est resté suspendu pendant trente-quatre secondes avant de couper la corde et d'être déclaré champion de la Fête. Malheureusement il mourut la même semaine d'une congestion pulmonaire ; cela arrive relativement souvent à ceux qui sont restés suspendus trop longtemps à la potence.

– Ainsi, même les vainqueurs peuvent mourir.

– Oui, bien sûr. Ou ils peuvent subir de telles lésions

des centres cérébraux qu'ils demeurent à jamais frappés de crétinisme. Au fil des années il m'est arrivé de rencontrer plusieurs cas semblables. J'espère ne pas vous paraître inhumain en disant qu'en ce qui me concerne, la mort m'a toujours paru préférable à ce genre de survie.

– Ce n'est pas l'avis des Axojacs, stipula Jérôme. Pour eux, ces pauvres cadavres ambulants qui ont perpétuellement la bave aux lèvres vivent là-haut en compagnie des dieux. Ils prennent davantage soin d'eux qu'ils ne le font pour la plupart de leurs enfants.

Par discrétion, Ben s'abstint de tout commentaire et se servit une bonne rasade d'alcool. Il porta un toast silencieux à Luis de la Horca. A présent il comprenait tout à fait les sentiments de la foule, au café Le Soleil et la Lune, à l'égard de ce petit homme dont la gorge portait encore la trace de la corde.

– Qui peut appréhender les dieux ? demanda Barruguete. De quoi aurons-nous l'air si les Indiens ont raison et si la corde est la seule voie qui mène à l'immortalité ? Regardez Ajaxa. Lui adresserait-on des prières et lui érigerait-on des statues s'il n'avait subi l'épreuve de la corde ?

– Ah, oui, Ajaxa, reprit le docteur qui se tourna vers Ben : avez-vous vu sa statue ?

– Oui.

– Une étude fort intéressante, ne trouvez-vous pas ? Mais il vous faut comprendre que d'un point de vue purement scientifique elle est tout à fait inexacte. Il faut considérer que le but du sculpteur était davantage de subjuguer totalement les gens plutôt que de les informer. C'est là l'immense défaut de toute approche artistique. Et quand pareil sujet est concerné, je trouve cela impardonnable.

– Mais, intervint Barruguete, il vous faut tenir compte du fait que Domingo Quetzan, le sculpteur, était un Indien, un primitif à l'état pur, et quelqu'un de notoirement instable. Je trouve, moi, impardonnable de lui faire crédit d'une approche artistique. Il n'a été qu'un accident de la nature, et non un artiste.

– En tout cas, dit Ben, cette statue est un peu trop réaliste à mon goût. En quoi est-elle inexacte ?

– Parce qu'elle confond les phases de la strangulation, répondit le docteur. Et en dépit de ce qu'en pense notre ami très cultivé, je ne crois pas que ce soit là le résultat de l'ingorance de Quetzan. Je suis convaincu que c'est par intention délibérée qu'il a représenté comme simultanées les étapes les plus spectaculaires de trois phases distinctes et séparées du processus de strangulation. Mais, ce faisant, il a créé une impossibilité physique.

– Mais comment ? insista Ben.

– Excellente question. Pour y répondre, permettez-moi de vous définir les trois phases dont je viens de faire état. D'abord il y a l'état de dyspnée : le gaz carbonique s'accumule dans les poumons et, en luttant pour l'expulser, l'homme respire si violemment que le diaphragme apparaît de manière très visible. Puis vient une période de convulsions. A ce stade, les centres vitaux nerveux sont paralysés par manque d'oxygène. Le corps est agité par une succession de spasmes. Il ne s'agit plus que d'un organisme essayant instinctivement de conserver une ultime étincelle de vie.

– C'est la danse, commenta Florian Fontanas-Todd.

– C'est ainsi qu'on l'appelle dans le jargon de la Fête, confirma le docteur à l'adresse de Ben. Bon, nous atteignons maintenant la dernière phase, l'apnée, caractérisée par une inconscience totale. C'est durant cette phase qu'un phénomène étrange peut se produire : une éjaculation de sperme comme si l'homme atteignait à la plénitude de la jouissance sexuelle. Parfois on assiste également à une éjection de matières fécales et d'urine, mais ce n'est guère fréquent. L'éjaculation intervient, elle, beaucoup plus souvent. Pourquoi lui associer l'adjectif étrange ? Après tout, médicalement parlant, il ne paraît pas surprenant de voir le système nerveux sexuel réagir ainsi sous l'effet d'une tension extrême. Pour ma part j'attache une signification mystique au fait que l'ultime réaction de l'organisme moribond est, par essence, génératrice de vie. C'est comme si cet être, à moitié mort déjà, essayait encore vaillamment de se perpétuer. Je ne suis pas croyant et on ne peut pas dire que je ressente la moindre attirance pour la religion grotesque des Indiens, mais je peux comprendre leur effroi mêlé d'admiration devant cette manifestation physique surnaturelle de la vie dans la mort. (Il médita un court instant). Eh bien, comprenez-vous à présent quelles objections j'oppose à cette statue ? Les phases sont arbitrairement confondues en une seule. La tension du diaphragme, les convulsions, le phénomène sexuel, tous trois sont pleinement visibles en même temps. Si vous ajoutez à cela qu'une fois la victime entièrement entrée dans la seconde phase il lui est absolument impossible de lever le couteau, vous obtenez une représentation totalement inutilisable et dont le seul rôle est artistique.

Jérôme fit entendre un grognement :

– Le véritable homme de science a parlé.

– Oui, renchérit Barruguete. Mon cher docteur, faire de l'art si peu de cas...

– Je vous présente mes excuses à cet égard, rétorqua le docteur d'un ton sec. Malheureusement, pendant que certains quittent la fête pour aller sculpter des statues ou écrire des livres sur cette manifestation, il en est d'autres qui sont tenus de rester pour pratiquer des autopsies. Cela vous dirait-il de venir me donner un coup de main pendant que j'y procèderai la semaine prochaine ? Cela pourrait vous inspirer toute une série de livres.

– Des autopsies ? s'étonna Ben. Les Indiens ne s'y opposent-ils pas en prétextant des motifs religieux ?

Tous sourirent à cette remarque, y compris le docteur et Barruguete qui se considéraient jusque-là d'un œil froid.

– De telles objections sont faciles à vaincre, reprit le docteur. Après tout, c'est bien moi qui décide si tel candidat va recevoir ou non son Certificat de Participation, et j'ai pour politique de me procurer un document signé de la main du concurrent m'autorisant le droit de pratiquer une autopsie au cas où il viendrait à mourir. S'il refuse de signer ce document, (le docteur fit apparaître sur ses traits une expression de tristesse), ne suis-je pas fondé à penser qu'il tente de me dissimuler une faiblesse physique difficile à détecter ? Ce serait trahir le serment d'Hippocrate que de donner son certificat à un pareil candidat. A cet égard, je vous assure, je ne rencontre guère de difficultés.

– Du diable si je sais pourquoi nous nous acharnons à pratiquer toutes ces dissections, dit Ian Kipp avec un dégoût évident. La fête est une compétition, n'est-il pas vrai ? Elle permet à chacun de se présenter avec sa corde et de jouer sa chance. Si on pensait un peu aux vainqueurs pour changer. Les vaincus sont toujours déprimants, quelle que soit l'épreuve dans laquelle ils se sont engagés.

– Vous avez raison, convint le docteur Mola d'un ton enjoué. Et si je puis aborder un sujet tout différent, voici une question que ma femme m'a chargé de vous poser, M. Smith. Si j'y manquais je craindrais d'avoir à affronter les conséquences de mon oubli. Toutes les femmes souffrent d'une curiosité incurable. Et lorsque cela atteint un stade avancé, elles peuvent devenir très dangereuses.

– Quelle question ? demanda Ben.

Il lui paraissait incroyable que la distante et silencieuse Mme Mola eût même remarqué son existence.

– C'est à propos de cet artiste, Chapin. Mon épouse vous a vu déjeuner en sa compagnie à votre hôtel en début d'après-midi et elle espérait que, peut-être, vous connaîtriez les raisons de sa visite à Santo Stefano. Chapin est, pour les femmes d'ici, le mystère fait homme. Elles sont déterminées à percer son secret ou à mourir en tentant d'y parvenir.

– A moins, railla Bambas-Quincy, que vous ne soyez prêt à leur rendre ce service.

– C'est un secret facile à percer, répondit Ben. Il est ici parce que son agent semble avoir quelque chose de particulier en vue, et sa femme et lui l'ont accompagné. Quant aux motivations de son agent, je n'ai pas la moindre idée de ce qu'elles peuvent être. Je le lui ai demandé, et il m'a répondu de façon extrêmement claire que cela ne me regardait pas. Et il a certainement raison.

– M. Max Klebenau, glissa Barruguete, a la réputation de faire des affaires dans le domaine de l'art. Un jour, quand les trésors précolombiens de notre musée disparaîtront en même temps que lui, nous saurons exactement ce qu'il venait chercher ici.

– Non, il me paraît assez honnête, dit Ben. Extrêmement discret sur ses occupations, mais suffisamment honnête. C'est tout au moins l'impression que j'ai eue.

– N'y a-t-il pas là contradiction ? demanda Jérôme. Quant à sa discrétion, voilà certainement un trait de caractère qu'il déteste rencontrer chez les autres. Depuis son arrivée, il a entrepris tout le monde ici en posant les questions les plus bizarres qu'on puisse imaginer.

– Et il a consulté les archives et dossiers de tous nos organismes publics sans fournir aucune explication, ajouta Fontanas-Todd. Ses manières sont celles d'un porc fouillant un jardin avec son groin.

– Je suis au regret de confirmer que c'est à peu près ça, Smith, acquiesça gravement Ian Kipp. Il est, hélas, fort désagréable d'avoir à parler de lui en ces termes alors que nous savons qu'il s'agit de l'un de vos compatriotes et caetera, mais c'est ce triste aspect de sa personnalité qu'il nous a montré. Le connaissiez-vous avant de venir ici ? Etes-vous très amis ?

– Pas même juste amis. J'ai offert à Mme Chapin de la raccompagner chez elle après les incidents d'hier soir au café, et il semble en avoir conclu que cela suffisait à ce que nous fassions connaissance.

– Eh bien, il serait sage de votre part d'en rester là. Sinon vous allez le voir se cramponner à vous comme à un frère perdu de vue depuis des années et essayer de vous soutirer un prêt. C'est le mendiant le plus culotté que j'aie jamais eu le malheur de rencontrer. Absolument incroyable. A croire que ce couple et lui sont venus jusqu'ici dans le seul et unique but de jouer les mendigots professionnels.

– Des individus méprisables, renchérit Bambas-Quincy. Ils ne valent pas mieux que leurs amis *nadaistas*.

Ben ne se méprit nullement sur le sens de cet avertissement. Et il ne pouvait douter de la réaction de son hôte lorsque celui-ci apprendrait que ces individus méprisables se trouvaient maintenant entretenus par ses bons soins. Quelle stupidité de sa part d'avoir laissé Klebenau et les Chapin le mettre dans d'aussi beaux draps. D'une manière ou d'une autre, il allait falloir qu'il les persuade d'avoir à se mettre en quête d'un autre bon samaritain.

Quand les hommes finirent par quitter la table et aller rejoindre les femmes dans un petit salon de style rococo tout en dorures où elles étaient tranquillement installées, Ben fut heureux de constater que le dragon était parti dans son fauteuil roulant et qu'il allait pouvoir s'entretenir à loisir avec Elissa. Elle était assise à l'écart et, sans plus de protocole, il approcha un siège et prit place à côté d'elle. Elissa lui demanda une cigarette et il la lui alluma.

– C'est l'un des inconvénients quand on est avec grand-mère, dit-elle en inspirant la fumée avec un plaisir évident. Elle trouve que pour une femme, il est honteux de fumer.

– Oui, j'ai entendu dire qu'elle avait des principes très victoriens. Elle m'a beaucoup impressionné mais je suppose qu'il doit être parfois un peu difficile de vivre auprès d'elle.

Elissa eut une moue ravissante.

– C'est un véritable tyran. Le seul à avoir jamais osé lui tenir tête était mon grand-père. Il affectait de la mépriser ouvertement et elle le respectait pour cela. Mais, bien sûr, c'était un homme extraordinaire, et beau comme le diable. Je l'aimais de tout mon cœur.

Ils bavardaient à présent comme des amis de longue date et le temps passait vite, trop vite au gré de Ben. De toute façon il ne disposait que d'un temps fort limité à Santo Stephano et, maintenant qu'il avait découvert Elissa Bambas-Quincy, il n'avait aucune raison d'en perdre la moindre parcelle.

Quand les autres invités firent mine de se préparer à partir, il lui dit :

– J'aimerais vous revoir. Serez-vous libre demain ?

– Oui. Si vous venez à midi, nous pourrons nous rendre à Huanu Blanco. Vous n'y êtes jamais allé, n'est-ce pas ?

– Jamais. Et après-demain ?.

Elle lui sourit :

– Peut-être.

– Irez-vous aussi à la Fête de la Corde ? Je trouverai peut-être cela un peu moins atroce en votre compagnie.

– Bien sûr, j'y serai. Non que j'y tienne particulièrement, mais grand-mère exige que toute la famille y assiste avec elle, je n'ai donc pas le choix. En fait je suis loin d'être une experte. Pendant presque tout le spectacle je cache mes yeux derrière mes mains.

– En ce cas nous nous soutiendrons moralement l'un l'autre. Mais je suis surpris que votre grand-mère continue à aller aussi loin à son âge, et dans son état.

Les lèvre d'Elissa esquissèrent un sourire tandis que la gaieté se lisait dans ses yeux.

– Mon chez M. Smith, qu'elle ne vous entende jamais dire cela ! A son âge et dans son état elle a l'intention de nous enterrer tous. Et croyez-moi, nul ne sera surpris si elle y parvient.

8

La route allant de Port Buchanan à Huanu Blanco était à deux voies et en excellent état. Sur cinquante kilomètres elle longeait la côte est et l'interminable plage de sable blanc que jalonnaient ici et là de pauvres villages de pêcheurs. Puis, à partir de la ville de Playa de Hermanos elle s'enfonçait vers l'intérieur des terres et, pendant quatre-vingt kilomètres, serpentait à travers les contreforts de la Sierra Xares. Elle débouchait enfin sur le complexe de voies de chemin de fer, d'usines de traitement, de baraquements de cabanes et de marchés qu'était Huano Blanco.

Ce fut un voyage rapide et pittoresque. Au volant de sa puissante voiture au moteur rugissant, de fabrication française (une Facel Vega, marque inconnue de Ben), Elissa paraissait minuscule, ressemblait à une poupée. Mais peu après qu'ils eurent quitté Port Buchanan, Ben se rendit compte qu'elle conduisait avec la tranquille assurance d'un champion, toujours à vitesse soutenue, et qu'elle ne perdait rien de son aisance parmi les embarras de la circulation, les ânes de bât qui se traînaient sur la route, les bicyclettes qui faisaient des écarts soudains, les camions et les bus qui arrivaient en sens inverse et visaient apparemment tout ce qui se trouvait à portée de leurs pare-chocs. Elle resta même impassible lorsqu'un groupe de motocyclistes en blousons de cuir noirs les frôla de trop près en pétaradant.

– Des Jeunes Nationalistes. Faire peur aux femmes les amuse, dit-elle en tout et pour tout.

Ils s'arrêtèrent une seule fois au sommet d'un col d'où la vue plongeait sur la jungle d'un vert luxuriant qui s'étendait vers le nord et semblait se perdre dans les lointains brumeux. Une zone dangereuse, lui dit-elle. Des bandes de brigands et de criminels occupaient ces vallées humides, et ils étaient devenus si audacieux que l'armée s'employait maintenant à les débusquer afin de les anéantir. En ce qui la concernait, elle détestait la jungle. En revanche, les montagnes lui paraissaient paisibles et accueillantes, complices même pour ceux qui les connaissaient bien. Elle désigna du doigt un mince ruban sombre serpentant sur les flancs rocailleux de la Sierra qui se dressait au-dessus d'eux. C'était la route qui menait au Victorica, lui expliqua-t-elle. Autrefois ça avait été une piste que les Axoyacs avaient semée de rochers et d'arbres afin d'empêcher Fernando Hermanos de découvrir leur dernier refuge. Aujourd'hui, elle était entretenue par la Commission Culturelle car jugée vitale pour la préservation de la Fête.

– Je suppose que c'est cela que l'on appelle le progrès, dit-elle, mais parfois je pense à ces pauvres Indiens. Cela doit être infiniment triste de ne pas avoir un seul refuge où pouvoir se retirer pour échapper aux autres.

Ce genre de réflexion désenchantée n'eut plus lieu d'être quand ils atteignirent les falaises au-delà de Huanu Blanco. Ici, la population respectée, choyée et soignée avec tendresse était aérienne : d'innombrables oiseaux marins seuls maîtres d'un royaume rocheux se dressant sur des kilomètres et des kilomètres au-dessus des brisants qui déferlaient dans un bouillonnement d'écume. Nul bateau n'avait le droit d'approcher de ce royaume, nul avion de le survoler. Les oiseaux étaient sacrés. Rien ne devait être fait qui pût les offenser et causer une migration définitive qui apporterait la ruine à Santo Stefano.

Ben avait suffisamment entendu parler de *El Niño* et des ravages qu'il exerçait sur la gent ailée des falaises pour s'attendre à découvrir un horizon déserté en arrivant sur place. Et cependant, il vit des oiseaux partout. Dominant à peine le bruit des battements d'ailes et les cris aigus, Elissa énumérait les différentes espèces : albatros, *piqueros,* pélicans, cormorans, mouettes, fous... Partout Ben pouvait les voir perchés sur les falaises, planant dans le ciel, ou flottant sur l'eau au gré du ressac. Plus tard, quand Elissa lui expliqua que tout ce qu'il avait vu n'était que l'arrière-garde des colonies qui d'ordinaire élisaient domicile en ce lieu, il éprouva quelques difficultés à le croire. Il avait l'impression que pas un oiseau de plus n'aurait pu se poser sur ces falaises.

Dans les jours qui suivirent, ils firent d'autres excursions. Aux environs de Port Buchanan, la terre était fertile et vouée à l'agriculture ; des chemins de terre s'entrecroisaient et reliaient entre elles les vastes plantations de canne à sucre, de coton et de tabac, pour former un réseau ordonné qui semblait être essentiellement le fief des Bambas-Quincy, des Fontanas-Todd, des Alden-Aragone et de quelques autres familles de l'aristocratie terrienne. Il y avait peu d'activité dans les champs mais beaucoup de mouvement sur les voies d'accès encombrées par de nombreux paysans qui cheminaient lentement dans la poussière. Elissa expliqua que ces paysans allaient assister à la Fête de la Corde sur le Victorica et que le voyage à pied demandait plusieurs jours. Pour les derniers kilomètres, les responsables de l'organisation de la Fête avaient mis en place un système de bus qui faisait la navette entre le pied de la montagne et le sommet, mais même ceux qui ne possédaient pas le dollar nécessaire pour payer leur place étaient prêts à passer une journée de plus à escalader cette pente abrupte sans se plaindre, le tout pour goûter une heure de plaisir.

A cette évocation Elissa secoua la tête, mais que ce fût pour marquer son admiration ou son désespoir devant une telle manifestation d'opiniâtreté, Ben n'aurait su le dire.

Il était souvent intrigué par les commentaires qu'inspiraient à la jeune femme les scènes dont ils étaient témoins et les paysages qu'ils découvraient. Rien ne lui était assurément étranger ; tout cela faisait partie d'elle-même et curieusement néanmoins, elle demeurait à l'écart. Elle semblait posséder une solitude intérieure que chacun autour d'elle s'appliquait à respecter. Dans un pays où tout le monde se connaissait, elle n'échangeait jamais aucun salut et il ne l'entendait jamais mentionner le nom d'un ami ou d'une connaissance à qui elle fût attachée. Cette attitude s'étendait même à sa famille et à sa servante personnelle, une ancienne domestique indienne appelée Juana qui était aux petits soins pour elle, préparait les pique-niques et l'avertissait des pires dangers que représentaient la chaleur, le soleil, la poussière et la route. Elissa se montrait polie envers les membres de sa famille, patiente avec Juana, et c'était tout. Pour autant que Ben pouvait en juger, il était la seule personne avec laquelle elle acceptât de partager ses pensées. Cette constatation le comblait de bonheur.

Pendant cette période il n'entendit plus parler des Chapin ni de Klebenau. Il en fut à la fois satisfait et contrarié. Il avait d'excellentes raisons de souhaiter qu'ils gardent leurs distances, mais il ne pouvait s'empêcher de penser qu'ils auraient pu manifester un peu de reconnaissance pour les services qu'il leur avait rendus. Ce sentiment fut rapidement dissipé un matin par un coup de fil de Klebenau.

Celui-ci ne fit preuve d'aucun embarras.

– Il faut que je vous voie, Smith, commença-t-il. Est-ce que je peux venir à votre hôtel tout de suite ?

– Non, c'est impossible.

– Mais il s'agit de quelque chose qui nous concerne tous les deux. Ne commencez pas à pousser les hauts cris, Smith. Nora et moi en avons discuté ensemble et elle a réussi à me convaincre qu'étant donné les circonstances il est normal que je vous raconte toute l'histoire. A son avis je n'ai pas le droit de venir solliciter votre aide sans vous exposer de quoi il retourne. D'accord, je suis le dos au mur, alors je vais le faire. Je peux être à votre hôtel dans un quart d'heure.

Ben respira à fond.

– Klebenau, vous ne seriez pas le dos au mur si vous utilisiez ces billets d'avions pour retourner là où vous devriez être, c'est-à-dire chez vous. Et si vous m'approchez en public, Dieu m'est témoin que je vous tire dessus. Je suis ici pour affaires et les gens avec lesquels je traite vous considèrent, Chapin et vous, comme des pestiférés. Est-ce clair ?

– Je suis mieux placé que vous pour savoir à quel point ça l'est. Pas plus tard qu'hier on nous a signifié notre arrêt d'expulsion spécifiant que nous sommes des étrangers indésirables. Quand je suis allé trouver votre ami avocat, Alden-Aragone, il m'a dit que si j'arrivais à réunir un peu d'argent, il pourrait nous obtenir un délai. Je ne peux pas prendre le risque de me faire rembourser ces billets d'avion maintenant, Smith, et la corruption coûte très cher ici. J'ai besoin d'une certaine somme et il me la faut rapidement.

– Combien ?

– Mille dollars me suffiraient. Il en faut cinq cents pour les politiciens. Le reste couvrira les dépenses pour un temps.

– Il n'en est pas question.

– Pas tant que vous n'avez pas entendu mon histoire, Smith. Si vous ne voulez pas que je vienne vous voir, alors venez jusqu'ici. Sinon j'attendrai à votre hôtel tant que je n'aurai pas réussi à vous coincer.

– D'accord, fit Ben furieux, je vais venir. Mais je n'apporte pas d'argent. De plus, j'ai un rendez-vous important à l'heure du déjeuner alors je vous verrai seulement après. J'espère que cela ne vous ennuie pas trop d'attendre.

– Pas si c'est jusque-là, répondit Klebenau en raccrochant.

Ben devait déjeuner avec Ian Kipp au club des sports et, en dépit de la bonne volonté encourageante affichée par Kipp, son repas fut gâché à la perspective de l'entrevue à venir avec Klebenau, car non seulement elle représentait un risque certain, mais elle signifiait de plus qu'il ne pourrait pas voir Elissa. Il était de fort méchante humeur lorsqu'il arriva à l'adresse que Klebenau lui avait indiquée. La rue constituait une amélioration par rapport à la Calle Indios mais n'en avait pas moins un aspect minable. Elle était jonchée de détritus et de feuilles de palmiers, et les maisons en bois qui la bordaient étaient délabrées et précédées de pelouses qui n'étaient plus que des lopins de terre à l'abandon envahis d'une végétation touffue.

Son humeur ne s'améliora pas quand il entra dans la maison et se trouva en présence d'une bruyante compagnie réunie autour de la table pour s'empiffrer gaillardement de la nourriture que l'argent gagné à la sueur de son front avait servi à acheter. En plus des Chapin et de Klebenau il y avait Juliana et Tito Aguilar ainsi que d'autres qu'il se souvenait avoir vus au café Le Soleil et la Lune et dans la Calle Indios. L'essentiel du raffut semblait dû à un débat entre *nadaistas* tenants et opposants de la Fête de la Corde, mais il était clair que leurs différences philosophiques ne les empêchaient pas de rompre le pain ensemble.

Klebenau l'accueillit avec un soulagement visible et Nora le reçut en l'embrassant sur la joue comme l'aurait fait une sœur et en lui montrant le plat fumant qui se trouvait devant elle.

– Vous en prendrez bien avec nous, dit-elle. C'est de l'*arroz con pollo*. Beaucoup d'*arroz* et très peu de *pollo*, mais c'est bon. C'est Juliana qui l'a préparé.

– J'ai déjà mangé, répondit Ben d'un ton cassant. Et on m'a fait venir pour affaires. Ne pouvons-nous pas en discuter quelque part où nous serons plus tranquilles ?

Le visage de Nora s'allongea.

– Vous êtes fâché, n'est-ce pas ? Je l'ai dit à Max que vous alliez être fâché.

– J'ai quelque raison de l'être. Vous vous moquez tous complètement du pétrin dans lequel vous m'avez mis, hein ?

– Et que faites-vous de celui dans lequel nous

sommes ? lui rétorqua Klebenau. D'accord, allons dans ma chambre. Nous pourrons y parler sans être dérangés.

Dans la chambre, Ben et Klebenau prirent les chaises disponibles tandis que Nora s'installait sur le lit branlant, pieds nus et jambes étendues confortablement comme à son habitude. En la voyant ainsi, Ben pensa à Elissa et ne put s'empêcher d'établir entre elles deux une comparaison qui était tout à l'avantage d'Elissa. C'était comme de comparer le tournesol à l'orchidée. Nora était certes agréable à regarder, mais rapprochée de l'image délicate de l'Infante, elle paraissait presque trop bien en chair, avec sa poitrine trop avantageuse et ses cheveux trop dorés. Pour employer le jargon de Klebenau, elle était le genre de femme que son artiste préféré, Michel Ange, aurait pu lui-même arracher à la pierre, tandis qu'Elissa était une tanagra pure et fraîche à qui on avait pudiquement insufflé la vie.

– Le nom de Charles Laval vous dit-il quelque chose ? demanda Klebenau sans préambule.

– Non. Devrait-il en être autrement ?

– Evidemment pas, à moins que vous ne connaissiez parfaitement la vie et l'époque de Paul Gauguin. Ce nom-là vous dit bien quelque chose ?

– Oh, arrêtez, Max, dit Nora. Faut-il toujours que vous vous exprimiez comme un marchand de tableaux ?

– Ma chère enfant, je suis marchand de tableaux. Et tout ce que je suis en train de faire c'est d'essayer d'établir un langage commun avec M. Smith. Autrement, rien de ce que je vais être amené à lui dire n'aura de sens pour lui.

– Oui, Gauguin ne m'est pas totalement inconnu, assura Ben. Vous pouvez poursuivre.

– Très bien. Laval était un ami de Gauguin. Un ami si intime que lorsque Gauguin entreprit son voyage malencontreux à Panama, Laval l'accompagna.

– A Panama ? fit Ben. Je croyais que c'était à Tahiti.

– Il n'y est allé que beaucoup plus tard. Au début de sa carrière il avait décidé que, pour plusieurs raisons, l'île de

Tobago, près de Panama, serait le paradis où il pourrait vivre en contact étroit avec la nature et peindre librement. En compagnie de Laval, il alla jusqu'à Panama. Il découvrit alors que posséder un pied à terre au paradis coûtait beaucoup plus cher qu'il ne pouvait payer. Panama en soi, à cette époque-là, devait être un véritable enfer. Laval et lui y vécurent deux ou trois mois en 1887 avant d'abandonner la partie et de s'embarquer pour la Martinique. Pendant cette période, Gauguin mania la pelle et la pioche sur les chantiers du canal tandis que Laval gagnait péniblement de quoi vivre en exécutant quelques portraits ratés de célébrités locales. Ce qui nous intéresse est directement lié à ces portraits.

– Pourquoi, s'ils étaient aussi mauvais que vous le dites ?

– Ils l'étaient. Laval était quelqu'un de bien mais n'avait rien d'un peintre. Ce qui nous intéresse c'est que, après avoir réussi à vendre quelques portraits, il suggéra à Paul de s'essayer lui aussi à ce commerce. Il semble admis par tous que Gauguin a refusé de se plier au mauvais goût local en matière d'art, et que durant son séjour à Panama il n'a jamais pris le pinceau. A la Martinique il a produit des œuvres remarquables dans lesquelles, pour la première fois, on trouve des expériences de couleurs pures posées à plat, mais aucun catalogue ne mentionne nulle part l'existence d'une seule œuvre qui aurait pu être réalisée à Panama. Maintenant, laissez-moi vous poser une question, Smith. Si jamais une telle œuvre était découverte, une toile de belles dimensions qui fût le tout premier essai de la grande technique inventée par Gauguin, combien croyez-vous qu'elle vaudrait ?

– Comment le saurais-je ? A en juger d'après le marché actuel, je dirais beaucoup !

– Et qu'entendez-vous par beaucoup ? Vingt mille ? Cinquante mille ? Cent mille ?

– Si j'en crois votre regard, Klebenau, plus que cela.

– Vous avez raison. Un beau Gauguin, un Gauguin unique, en bon état, serait pratiquement sans prix. Pas par rapport aux musées qui disposent de budgets limités, mais par rapport à certains de mes clients dont les revenus sont astronomiques et l'esprit de compétition proprement terrifiant. Voici sept ans, deux armateurs grecs que je connais et qui appartiennent à cette catégorie de gens ont fait monter les enchères jusqu'à un quart de million de dollars pour un Gauguin. Celui qui a perdu ce jour-là n'a pas du tout l'intention de perdre une nouvelle fois. Si je peux lui proposer l'unique Gauguin de la période de Panama, il me le paiera le prix que je lui en demanderai. Lequel, Smith, ne contribuera en rien à juguler la hausse des prix sur un marché où règne déjà une inflation prodigieuse.

– Et pour imposer votre prix, il vous suffira de montrer le tableau. Je crois que je commence a y voir clair dans votre histoire, Klebenau. N'y aurait-il pas quelque génie à Santo Stefano qui serait capable de vous peindre ce faux Gauguin ?

Nora se redressa brusquement en m'entendant prononcer ces mots.

– Naturellement pas. Croyez-vous que nous essayons de vous entraîner dans une escroquerie ? Tout ce que Max est en train de vous dire, c'est que cette œuvre existe vraiment.

– A Santo Stefano ?

– Oui. C'est pour cela que nous sommes ici. Pour mettre la main dessus.

– Si vous n'y voyez pas d'inconvénient, interrompit Klebenau, revenons à Charles Laval. Ensuite vous comprendrez peut-être pourquoi j'ai consacré deux ans de ma vie à passer au peigne fin l'Amérique Centrale et l'Amérique du Sud à la recherche de ce chef-d'œuvre en apparence inexistant. Il y a fort longtemps, j'ai acheté un paquet de lettres de Laval dans une vente aux enchères organisée par Christie's à Londres. Elles semblaient n'avoir que peu de valeur à ce moment-là. Elles étaient imbibées d'eau, presque illisibles, et ne paraissaient guère mériter la peine d'être déchiffrées. L'une d'elles me procura un véritable *frisson* *. En quelques paragraphes, il y était question d'un portrait que Gauguin avait fait à Panama. Si grande fut ma stupéfaction que je fis expertiser la lettre de la manière la plus sérieuse afin de m'assurer qu'il ne s'agissait pas d'un faux. Eh bien non. Elle était authentique, et la référence qu'elle faisait à ce que j'appelle maintenant le « Portrait de Panama » était authentique elle aussi. Il n'y a aucun doute possible à ce sujet.

– Mais la simple allusion à un tableau... objecta Ben.

– C'était plus qu'une simple allusion. Le portrait était explicitement décrit comme étant celui d'une petite pensionnaire d'un bordel panaméen dont Gauguin s'était un moment épris. Un étrange portrait, selon Laval. Une grande toile exécutée à la peinture à l'huile qui représentait trop flatteusement cette fille à la face simiesque. Et les couleurs étaient employées de la façon la plus maladroite. C'était comme si Paul avait tenté de revenir aux techniques primitives de Guido, de Cimabue et de Giotto. Un tel aveuglement devant la grande révolution apportée par Gauguin est tout à fait risible ! Pendant six cents ans, les primitifs italiens avaient fait de la perspective (l'illusion recréant la troisième dimension), la condition première de toute peinture. Gauguin fut le premier à briser ces chaînes, à redonner à l'art pictural sa forme la plus pure, c'est-à-dire, pour reprendre la définition de son ami Maurice Denis, simplement l'application sur une surface plane de couleurs arrangées dans un certain ordre. Par conséquent, un tableau n'est pas nécessairement une fenêtre s'ouvrant sur un paysage. Après Gauguin, on admit que ce fût quelque chose d'inhérent à l'œuvre elle-même, un miroir pour l'artiste, plus exigeant et plus fort qu'aucune fenêtre ne pourrait jamais l'être.

– Ce qui n'empêche, fit Nora, que j'aime beaucoup les

(*) En français dans le texte.

primitifs italiens. Ne tapez pas trop fort sur eux, Max.

– Mais bien sûr que vous les aimez, reprit Klebenau avec indulgence. Leurs traits précis, leurs couleurs riches, leurs sujets naïfs... qui peut résister à cela ? Ces œuvres sont la musique de chambre de l'expression picturale. Gauguin, lui, nous a donné des symphonies. Je suis sensible à la musique de chambre mais ce sont les symphonies qui me bouleversent. Toute la différence est là.

– Pour en revenir à ce Portrait de Panama, dit Ben, comment savez-vous qu'il existe toujours ?

– Je n'en sais rien. Je le crois.

– Sur quoi fondez-vous pareille hypothèse ? La lettre de Laval ne peut vous être d'aucun secours à cet égard.

– Non, mais ce qu'il a écrit suffit amplement. D'après lui, Paul donna le portrait à son modèle, en paiement de ses faveurs. Il en a fait commerce, pour ainsi dire. En partant de là, il devient possible de tirer certaines déductions extrêmement encourageantes.

– Lesquelles ?

– Eh bien, il est peu probable que la première propriétaire du tableau l'ait détruit. Après tout, elle n'était qu'une *fille de joie* * dans une ruelle d'un quartier mal famé à Colon. Ce tableau était probablement l'un des rares objets en sa possession qui fût à même de lui prodiguer quelque plaisir. Autre élément plus important encore, Laval mentionne que ce portrait était plutôt flatteur et ceci assure souvent longue vie à une toile. Le pauvre Tom Eajins aurait pu écrire un manuel là-dessus. Il avait l'âme si pure qu'il n'a jamais pu s'empêcher de peindre le gratin de Philadelphie exactement comme il le voyait, ce qui, malheureusement, n'avait rien à voir avec la façon dont ces gens-là se voyaient, eux. Combien de beaux Eakins s'en sont allés en fumée dans les cheminées de Philadelphie parce qu'ils peignaient la vérité ? Heureu-

(*) En français dans le texte.

sement, Gauguin n'était pas un protraitiste. Il s'intéressait avant tout à la couleur et à la forme. La personnalité de ses sujets ne l'aurait guère intéressé.

– Pas plus que ça ne l'aurait intéressé d'avoir l'âme pure, remarqua Ben. La pureté n'était pas vraiment son genre, n'est-ce pas ?

– Si votre définition du terme est le puritanisme absolu, non, répondit Klebenau avec froideur. Dans ce sens-là, il était aussi impur que pouvait l'en accuser n'importe quel parangon de vertu tout juste bon à se tuer à la tâche et à chanter des psaumes. Il avait abandonné sa famille, buvait, se vautrait dans le stupre et mourut dévoré par la pourriture dans une île des mers du Sud. C'est vrai. Et Van Gogh s'est coupé l'oreille, Léonard de Vinci était homosexuel, Blake avait des visions de dément. Cela ne vous a donc jamais frappé, Smith, que si les grands esprits créateurs sont considérés de la sorte, c'est qu'il existe une bonne raison à cela ?

– Sans doute. Et je pense que cela est en rapport avec cette vérité dont vous parlez.

– Pas vraiment. C'est surtout en rapport avec un mensonge destiné à faire en sorte que le commun des mortels se sente bien dans sa peau. Ces gens comme vous et moi (oui, je m'inclus parmi eux), qui ne peuvent absolument pas saisir le mystérieux processus de la créativité en dépit de tout ce qu'ils peuvent raconter à ce sujet. C'est là un mensonge rassurant que celui qui consiste à faire jouer la corde des idiosyncrasies émoustillantes propres aux grands artistes. Il nous dit que le jeu n'en vaut pas vraiment la chandelle, n'êtes-vous pas d'accord ? Les gens bien n'abandonnent pas leur famille et ne se coupent pas l'oreille, n'est-ce pas ? Les monstres qui font ce genre de choses peuvent être admirés pour leur étrange talent, mais quand on y regarde de plus près, eh bien, en fait, nous sommes mieux qu'eux. Nous valons plus qu'eux. Cela ne tient qu'à l'un de ces curieux hasards de l'existence si de tels monstres se voient souvent octroyer autant de talent. Et si le sort accorde ce genre de talent à un courtier en bourse respectable comme Paul Gauguin, eh bien, tout à coup, le voilà qui devient l'égal du pire d'entre eux ! Nous avons bien de la chance de ne pas être affligé d'un quelconque talent. Voilà une pensée rassurante, ne trouvez-vous pas, Smith ?

– Peut-être comprenez-vous, maintenant, fit remarquer Nora à Ben, quel a été notre état d'esprit lorsque nous sommes arrivés à Panama et que Max a découvert que le Gauguin n'était peut-être pas très loin. Il est comme cela, pour Gauguin. Vous pouvez vous permettre quelques réflexions plutôt acerbes sur David et il ne s'en offusquera pas. Mais vous avisez pas de toucher à Gauguin.

– Ce n'est pas facile étant donné la façon dont on essaye, comme ça, de me l'imposer de force. Mais je ne vois toujours pas comment vous pouvez affirmer que le tableau n'a pas été détruit par quelqu'un qui l'aurait eu en sa possession à un moment ou à un autre. C'est un objet fragile. Il a pu lui arriver n'importe quoi.

– Les tableaux, à l'instar des nourrissons, ne sont pas aussi fragiles qu'ils peuvent le paraître, dit Klebenau. Il est effectivement possible que leurs couleurs se détériorent, qu'ils soient endommagés d'une façon ou d'une autre, mais ils possèdent une force de survie étonnante. Et de plus, ce Gauguin a pu être protégé par l'ignorance même de ses propriétaires. De toute évidence, personne n'en a su la valeur. Quiconque s'en serait aperçu l'aurait vendu depuis longtemps et le secret aurait été dévoilé. Ce qui me confirme dans mon hypothèse que le tableau se trouve toujours en sûreté sur son châssis. Pourquoi ? Parce que quelqu'un qui en ignore la valeur ignorera probablement aussi le fait qu'une toile peut être facilement ôtée de son châssis. Une fois enlevée, elle courrait des risques sérieux de détérioration ou de destruction. Alors que là, elle possède toutes les chances d'avoir un joli cadre et d'être accrochée sur un mur à côté de photographies coloriées à la main représentant la famille du propriétaire.

– Et quand vous dites sur un mur, demanda Ben, vous avez dans l'idée un mur qui se trouve ici, à Santo Stefano ?

– Oui, j'ai suivi la piste jusqu'ici.

– Mais savez-vous de quel mur il s'agit ?

Klebenau secoua la tête.

– Pour le savoir, il me faut un peu plus de temps et d'argent. Maintenant que je touche au but, je ne peux abandonner mes recherches. Et maintenant que vous connaissez la situation, je ne vois pas comment vous pourriez refuser de m'aider à franchir le dernier obstacle. Vous pouvez oublier la proposition initiale que je vous ai faite. Ce que je vous offre aujourd'hui, c'est dix pour cent sur la vente de mon Gauguin en échange de mille dollars. Vous savez à combien peut se monter une telle vente en espèces sonnantes et trébuchantes ? Un bénéfice de cet ordre ne vous intéresse-t-il pas ?

– Si. L'ennui, Klebenau, c'est que je ne suis apparemment pas d'un optimisme aussi inébranlable que vous. Que se passera-t-il si vous trouvez le tableau ? Quel argent allez-vous utiliser pour l'acheter ?

– Vous pouvez vous en remettre à moi. Aussi longtemps que personne n'en connait la valeur, je peux l'avoir pour le prix du cadre. Mais vous voyez quelles conséquences fatales s'ensuivraient si vous en souffliez mot à quiconque. Le conservateur du Musée National de la ville s'y connaît bien en art. S'il était fait appel à lui pour estimer la valeur du portrait, il ruinerait tous mes espoirs en révélant la vérité. Et nous serions complètement coulés.

– Vous pouvez me faire confiance pour tenir ma langue. Mais, hypothèse on ne peut plus triste, que se passera-t-il s'il n'y a pas de tableau ?

– En ce cas, votre argent vous sera remboursé avec les intérêts.

– Mais, dans l'un comme dans l'autre cas, il vous faudra attendre, dit Nora. Il est quand même normal que vous le sachiez. Si Max trouve le tableau, il assurera la vente en Europe et y restera pendant la période légale afin de ne pas avoir à payer d'impôts aux Etats-Unis. Et s'il ne le trouve pas, il vous faudra néanmoins attendre pour récupérer vos mille dollars parce qu'il y a d'autres gens qui devront être remboursés en priorité. Mais je peux vous assurer que vous les aurez tôt ou tard.

Sa manière de faire était infiniment astucieuse, se dit Ben. Elle avait dû sentir que la plaidoirie de Klenebau était trop véhémente, que son discours enflammé ne reposait pas assez sur le concret pour être convaincant. Alors, en quelques mots, elle avait fait baisser les flammes et presque réussi à faire passer une folle spéculation pour un investissement sûr, et cela, mieux que n'aurait pu le faire un représentant, eût-il été le meilleur. Klebenau, qui se prenait non sans fierté pour un homme d'affaires habile, avait beaucoup à apprendre d'elle.

– Si je vous prête cet argent, commença Ben qui, aussitôt qu'il eut prononcé ces paroles, sut qu'il était perdu, je vais me retrouver inscrit sur la liste de Bambas-Quincy comme un indésirable de plus. Savez-vous ce que cela signifie ?

– Personne n'en saura rien, lui assura Nora. Vous pouvez encaisser vous-même votre chèque puis nous en remettre le montant. Max et moi vous signerons un reçu. De cette manière vous ne risquerez absolument rien.

– C'est vous qui le dites. Ce pays tout entier ressemble exactement à une petite ville de province. Chacun ici met un point d'honneur à ne rien ignorer des affaires des autres. Si par malheur quelqu'un comme Alden-Aragone...

– Comment le saurait-il ? demanda Klebenau qui arborait maintenant le sourire gras d'un vainqueur assuré. Après tout, qui d'autre que vous est au courant de l'affaire qui m'amène ici ? Vous voyez ? Il n'y a aucune raison de s'inquiéter.

– Absolument aucune, renchérit Nora.

Ben eut cependant tout lieu de s'inquiéter quand, après

avoir scellé le marché d'une poignée de main, ils revinrent dans la salle à manger ; il vit autour de la table l'idée que la jeune femme se faisait de bons compagnons. Il comprit que là se trouvait le cœur du problème. Il n'y avait rien de répréhensible à s'associer pour l'achat d'une toile de grande valeur : pas même un Bambas-Quincy ou un James O'Harragh ne pouvait le lui reprocher. Mais ce qui rendait cette transaction dangereuse était l'attachement de ces marginaux un peu fous aux Chapin. De fréquenter ces derniers semblait entraîner une suite sans fin de rencontres coupables. Telle une maladie contagieuse, la culpabilité pouvait être transmise des uns aux autres par simple contact jusqu'à ce qu'elle fût très éloignée de ses origines sans rien perdre néanmoins de sa virulence.

Ben avait été sur le point de prendre congé mais se ravisa. Et puis zut, pensa-t-il en attirant une chaise à côté de celle de Klebenau et en s'asseyant. Klebenau porta à sa bouche une pleine cuillerée du dessert qui se trouvait dans son assiette.

– Je ne devrais pas en manger, dit-il avec bonne humeur, mais puisque j'ai quelque chose à célébrer, autant ne pas faire les choses à moitié. C'est du flan. Juste assez sucré pour faire tomber tous vos plombages. Goûtez-le.

– C'est déjà fait, répondit Ben avec une moue dégoûtée.

Puis il s'approcha de Klebenau afin de se faire entendre malgré le vacarme des conversations autour d'eux, et lui dit :

– Ecoutez, Klebenau, pourquoi Chapin et Nora ne rentreraient-ils pas tout de suite aux Etats-Unis ? Vous savez bien que c'est lui qui vous complique la vie ici.

– Comment cela ?

– A tous égards. C'est bien après lui qu'ils en ont, pas vrai ? Eh bien, d'accord, s'ils sont à ce point pressés de se débarrasser de lui qu'ils sont prêts à lui payer son voyage de retour, il n'y a qu'à les laisser faire. Quand il ne sera plus là, vous n'en serez que plus à l'aise pour mener à bien votre affaire. Cela ne vous coûte rien d'essayer.

– Mais cela pourrait lui coûter cher à lui. Savez-vous ce qu'il fera une fois de retour à New York ? Il s'enivrera, se laissera entraîner dans des bagarres, essaiera d'embrasser un arbre avec sa voiture. Au cours des douze mois qui ont précédé notre départ il a bousillé deux voitures de cette façon. Quand je suis près de lui, je peux l'empêcher de faire des bêtises. Nora ne le peut pas.

– Ou ne le veut pas.

– Quelle différence cela fait-il ? Nora n'est pas stupide. Ne vous ai-je pas dit que si elle a fait un bon mariage c'est uniquement parce tout ce qu'il fait trouve grâce à ses yeux ?

– Même quand il la laisse entraîner dans la lutte des classes internes à Santo Stefano ? Et vous aussi par la même occasion, au risque de vous faire perdre toute chance de retrouver le tableau ?

La cuiller de Klebenau s'immobilisa à mi-chemin de sa bouche. Il la posa et regarda Ben avec étonnement.

– La lutte des classes ? Ce sont des mots qui vont très loin, chez nous, aux Etats-Unis, Smith.

– Et plus encore ici même. On ne vous a pas remis cet avis d'expulsion parce que les autorités locales n'apprécient pas la peinture de Chapin. Ce sont ses fréquentations qui leur déplaisent.

– Bien sûr. Mais une lutte de classes ? reprit Klebenau qui fut secoué d'un rire semblable à un rugissement. Mon Dieu, s'il existe dans le monde entier un animal apolitique, c'est bien David Chapin. Regardez-le, Smith. Regardez-le bien. Cela fait maintenant deux ans que je parcours cette région du monde. Chaque pays dans lequel nous avons séjourné ressemble à un volcan prêt à entrer en éruption à tout moment sous le coup de la révolution. On la sent partout, où que l'on aille. Et David n'en a toujours pas la moindre notion.

Attablée en face d'eux, Juliana Aguilar essayait d'entendre ce qu'ils disaient.

– Vous parlez de la lutte des classes ? demanda-t-elle.

D'autres oreilles se dressèrent en entendant cette question. Quand Klebenau répéta les paroles qu'il avait prononcées, l'attention de tous les convives lui était acquise, y compris celle de Chapin.

– Je connaissais Orozco, dit ce dernier en haussant les épaules. Je connaissais Rivera. J'ai été témoin de ce que l'engagement politique a fait d'eux. Les artistes devraient laisser cela aux autres. Je peins et vous pouvez faire la révolution. Vous me direz quand vous en aurez terminé.

– Et la théorie doctrinaire de la lutte des classes n'est que schématisation, dit Tito Aguilar. Vous appartenez à la bourgeoisie ou alors au prolétariat, vous exploitez ou alors vous êtes exploité. Mais où placer le poète et l'artiste dans tout cela ?

– Ils sont exploités, mon cher poète, dit Juliana.

– Chez nous, les choses sont différentes pour les artistes, déclara Nora. Celui qui a du talent peut vivre très correctement aux Etats-Unis. Il peut même y parvenir s'il n'en a pratiquement aucun.

– Exact, dit Klebenau. Et si c'est cela l'exploitation, voilà une condition qui ne manque pas d'attraits. Non, j'ai bien peur que votre doctrine n'offre qu'une schématisation de la situation. Elle est basée sur le déterminisme économique et néglige le fait que l'économie n'est qu'un fil dans l'écheveau compliqué que représente l'humanité. S'il nous faut nous identifier à une classe sociale bien définie, je pense que nous devrions pouvoir choisir entre au moins trois classes différentes, pas deux.

– Au moins, reprit Juliana avec mépris.

– Pourquoi le prendre ainsi ? Parce que je ne peux étayer ma théorie sur des citations issues directement de textes ennuyeux ? Croyez-moi, ces textes, je pourrais les écrire moi-même : je ne vois pas ce que ça m'apporterait de les lire. J'ai suffisamment vu de choses au cours de mes soixante années d'existence, Juliana. Je suis né dans un taudis de Hambourg qui n'avait rien à envier à la Calle Indios, j'ai été élevé dans un taudis de New York qui ne valait guère mieux, et j'ai rencontré tout ce qu'il est possible de rencontrer. J'ai dormi dans les caniveaux avec les clochards et j'ai été l'ami intime de gens si riches qu'ils pourraient, si l'envie les en prenait, acheter tout Santo Stefano par simple lubie.

– Si nous consentions à vendre, s'insurgea Juliana.

– Il n'y avait là nulle intention injurieuse de ma part, ni envers vous, ni envers votre pays. Vous me fournissez tous les deux maints sujets d'admiration. Je voulais seulement dire que ma vie a été suffisamment longue et bien remplie pour tirer mes propres conclusions concernant la structure de classes de l'humanité.

Ben avait suivi la discussion avec intérêt.

– Mais comment en arrivez-vous à trois classes ? Quelles sont-elles ?

– Les voici, répondit Klebenau en levant trois doigts pour les éliminer au fur et à mesure. Il y a la brute, la brute évoluée et le saint. La brute est pauvre et son existence sans attraits. C'est un personnage qui lutte au jour le jour pour se procurer l'indispensable afin d'assurer sa survie. La brute évoluée se trouve un cran au-dessus. Qu'il s'agisse d'un ouvrier mécanicien qualifié ou d'un industriel fortuné, il rentre dans la catégorie des gens prospères aux yeux de la brute ordinaire. Pourtant, à l'instar de son frère plus pauvre que lui, c'est un matérialiste. Même s'il met sa richesse ou sa puissance au service de la défense d'idéaux nobles, il n'en demeure pas moins un matérialiste. Il n'en est pas responsable. Au mieux, lui fait toujours défaut cet élément qui permet au saint de lui être supérieur. Comment définir le saint, alors ? Eh bien, quelle que soit sa pauvreté ou sa richesse, quel que soit son statut au sens matérialiste du terme, il est sur terre pour permettre l'enrichissement de tous. C'est le créateur, l'artiste, le poète, le compositeur qui partage avec Dieu son pouvoir de créativité. Non que cela le place au-dessus de l'humain. Peut-être ressentira-t-il pitié pour le pauvre et envie pour le riche parce que seul Dieu est au-dessus de la pitié et de l'envie. Mais le créateur qui fait en sorte que quelque chose de beau existe là où auparavant n'existait rien n'est pas si loin de Dieu quand on y réfléchit bien. Qu'est-ce qui nous permet d'affirmer que le saint ne représente pas l'unique raison d'être, la signification même de l'humanité ? Cela vous semble-t-il trop versificateur ? Mais qu'est la vérité sinon poésie désagréable ?

– Si cela sonne de manière désagréable, intervint Ben, c'est uniquement dû à l'emploi de mots un peu choquants. Pourquoi appeler ces gens des brutes ? N'existe-t-il pas un autre mot qui conviendrait mieux ?

– Non. Considérez les brutes quand elles meurent. Moi, par exemple. Quand je mourrai, il ne restera de moi qu'un tas de chairs putréfiées, un gros tas même. Mais un saint est immortel. Bien après que sa chair soit retournée en poussière, son esprit continuera à vivre. Pour lui, il n'y a pas plus de corruption dans la mort qu'il n'y en a eu dans la vie. Non que cela doive démoraliser des brutes évoluées telles que vous et moi, Smith. Le degré d'évolution suprême auquel nous puissions prétendre consiste à rendre hommage aux saints, et cela est accessible à tous. Regardez Cosimo, le plus admirable des Médicis qui n'a vécu que pour le plaisir d'apporter son soutien aux talents créateurs de son époque. Regardez le Pape Léon X. Confronté à la Réforme, il a utilisé les richesses de l'Eglise non pour la combattre mais pour récompenser les maîtres qui décoraient ses palais. Il savait où se trouve la véritable sainteté, et la vénérait avec dévotion. Ces gens-là étaient des brutes évoluées, ce qui ne saurait les empêcher d'être dignes de notre admiration.

– Alors nous sommes ici-même en présence de saints, dit timidement la petite Prima.

– Certes, affirma Klebenau en inclinant la tête vers Chapin puis vers Tito Aguilar. Ils n'ont peut-être pas très fière apparence et leur auréole est sérieusement voilée, mais ce sont par leurs œuvres que nous les reconnaissons comme tels.

– Et où placez-vous Bolivar ? insista Juliana. Où

placez-vous votre Abraham Lincoln ?

– Ce sont des hommes nobles, des brutes évoluées.

– Et moi je soutiens qu'ils ont fait œuvre sainte sur terre !

– Ah, alors vous acceptez mes prémisses, dit malicieusement Klebenau. Bienvenue à bord, Juliana. Je suis heureux d'avoir converti quelqu'un de votre calibre.

– Je n'accepte rien du tout, mon cher Max. Votre théorie est une ânerie que vous avez élaborée à dessein. Elle n'a pour but unique que de déifier ceux qui possèdent un talent artistique. Il existe d'autres formes de talent. Des formes plus importantes. Sortir les masses de la pauvreté et de l'ignorance est certainement aussi important que de peindre une toile.

– Vous trouvez ? contra Klebenau. Les sortir de la pauvreté et de l'ignorance pour leur apporter la prospérité et l'ignorance : cela m'attriste parfois que des hommes nobles sacrifient leur vie pour une telle cause. Car la cause est bien celle-là. Le rêve le plus idéaliste que puisse faire une brute évoluée serait de voir l'humanité toute entière parvenir à son propre niveau de contentement animal. N'est-ce pas là admirable de sa part ? Et ô combien généreux ? Et s'il consacre sa vie à la réalisation de son rêve, eh bien, c'est assurément un héros. Un héros, Juliana, pas un saint. L'acte créateur n'en reste pas moins hors de sa portée, et donc, inévitablement, le sens même de la vie aussi. Les bienfaits qu'il a amenés sont bientôt corrompus puis totalement perdus ; la couleur appliquée sur la toile demeure par-delà les siècles.

– Quel cynisme, s'exclama Juliana. Vous pouvez enrober ça dans le verbiage mystique qui vous plaît, mais, cela n'en reste pas moins du cynisme pur et simple. Il y a de quoi être écœuré.

– Pas du tout. C'est un exposé précis de la condition humaine énoncé sans concessions à l'hypocrisie. L'être humain, à de rares exceptions près, est encore un animal à l'état naturel. Quand ses soi-disant idéaux s'enflamment en lui, il massacre comme un animal affamé. Donnez-moi le nom de vos héros, Juliana, et nous verrons bien si autour de chacun d'eux ne règne pas l'odeur du sang, de la mort et de la destruction. Mais mes saints à moi, ces rares exceptions à la règle, sont synonymes de création, de vie et de beauté.

– Alors que d'autres souffrent ! Quand mes héros combattent, c'est afin d'alléger cette souffrance.

– Je leur souhaite d'y parvenir. Bien sûr, ce faisant, des générations entières sont damnées, mais c'est toujours pour la bonne cause. Le vainqueur n'éprouve jamais aucune difficulté à le démontrer.

– Pourquoi dites-vous des choses pareilles, Max ? On dirait que vous n'avez pas de cœur. Que vous êtes à cent lieues de la réalité quotidienne. Pourquoi ? Est-ce parce que vous savez qu'il y aura toujours quelqu'un pour aider ceux qui souffrent pendant que vous prenez vos aises ?

– Il y aura toujours quelqu'un pour le faire, que je prenne mes aises ou non.

– Ah, voilà l'éternel argument du marchand ! Il y aura toujours quelqu'un pour le faire. Et ce quelqu'un trouvera aussi comment guérir les malades, comment donner satisfaction aux pauvres en colère, et comment maintenir la paix dans le monde. Et vous n'aurez plus besoin de vous préoccuper des maladies, des révolutions ou des guerres parce qu'il s'en sera chargé. Il est tellement plus facile de récolter ainsi les bénéfices de ce qu'il aura fait. (Elle se tourna vers son mari). Est-ce que tu te rappelles de l'histoire que tu m'as racontée, une fois, sur un marchand ?

Tito opina de la tête.

– Alors, raconte-la à Max.

– Ça ne sera peut-être pas du goût de tout le monde, dit Tito avec un geste d'excuse à l'adresse de Ben.

– Cela ne fait rien, insista Juliana. Raconte-la.

– C'est une vieille histoire, commença Tito en fixant un point du mur situé au-dessus de la tête de Klebenau. Vieille comme le monde, qui sait ? En l'occurence il s'agit de deux disciples du Christ qui assistent à la Crucifixion au milieu de la foule. L'un est un poète, maigre et affamé avec des yeux un peu fous, l'autre un marchand, éclatant de santé et bien nourri...

– Avec le crâne chauve, compléta Klebenau.

– C'est possible. Mais tous deux éprouvent le même désespoir en voyant les clous s'enfoncer dans les paumes saintes. Puis le poète bondit soudain en avant et il se serait jeté sur les bourreaux si son ami, le marchand, ne l'avait tiré en arrière pour le protéger. « Qu'est-ce qui te prend ? » demande le marchand. « Tu es devenu fou ? » Et le poète de s'écrier « Oui, parce que je ne peux pas supporter de voir ça ! Il faut que je l'aide. Je sais que ce jour marque la venue d'un monde nouveau, qu'il signifie la rédemption de nos péchés, la joie éternelle au Paradis pour nous tous... mais pourquoi faut-il qu'Il souffre de la sorte ? » Et le marchand répond : « Parce que, mon ami, on ne peut pas faire d'omelette sans casser des œufs. »

9

A l'approche du jour de la Fête, une atmosphère de Carnaval déferla sur l'Avenida Hermanos : des foules de gens masqués et de badauds s'y déversaient, la remplissant d'une animation bruyante et pittoresque. Des défilés improvisés débouchaient des rues latérales et se frayaient d'autorité un passage au milieu de la cohue. Sur chaque plaza, des guitaristes, entourés d'admirateurs qui manifestaient leur enthousiasme en chantant et en applaudissant, entraient en transes et prenaient à peine le temps de recouvrer des forces en ingurgitant de généreuses rasades de *chicha* pure. Les enfants couraient librement en tous sens, brandissant pour la plupart de faux nœuds coulants de matière plastique aux couleurs vives. Ben s'aperçut, en en examinant un de près dans une boutique, qu'ils portaient l'inscription *Made in Japan.*

La nuit venue, quand la population entière de la vieille ville semblait se presser dans l'avenue, on respirait comme un mélange explosif saturé d'alcool : on sentait un désir bouillonnant de déclencher des bagarres pour un rien, et il en éclatait par les rues comme des salves de pétards chinois. Alors survenaient les voitures de la Garde Civile qui éteignaient les foyers de troubles. Les Gardes Civils eux-mêmes paraissaient uniformément jeunes et de bonne disposition, mais ils savaient manier leurs bâtons ou leurs cannes de bambou et frapper dur quand ils y étaient contraints. Semblable activité ne se retrouvait pas dans les rues de la nouvelle ville de l'autre côté du fleuve. En fait, une fois la nuit tombée, il devenait impossible à quiconque de franchir le barrage que montaient des gardes peu engageants à l'entrée du pont Rio Xares, à moins de pouvoir exhiber des pièces justificatives satisfaisantes. Mais alors que ces rues excentrées demeuraient vides, les maisons qui les bordaient s'ouvraient aux invités. Les fûts en perce accueillaient les visiteurs sans limite d'aucune sorte. Les convives allaient d'une maison à l'autre, mangeaient, buvaient et dansaient jusqu'à l'hébétude. Les Bambas-Quincy étaient parmi les hôtes les plus visités. Une fois, en contemplant le spectacle qu'offrait leur maison, Ben eut l'impression qu'elle devait être autant envahie de gens tout à la joie de la fête que l'Avenida Hermanos.

Pour sa part, il ne s'intéressait guère à cette liesse, ne venant que pour goûter au plaisir d'être en compagnie d'Elissa, et c'était d'autant plus agréable qu'elle détestait la foule et refusait obstinément de s'y mêler. Une des ailes de la vaste demeure était entièrement occupée par ses appartements. C'était là un refuge luxueux où Ben et elle pouvaient converser, jouer aux échecs, ou bien écouter des enregistrements de Chopin, de Debussy ou de Villa-Lobos tandis que Juana, sa servante, restait assise dans un coin et surveillait le couple d'un regard vigilant tout en tirant infatigablement l'aiguille sur un travail de couture sans forme, telle une Pénélope indienne.

Ou encore, et c'était davantage au goût de Ben, ils se promenaient tous deux au clair de lune dans le jardin situé derrière la maison. Tout au fond du jardin se dressait le pavillon de jeux que Salazar avait décrit à Ben, réplique en miniature de la demeure familiale que l'on avait fait construire pour Elissa et pour Luz lorsqu'elles étaient toutes petites. Luz, disait Elissa, avait depuis longtemps perdu tout intérêt pour cet endroit, mais elle non. Elle y venait souvent et veillait à ce qu'il fût parfaitement entretenu. L'intérieur consistait en une pièce unique à peine assez haute pour que Ben pût s'y tenir debout, et on y trouvait encore les meubles miniature qui y avaient été mis à l'époque de sa construction. D'après Elissa, aucune modification n'y avait jamais été apportée ; elle ne pouvait supporter l'idée d'un changement, aussi minime fût-il, et quand Ben avait exprimé son approbation à cet égard, elle en avait rougi de satisfaction.

– Tant de gens ne le comprennent pas, avait-elle dit. Pour eux l'enfance est une période inconséquente, son innocence irréelle et absurde. Mais qu'a donc le monde des adultes à offrir en échange ? La cruauté et l'hypocrisie, rien d'autre. Faut-il les considérer comme plus réelles et plus sages que l'innocence enfantine ?

C'était son grand-père chéri qui avait fait construire la petite maison.

– Il venait souvent ici avec moi et me parlait d'égal à égale. Il était d'une telle gentillesse ! Et maintenant, quand je pense à lui, comme je me sens triste ! Et il était avec moi d'une patience infinie. Nous restions assis, lui et moi, tout seuls, et Juana venait nous servir le déjeuner sur cette table pendant que nous parlions.

– De quoi parliez-vous ?

Elissa fronça les sourcils.

– Il ne m'est pas facile de m'en souvenir. Oh, oui. Quelquefois il me parlait des grands hommes : le Cid,

Hermanos, d'autres encore qu'il admirait. Mais en dehors de cela... non, je ne me souviens pas bien. Il me semble encore entendre le timbre de sa voix, mais pas ses paroles. Tout ce dont je me souviens, c'est de l'immense sentiment de tendresse qu'il avait à mon égard. Sans même en être consciente, je savais que rien de ce que je pourrais dire ou faire ne pourrait me priver de cet amour. Quel merveilleux cadeau pour un enfant.

– Et cela ne rendait pas Luz jalouse ?

– Peut-être un peu. Mais Luz est comme Jérôme. Rien ne les touche vraiment très profondément. En revanche, je suis sûre que cela rendait ma chère grand-mère horriblement jalouse.

– Votre grand-mère ? Qu'est-ce qui vous fait penser cela ?

– Oh, ce ne sont pas les raisons qui manquent. Pourquoi cela devrait-il vous surprendre ? Les femmes restent femmes jusqu'au jour de leur mort. Quand leur mari est fort et beau, elles sont jalouses.

– Mais on m'avait dit que quand Luz et vous étiez enfants, votre grand-mère montrait beaucoup d'affection pour vous, et absolument pas pour Jérôme.

– De l'affection ? Elle n'a jamais connu le sens de ce mot. L'instinct de possession, oui, parce que nous lui appartenions au même titre qu'elle souhaitait que le monde entier lui appartienne. Quant à Jérôme, elle voyait en lui un homme à détester, tout comme elle voyait en moi une femme à jalouser. Le fait que nous soyons des enfants ne faisait aucune différence. Elle savait qu'on est enfant un jour et qu'on ne l'est plus le lendemain. Peut-être tout ceci n'était-il pas entièrement de sa faute. Elle était encore une enfant lorsque ses parents périrent en Argentine, aussi n'a-t-elle jamais connu leur tendresse ni leur affection. Tout ce qu'elle a connu c'était la fortune qu'ils lui laissaient et, je suppose, les hommes sans scrupule qu'attirait l'odeur de l'argent. Ce doit être une rude école pour une femme, surtout pour une femme qui ne peut compter sur sa beauté pour lui donner de l'assurance. Peut-on lui en tenir rigueur si cela lui a appris à voir chez tous les hommes des ennemis ? Ou si, finalement, cela l'a rendue aussi cupide et impitoyable qu'ils le sont eux-mêmes ?

– Votre grand-père mis à part.

– Par certains aspects, il n'était pas différent des autres. Il l'avait épousée uniquement pour son argent et s'est arrangé pour qu'elle ne l'oublie jamais. Quand elle lui reprochait ses liaisons avec d'autres femmes, il lui en parlait ostensiblement devant tout le monde. Non, il ne lui a jamais fait connaître l'amour. Il en avait à donner, mais pas à elle.

Ben se demanda par la suite s'il en allait de même pour Elissa. Avait-elle de l'amour à donner, ou ne restait-il à la place qu'un souvenir d'enfance enterré en même temps que son grand-père ? Elle avait vingt-sept ans (Jérôme avait trahi ce secret par inadvertance, un matin, pendant un parcours de golf au club des sports), et elle n'était pas encore mariée alors que, selon la coutume de Santo Stefano, elle aurait dû convoler depuis bien longtemps déjà. Pourquoi ? Sans doute sa famille représentait-elle un obstacle terrifiant à affronter pour un prétendant. A Santo Stefano, l'héritière d'une riche famille pouvait certes jouir d'une indépendance relative, mais elle devait néanmoins obtenir le consentement des siens quand il s'agissait du choix d'un époux. Dans le cas d'Elissa, qui n'était pas seulement une riche héritière mais également une jeune femme belle et intelligente, Victor Bambas-Quincy avait tout lieu de se montrer difficile sur le choix. Pour Luz, un petit chien de luxe comme Fontanas-Todd pouvait suffire, mais pour Elissa, seul conviendrait le meilleur parti possible; Et jusqu'à ce qu'elle-même et son père sans oublier sa grand-mère, se fussent mis d'accord sur le meilleur parti possible, le temps pouvait s'écouler indéfiniment sans qu'aucune décision fût prise.

Mais se pouvait-il également qu'Elissa, en s'isolant si complètement du monde qui l'entourait, fût devenue indifférente à l'idée même du mariage ? L'aptitude à témoigner de l'amour, le besoin d'y satisfaire par un mari et des enfants, pouvaient-ils s'être taris au point de ne plus exister chez une femme si jeune et si désirable ?

Ce qui rendait la réponse si aléatoire, Ben ne l'ignorait pas, était la connaissance trop limitée qu'il avait des coutumes locales. A New York ou chez lui, à Aurelia, un homme qui avait passé une semaine entière en compagnie de la même jeune femme était fondé à commencer une cour plus pressante : à lui tenir la main, à passer son bras autour de sa taille, à se séparer d'elle sur un baiser ; toutes choses qui n'étaient considérées que comme les signes conventionnels de l'intérêt porté à la dite jeune femme. Si elle choisissait de le repousser, ce serait sans lui en tenir rigueur. C'était seulement s'il ne lui donnait aucune raison de le repousser qu'elle pourrait lui en vouloir. Ben avait la conviction que la majorité des femmes qu'il connaissait aux Etats-Unis préféraient avoir à repousser chaque soir de la semaine des assauts par trop pressants plutôt que de se demander pourquoi aucun homme ne les jugeait dignes de telles entreprises.

Mais parce qu'il ne disposait d'aucun moyen de savoir quel était l'usage à Santo Stefano, il n'en avait aucun de juger si Elissa évitait tout contact physique par respect d'une convention locale ou par inhibition. Il n'en était pas moins vrai qu'au cours de la semaine écoulée il n'avait jamais réussi à faire mieux que d'effleurer ses doigts en une occasion et ce, de façon presque fortuite. Mais ce simple contact avait produit chez lui l'effet d'une décharge électrique et il ne pouvait croire qu'Elissa fût immunisée contre ce genre de choc. Et à part ce contact largement dû au hasard, elle était toujours parvenue à demeurer à distance suffisante. En même temps, son attitude témoignait d'une telle assurance, ses paroles d'une telle franchise qu'il n'avait nullement l'impression qu'elle ressentait de la froideur à son égard. Elle était séduisante sans rien céder à la coquetterie, si bien qu'il lui arrivait de se demander si en secret elle ne se moquait pas de lui, si elle ne faisait pas qu'attendre de sa part une initiative audacieuse qui lui eût permis de céder de bonne grâce au mâle conquérant. Il était possible qu'elle craignît de transgresser ses inhibitions mais qu'elle souhaitât qu'il l'obligeât à le faire. Peut-être. D'un autre côté, s'il parvenait à se convaincre de se livrer à une fausse manœuvre, il pouvait se retrouver dès le lendemain expulsé du pays avec armes et bagages et devrait alors expliquer à O'Harragh comment sa fatuité masculine avait fini par faire perdre aux Industries Maritimes un contrat d'une valeur de plusieurs millions de dollars. Ben pouvait sans peine imaginer la réaction de O'Harragh devant une explication de ce genre.

A la fin de cette semaine frustrante fut organisé le voyage sur le Victorica. M. Smith, avait dit Bambas-Quincy, y serait naturellement l'invité de la famille. Tous partiraient l'avant-veille de la Fête et voyageraient de nuit ; ainsi cela leur laisserait-il le temps de contempler les paysages des montagnes et d'observer de près la vie des indigènes qui habitaient le village tout proche de Chicamayo. Ce fut Elissa qui s'opposa à ce plan en suggérant que Ben et elle partent tôt dans la matinée plutôt que dans la soirée afin de pouvoir aller passer la journée sur la plage de Cordoba qu'il n'avait jamais vue. Cordoba se trouvait à la pointe nord de l'île et la famille y possédait une *cabãna*.

– Vous verrez, dit-elle, il est très agréable de s'y baigner. Vous ne vous êtes pas encore trempé dans notre océan, n'est-ce pas ?

– Non. Seulement dans la piscine du club.

– Alors vous aurez une surprise. Pendant *El Niño*, l'eau de mer est plus chaude que vous ne pouvez l'imaginer. De là, nous gagnerons très facilement le Victorica car la nuit il n'y a pratiquement pas de circulation sur cette route-là.

Bambas-Quincy, en s'opposant à ce plan, donna aux paroles d'Elissa un éclairage fort différent.

– Cette route n'est pas sûre la nuit. Elle longe la jungle et les bandits campent à proximité. Il y a déjà eu plusieurs incidents. Il serait préférable de se rendre à la *cabãna* de Cordoba une autre fois et de revenir en plein jour.

En fin de compte, comme Elissa demeurait indifférente à ses arguments, il céda d'un air maussade, et Ben eut l'impression que cette incapacité à imposer ses vues à sa fille ne datait pas de la veille ; et il se dit qu'il devait d'ailleurs en aller de même pour la plupart des pères dotés de filles aussi belles que déterminées.

Le lendemain, Elissa et Ben quittèrent la ville sur le coup de midi. Il savait par expérience que c'était là ce qu'elle appelait tôt le matin. Jusqu'à Playa de Hermanos la circulation fut lente ; la route était encombrée de bus bruyants et maladorants qui acheminaient leurs passagers vers l'endroit où allait se tenir la Fête et faisaient halte dans des villages de pêcheurs tout au long de la route pour y ramasser des familles entières emportant avec elles assez de nourriture et de matériel divers pour tenir un mois. A Playa de Hermanos, tous ces véhicules bifurquaient vers la gauche pour emprunter la route de Huanu Blanco qui les conduirait au pied du Victorica ; alors, Elissa et Ben n'eurent plus devant eux que les cent cinquante kilomètres de route déserte et accueillante menant à Cordoba. Voyager sur cette route avait quelque chose d'un rêve. Sur leur droite il n'y avait que la blancheur de la plage et une unique voie de chemin de fer ; sur la gauche, le vert impénétrable de la végétation tropicale. La voiture roulait presque en silence, augmentant progressivement son allure jusqu'à ce qu'elle eut rattrapé une jeep de l'armée qui filait bon train devant eux.

– Une patrouille, expliqua Elissa. Des petites embarcations viennent du continent pour ravitailler les bandits. Il faut les empêcher d'accoster sur ces plages. Parfois ce sont même des voitures qui leur apportent des armes de Port Buchanan. Personne ne peut dépasser une voiture de patrouille sur la route à moins d'en recevoir la permission expresse.

Elle se rapprocha peu à peu de la jeep jusqu'à ce qu'elle

fût suffisamment près pour en interpeller les occupants. Ben remarqua la mitrailleuse qui équipait le véhicule et nota que les quatre passagers étaient en tenue de combat. Le servant de la mitrailleuse attendit que la décapotable fût très près. Puis il montra les dents et fit pivoter l'arme dans leur direction, faisant semblant d'ouvrir le feu. Les autres occupants de la jeep le regardèrent faire en riant.

– Quelle bande de crétins, dit Ben.

– Ils ne pensent pas à mal, répondit Elissa en haussant les épaules.

– Je le sais bien. Mais quand j'étais dans l'armée on m'a appris à ne jamais viser personne à moins d'avoir vraiment l'intention de tirer.

– Oui, convint Elissa. Cela semble une ligne de conduite raisonnable.

D'un signe, elle demanda l'autorisation de passer, et le mitrailleur l'y autorisa d'un large geste du bras sans se départir de son rictus. Quelques instants plus tard la jeep était loin derrière et il n'y avait plus devant eux que l'horizon vers lequel convergeaient des lignes blanches, noires et vertes.

Ben sentait que le pied d'Elissa appuyait de plus en plus fort sur l'accélérateur. Il jeta un coup d'œil à l'indicateur de vitesse gradué en kilomètres-heure. Il indiquait plus de cent quarante et l'aiguille continuait à monter. Ben se livra à un rapide calcul lorsque l'aiguille atteignit le cent-cinquante. Cela dépassait nettement les quatre-vingt-dix miles à l'heure bien que la voiture lui parût rouler bien moins vite que cela. Ce qui était aussi trompeur ne tenait pas seulement à la formidable puissance de la voiture mais aussi à la route elle-même qui filait droit devant eux sans virages ni dénivellations. L'aiguille continuait à monter. Elle franchit la barre des cent-quatre-vingt à l'heure, se rapprocha de la limite du cadran. La voiture roulait maintenant à plus de cent-quinze miles à l'heure et Ben sentit son estomac se nouer sous l'effet de la peur. Elissa semblait visiblement inconsciente du danger que représentait une vitesse aussi élevée. Une tache d'huile sur la route, un fragment de liane tombé des arbres qui les dominaient... Il la regarda et vit que son visage n'exprimait absolument aucune tension. Ses traits étaient détendus, ses mains reposaient légèrement sur le volant. Etait-ce sa manière à elle de mettre Ben à l'épreuve ? Attendait-elle qu'il fît une observation, qu'il la priât de ralentir ? Et dans ce cas, apprécierait-elle sa prudence plutôt que son courage ?

L'aiguille lui apprit qu'ils frôlaient les cent-vingt miles à l'heure maintenant, ce qui, il n'en doutait pas, devait être la vitesse maximum dont la Facel Vega était capable. Le décor aux couleurs estompées semblait défiler tout autour d'eux alors que la voiture paraissait immobile, et cela pouvait se révéler une illusion extrêmement dangereuse.

– Vous feriez mieux de ralentir, dit-il.

– Pourquoi ?

– Parce que je vous le dis. S'il nous arrivait quelque chose, votre père m'en tiendrait pour responsable et je préfèrerais l'éviter.

– Croyez-vous vraiment qu'il s'en prendrait à vous ?

La voiture ralentit néanmoins et le décor reprit forme. Ben se rendit compte que son pied droit n'avait pas cessé d'appuyer désespérement sur le plancher de la voiture dans un simulacre de freinage et que ses orteils en étaient tout engourdis.

– Roulez-vous toujours aussi vite sur ce parcours ? demanda-t-il.

– Oui.

– Personne ne vous a jamais dit combien c'est dangereux ?

– Non. Personne avant vous n'a jamais fait cette route avec moi.

Ben n'aurait pu dire si elle était contrariée ou satisfaite qu'il fût intervenu.

A l'entrée de Cordoba, il y avait un camp militaire assez important ainsi qu'un terrain d'aviation. Au-delà s'étendait la ville, endormie sous les rayons du soleil ;

c'était visiblement une station balnéraire pour les nantis. Les maisons étaient immenses et, amarrés le long de la jetée, se trouvaient non des bateaux de pêche mais des vedettes de plaisance et deux ou trois cotres. Ben apprit que ces maisons, que l'on appelait *cabañas*, n'étaient occupées que pendant les fortes chaleurs de février, et quand il pénétra dans la *cabãna* de Bambas-Quincy, il constata avec un sentiment mitigé qu'elle était considérablement plus grande et mieux meublée que le domicile des Smith, à Aurelia.

Un couple d'Indiens assurait en permanence la garde de la propriété et l'homme fournit à Ben un maillot de bain et un peignoir qu'il sortit d'une armoire prévue à cet effet. Lorsqu'il émergea de la cabine, prêt à prendre contact pour la première fois avec le Pacifique, Ben fut surpris de constater qu'Elissa ne s'était pas mise en tenue de bain et qu'elle ne manifestait aucune intention d'aller se plonger dans l'eau. Il avait jusqu'alors caressé l'idée qu'en maillot de bain elle serait moins armée pour lui résister, plus ouverte à la suggestion, et ce fut pour lui une déception de la trouver revêtue de la même armure et plus séduisante que jamais avec ses jolies lunettes de soleil et son chapeau de paille enrubanné.

Lorsqu'il protesta qu'il ne trouverait aucun plaisir à nager seul, elle lui répondit de telle sorte que le débat fut clos :

– Si. Bien sûr que si. Autrement nous ne serions pas venus.

Une rangée de dunes bordait la plage vers le nord jusqu'au phare qui se dressait au-dessus du promontoire. Au pied des dunes le couple d'Indiens installèrent leurs affaires. Elissa prit place sur une chaise longue, abritée sous un parasol de couleur voyante, tandis que Ben pataugeait dans l'eau. Les vagues de l'océan lui inspiraient cette méfiance propre à l'homme des grandes plaines, et la hauteur des rouleaux surmontés d'écumes qui le dominaient ne faisaient rien pour la dissiper. Mais une fois qu'il eut dépassé les brisants et qu'il fut arrivé en eau profonde, il s'aperçut qu'il flottait pour ainsi dire dans un bain chaud et salé. Cela lui procura une sensation d'engourdissement, d'assoupissement et il se laissa bercer, profitant de cet état de semi-somnolence et pensant en même temps aux eaux du Léthé qui apportaient l'oubli.

Quand il retourna auprès d'Elissa, il la trouva endormie dans sa chaise longue, le bout des doigts enfoncés dans le sable à côté du livre qui était tombé de sa main. De la regarder ainsi chassait toute paix de son âme. Quand deux êtres pouvaient passer ensemble de manière si agréable une semaine entière, pourquoi fallait-il qu'ils se séparent et aillent chacun de leur chemin ? Pourquoi donc ?

Il n'y avait jamais réfléchi de la sorte. Allongé dans sa chaise longue, les yeux clos, il laissa libre cours à ses pensées. S'il pouvait obtenir le contrat pour le compte des Industries Maritimes, il gagnerait beaucoup d'argent. Pour Bambas-Quincy cela ne représenterait peut-être pas grand chose, mais si l'on y regardait de façon logique ce serait suffisant pour faire vivre une épouse fort convenablement. Il deviendrait cadre supérieur à la tête d'une succursale installée à San Francisco, une ville que, sous tous les rapports, Elissa elle-même trouverait certainement à son goût. Et de plus, il était indiscutable que non seulement Elissa mais également sa famille le considéraient d'un œil favorable. Tout l'indiquait. Il était devenu son chevalier servant et mis à part les efforts de Juana pour jouer les *duenna* il pouvait se trouver seul avec elle à tout moment. Il n'était d'ailleurs pas sans penser qu'il s'agissait là d'un honneur insigne. Ainsi, tout se ramenait à deux questions. Réussirait-il à obtenir le contrat ? Et si oui, Elissa prendrait-elle au sérieux sa demande en mariage ?

Plus tard, les gardiens leur apportèrent un panier rempli de nourriture et une bouteille de vin glacée, et tandis qu'ils mangeaient, Ben amena sans en avoir l'air la conversation sur San Francisco. Oui, lui répondit Elissa, elle en avait beaucoup entendu parler. Jérôme connaissait bien cette ville et son père y était allé. Tous deux l'avaient trouvée superbe.

– Je suis heureux de vous entendre parler ainsi, dit Ben. Si votre père signe avec ma société, c'est là-bas que je m'installerai.

– En ce cas, j'espère qu'il signera, dit Elissa en souriant.

Ben insista.

– D'après ce que vous en avez entendu dire, croyez-vous que vous pourriez y être heureuse ?

Elle parut comme foudroyée par sa question, resta silencieuse un long moment, la bouche crispée.

– Je n'en sais rien, murmura-t-elle enfin. Comment pourrais-je le savoir ?

– Evidemment, admit-il, vous ne pouvez pas le savoir avant d'y être allée. Mais pourquoi le simple fait d'en parler vous trouble-t-il à ce point ? Ai-je dit quelque chose...

– Non, non. Vous n'avez rien dit qui puisse m'offenser. Comment le pourriez-vous ? Ne vous rendez-vous donc pas compte de votre propre gentillesse ? Vous êtes l'une des personnes les plus attentionnées et les plus prévenantes qu'il m'ait été donné de rencontrer. Il m'arrive simplement parfois d'être un peu bête. Une question toute simple peut suffire à me laisser sans voix. Mais ce n'est pas de votre faute à vous.

Ils restèrent sur la plage jusqu'au coucher du soleil, quand le phare commença à adresser son signal intermittent vers le large, et quittèrent Cordoba à la nuit tombée. Dès qu'ils eurent dépassé le camp militaire brillamment éclairé, Elissa conduisit vite, quoique cette vitesse restât sans comparaison avec celle du début de l'après-midi. Il faisait frais maintenant, et l'humidité qui montait de la végétation luxuriante bordant la route se condensait en gouttelettes sur le pare-brise. Cela allait être agréable de rester dans les montagnes durant quelques jours, dit Elissa. L'air y était toujours clair et sec.

Probablement était-ce pour cette raison que les Indiens du Victorica semblaient vivre éternellement alors que dans les villes et les plaines ils n'avaient qu'une existence éphémère.

A mi-chemin entre Cordoba et Playa de Hermanos les feux arrière d'une voiture apparurent devant eux sur la route, et lorsqu'ils s'en approchèrent, Ben vit dans le faisceau des phares de la Facel Vega une jeep de patrouille armée de l'habituelle mitrailleuse.

– Faites seulement un appel de phares pour les rassurer sur nos intentions, dit-il à Elissa. Ne vous rapprochez pas davantage tant qu'ils ne nous auront pas fait signe de passer.

Elle suivit docilement ses directives, mais aucun signe ne leur fut adressé. Les deux soldats qui se trouvaient sur le siège arrière de la jeep, la main en visière au-dessus des yeux, s'efforçaient visiblement sans succès d'identifier la grosse voiture. Quand Elissa, dans un mouvement d'impatience, se rapprocha soudain de la Jeep, Ben posa sa main sur la sienne pour la calmer.

– Nous avons tout notre temps, lui dit-il.

Au même instant tout parut englouti dans un immense rideau de flammes tandis que retentissait le fracas d'une explosion. La jeep fut projetée en l'air dans un mouvement comme ralenti avant de venir s'écraser sur le flanc en travers de la route, se transformant en un brasier monstrueux.

– Ne vous arrêtez pas, hurla Ben cependant que la Facel Vega recevait le souffle de l'explosion. Demi-tour, bon Dieu ! Faites demi-tour !

Il se saisit du volant et voulut braquer à fond mais Elissa était figée d'horreur et son pied écrasa la pédale de frein. La voiture s'immobilisa perpendiculairement à la route à moins de trente mètres de la carcasse embrasée de la jeep. Ils n'eurent pas le temps de redémarrer. Des silhouettes diffuses jaillirent du couvert bordant la route et les entourèrent. La lame brillante d'une *machete* fut posée à plat en travers du volant. Le canon d'une carabine s'enfonça brutalement dans les côtes de Ben. L'un des hommes en treillis (un adolescent, en fait), qui brandissait un pistolet, coupa le moteur et empocha la clef de contact. Puis il aboya un ordre en espagnol.

– *No comprendo,* dit Ben. Je ne comprends pas ce que vous dites. Je suis *norteamericano.*

L'adolescent pointa le pistolet dans sa direction.

– *Norteamericano,* hein ? Eh bien, levez les mains et ne bougez plus. La femme non plus.

Il avait dit cela dans un anglais presque dépourvu d'accent.

Ils restèrent ainsi tandis que l'adolescent examinait le contenu du portefeuille de Ben et du sac d'Elissa. Les permis de conduire retinrent son attention.

– Ben Smith, lut-il à voix haute, et Elissa Maria Carlotta Bambas-Quincy. Les Bambas-Quincy, hein ?

Il se tourna vers les hommes qui l'entouraient et s'adressa à eux en dialecte *quechua.* Tous éclatèrent d'un rire bruyant et Ben en eut le frisson.

– Ecoutez, intervint-il, vous voyez bien que cette dame ne peut pas vous nuire. Laissez-la donc partir et faites de moi ce que vous voulez. Cela paraît raisonnable, non ?

– Vous nous suggérez de la relâcher en échange du privilège de vous abattre ?

La gorge de Ben se serra mais il parvint néanmoins à articuler :

– Si c'est cela que vous voulez.

– Quelle galanterie. Et quelle stupidité. Bon, nous allons en discuter. Vous, le héros, baissez les bras et suivez-moi. La femme restera ici. De toutes manières elle ne peut s'enfuir nulle part, alors autant qu'elle profite d'un peu de confort pendant que nous statuons sur son sort.

Il donna des ordres à ses compagnons et ils s'éloignèrent, les uns pour examiner la jeep en flammes ainsi que les cadavres étendus alentour, les autres pour aller s'accroupir aux aguets le long de la route en laissant quelques mètres entre eux. Bien qu'ils fussent une troupe loqueteuse, ils semblaient très disciplinés. Ils étaient six ou sept en plus du chef et portaient des treillis aussi usés que le sien ; c'étaient des Indiens à demi-nus dont la peau huileuse reflétait les lueurs des flammes. Aucun ne demeura pour surveiller Elissa qui était restée immobile derrière le volant, les yeux fixés droit devant elle. Il était superflu de la surveiller : elle était manifestement tout près de s'évanouir.

Sous la menace de son pistolet, le chef conduisit Ben sur le bas-côté de la route à une certaine distance des autres. Là, il demeura longtemps face à son prisonnier sur lequel il maintenait braqué son pistolet tout en se mordant les lèvres en signe de perplexité.

– Voilà qui est fort ennuyeux, dit-il enfin. C'est une situation extrêmement délicate.

– Surtout pour moi, dit Ben en s'efforçant de sourire.

– Pour moi également. Voyez-vous, nous avons tous deux un ami commun que j'estime beaucoup. Il est donc absolument déplorable que nous ayons été amenés à nous rencontrer en pareilles circonstances.

– Certes, mais je ne vois pas de qui vous voulez parler.

– Je crois que si. Je ne veux pas citer de nom mais je vous dirai simplement que la Calle Indios est une rue qui ne manque pas d'intérêt pour un touriste qui visite notre île. Cependant, je vous avertis : ne répétez jamais aux autorités la remarque que je viens de faire ni les conclusions que vous pourriez en tirer. Si quoi que ce soit arrivait à cette personne (l'adolescent leva son arme à bout de bras et en appuya le canon d'acier glacé sur le front de Ben), vous n'échapperiez pas à ceci, où que vous vous trouviez. Vous avez bien compris ?

– Oui.

– Parfait, dit-il en abaissant lentement son pistolet. Ne perdez pas non plus de vue que si vous vous décidiez à révéler aux autorités que vous connaissez notre ami commun, vous seriez considéré comme suspect. Aussi avez-vous toutes les raisons de garder le silence sur la Calle Indios. C'est tout à fait clair, n'est-ce pas ?

– Tout à fait.

Le chef hocha la tête avec satisfaction.

– Et vous ne vous rappelez toujours pas de m'avoir déjà vu ?

– Non.

– J'ai donc sur vous cet avantage. Il est bien difficile de procéder à des présentations quand on ne peut se servir des noms des personnes en présence, mais je vais le faire en vous précisant que je suis capitaine des forces armées au service du Parti de la Résistance et que ces hommes constituent une patrouille en mission de combat. Vous nous avez pris pour des assassins et des voleurs. Il n'en est rien, croyez-moi. Nous sommes des membres de l'armée populaire en lutte contre l'oppression d'un gouvernement réactionnaire. En tant qu'officier de cette armée, conclut-t-il non sans fierté, vous pouvez me dire mon capitaine.

– Avec plaisir, dit Ben. Et maintenant, si vous n'y voyez pas d'inconvénient, mon capitaine, pourriez-vous ranger votre arme ? Vous pouvez me faire confiance, je n'ai pas l'intention de tenter quoi que ce soit.

Le pistolet resta imperturbablement braqué sur lui.

– Ceci est la meilleure façon de m'en assurer. Mais il n'y a pas lieu de vous inquiéter. Cela fait trois ans que je porte une arme jour et nuit. Je sais les manier.

– Trois ans ? Votre guerre dure depuis si longtemps que ça ?

– Elle dure depuis bien plus longtemps. Et elle continuera jusqu'à notre victoire finale. Le temps, bien sûr, est notre allié. Si je ne suis plus là pour célébrer la victoire finale, mes enfants le feront pour moi.

– Mais quel genre de guerre cela peut-il bien être ? On n'en parle même pas dans les journaux. Depuis mon arrivée je n'ai pas lu un seul mot la concernant.

– C'est là la politique de la presse réactionnaire. Ils refusent d'appeler le Parti de la Résistance par son nom, pour ne pas parler de ses activités. Ils usent de leur silence comme d'une arme contre nous. Un service que vous pourriez nous rendre en échange de votre sauf-conduit serait de faire savoir que l'armée de la Résistance est responsable de la destruction d'une patrouille réactionnaire. Pas des bandits, comme la propagande officielle voudrait le faire croire, mais bel et bien la Résistance. J'apprécierai beaucoup votre geste.

– Je ferai ce que je pourrai, assura Ben que le tour pris par la conversation autorisait à respirer un peu plus librement.

– Nous verrons bien. Je n'ignore pas que la mission qui vous a amené dans notre pays est synonyme d'alliance commerciale avec l'oligarchie locale. Vous ne pouvez pas vous permettre de dire tout ce que vous voulez. Cela va de soi.

– Alors peut-être la propagande n'est-elle pas l'apanage de vos seuls adversaires ? Pour moi, ma mission a pour but de bénéficier à votre pays tout entier. Ce sont les mots exacts prononcés en ma présence par le directeur de ma compagnie à New York.

– Je n'en doute pas. Notre classe dirigeante emploie le même langage, répondit le capitaine en relevant son arme de façon éloquente, et nous dialoguons maintenant par l'intermédiaire de ceci.

Ben comprit qu'il n'était pas d'humeur à discuter. Non qu'il pût y avoir, dans le meilleur des cas, de véritable discussion alors qu'une arme était tenue prête à servir d'argument décisif.

L'un des hommes en treillis s'approcha et s'adressa en espagnol au capitaine.

– Nous n'avons pas de chance, dit celui-ci à Ben. Le lieutenant me signale que la mitrailleuse est complètement détruite. Vraiment pas de chance. Elle nous aurait rendu d'immenses services. D'autre part, l'un des soldats, quoique grièvement blessé, est toujours en vie. Allons voir.

Ils s'approchèrent de la carcasse de la jeep. Elle brûlait encore mais les flammes s'amenuisaient et l'on apercevait la lueur rouge du métal surchauffé. A quelques pas de là, les corps des occupants avaient été disposés côte à côte, bien alignés sur le dos. L'un d'eux, horriblement brûlé entre la taille et les pieds, avait encore de légers tressaillements et, quand ils se penchèrent sur lui, ses paupières battirent sur des yeux aveugles.

Le capitaine se redressa avec résignation.

– Il n'y a rien que nous puissions faire. C'est comme s'il était mort, de toute façon.

Un seul regard avait été plus que suffisant pour Ben. Quand il parla au capitaine, il prit grand soin de détourner ses yeux du spectacle.

– Mais il nous reste peut-être encore assez de temps pour l'aider. Si nous le mettions dans la voiture, je pourrais l'emmener chez un docteur à Playa de Hermanos.

Le capitaine secoua la tête.

– Est-ce la première fois que vous voyez quelqu'un de brûlé à ce point ? Dans cinq minutes tout sera fini. Et même si miraculeusement il pouvait être ramené à la vie comme Ajaxa, il est préférable qu'il meurt sans quoi il pourrait revenir animé d'un esprit de vengeance et reprendre les armes contre nous. Faire en sorte que cela soit possible serait illogique de notre part, non ?

– Mais a-t-il choisi de vous combattre ? Il a sûrement été appelé sous les drapeaux.

– Au même titre que moi et que le lieutenant également. Mais quand nous avons appris à nous servir de nos armes, nous avons décidé quelle cause elles devaient défendre. Tout homme possède la liberté du choix si le prix qu'il lui faut payer pour cela ne constitue pas pour lui un facteur déterminant. Je refuse de perdre mon temps à m'apitoyer sur ceux qui ont fait le mauvais choix. Maintenant, il est temps que vous partiez, vous et la femme. Avez-vous des réserves d'eau et d'essence dans la voiture ?

– Oui.

– Nous en avons besoin. Veuillez je vous prie apporter le tout à mes hommes, là-bas.

Sa mission accomplie, Ben constata à son retour que le lieutenant parlait tout bas à son supérieur sur un ton passionné. Il trouva cela fort inquiétant. Et quand il vit le capitaine acquiescer de la tête à ce que son second lui disait, tout son courage l'abandonna.

Le capitaine se tourna vers lui et lui dit, accompagnant ses mots d'un mouvement bref imprimé au pistolet :

– Maintenant, demandez à la femme de descendre de la voiture.

– Pourquoi ?

Le capitaine désigna de la tête son subordonné qui semblait se pourlécher à l'avance.

– Parce que cet officier s'intéresse aux voitures et qu'il n'en a jamais vu de semblable. Il désire la conduire un petit peu. Mes hommes et moi allons l'accompagner et nous serons de retour d'ici quelques minutes. Je vous conseille de rester bien sagement ici.

Lorsque Ben expliqua la situation à Elissa et l'aida à descendre de la voiture elle se cramponna faiblement à lui en murmurant :

– Restez avec moi. Ne les laissez pas me toucher.

Il la sentait secouée de frissons incontrôlables. Il maudit ce tour du destin auquel il devait seul, finalement, de la tenir ainsi serrée contre lui, et répondit :

– Ils ne vous toucheront pas. N'ayez pas peur, vous n'avez rien à craindre. Je vous protègerai.

Ils demeurèrent ainsi tandis que le lieutenant radieux s'installait derrière le volant, et que les autres s'entassaient dans la voiture. Quand la Facel Vega démarra dans un cahot et disparut, l'obscurité de la nuit retomba sur eux, atténuée par les flammes qui se manifestaient de manière irrégulière sous la jeep. Même s'ils avaient voulu s'enfuir, Ben savait qu'ils ne pouvaient aller nulle part. Cernés par la plage d'un côté et par la jungle de l'autre, il leur faudrait rester sur la route ; et qui pouvait savoir quels autres groupes rôdaient dans le secteur ? Cette fois-là, le chef risquait fort de ne pas partager avec lui la connaissance de ce mystérieux ami de la Calle Indios qui, sans le savoir, leur avait sauvé la vie. Deux coups de chance pareils au cours de la même nuit était plus que les lois des probabilités ne permettaient d'espérer. Il était certain que le capitaine avait fait allusion à Juliana Aguilar, mais il en venait également à se demander si Chapin ne faisait pas lui aussi partie de tout cela. C'était quelqu'un de difficle à cerner. Tout ce que Klebenau et Chapin lui-même avaient dit indiquait qu'ils se désintéressaient de la politique, mais ne s'en étaient-ils pas défendus trop fort ? Un artiste qui avait appris son métier de révolutionnaire tels que Orozco et Rivera pouvait également apprendre d'eux bien d'autres choses, et, s'il était suffisamment malin, s'arranger pour le cacher le plus possible. Mais Chapin était-il malin à ce point ? Ou était-ce ce roublard de Klebenau qui lui avait indiqué la route à suivre ? Il était difficile de croire à une ruse de la part du peintre. En revanche, il était extrêmement facile de croire à n'importe quoi de la part de Klebenau.

La voiture fut de retour cinq minutes plus tard. Aussitôt qu'elle se fut arrêtée, ses passagers en descendirent, s'alignèrent sur le bord de la route et seuls les deux officiers s'attardèrent près du véhicule. Le lieutenant avait l'expression heureuse et éblouie d'un homme qui vient de connaître l'orgasme.

– Magnifique, dit-il à Ben en tapotant la carrosserie de la voiture avec tendresse, magnifique.

Puis il tapota l'épaule de Ben avec tout autant de tendresse.

– *Mucho gracias,* dit-il avec chaleur avant d'aller rejoindre ses hommes.

Le capitaine garda le silence tandis que Ben aidait Elissa à monter dans la voiture puis se glissait derrière le volant. Alors, tout à coup, sur un ton insultant, il s'adressa à la jeune femme en quechua, et Ben sentit qu'elle se raidissait. Ensuite, lorsque Ben appuya sur l'accélérateur, l'adolescent lui fit un salut militaire.

– Rappelez-vous, dit-il, c'est de la part de la Résistance.

Il disparut rapidement derrière le squelette calciné de la jeep.

En fonçant vers Playa de Hermanos, Ben avait désormais l'impression que les bas-côtés de la route dissimulaient maints dangers. C'était comme de se réveiller d'un cauchement dans une pièce sombre dont les coins cachent d'autres cauchemars qui attendent leur tour pour surgir. Soudain la main d'Elissa se posa sur la sienne et l'étreignit avec force.

– J'ai tout vu, murmura-t-elle. Quand il vous a emmené et qu'il a appuyé son pistolet sur votre front. J'ai tout vu dans le rétroviseur. C'est votre courage qui m'a redonné courage à moi aussi.

– J'en suis heureux, mais à vrai dire, j'avais une peur bleue.

– Non. Malgré le pistolet contre votre front vous n'avez pas cessé de sourire. C'est pour cela qu'il n'a pas pu vous tuer. Ces gens-là sont incapables de tuer quelqu'un de courageux qui les regarde droit dans les yeux. Il s'est rendu compte trop tard qu'il était tombé sur quelqu'un qui n'avait pas peur de lui.

C'était là une interprétation extrêmement flatteuse, quoique inexacte, de la scène, et Ben ne ressentit nullement l'envie de rétablir la vérité.

– Que vous a-t-il dit au moment où nous avons démarré ?

Elissa hocha violemment la tête.

– Rien. Une injure. Quelque chose de très vulgaire. Mais que peut-on attendre d'autre d'un sauvage comme lui ?

Ses ongles s'enfoncèrent convulsivement dans la chair de Ben. Elle ajouta :

– Je vous en prie, je ne veux plus en parler.

D'après sa réaction il voyait bien le genre d'obcénité que le capitaine avait dû lui adresser.

– Entendu, changeons de sujet. Verriez-vous un inconvénient à ce que nous parlions de quelque chose qui s'est passé pendant que nous étions sur la plage ?

– Non.

– Vous le pourriez, mais je voudrais éclaircir tout ça. En fait, il faut que je le fasse pendant que j'en ai encore le temps, et je ne rencontrerai peut-être plus jamais une aussi bonne occasion. Quand je vous ai demandé s'il vous plairait de vivre à San Francisco, avez-vous compris ce qu'en réalité j'essayais de vous dire ?

– Oui.

– Vraiment ?

– Je suis une femme. N'importe quelle femme aurait compris que vous me demandiez de vous épouser et d'aller vivre avec vous à San Francisco.

– A condition que l'affaire pour laquelle je dois traiter avec votre père réussisse.

Elissa le regarda d'un air incrédule :

– Est-ce ainsi que vous envisagez les choses ? D'abord le contrat d'affaires, puis le contrat de mariage ?

Il fallut un moment à Ben pour prendre conscience de tout ce que ces mots impliquaient. Il en resta anéanti. En toute innocence elle avait cru qu'il lui proposait un mariage de convenance. Mais pouvait-il en être autrement ? A Santo Stefano, tout homme intelligent et sain d'esprit ne pouvait envisager le mariage qu'à des fins pratiques. Si sa femme lui plaisait, tant mieux, mais l'essentiel résidait dans une alliance avec la puissance et la richesse. Et y avait-il alliance plus souhaitable qu'une union avec la famille la plus riche et la plus puissante du pays ?

Ben se sentit rougir de honte à la pensé du rôle qu'on avait dû lui prêter au cours de la semaine écoulée. Non seulement Elissa mais chacun des Bambas-Quincy et jusqu'à la servante indienne avaient dû penser la même chose. De toute évidence, ce rusé *norteamericano* cherchait à gagner les faveurs du roi en courtisant l'Infante. Avec un peu de chance, en l'épousant, il assurerait le succès de sa mission. C'était vraiment très intelligent : une cérémonie nuptiale et le monde lui appartenait. Quelle habileté, surtout quand on savait que la jeune femme elle-même était des plus séduisantes.

– Pourquoi ne dites-vous rien ? s'enquit Elissa. A quoi pensez-vous ?

Et quand il lui eut exposé sans ménagement ce à quoi il pensait, elle protesta :

– Mais je n'avais aucunement l'intention de vous insulter. Je sais que vous m'aimez beaucoup. S'il en allait autrement, je ne serais pas ici.

– Cela ne change rien : vous avez effectivement cru que je désirais vous épouser dans le but de réaliser une bonne affaire.

– Dans le but d'améliorer votre position sociale, oui. Pourquoi employez-vous ce ton pour en parler ? Vous ressemblez au Père Bibieni quand il parle de la Fête de la Corde. Quel mal y a-t-il à ce qu'un homme cherche à améliorer sa situation par le mariage ?

– Evidemment ce n'est pas un péché. Mais dans mon pays on appelle ceux qui le font des coureurs de dot. Ces mots ont une connotation extrêmement péjorative.

– Comme vous êtes puéril par moments, soupira Elissa. Je connais cette expression et le sens qu'on lui donne aussi bien que vous. Croyez-moi, elle ne peut en aucun cas s'appliquer à vous, et je vous dis cela en toute sincérité. Cette excuse sera-t-elle suffisante à me faire pardonner mes épouvantables pensées ?

– Soit. Mais vous n'avez toujours pas répondu à ma question. Qu'en dites-vous ?

Elle parut mal à l'aise.

– Pourquoi faut-il absolument en décider maintenant ? Je dois d'abord en parler à mon père.

– Afin qu'il décide à votre place ?

– Non, mais c'est la coutume ici.

– Et votre grand-mère ? Allez-vous également lui demander son avis ?

– Elle aussi sera consultée. Il est difficile de faire autrement.

Ben comprit qu'il devrait se contenter de cette réponse jusqu'à ce que le verdict soit rendu, lequel règlerait très certainement du même coup l'affaire du contrat des Industries Maritimes. Des conventions féodales régnaient encore sur Santo Stefano : l'amour et les affaires y étaient inséparables et ce qu'il pourrait dire ou faire n'y pourrait rien changer. Dans ce cas, décida-t-il, il ne lui restait plus qu'à se résigner à cette situation et, puisque les auspices lui paraissaient aussi favorables en amour qu'en affaires, sa résignation était rien moins qu'optimiste lorsqu'il atteignit la ville de Playa de Hermanos.

Le camp militaire servait de terminus aux patrouilles venues de Cordoba. Il se composait d'un bâtiment administratif, d'un cantonnement et d'un garage, le tout commandé par un petit colonel trapu qui ressemblait à un tonneau. Cet homme connaissait fort bien son métier et associait une grande efficacité à une politesse remarquable. Avant que Ben n'eût le temps de terminer son récit, une ambulance et un camion plein de soldats avaient déjà reçu l'ordre de prendre la route de Cordoba, et Elissa s'était vu offrir l'usage du téléphone qui se trouvait dans les quartiers personnels du colonel afin qu'elle puisse expliquer à son père ce qui s'était passé.

A la fenêtre, Ben et le colonel regardèrent le camion disparaître dans la nuit.

– Inutile, évidemment, fit remarquer l'officier. Ces chacals sont à présent en sûreté dans leur repaire et il est impossible de les y enfumer pendant la nuit. Il nous faut cependant faire pour le mieux. C'est une situation ridicule, n'est-ce pas, d'en être réduit à la défensive en face de brigands ?

– Pas s'ils manœuvrent comme des guerilleros bien entraînés. Ils m'ont enjoint de bien faire comprendre aux autorités qu'ils appartenaient à l'armée de la Résistance.

– Vraiment ? Eh bien, à présent, je dois vous demander, M. Smith, de ne pas répéter ceci en dehors de cette pièce, et même de ne pas relater votre aventure. Vous nous avez averti d'un accident qui s'est produit sur la route, un point c'est tout. Sinon vous feriez office de moyen de communication au service d'une bande de déserteurs, de forçats évadés et d'Indiens sans foi ni loi. Ne vous y trompez pas. Ces hommes ne constituent pas plus une armée que les forces qui, dans votre propre pays, se sont autrefois attaquées à la ville de Chicago sous les ordres du redoutable M. Capone. Vous voyez, j'ai une connaissance historique approfondie de ce genre de mouvements. Il le faut bien, si l'on veut les combattre avec efficacité. Maintenant, assez parlé de tout cela. Cette jeune dame et vous-même devez vous joindre à moi pour porter un toast à la Fête avant de poursuivre votre route. Il est tard et le trajet à travers nos montagnes n'est pas facile.

Elissa resta longtemps au téléphone. Quand elle revint elle sembait avoir grand besoin du verre qui lui était offert. Le colonel écarquilla les yeux en la voyant boire la moitié de son excellent cognac sans reprendre haleine.

– Une potion magique, remarqua-t-il en levant bien haut son propre verre pour admirer les reflets dorés du liquide. Existe-t-il autre chose sur terre qui soit capable de fortifier les faibles aussi promptement que d'affaiblir les forts ?

10

Ben fut réveillé le lendemain par un bruit de pas furtifs. Encore abruti de sommeil il demeura allongé les yeux fermés, se demandant où il se trouvait. Mais l'éclat de la lumière du soleil frappant soudain ses paupières lui rendit sa pleine conscience en même temps qu'il éprouvait un sentiment d'intense jubilation. Il était l'invité de Victor Bambas-Quincy sur le Victorica et, pour son hôte, un héros dans toute sa gloire. Quoi qu'Elissa eût raconté d'autre à son père quand elle l'avait appelé de chez le colonel, cela elle le lui avait bien fait comprendre et le résultat avait été grandiose.

La route de montagne s'était révélée aussi difficile à négocier que l'avait annoncé le colonel : toute en montées et en descentes de fort pourcentage, elle se composait d'une succession de virages en épingles à cheveux, et les silhouettes enveloppées dans des couvertures qui étaient allongées sur le bord de la chaussée n'avaient pas facilité les choses. Ils étaient arrivés à destination bien après minuit, complètement harassés, et tout le monde les attendait sous la porte-cochère de la maison. Pendant un long moment, Bambas-Quincy avait été incapable de prononcer un mot. Il avait serré sa fille contre lui et l'on pouvait juger de son bouleversement à la façon dont il la berçait d'avant en arrière tandis qu'elle le laissait faire sans résister. Puis, lorsque sa mère et sa vieille servante Juana eurent emmené Elissa vers sa chambre, il avait pareillement étreint Ben comme s'il avait voulu l'étouffer, et cela sans jamais cesser de lui tapoter affectueusement le dos. Il n'avait retrouvé l'usage de la parole que plus tard, dans la maison, au milieu des invités en émoi, et avait enfin eu ce cri du cœur :

– Dieu merci, c'était vous. Personne d'autre n'aurait pu la sauver. Je vous jure que personne d'autre n'aurait pu la ramener vivante et indemne.

Le silence s'installa dans la chambre et Ben ouvrit les yeux : il aperçut Juana, debout à côté du lit, qui le regardait. Jusqu'alors, son expression de noire méfiance l'avait invariablement agacé, et il fut gêné de trouver sur son visage cet air de dévotion que les chiens réservent à leur maître. Se redressant sur le lit, il demanda :

– Comment va Mlle Elissa ?

– Elle dort. Elle n'a pas pu trouver le sommeil cette nuit mais le docteur Mola lui a donné quelque chose et maintenant elle dort. Elle va bien. C'est grâce à vous, à vous et pas à elle.

Sa voix avait pris un ton de légère réprimande et, avant qu'il eût pu retirer sa main, elle s'en empara et la pressa sur ses lèvres flétries.

– Que les dieux vous donnent longue vie et de nombreux fils !

Ben eut de la peine à libérer sa main.

– Très bien, dit-il, j'espère qu'ils vous entendront. Mais arrêtez s'il vous plaît, je n'aime pas cela.

– De nombreux fils. Voici votre robe de chambre et vos mules. J'ai défait votre *valija* et rangé vos vêtements dans ce placard. L'autre porte donne sur la salle de bains. Si vous voulez, je vais vous préparer un bain.

– Non, je peux m'en occuper moi-même. Ne croyez-vous pas que vous devriez rester auprès de Mlle Elissa ?

– Je veux d'abord faire le lit.

Ben se dit alors qu'Elissa et lui avaient peu de chance de connaître des problèmes de domestique à San Francisco. Il abandonna le lit à Juana, enfila sa robe de chambre et se dirigea vers la fenêtre pour contempler le panorama. C'était une vue d'une beauté à couper le souffle. Un immense plateau se nichait entre deux hautes cimes, et la maison dominait les eaux bleu indigo d'un lac sur lequel le pic le plus à l'est étendait son ombre. D'autres propriétés dont les pelouses descendaient jusqu'aux berges étaient visibles au milieu de bosquets de résineux et de hêtres. Au-delà du lac s'étendait une vaste plaine qui ondulait paisiblement en vagues vertes au gré de la brise matinale et, au loin, abrité par la cime située à l'ouest, se blottissait un village de huttes. A l'exception des minces filets de fumée qui s'en échappaient, il évoquait, à cette distance, ce genre de village miniature que les enfants construisent parfois à l'aide de morceaux de carton.

Un bruit familier et agréable parvint à ses oreilles. Il se pencha au dehors et aperçut tout près de la maison une partie des invités qui faisaient assaut de dextérité avec leurs clubs de golf. Il y avait là Jérôme ainsi que Luz et son mari, et, entre autres, Salazar, Santa Cruz, Taliaferro et Blas Miralanda. Du groupe du club des sports, seul Alden-Aragone était absent. Sans doute l'aide qu'il avait apportée publiquement à Chapin n'y était-elle pas étrangère, supposa Ben. Victor Bambas-Quincy n'était pas homme à oublier ou pardonner aussi facilement. Tandis qu'il les observait, Blas posa sa balle sur le tee puis effectua un swing avec des gestes empreints d'une maladresse féminine. La balle roula doucement à deux ou trois mètres du tee, et l'incorrigible Santa Cruz éclata d'un rire qui devait s'entendre de l'autre côté du lac. Toute cette scène avait un certain aspect prévisible et Ben eut le sentiment qu'il se trouvait chez lui au milieu de tous ces gens. Il se fût considéré comme comblé si la pensée de la Fête macabre à laquelle il allait devoir assister le lendemain n'était venue jeter une ombre sur son euphorie.

Il appela Juana et lui désigna le village, au loin.

– Est-ce là-bas que la Fête aura lieu ? Dans ce village ?

– C'est Chicamayo. Tout près se trouve l'emplacement de la Fête. Et là c'est le Lac Chicamayo dont l'eau est très froide.

– Alors qu'est-ce que le Victorica ? Cette montagne ?

– Non, non. Tout ce que vous voyez ici est le Victorica, dit la vieille femme en balayant du geste le panorama. Tout ceci est la demeure des dieux. Maintenant je dois partir. Si vous désirez quelque chose, un domestique répondra à votre coup de sonnette.

Il se débrouilla fort bien sans domestique et, avec un solide appétit pour le petit déjeuner, il descendit le large escalier qui conduisait au rez-de-chaussée de la maison. Les portes de la salle à manger étaient ouvertes. Il s'en approcha puis s'arrêta net. Une voix avait frappé ses oreilles, une voix basse, grave, forte et déclamatoire, absolument impossible à confondre avec aucune autre. Max Klebenau ! Némésis présente dans le camp ennemi et, à en juger par le ton, livrant ouvertement bataille.

Il était trop tard pour que Ben pût revenir en arrière. Victor Bambas-Quincy l'avait aperçu et s'était levé pour le saluer. Les autres personnages qui se trouvaient autour de la table l'imitèrent : Ian Kipp, le docteur Mola, Virgilio

Barruguete l'homme de lettres, et un inconnu aux cheveux blancs avec un visage ascétique et de grands yeux tristes. Seul Klebenau resta assis, ses doigts tambourinant sur la table en signe d'impatience.

Bambas-Quincy étreignit affectueusement Ben entre ses bras puissants.

– Mon cher Ben vous paraissez tout à fait reposé. Une bonne nuit de sommeil, voilà exactement ce dont vous aviez besoin, ai-je raison ? Maintenant vous devez être plus affamé que le diable en personne. Tenez, prenez place ici, à côté de moi, et dans une minute on va vous apporter votre petit déjeuner. Vous connaissez déjà le docteur, Virgilio et Ian, n'est-ce pas ? Et M. Max Klebenau ?

– Nous nous sommes rencontrés, dit Klebenau brièvement.

– Très bien. Et voici M. Dagoberto Guzman, poursuivit Bambas-Quincy en désignant l'inconnu aux cheveux blancs, qui est le Président de la Commission Culturelle. Parmi de nombreux devoirs, c'est à lui qu'incombe l'organisation de la Fête. Une lourde responsabilité, vous pouvez me croire. Malheureusement, elle risque d'être rendue plus compliquée encore par l'intervention de M. Klebenau.

– Malheureusement, répliqua Klebenau, je m'emploie à sauver la vie d'un homme dont l'auriculaire seul peut davantage apporter à la culture que toutes vos commissions réunies. (Il se tourna vers Ben). David Chapin a l'intention de participer à la compétition demain, Smith. Combien seriez-vous prêt à parier sur ses chances de survivre ?

– Chapin ? s'exclama Ben stupéfait.

– S'il ne tente pas l'impossible, intervint le docteur Mola, il possède d'excellentes chances d'y parvenir. L'examen que je lui ai fait subir démontre qu'il dispose d'un fort bon tonus musculaire et d'excellents réflexes ; je n'ai observé aucun symptôme de déficience physique. Son rapport poids taille est peut-être un peu faible mais cela est entièrement à son avantage. J'ai attesté tous ces faits en lui délivrant son Certificat de Participation. Pour quelles raisons devrais-je maintenant le lui retirer ? Il n'existe aucune loi m'autorisant à le faire quand bien même je le voudrais.

– Alors faites-en voter une, répliqua Klebenau. Aujourd'hui même.

Sur un ton indigné Ian Kipp rétorqua :

– Eh là, doucement ! Ce n'est pas au Sultan de Sulu que vous vous adressez, vous savez. Personne ici n'a le pouvoir de faire une chose pareille.

– Des lois, toujours davantage de lois, fit Bambas-Quincy. Est-ce là la solution à tous les problèmes ?

– C'est ce qui semble la règle établie dans le monde moderne qui nous entoure, fit observer Barruguete. Ah, quelle leçon pourrait être retirée de l'exemple des anciens Locriens ! Chez eux, quand un citoyen désirait voir promulguer une loi, il lui fallait se présenter devant l'assemblée la corde au cou, et si sa proposition était rejetée, il était étranglé sur place. Comment ne pas envier la sagesse d'un tel peuple !

– Je me moque totalement de l'histoire ancienne, répondit Klebenau d'un ton furieux. Tout ce qui m'intéresse c'est de sauver la vie de David Chapin. Je vous ai déjà expliqué que mes arguments n'ont aucune prise sur lui. Il ne veut pas entendre raison, ni de moi, ni de sa femme. C'est donc maintenant de vous que tout dépend. Retirez-lui le droit de participer à la Fête et il ne pourra rien faire contre votre décision.

– Et je vous ai déjà expliqué que c'est impossible, reprit Guzman d'un ton soucieux. On ne peut pas le faire. Il n'existe aucun précédent et si nous devions en créer un, les conséquences seraient désastreuses. Il se trouve toujours quelqu'un, une mère, une femme, pour protester contre la participation de chaque concurrent. Les femmes axoyacs sont capables de beaucoup de sentimentalité. Elles pourraient mettre un terme à la longue et remarquable tradition de la Fête du jour au lendemain.

C'est impensable. Tout homme a le privilège de se passer la corde au cou et de marcher à la potence : à lui seul doit appartenir le droit de révoquer ce privilège.

Klebenau serra les lèvres. Il regarda Ben comme s'il allait invoquer son aide puis, au grand soulagement de ce dernier changea d'avis. Il se leva avec effort, s'appuyant des deux mains à la table pour y parvenir.

– Ainsi c'est votre dernier mot, dit-il. Vous ne voulez rien faire parce que vous ne le pouvez pas, et vous ne pouvez rien faire parce que vous ne le voulez pas.

Guzman avait l'air profondément agacé.

– Vous avez toute ma sympathie mais je suis le garant du bon respect des règles en vigueur, rien de plus. En toute honnêteté, je dois aussi reconnaître que je le fais en plein accord avec moi-même. La tradition doit leur survivre. Elle nous donne notre passé. Sans elle, nous en serions réduits à toujours tout recommencer au même point qu'Adam.

Klebenau inclina la tête ironiquement à son intention.

– Votre sympathie me touche, lui dit-il avant de se tourner vers Bambas-Quincy. Et la vôtre aussi. Je vous remercie d'avoir arrangé cette charmante petite réunion. Je pense que vous ne voyez pas d'inconvénient à ce que je descende admirer le lac avant de partir ?

En prononçant ces mots il fixa sur Ben un regard dont le sens ne prêtait à aucune équivoque.

– Si cela vous fait plaisir, répondit Bambas-Quincy qui attendit seulement que son hôte indésirable eût franchi la porte pour faire sur son compte, à l'intention des autres convives, quelques réflexions fort acerbes.

Ben éprouva bien du mal à leur fausser compagnie après le petit déjeuner. Lorsque enfin il y parvint, il découvrit Klebenau, ainsi qu'il s'y attendait, assis sur un banc dans un bosquet au bord du lac.

– Vous avez pris votre temps pour venir, lui dit Klebenau.

– Je ne pouvais pas faire autrement. Mais qu'est-ce que c'est que cette histoire pour Chapin ? Qu'est-ce qui a bien pu lui prendre ?

– Il suit l'exemple de la femme de Barbe-Bleue. Ce damné Indien, Luis, l'a convaincu qu'il suffisait de se pendre pour que les portes de l'univers vous soient ouvertes. On passe par une expérience transcendantale qui vous met face à face avec la réalité ultime.

– Cela remonte à quelques temps, n'est-ce pas ?

– Et ça n'a pas cessé de l'obséder depuis. C'était inévitable. Vous ne pouvez pas imaginer ce que ça peut représenter pour un artiste-peintre, Smith, de ne pas pouvoir tenir un pinceau. Pour quelqu'un qui en est là, tout ce qui semble susceptible de libérer à nouveau sa puissance créatrice paraît bon. Et puis, un soir, Juliana et lui ont eu une violente querelle au sujet de la Fête, un de ces débats fumeux qui opposent idéalisme subjectif à matérialisme dialectique et qui sont tout juste bons à rendre tout le monde furieux sans jamais rien résoudre. En plus, il était passablement ivre, et la moitié de ce qu'il disait était incohérent. Mais quand ils en ont eu fini de déblatérer, la seule chose dont il était certain c'était qu'il devait tenter l'expérience lui-même pour en démontrer la validité. Il y a des gens qui réagissent ainsi. Au début, ils se basent sur une notion relativement vague, puis ils se trouvent obligés de la défendre et s'y raccrochent comme à un enfant unique. Ça devient alors obsessionnel. Et ils sont prêts à mourir pour elle.

– Ne comprend-il pas qu'il risque la mort ?

– De toutes les tentations, celle-ci serait à ses yeux la tentation suprême. Je vous ai dit qu'il était passablement ivre quand ils se sont disputés. Cela fait maintenant plusieurs années qu'il boit énormément ; et ces derniers temps, cela a été pire que jamais. Personnellement je ne bois pas, mais j'ai connu un certain nombre de gens qui ne pouvaient s'en passer et tous m'ont laissé l'impression que la vie les dégoûtait mais qu'ils se satisfaisaient d'en brouiller les contours. David a franchi ce stade. L'idée de la mort ne lui fait pas peur. Elle l'attirerait plutôt. Non que je le croie désireux de se suicider au bout de la corde, certainement pas. Ce qu'il souhaite passionnément c'est d'y trouver une réponse à l'énigme de l'univers. Mais s'il échoue, il aimera sans doute autant se débarrasser du problème une bonne fois pour toutes.

– Il peut encore changer d'avis avant qu'il ne soit trop tard.

– Il ne faut pas y compter, répondit Klebenau avec un rire amer. Nous avons loué une voiture pour monter jusqu'ici et il a insisté pour qu'elle soit enregistrée à mon nom afin qu'il n'y ait aucune complication au cas où il lui arriverait quelque chose.

– Où est-il en ce moment ?

– A Chicamayo. Luis lui enseigne l'art de se passer la corde autour du cou sans peine en dix leçons. Ils font ça depuis notre arrivée ici.

– Et il est sobre ?

– Absolument. Il semble être parvenu à une sorte d'état extatique sans avoir recours à la bouteille. Ce n'est pas la première fois que je le vois ainsi, mais avant c'était lorsqu'il travaillait sur une toile.

– Et Nora ?

– Il l'a obligée à rester en ville avec Juliana. C'est elle qui boit maintenant. Je parle de Nora. Non que Juliana, de son côté n'éprouve aucune tendance suicidaire à cause de tout cela. Avec les meilleures intentions du monde, voilà à quoi elle a réussi à aboutir. Pauvre femme, elle s'en voudra pour le restant de ses jours.

– Peut-être s'en tire-t-elle mieux que vous ne le pensez. J'aimerais vous demander quelque chose : Juliana est-elle en relations avec le mouvement révolutionnaire de l'île ? Je ne veux pas savoir si ses sympathies vont dans ce sens mais si elle collabore activement avec eux.

– Pourquoi cela vous intéresse-t-il ?

Lorsque Ben eut rapidement relaté leur épreuve de la veille, Klebenau lui répondit :

– Oui, voilà ce qu'est la vie à Santo Stefano. Et la mort. L'ignoriez-vous ? Vous m'avez dit un jour que votre compagnie vous avait expédié ici avec en main un rapport détaillé sur ce pays. Que pouvait-il bien y avoir dans ce rapport si tout cela n'y figurait pas ?

– Une analyse de l'industrie de la pêche, répondit Ben d'un ton où perçait l'ironie, avec un accent tout particulier mis sur les résultats annuels en matière de langouste apolitique.

– Si vous découvrez quelque chose d'apolitique au sud du Rio Grande, prévenez-moi. Quant au possible contact existant entre Juliana et ces guerilleros (et j'ai bien dit possible), le mieux pour vous est de n'y plus penser. Faites-le pour Nora. Il ne lui manque plus que de voir la police s'en prendre à Juliana.

– Même si une autre femme reste encore en état de choc après avoir échappé de peu au viol et à l'assassinat sur la route de Cordoba ?

– Puisqu'elle y a échappé, elle s'en remettra rapidement. Pour moi il convient en priorité de protéger Nora.

– Peut-être voyez-vous les choses ainsi, Klebenau, mais moi pas. Figurez-vous que j'ai l'intention d'épouser cette femme.

– De l'épouser ? La fille de Bambas-Quincy ?

– Tout porte à le croire, oui.

– Mais depuis combien de temps vous connaissez-vous ? Vous avez à peine eu le temps de vous serrer la main.

– Cela, c'est mon affaire, je pense.

– Oui. Oui, naturellement. Eh bien, je suppose que les félicitations sont de mise. Néanmoins, je vous supplie de ne pas pousser plus loin l'incident de la nuit dernière. Cela retomberait sur Nora, sur mes chances de découvrir le Gauguin, et peut-être même sur David. Acceptez-vous d'en rester là ?

– Pour le moment, soit. Encore que je ne voie pas bien le rapport que cela peut avoir avec Chapin.

– Oh, ne soyez pas obtus. Ces gens qui habitent là-bas dans cette maison le détestent. Or, il se trouve que vous êtes ici *persona grata*. Croyez-vous qu'ils vous pousseraient à vous suicider demain afin de se repaître du spectacle ?

– Peronne n'a invité Chapin à faire quoi que ce soit, Klebenau. Et si quelqu'un est responsable de ce qui pourrait lui arriver demain, c'est vous. Ils voulaient l'expulser du pays. C'est vous qui l'avez fait rester.

Klebenau accusa le coup. Il esquissa un geste de protestation puis laissa retomber sa main.

– Je le sais bien, avoua-t-il piteusement. Pensez vous que je l'ignore ? C'est pourquoi vous devez m'aider, Smith. Ces gens vous aiment bien. Quand vous avez pénétré dans cette pièce, tout à l'heure, Bambas-Quincy vous aurait presque embrassé. Et vous allez épouser sa fille, si bien que vous faites partie de la famille. Il vous écoutera, Smith. Racontez-lui ce que vous voudrez, mais tâchez d'obtenir qu'il tienne David à l'écart de cette Fête meurtrière.

En Ben, la colère et un sentiment de culpabilité grandissants s'alimentaient mutuellement.

– Savez-vous ce que vous me demandez là ? s'insurgea-t-il. Réalisez-vous quelles pourraient être les conséquences pour moi si j'intervenais ?

– Smith, la vie d'un homme est en jeu.

– Uniquement parce qu'il le veut ainsi. J'adopterais peut-être votre point de vue si les conditions étaient différentes, Klebenau, mais ce n'est pas le cas.

En dépit de la fraîcheur qui régnait sous les branches, le visage hagard et le crâne chauve et luisant de Klebenau ruisselaient de sueur.

– Alors, accordez-moi une petite faveur. Rien qu'une. J'ai la voiture ici. Venez avec moi à Chicamayo pour avoir un avant-goût de ce à quoi vous allez assister demain. Après, je ne dirai plus rien. Je vous laisserai entièrement libre de prendre votre décision.

Malgré toutes ses résolutions, Ben se sentit rapidement faiblir sous un tel assaut. Il savait bien que ce n'étaient pas les arguments de Klebenau qui l'ébranlaient à ce point mais l'humilité abjecte dont il faisait preuve. Jusqu'alors, cet homme l'avait toujours horripilé avec ses manières expansives, son assurance exubérante. Mais à présent il n'avait plus devant lui qu'un visage dévoré de remords, le portrait de la panique et du désespoir. C'aurait pu être un spectacle édifiant que ce naufrage si la raison n'en avait été aussi sinistre.

Rien, à vrai dire, ne l'empêchait d'accompagner Klebenau au village, décida-t-il. Alors qu'ils étaient encore à table, après le petit déjeuner, le docteur Mola avait expliqué qu'Elissa s'était vu administrer des calmants énergiques et qu'elle passerait la majeure partie de la journée à dormir.

– Et, mon cher ami, avait ajouté le docteur sur un ton rassurant, il n'y a aucune inquiétude à avoir. Je la suis depuis sa naissance et si elle est un peu fragile nerveusement, elle dispose d'une très solide constitution. A son réveil, elle devrait avoir largement récupéré de cette épreuve.

Aussi avait-il bien le temps d'aller rendre visite à Chapin, ne fût-ce, se dit-il, que pour apaiser sa propre conscience. Cela mis à part, il avait la ferme intention de ne se mêler en rien à toute cette histoire. Il prendrait exemple sur Guzman : Klebenau aurait sa sympathie, mais rien de plus.

Il monta dans sa voiture sans s'inquiéter outre mesure d'être vue en compagnie de Klebenau par l'un des invités qui jouaient aux cartes à proximité dans le patio. La considération que lui témoignaient désormais les Bambas-Quincy lui octroyait au moins un minimum de liberté. A côté de lui, Klebenau jeta un regard d'adieu à cette maison qui avait les dimensions d'une forteresse, ainsi qu'au vaste paysage qui l'environnait.

– Eh bien, dit-il sans joie, on dirait que vous ne vous êtes pas si mal débrouillé.

Ben, piqué au vif par les implications de cette remarque mais néanmoins conscient qu'elle ne traduisait qu'une vérité fort plaisante, ne répliqua pas.

Vu de loin, Chicamayo lui avait fait penser à un village miniature. De plus près, ce n'était qu'une preuve supplémentaire de l'infinie capacité dont témoignent les hommes à souiller leur environnement. Des huttes de la couleur de la boue bordaient d'étroites ruelles. Des porcs efflanqués grognaient et plongeaient leur groin avide dans des tas d'immondices. Une poussière si dense envahissait tout qu'elle obscurcissait la lumière du jour. Des mouches volaient et couraient partout. Et autour de cette plaie marron taillée dans la vaste plaine verte s'étalait une large zone couverte de voitures et de bus désertés, de feux de camp achevant de se consumer, de tentes et d'abris de fortune, de foyers temporaires pour tous ceux qui étaient venus de loin afin d'assister aux cérémonies. La limite extérieure de cette zone était visiblement considérée comme un circuit de vitesse par une horde de motards en blousons noirs dont les machines poussées à fond vrombissaient et pétaradaient dans un vacarme infernal et ininterrompu.

Dans le village même, chaque ruelle était transformée en marché. Sous des auvents de toile partant en lambeaux, des marchands étaient accroupis épaule contre épaule, leurs marchandises posées devant eux à même le sol. Des fruits, des morceaux de viande apparemment grangrénée, des haricots, de la bière, de la *chicha* vendue à la gourde, des glaces, des bonbons et, bien sûr, des souvenirs, parmi lesquels l'inévitable nœud coulant en plastique, le tout proposé à un joyeux marchandage au cœur d'une foule si compacte qu'elle rendait le passage pratiquement impossible. Et Ben s'aperçut que ceux dont le but n'était pas d'acheter semblaient se regrouper autour de la hutte de Luis de la Horca considérée comme le principal centre d'attraction du lieu. Klebenau et lui durent faire appel à toute leur énergie pour se frayer un chemin, comme des joueurs de football américain, à travers cette multitude de badauds qui bloquaient la porte. Ils se seraient cru revenus au café Le Soleil et La Lune.

La hutte de Luis était aux autres huttes du village ce que la propriété des Bambas-Quincy était aux autres demeures se dressant autour du lac. L'essentiel de sa richesse, néanmoins, appartenait au passé. Son toit de chaume s'effondrait, ses murs de boue était craquelés et écaillés, et à côté de la hutte gisait la carcasse rouillée d'une voiture autrefois élégante qui avait été entièrement pillée.

Il y avait deux pièces séparées par un rideau. Ben pénétra dans la première et eut l'impression que l'on y avait déchargé, puis laissé à l'abandon, tout ce que l'on avait pu trouver de plus mauvais goût dans le grand magasin le plus proche. Des fauteuils massifs et rembourrés dans un état de décrépitude avancé ; un réfrigérateur, inutile puisque le village ne possédait pas l'électricité nécessaire à son fonctionnement, dont la porte béait au bout de charnières ; des lampes électriques surchargées, inutiles elles aussi ; une demi-douzaine de pendules au moins, de toutes forme et de toutes tailles ; des statuettes vernies représentant un beau berger français minaudant à côté de sa belle bergère ; les vestiges abîmés d'un train miniature à propulsion mécanique ; toute la pacotille possible et imaginable y était exposée comme chez un brocanteur. Ben s'était toujours senti quelque peu irrité d'entendre Victor Bambas-Quincy utiliser dédaigneusement le terme d'indigènes en se référant aux Axoyacs. Maintenant il partageait presque sa façon de voir. Le seul objet de la pièce à ne pas paraître grotesque était le vieux *metate,* la pierre à moudre utilisée pour broyer les graines ; supportée par quatre pieds, elle se trouvait à côté de l'âtre. Tout ce que l'œil discernait par ailleurs était aussi dépourvu de valeur et égaré en cet endroit que la carcasse de la voiture à l'extérieur.

Le rideau fut violemment écarté et Tito Aguilar apparut, les traits reflétant la colère. Une fois qu'il les eut reconnus, son visage s'apaisa.

– C'est à cause de ces idiots, dehors, dit-il à Ben en manière d'excuse. Ils s'imaginent que pour la simple raison qu'il s'agit de la maison de Luis, ils peuvent entrer sans y avoir été invités. Ils sont incroyables. Il y a une heure, la Garde Civile a tenté de les disperser, mais sans succès. (Il s'adressa alors à Klebenau). Avez-vous parlé à Guzman ? A-t-il l'intention de faire quelque chose ?

– Oui, répondit Klebenau avec amertume, je lui ai parlé. Non, il n'a pas l'intention de faire quelque chose. Avant d'ouvrir la bouche il s'est assuré de la direction dont soufflait le vent afin de pouvoir souffler dans le même sens. Voilà pourquoi Bambas-Quincy voulait que l'entrevue ait lieu chez lui. Pour être absolument certain que son petit copain technocrate doublé d'un bel assassin ne risquerait pas de se laisser fléchir.

– Alors, que nous reste-t-il à faire ?

– Une chose seulement. Je voudrais que Smith ait un aperçu de ce qui va se passer demain. Peut-être cela pourra-t-il l'inciter à intervenir auprès de Bambas-Quincy. D'après ce que j'ai vu et entendu ce matin, le grand homme a pour lui une considération tout à fait extraordinaire.

– Que ce soit vrai ou non, dit Ben, je crois vous avoir fait comprendre que je ne voulais en aucun cas être mêlé à cette histoire qui ne me regarde pas et ne regarde, d'ailleurs, pas davantage Bambas-Quincy. Personne n'a traîné Chapin de force vers la potence, bon Dieu. Il y va de son plein gré et il peut se rétracter et faire demi tour quand il le veut. C'est auprès de lui qu'il faut intervenir.

– Mais vous estimez, en accord avec Max, qu'il a eu tort de vouloir participer à la Fête ? demanda Tito.

– Evidemment. Pas vous ?

– Peut-être. Je ne sais pas, répondit Tito en secouant la tête tristement. A certains moments je pense une chose et l'instant d'après j'en pense une autre. Vous voyez ce que je veux dire ? A certains moments je me dis avec horreur que ce pourrait être la fin d'un grand artiste, d'un esprit pur, et quelle fin barbare ! Quelle fin cruelle et futile ! Tout ça pour quoi ? Et l'instant d'après je suis convaincu qu'il va survivre (on est en train de lui enseigner comment y parvenir), et qu'alors son expérience prouvera peut-être que Luis a raison.

– A quel égard ?

– Quand il parle du corps, de la délivrance du corps par la corde. Au dire de Luis il s'agit d'une expérience mystique. Quand il la décrit, on a presque l'impression de la vivre soi-même.

D'abord viennent les battements de votre cœur dont le bruit semblable à celui d'un tambour s'amplifie jusqu'à ce que vous ne soyez plus vous-même qu'un tambour martelé par un poing formidable. Puis une vision fulgurante où d'étranges images naissent parmi les flammes, exerçant un irrésistible attrait sur votre âme qu'elles invitent à quitter votre corps. Et c'est alors que votre âme se détache de votre corps et s'élève toujours plus haut jusqu'au lieu où l'attendent les dieux et où toute création trouve son origine dans un petit morceau d'argile entre les doigts de l'un d'entre eux. Vous êtes devant les dieux, vous êtes leur égal, toujours selon Luis, et l'un d'eux tend vers vous une main sur laquelle est posée de l'argile, il vous l'offre afin que vous participiez avec lui à l'acte de création qui est la tâche des dieux, mais un autre dieu vous tend un couteau grâce auquel, si vous le désirez, vous pouvez retourner dans le monde insignifiant d'où vous venez. Alors vous saisissez le couteau et c'en est fini.

– Pourquoi saisir le couteau ? demanda Ben, intéressé malgré lui.

– Parce que quelque chose en vous vous dicte ce choix. Une force mystérieuse à laquelle il est impossible de résister.

– Ce qui, au même titre que cette prétendue vision, n'est qu'une réaction physiologique normale au processus de la strangulation, intervint Klebenau d'un ton las.

– Peut-être, admit Tito. Mais j'aimerais en être aussi sûr que vous, Max.

– Vous le pourriez si vous vouliez vous montrer un peu plus rationnel.

– Les savants sont rationnels. Je suis poète, et non savant. Ce qui signifie que je ne suis pas prêt à me laisser duper quand on veut me faire croire que d'être rationnel implique la connaissance de la vérité. En des temps où des savants rationnels expliquaient que la terre était plate et que le soleil tournait autour d'elle, des poètes et des artistes créaient des vérités éternelles. Non que je sois incapable de reconnaître qu'il y a de nos jours une légère amélioration. Quand les savants d'aujourd'hui expliquent les lois mécaniques de l'univers, je pense qu'ils disent la vérité. Mais la vérité en ce qui concerne l'eau, par exemple, consiste-t-elle simplement en une formule chimique ? Quel savant expliquera jamais l'origine des lois universelles et leur raison d'être ? Qu'attend donc de nous le créateur de lois tout puissant ? Qu'attend-il de moi ? Qui peut répondre rationnellement à ces questions ? Pourtant, il doit bien exister une réponse.

– Pour quelle raison ? demanda Klebenau. Est-ce qu'une tache de couleur sur l'une des toiles de David peut comprendre comment elle se trouve là ?

– Quelle comparaison désobligeante ! Nous sommes des êtres animés doués d'intelligence. Ce n'est pas le cas de votre tache de couleur.

– Nous avons assez d'intelligence pour nous rendre compte que nous sommes un des éléments d'une toile. Rien de plus. Notre lot n'a jamais été d'en savoir davantage.

– Ah, vous dites qu'il ne l'a jamais été. Vous admettez donc que l'univers a peut-être une signification, un agencement supérieur.

– Ni plus ni moins que la peinture de David. Mais demandez-lui pourquoi cet agencement, pourquoi un trait ici et une touche de peinture là, et lui, le propre créateur de l'ensemble, sera incapable de vous répondre. Ça s'imposait. Ça m'a paru nécessaire. Poussez plus avant et il se mettra à vous parler de valeurs spatiales, de lignes antagonistes, de couleurs fortes et faibles, mais il n'y aura dans tout cela que rationalisation de l'œuvre achevée. Le processus de la création en tant que telle demeure tout aussi mystérieux pour lui que pour les autres. C'est un besoin, une force aveugle qui dépasse l'intellect. Il en va de même pour le processus de la création de l'univers, et ce n'est pas parce qu'un Indien ivrogne annoncera un miracle que cela pourra y changer quoi que ce soit.

– Voilà ce que je veux vous faire voir, Smith, comment on prépare le miracle. Si cela doit vous chavirer un peu l'estomac, tant mieux. Cela prouvera que vous n'êtes pas encore totalement familiarisé avec les mœurs de Santo Stefano.

La pièce qui se trouvait de l'autre côté du rideau ressemblait plutôt à une cellule sans fenêtre, sans mobilier, pauvrement éclairée par des mèches qui flottaient dans des récipients de terre cuite remplis d'huile. Contre un mur se pressaient plusieurs Indiens (les anciens de la tribu, à en juger par leur aspect physique), dont les yeux étaient fixés sans ciller sur Chapin, Luis et un jeune assistant, qui se préparaient à commencer un exercice d'entraînement. Le milieu du mur opposé était réhaussé d'une grande photographie aux couleurs voyantes représentant la statue d'Ajaxa, et de part et d'autre étaient accrochées deux planchettes de bois sur lesquelles étaient fixés un nœud coulant et un couteau à lame mince. L'ensemble tenait à la fois de l'autel et de la salle destinée à recevoir des trophées.

– Cette pièce s'appelle la *cofradia,* expliqua Tito à Ben dans un chuchotement. Elle est considérée comme un sanctuaire. Ceux des Indiens qui appartiennent à l'Eglise ornent le mur de l'image du saint patron du village, mais la plupart, à l'instar de Luis, adorent Ajaxa. Ceux qui participent à la Fête lui dédient la corde et le couteau qui ne sont jamais plus utilisés par la suite. Maintenant regardez : on apprend à David comment tirer le couteau et trancher la corde. Cela exige beaucoup de précision. Si l'on ne réussit pas du premier coup, il n'y a pas de seconde chance.

Chapin était à rude école : une corde était déjà passée autour de sa gorge et Ben observa qu'au lieu de se terminer par le nœud coulant classique, les deux extrémités se rejoignaient comme si les brins en étaient entrelacés. Une courte longueur de corde achevait cet assemblage et Luis y attacha une autre corde enroulée à même le sol qu'il engagea ensuite dans une poulie suspendue à une poutre du plafond. Chapin se prépara en se plaçant exactement sous la poulie ; Luis et son assistant assurèrent leur prise sur la corde afin de se bien préparer à hisser leur élève au-dessus du sol. Mais aussitôt, la main de Chapin chercha à se rapprocher du manche du couteau passé dans sa ceinture et Luis repoussa la main fautive.

Le silence qui s'installa alors bourdonna dans les oreilles de Ben. Soudain, Luis lança un ordre et en même temps que son assistant il tira de tout son poids sur l'extrémité de la corde. Le corps de Chapin parut s'allonger. Sa bouche s'ouvrit toute grande tandis que son visage se tordait sous l'effet de la douleur. Son corps se souleva et, à l'instant où ses orteils ne furent plus en contact avec le sol, il tira d'un geste vif le couteau de sa ceinture, lui fit décrire un arc de cercle au-dessus de sa tête et sectionna la corde comme s'il se fût agi d'une simple ficelle. Si violent avait été son coup de couteau que Chapin, déséquilibré et emporté par son élan, s'effondra sur les mains et les genoux en s'efforçant à grand-peine de reprendre son souffle.

– *Otra vez,* s'écria Luis d'un ton autoritaire, *otra vez*.

Puis il empoigna rudement son élève pour l'aider à se relever. Tandis que Chapin restait sur place en chancelant comme un ivrogne, l'assistant nouait déjà une nouvelle longueur de corde à l'extrémité coupée net.

Dans la pièce régnait une chaleur étouffante que rendait plus insupportable encore l'odeur de l'huile fumante. Ben se rendit compte que s'il restait là une minute de plus, son état serait pire encore que celui de Chapin sans qu'il eût l'excuse de la pendaison. Il se précipita vers le rideau qui dissimulait la sortie, aussitôt imité par Klebenau, et dès qu'il eut quitté la *cofradia,* il aspira une grande goulée d'air frais.

– Eh bien ? s'enquit Klebenau.

– Eh bien quoi ? Que voulez-vous m'entendre dire ? Que c'est assez pour tourner l'estomac à n'importe qui ? D'accord, c'est vrai. Il en est toujours ainsi quand quelqu'un se donne en spectacle de manière aussi indécente. Je réagirais de la même façon au spectacle d'un *penitente* s'écorchant à coups de fouet. Ce qui ne veut pas dire que je ressente l'obligation de l'en empêcher.

– Smith, il ne s'agit pas en l'occurrence de faire couler un peu de sang en maniant le fouet, c'est une question de vie ou de mort.

– Eh bien, il ne s'est pas trop mal défendu, vous ne trouvez pas ? S'il ne fait pas plus mal demain, il s'en tirera avec le cou un peu douloureux.

– Vous ne pensez pas ce que vous dites, s'exclama Klebenau en indiquant du doigt la foule invisible qui vociférait à l'extérieur de la maison. Mon Dieu, on croirait entendre l'un d'entre eux !

Tito apparut à son tour.

– Luis est très inquiet, dit-il d'un air sombre. Il trouve que David tire son couteau trop vite. Il semble qu'il soit impossible de saisir la signification véritable de la corde à moins de s'abandonner à elle pendant au moins quelques secondes. Mais lorsque David se retient de tirer trop vite le couteau, il devient très maladroit. A plusieurs reprises il n'a même pas pu s'en emparer. Il lui est également arrivé de frapper la corde avec le plat de la lame. Evidemment on ne peut pas lui en vouloir. Les Indiens qui concourent travaillent une année entière pour se préparer. Ils s'exercent continuellement à manier le couteau, endurcissent leur corps en courant vingt-cinq à trente kilomètres par jour à travers les montagnes. Comment quelqu'un pourrait-il se préparer convenablement en quelques heures ?

Ben vit que Klebenau l'observait intensément. S'il avait pu lire dans ses yeux une accusation ou une lueur d'agressivité, il n'aurait éprouvé aucune difficulté à s'y soustraire. Mais non. Klebenau savait à quel moment la balance avait penché de son côté. Il n'ignorait pas que pour assurer sa victoire il lui suffisait de prendre une expression de chien battu implorant la pitié.

– C'est bon, fit Ben avec humeur, je parlerai à Bambas-Quincy. Cela n'y changera absolument rien mais je lui parlerai. Je lui dirait que Chapin est mentalement irresponsable, qu'il n'a aucune notion de ce à quoi il s'est engagé. C'est assez près de la vérité. N'est-ce pas ?

– Qu'il soit irresponsable ? s'enquit Tito. Oh non, non, il sait pertinemment ce qu'il fait.

– J'en doute. De toutes façons, peu importe. Si je plaide la folie, il se peut que je parvienne à convaincre Bambas-Quincy et ses amis. Je ne vois pas comment je pourrais y parvenir autrement.

– Mais cela discréditerait David, protesta Tito. Ce serait leur mettre tous les atouts en main. Ils ne sont pas stupides. Ce serait pour eux un véritable triomphe que d'annoncer publiquement que David est fou. Cela justifierait leurs conceptions et rendrait celles des autres dénuées de sens. (Il s'adressa à Max en posant, d'un geste conciliant, sa main sur son bras). Pourquoi me regardez-vous comme ça, Max ? Il s'agit d'une question de principe absolument fondamentale. Chaque fois que nous en avons discuté, vous avez toujours soutenu l'idée que l'artiste doit être défendu à tout prix.

– Mais pas à celui de sa propre vie.

– Quel sens aurait la vie pour David si on le dépouillait de sa dignité et de son honneur ? Si on le faisait passer pour un fou aux yeux du monde entier ?

– Cela lui permettrait de poursuivre son œuvre. Vous êtes un imbécile, Tito. Un artiste mort ne peut être d'aucune utilité, ni à lui ni aux autres.

Le visage de Tito s'assombrit.

– Un imbécile ? Est-ce vraiment cela que vous pensez ?

Puis, lentement, il approuva de la tête.

– Oui, reprit-il, peut-être en suis-je un. Sûrement, même. J'avais oublié d'où vous venez. Dans votre pays après tout, l'honneur est quelque chose qui s'achète et se vend pour de l'argent. Combien de temps les gens peuvent-ils agir ainsi avant que la cupidité ne détruise leur âme ? Par pure cupidité, vous êtes capables d'affronter la souffrance et la mort avec sérénité, mais de les affronter pour une autre raison, pour un idéal, une vision, l'espoir d'un miracle, cela vous dépasse !

– Et vous alors ? s'enflamma Klebenau. Après tout, pas plus que moi vous n'allez affronter la mort demain. Etrange, n'est-ce pas Tito, que le marchand veuille arrêter cette crucifixion alors que le poète souhaite en être témoin ? Et pourquoi cela ? Parce que David pourrait vous apporter un miracle sur un plateau ? Mais que peut bien signifier pour chacun de nous le miracle révélé à un autre ? La malédiction qui s'est abattue sur le monde depuis la nuit des temps est cette propension à gober l'expérience mystique d'un tiers pour en faire notre vérité propre. Et pourtant, tous ces prophètes qui se proclament tels et dont nous acceptons les hallucinations comme des révélations ne nous mènent qu'à l'anéantissement. David a une toute autre fonction à remplir. C'est à travers son art qu'il prophétise. Il nous transmet des révélations par l'intermédiaire des tableaux qu'il peint. C'est sa vie qui est précieuse et non sa mort !

– Il n'a pas l'intention de mourir.

– Pas plus que l'un de ces crétins, dehors, n'a l'intention de jeter sa moto contre un arbre. Qu'est-ce que les intentions ont à voir là-dedans ? Je suis vieux, Tito. J'éprouve à l'égard de la mort un respect infini. Elle se tient en permanence à notre côté avec son squelette grimaçant drapé de noir. Dès le jour de notre naissance elle se poste juste derrière la porte et attend l'occasion d'entrer et de s'emparer de nous. Seuls les imbéciles ouvrent volontairement la porte.

– Il en résulte que toute notre vie nous devons nous comporter comme des lâches. Quand nous ne dormons pas nous devrions rester assis du matin au soir comme les vieilles femmes qui moulent les graines dans cette *metate*.

– Nous devons vivre comme le destin en a décidé. Les vieilles femmes continueront à moudre leurs graines, vous continuerez à écrire de la poésie, moi à vendre et à acheter des œuvres d'art, Smith... eh bien, il va essayer d'empêcher qu'une tragédie se déroule ici demain.

– Et que va-t-il se passer si je le fais ? demanda Ben. Est-ce que ce sera le tour de Chapin de venir faire une scène de tous les diables chez les Bambas-Quincy ?

– Ne vous inquiétez pas. Les autorités ont trop envie de l'expulser du pays. S'il n'est pas admis à participer à la Fête, je m'arrangerai pour que Nora et lui prennent l'avion dès demain. Allons-y. Je vous reconduis là-bas et j'attends que vous ayez réglé tout ça.

– Je suis toujours persuadé que je n'y parviendrai pas. Mais je dirai ce que j'ai à dire et ensuite la décision appartiendra à Bambas-Quincy. Vous pouvez me déposer et repartir tout de suite. Si j'ai quelque chose à vous communiquer, je vous enverrai un messager ici, chez Luis.

A son retour dans la maison où se trouvait rassemblée la presque totalité de l'élite de Port Buchanan, Ben apprit de la bouche de Jérôme que sa sœur venait de se réveiller et qu'elle attendait sa visite. Dans le couloir menant à sa porte, il devint évident qu'il n'était pas le premier à lui rendre visite : sa mère et sa grand-mère sortaient juste de sa chambre. La vieille dame était, comme d'habitude, assise dans son fauteuil roulant que poussait le chauffeur, lequel reçut l'ordre de faire halte dès qu'elle eut aperçu Ben.

– Venez ici, jeune homme, lui ordonna-t-elle de cette voix fluette qui n'était guère plus audible qu'un murmure. Ici. Plus près. Faut-il que je m'égosille comme une marchande de poissons pour parvenir à me faire entendre de vous ?

Mais lorsque Ben se pencha au-dessus d'elle, elle détourna violemment la tête.

– Répugnant, s'exclama-t-elle. Vous empestez la fumée de bois comme un Indien.

– Maman ! protesta Mme Bambas-Quincy avec embarras.

– Silence ! Il est allé au village, celui-la. (Ses yeux de reptile se firent plus étroits). Pourquoi faire ? Pour une femme ?

– Non, répondit Ben. Pas pour une femme.

– Bon. Quand un homme éprouve le besoin de se comporter comme une bête ce ne doit pas être avec ces Indiennes qui sont toutes malsaines. Ne les approchez jamais ni de près ni de loin. On m'a dit que lorsque vous partirez, vous avez l'intention d'emmener mon enfant avec vous.

– Quoi ? Ah, oui, Elissa. Je lui ai demandé de m'épouser, si c'est cela que vous voulez dire.

– Et d'aller vivre avec vous à San Francisco ?

– Ce n'est pas si loin. Et de nos jours il est facile de voyager.

– Je n'approuve pas les voyages. Une femme doit rester dans son foyer et avoir des enfants. Ce sont son mari et ses enfants qui composent sa famille et non ceux qu'elle a laissés derrière elle. Du jour où mon mari m'a amenée à Santo Stefano je n'en suis plus jamais repartie. Vous trouvez cette enfant très belle, n'est-ce pas ?

– Très belle, en effet.

– Et un peu étrange, peut-être ?

– Non, dit Ben dont la sincérité n'était pas totale.

– Bon. Mais vous n'appartenez pas à la même confession. Savez-vous qu'il faudra arranger cela avec l'évêque ?

– Oui.

Ben était tout disposé à prêter au dieu catholique d'Elissa la même piété de pure forme qu'il avait jadis prêtée à la divinité baptiste de sa mère. Et s'il se révélait qu'en secret Elissa était une adoratrice d'Ajaxa, il se ferait une joie de transformer n'importe quelle pièce de sa maison en un fac-similé de *cofradia* de Luis de la Horca. Les avantages qu'il y avait à être agnostique étaient multiples, selon Ben cela n'avait aucune importance de vénérer tel dieu plutôt que tel autre du moment que l'on demeurait seul maître de son âme.

– Oui, reprit-il à l'intention de son inquisitrice, je comprends fort bien tout cela. Je ferai ce que désire Elissa.

– Et tout cela sans doute ? demanda la vielle dame.

Comme Ben avait l'air perplexe, elle agita un doigt impérieux en direction de sa bru.

– Sans dot, traduisit Mme Bambas-Quincy.

La gêne qu'elle avait manifestée dès le début de leur rencontre était allée en s'accentuant et ses joues avaient pris une coloration d'un rose soutenu.

– Sans dot, répéta la vieille dame. On m'a dit que vous n'exigiez pas de dot. Est-ce exact ?

– Il n'est pas d'usage de le faire dans mon pays. Je ne veux qu'Elissa, si elle veut de moi.

– Soyez tranquille, assura-t-elle dans un rire qui jaillit de sa gorge ridée avec le même bruit qu'un jet de vapeur fusant hors d'une bouilloire. Et avec une dot. Une grosse dot. Vous allez être un jeune homme riche qui va s'installer avec sa femme dans la ville de San Francisco.

Elle avait dit tout ce qu'elle avait à dire. Elle le laissa tout abasourdi tandis qu'elle s'éloignait dans son fauteuil roulant poussé par le chauffeur. Mme Bambas-Quincy adressa à Ben un sourire désolé par-dessus son épaule et exprima d'un geste combien elle était confuse de tout ce qui avait été dit. Comme s'il avait besoin d'excuses, pensa Ben en comprenant soudain toute la portée de ce qu'il venait d'entendre.

Il entra dans la chambre et trouva une Elissa toute pâle étendue sur une chaise longue, son père et Juana auprès d'elle. Elle dissimulait une cigarette entre ses doigts mais lorsqu'elle vit qui était son visiteur, elle la glissa entre ses lèvres avec un soupir reconnaissant. Son père, après avoir jeté par-dessus son épaule un regard d'appréhension, se précipita pour la lui allumer.

– Comment vous sentez-vous à présent ? demanda Ben.

– Assez bien, lui assura-t-elle en exhalant voluptueusement un nuage de fumée. Grand-mère vous a-t-elle mis au supplice ?

– Je ne vois pas comment : elle a semblé me dire que vous aviez accepté ma proposition. Est-ce la vérité ?

– Oui.

– Aux conditions que j'ai indiquées ? Vous savez ce que je pense : si je ne parviens pas à obtenir le contrat que ma compagnie espère, je ne ferai pas un parti très intéressant.

– Pour ce qui est de cet aspect des choses, intervint Bambas-Quincy, vos conditions sont tout à votre honneur. Et elles ne posent pas de problème. La semaine prochaine je vais me pencher de près sur votre contrat et je suis persuadé que nous parviendrons rapidement à un accord. Pourquoi en irait-il autrement ? Après tout, mon cher ami, vous ne discutez plus affaires avec des étrangers. Votre union avec ma fille me rendra très heureux. Je ne veux voir aucun obstacle à ce bonheur.

– Absolument aucun, reprit Elissa d'une voix lointaine. Et maintenant, buvons quelque chose, dis, papa. Le cognac se trouve dans ce meuble.

– Avant le déjeuner ? Est-ce vraiment indispensable ?

– Certainement. C'est un événement qu'il convient de célébrer, n'est-ce pas ? Et j'ai froid. Très froid.

– Il vous faut une autre couverture, dit Juana avec empressement. Et du thé. Du thé chaud. Je vais m'en occuper.

– Non, cela ne me fera pas assez d'effet.

Ben prit la main d'Elissa et elle la lui laissa, glaciale et inerte, avant de la retirer doucement.

– Comment avez-vous passé la journée ? lui demanda-t-elle. Vous êtes-vous beaucoup ennuyé ?

– Non. Je suis allé à Chicamayo assister à la préparation de David Chapin en vue de la Fête. Il fait partie des concurrents, vous savez.

– Je l'ignorais. Comme c'est étrange. En comprend-il tous les dangers ?

Bambas-Quincy qui, devant la vitrine, était en train de verser du cognac dans trois verres, pivota sur les talons et dit vivement :

– En comprend-il tous les dangers ? Ma chère enfant, qui ne les comprend pas ? Mais son aplomb n'est rien comparé à celui de son agent. Cet homme, je veux dire ce gros porc répugnant, a osé se présenter devant le Président de la Commission ce matin pour exiger de lui que soit annulé le Certificat de Participation de son cher artiste ! Tu te rends compte ? Une cérémonie qui, pendant presque trois siècles, s'est perpétuée dans l'honneur, devient tout à coup sujette à l'ingérence de gens venus de l'extérieur ! Oui, c'est un monde bien étrange où l'on ne respecte plus rien dans lequel nous vivons aujourd'hui. Dieu merci il existe des hommes comme Guzman qui savent comment contenir l'ennemi quelques temps encore.

Ben comprit que le monde ni le lieu n'étaient guère propices à une intervention en faveur de la demande de Klebenau. D'ailleurs, une occasion favorable ne se présenterait jamais. Et en quoi était-il redevable à Klebenau, après tout ? C'était Klebenau qui lui devait tout. Du jour où il avait rencontré ce personnage, celui-ci, d'une façon bizarre, s'était arrangé pour que Ben retirât un à un les marrons du feu pour lui. Il s'était servi de lui. Le diable en personne ! C'était comme si Klebenau avait été investi d'un pouvoir sur lui que O'Harragh lui-même ne possédait pas. Cela suffisait comme ça. Le moment était venu de reprendre son indépendance et de jouer ses propres cartes. Il avait parcouru un sacré chemin depuis Aurelia, dans le Kansas, pour tenir en main tous les atouts dont il disposait. Et il se refusait désormais à risquer ses chances pour quiconque.

C'est pourquoi il s'abstint de parler. Et quand il se tourna et se retourna dans son lit cette nuit-là, hanté par l'image des yeux de Klebenau avec leur expression suppliante de chien battu, il se consola en se disant que tout ce qu'il aurait pu dire n'aurait servi à rien. Max

Klebenau avait fini par trouver plus fort que lui en rencontrant les Bambas-Quincy. Et il n'y avait rien à y faire.

11

Les cérémonies de la Fête devaient se dérouler dans l'arène située juste en dehors de Chicamayo et étaient prévues pour la fin de l'après-midi. Jusqu'au moment de leur départ pour l'arène, Ben s'attendit constamment à voir Klebenau faire irruption à nouveau et causer un violent esclandre pour sauver Chapin. Mais il devint de plus en plus évident que toute opiniâtreté, fût-elle la sienne, possède ses limites. Il ne se montra pas, il n'y eut pas de scène désagréable, et il ne fut pas nécessaire de prendre parti pour un côté ou pour l'autre ce qui, pour Ben, fut un véritable soulagement.

Klebenau avait dû conclure qu'il s'était acquitté de son intervention auprès de Bambas-Quincy mais qu'il s'était heurté à un refus. Tant mieux. Il ne restait plus maintenant qu'à espérer que Chapin saurait utiliser son couteau avec toute la célérité et l'efficacité dont il l'avait vu faire preuve tandis qu'il s'exerçait dans la *cofradia*. C'était aux Indiens qu'il appartenait de démontrer leur endurance sous la potence. Quiconque comme Chapin savait manifester un tel degré d'instinct de conservation ne courait guère de risque. Après tout, le but n'était pas de mourir mais de survivre à la corde, et puisque la majorité des concurrents survivaient effectivement, pourquoi en irait-il autrement pour Chapin ? Et à quoi cela pouvait-il donc servir de lutter de manière anticipée contre cet écœurant sentiment de culpabilité ? Pourquoi, d'ailleurs, se sentait-il obligé de se sentir coupable alors que la folie de Chapin était seule en cause ? On ne pouvait jouer les anges gardiens de quelqu'un qui repoussait votre aide. En l'occurrence, l'ange gardien choisi par Chapin était Luis de la Horca et non Ben Smith, alors c'était à Luis qu'il incombait de porter le fardeau de la culpabilité.

Des pensées aussi harcelantes associées à une piètre confiance en soi ne sont guère de nature à faire de quelqu'un un compagnon enjoué. Pendant le déjeuner qu'il partagea avec Elissa dans l'intimité de sa chambre, elle lui dit :

– Il y a quelque chose qui vous rend soucieux. Est-ce la perspective d'assister à la Fête ?

– J'en ai bien peur. Je suis très inquiet pour David Chapin. S'il lui arrivait malheur...

– Mais il en serait le seul responsable.

– Ce n'est pas cela qui va rendre le spectacle plus agréable. N'y a-t-il pas moyen d'y échapper d'une manière ou d'une autre ? Vous pourriez prétexter que vous n'êtes pas encore en état d'y assister ?

– J'ai déjà promis d'y aller. Je suppose que, quand bien même je serais à l'article de la mort, ma grand-mère donnerait l'ordre de m'y emmener sur une civière. Mon cher Ben, vous devez apprendre qu'il est impossible d'échapper à ma grand-mère, surtout en pareille circonstance. C'est une fanatique de la Fête. Fanatique jusqu'au bout des ongles. Et cela n'a rien à voir avec l'aspect culturel de la cérémonie, avec son côté spectaculaire ni même avec l'attrait qu'elle offre aux parieurs. Oui, elle joue des sommes fantastiques et gagne souvent. Mais tout cela ne revêt que peu d'importance à ses yeux. En fait elle est sadique, ni plus ni moins. En doutez-vous ? Alors, observez-la durant la cérémonie et vous verrez comment ce que le spectacle peut offrir de plus atroce produit sur elle l'effet d'une transfusion de sang neuf dans ses vieilles veines.

– Vous la présentez sous les traits d'un monstre. La haïssez-vous donc à ce point ?

– Je la hais et l'admire tout autant. Je la hais parce que

je suis parfois sa victime. Je l'admire parce que j'aimerais détenir le pouvoir qu'elle possède. Ce doit être extraordinaire de se faire obéir sur un simple murmure.

– Et d'en être détesté ?

– Est-on aimé pour sa faiblesse ? Est-ce là la raison de votre attachement pour moi ?

– Je n'ai jamais dit que vous étiez faible et je ne crois pas que vous le soyez.

– Et pourtant. Je le suis au même titre qu'une enfant. Oui, c'est exactement cela : au même titre qu'une enfant. La force de caractère, à mon avis, vient avec l'âge. Mais qu'advient-il lorsqu'on est incapable de devenir adulte et que l'on reste enfermé dans son enfance comme par un effet de magie noire ? On voit le temps s'écouler, les autres prendre de l'âge, gagner en assurance et en maturité à mesure que les années passent. Mais pour soi, l'aiguille du temps s'est comme arrêtée et l'on est condamné à vivre dans l'univers terrifiant et peuplé d'ombres de l'enfance. Un univers toujours peuplé d'ombres. Le soleil n'y pénètre que pour y projeter des ombres.

– Raison de plus pour aspirer à s'en évader.

– On ne peut s'en évader. Je vous l'ai dit, c'est comme d'être ensorcelée.

Ben vit avec inquiétude que les mains d'Elissa s'étaient mises à trembler au point que sa tasse était agitée de soubresauts convulsifs et que du café se répandit sur la table.

– Oh, quelle maladroite je fais ! s'exclama-t-elle d'une voix haletante.

Elle s'empressa de poser la tasse puis entrelaça ses doigts pour tenter de maîtriser leur horrible tremblement.

– Ce n'est rien, dit-elle. Un frisson tout au plus, je vous assure.

– C'est beaucoup plus grave que cela. Je vais appeler le docteur Mola.

– Oh, mon Dieu, vous êtes pire que ce pauvre Papa, dit-elle en faisant entendre un rire peu convaincant. Je vous en prie, asseyez-vous et terminez votre déjeuner. Ce n'était qu'un frisson et c'est passé maintenant. Peut-être est-ce même votre propre humeur qui m'a influencée. Vous paraissiez si malheureux de devoir assister à la Fête. Je risque de faire une épouse déconcertante si je suis à ce point sensible à vos humeurs. Eh bien, nous pouvons nous consoler en nous disant que c'est la dernière Fête à laquelle nous assisterons jamais. La toute dernière. N'est-ce pas un soulagement ?

– Certes. Mais comment pouvez-vous affirmer que votre grand-mère ne nous ordonnera pas d'assister à la prochaine Fête ou à la suivante ?

– Si elle le faisait, viendriez-vous ?

– Je ne sais pas. Je crois que je me comporterais comme le mari *norteamericano* typique : je vous laisserais décider. Elle est votre grand-mère à vous.

– Elle l'est, en effet. Néanmoins le problème ne se posera pas. Une fois que j'aurai quitté Santo Stefano je n'y reviendrai jamais.

– Vous changerez peut-être d'avis, lui répondit Ben en souriant. Après tout, vous allez vous marier et non partir en exil.

Puis, brusquement, il se souvint de quelque chose que la vieille dame lui avait dit la veille dans le couloir. Quelque chose qui avait trait à l'obligation faite à la femme de toujours rester chez elle une fois mariée. Il fronça les sourcils en regardant Elissa et lui demanda :

– Voudriez-vous suggérer par là que vous ne seriez pas bien accueillie ici si jamais vous désiriez revenir ?

– Préféreriez-vous que votre femme reste très attachée à sa famille ? répondit-elle évasivement. La plupart des hommes n'aimeraient guère cela.

– Vous n'avez pas répondu à ma question.

– Je ne vois pas en quoi. Aux Etats-Unis je serai avec vous ; Juana nous accompagnera et j'aurai Mama et Papa quand ils viendront nous rendre visite. N'est-ce pas suffisant ? Quant à Santo Stefano elle-même, elle me sera un bienheureux souvenir. L'île fera partie de ma nouvelle vie, mais uniquement dans ma mémoire. Ecoutez-moi donc parler ! Me voilà devenue lyrique, ne trouvez-vous pas ? Oublions cela maintenant. Finissons de déjeuner et préparons-nous à aller affronter cette épreuve. Mon cher Ben, ne faites donc pas cette tête de six pieds de long. Ce ne sera peut-être pas aussi terrible que vous le craignez.

Ben avait espéré qu'au moins, Elissa et lui pourraient être seuls durant la cérémonie. Il fut consterné d'apprendre, au moment du départ, qu'ils allaient avoir Blas Miralanda et Penelope Kipp comme compagnons. Il s'agissait là d'une idée de Blas. Puisque Mlle Kipp et M. Smith allaient assister à leur première Fête, leur expliqua-t-il sur la route de Chicamayo, il allait se faire un honneur de leur en expliquer les mystères. Trop fréquemment le néophyte s'imaginait être témoin d'une simple démonstration d'endurance, d'une épreuve athlétique. Quelle façon erronée de voir les choses ! Cela revenait à considérer la statue d'Ajaxa comme une sculpture sur bois peint et rien de plus. Quelle tristesse ! En réalité, la cérémonie était un grand drame dans lequel les acteurs vivaient littéralement leurs rôles. Si ce n'était pas là s'exprimer de manière légèrement blasphématoire, on pourrait même s'y référer en parlant de La Passion d'Ajaxa. Et, bien évidemment, l'unique façon d'apprécier ce drame consistait à être informé de toutes ses nuances, étape par étape.

De plus, pontifiait Blas, il ne fallait pas omettre les aspects scientifiques de l'événement. La corde, par exemple. Son épaisseur avait, pendant longtemps, été l'objet de très chauds débats au sein de ceux qui faisaient autorité. Plus la corde était épaisse et mieux on devait se trouver protégé contre sa morsure dans les chairs. Ne paraissait-il pas dès lors logique que tous les candidats choisissent le nœud le plus épais possible pour concourir ?

Penelope déglutit avec effort et Ben émit un grognement que Blas prit de toute évidence pour une marque d'assentiment.

– Mais ce n'est pas le cas, annonça-t-il triomphalement. Pourquoi cela ? Parce que le moment venu, le concurrent n'a plus beaucoup de force pour trancher la corde. Si le diamètre de celle-ci augmente ne serait-ce que de l'épaisseur d'un cheveu, elle va offrir une résistance accrue au couteau. En revanche, une corde trop mince peut mordre beaucoup trop profondément dans la gorge. En définir le diamètre idéal exige des calculs précis. Le diamètre de trois quarts de pouce utilisé pour les exécutions capitales dans votre pays ne représente pas un critère valable.

– Qui s'occupe de cela pour Chapin ? demanda Ben. Luis de la Horca ?

– Assurément. Et il n'existe pas de meilleur expert en la matière. On m'a dit que M. Chapin est resté chez Luis la nuit dernière. Ce qui signifie que c'est Luis en personne qui a entrelacé les extrémités de la corde cérémonielle après la lui avoir passée autour du cou au coucher du soleil. La loi des Axoyacs prescrit que l'on doit dormir avec le nœud autour de la gorge exactement comme, toute sa vie, on doit vivre avec la corde invisible du destin autour du cou. Si le concurrent dort bien, cela signifie qu'il ne craint pas ce qui l'attend et qu'il va montrer sa bravoure sous la potence. Et souvent, cela a pu être vérifié. Si souvent même que la plupart des gens refusent de parier avant de savoir comment les candidats ont passé la nuit.

– Ne risquent-ils pas de s'entendre raconter des mensonges ? demanda Penelope. Les paris entraînent souvent ce genre de choses, vous savez.

– Jamais pour la Fête, répondit Blas d'un ton scandalisé. Il ne faut pas faire abstraction de cette croyance indienne selon laquelle, la veille de la cérémonie, les dieux se rassemblent ici, sur le Victorica, pour y assister. Pas un seul Indien n'oserait mentir en présence des dieux. Du moins, sur un sujet étant en rapport avec la Fête. Peut-être n'hésitera-t-il pas une seconde à vous vendre un fruit pourri, mais il ne s'agira là pour lui que d'une duperie sans importance qu'Ajaxa lui-même ne dédaignerait peut-être pas d'approuver.

– Cela mis à part, dit Ben, ne considérez-vous pas comme franchement sacrilège d'engager des paris sur une cérémonie de ce type ? Et même comme franchement cynique ?

– Pourquoi ? Les Indiens eux-mêmes sont les joueurs les plus passionnés et il n'y a là aucun blasphème de leur part. Ils ont le sentiment, en jouant sur tel ou tel concurrent, qu'ils témoignent de leur foi vis à vis du dieu qui est en lui. S'il échoue à démontrer qu'il est un dieu, ils souffrent au même titre que lui. Il s'agit en fait d'un sentiment très religieux.

– Et quel est leur sentiment à l'égard de Chapin ? Sait-on comment il a passé la nuit ?

– On m'a dit qu'il a dormi profondément et n'a montré aucune crainte. Par ailleurs, il inspire un certain respect car il est le protégé de Luis. Néanmoins on ne croit guère en ses chances de victoire. On pense qu'il va se comporter honorablement, oui, mais pas qu'il va gagner. Le favori est Leon Chicamayo qui, l'année dernière, a manqué le prix pour deux petites secondes seulement. Juan Chicamayo et Pablo Huanu Blanco sont considérés comme devant s'avérer ses deux plus dangereux adversaires. David Chapin et Miguel Tercero ne sont donnés qu'à vingt contre un. Le préjugé existant contre Miguel est très compréhensible : son père et son grand-père sont tous les deux morts sous la potence, et les *aficionados* pensent qu'en conséquence il n'aura pas la force de caractère nécessaire pour vaincre.

– Sur qui pariez-vous ? demanda Penelope.

– Sur le favori, bien sûr. Toujours sur le favori. Pour quelle raison irais-je parier sur un autre ?

La conversation se déroulait entre eux trois, Elissa n'y prenant pas part. Et l'autre couple ne tentait en aucune manière de la faire sortir de sa réserve. Au début, cela intrigua Ben. Après tout, il paraissait difficile d'imposer sa présence à quelqu'un, puis de rendre les choses pire encore en tenant cette personne totalement à l'écart. Puis il se fit la réflexion que ces gens connaissaient Elissa depuis bien plus longtemps que lui, qu'ils la connaissaient assez bien, en tout état de cause, pour adopter en sa présence une attitude fort voisine de celle qu'elle souhaitait leur voir adopter. Il l'observa tandis qu'elle conduisait, les yeux fixés droit devant elle sur la route, le visage impassible, et décida que c'était bien ainsi qu'elle souhaitait que cela se passe. Etrange, cette faculté qu'elle possédait de se retrancher du monde. Et combien satisfaisant de pouvoir se dire qu'il était l'unique représentant de ce monde à toujours pouvoir accéder jusqu'à elle.

L'arène se trouvait de l'autre côté de Chicamayo, à un peu plus de quinze cents mètres du village. De prime abord, Ben ressentit une déception certaine. C'était donc là l'aimant qui avait attiré cette multitude de gens des quatre coins du pays ? Ce grand mur de béton, gris et banal, percé de guichets et de portes d'accès munies de tourniquets, semblable à n'importe quel stade des Etats-Unis ? Sans compter le parking dont les jeunes employés témoignaient, envers le client, du même mépris flagrant et du même comportement arrogant que leur alter ego new yorkais en allant garer trop brutalement les véhicules dans des grincements de boîte de vitesse et des hurlements de freins. Et les vendeurs bien sûr, les vendeurs avec leurs paniers de *refrescos,* de cigarettes et de souvenirs. Seuls les Indiens apportaient une note exotique. Tous semblaient avoir revêtu le fin du fin en matière d'habits axoyacs ; les hommes portaient des chemises aux couleurs vives et des pantalons amples attachés par un ruban sous le genou ; les femmes, un nombre incalculable de jupons sous leurs jupes longues ; tous, hommes et femmes, avaient sur les épaules les châles rayés ornés de glands et, sur la tête, le grand chapeau de paille tressée des Axoyacs, ces couvre-chefs semblant tous avoir été fabriqués la veille spécialement pour l'occasion. Il y avait également des enfants groupés docilement, parfaites reproductions de leurs pères et de leurs mères à plus petite échelle : ils suivaient leurs parents à la queue-leu-leu comme une file de canetons solennels ; un nourrisson, en général profondément endormi, était parfois sanglé dans l'espèce de berceau que sa mère portait sur son dos.

C'était une foule extraordinairement calme et disciplinée, et cela poussa Ben à remarquer la présence de nombreuses forces policières tout autour du mur de l'arène et à s'en étonner. Des voitures de patrouille stationnaient en tous lieux : des policiers en uniforme restaient assis à l'intérieur ou s'appuyaient contre les ailes des véhicules en surveillant ce qui se passait. La Garde Civile se signalait également par son omniprésence : coiffés de casques lourds peints aux couleurs nationales, bleu et or, tenant à la main des cannes de bambou et portant sur les hanches des pistolets, les soldats étaient visibles partout. Lorsque Ben en fit la remarque à Blas, ce dernier la repoussa avec un haussement d'épaules.

– Il y a eu des incidents par le passé, et on tient simplement à s'assurer qu'ils ne se reproduiront pas, c'est tout. La Fête est une manifestation dans laquelle les émotions tiennent une grande place. Un tel déploiement des forces de police et de la Garde Civile permet de maintenir ces émotions dans le domaine du raisonnable.

– J'espère que cette leçon aura été retenue la prochaine fois que j'irai assister à un match de football, observa sévèrement Penelope. Je suis allée à Port Buchanan avec papa et maman le mois dernier pour voir Santo Stefano jouer contre le Pérou et ça s'est terminé par une émeute effrayante. C'était absolument affreux.

– C'est vrai, dit Blas, et cela tient à ce que les spectateurs font preuve d'un chauvinisme aveugle quand il s'agit de matches internationaux. La police elle-même est contaminée par cette partialité. Mais il n'en va pas de même ici. A la Fête de la Corde, on peut lui faire confiance pour s'acquitter de son devoir sans faillir.

Lorsqu'ils approchèrent de l'entrée principale, cependant, Ben vit que parfois, pour un policier, la notion de devoir ne manquait pas de poser des problèmes virtuellement insolubles. Juste devant l'entrée, une petite procession funèbre avançait de long en large. A sa tête se trouvait un prêtre en soutane, petit homme osseux au visage émacié et dyspepsique dont les yeux flamboyants trahissaient le fanatisme. Ben en conclut qu'il devait s'agir du célèbre Père Bibieni. Tout en lui répondait à la description maintenant familière qu'on lui en avait faite. Il brandissait au-dessus de sa tête une grande croix de bois, marchait à pas lents en ne regardant ni à droite ni à gauche, et derrière lui suivaient une petite douzaine de disciples. Un prêtre plus jeune, peut-être un acolyte, dont les traits étaient empreints d'une expression d'embarras, portait un tableau encadré représentant Notre Dame de Xares ; quelques femmes en grand deuil parmi lesquelles deux Indiennes dont les châles ne révélaient que les yeux, s'avançaient derrière lui. Enfin venaient plusieurs adolescents, visiblement nerveux et provocants, qui exhibaient bien haut des pancartes sur lesquelles des slogans en espagnol avaient été transcrits en lettres irrégulières.

Blas les traduisit en manifestant une certaine répugnance :

– L'un dit : *La Fête de la Corde est un péché mortel.* Et l'autre : *Pas Ajaxa mais le Christ, pas la potence mais la Croix.* Il est scandaleux de voir ce prêtre défier ainsi l'Eglise. C'est le Père Bibieni, vous savez. Un incorrigible agitateur. On pourrait éprouver de la pitié au spectacle de sa folie s'il ne la proclamait pas de manière aussi arrogante. Il cherche volontairement les ennuis. Il serait ravi si la police s'attaquait à lui maintenant car il deviendrait un martyr au même titre que saint Etienne. Aha, mais ils le connaissent bien. Ils refusent de tomber dans le piège qu'il leur tend.

Ben s'aperçut que les policiers avaient en outre le devoir fort désagréable de servir de tampon entre le prêtre et quelques spectateurs qui paraissaient tout à fait disposés à lui offrir le martyr. Un groupe de Jeunes

Nationalistes raillaient la procession, proféraient des imprécations et, de temps en temps jetaient pierres et mottes de terre en direction de la file des disciples. D'autres les encourageaient à ne pas en rester là, brandissaient leurs poings et haranguaient les policiers afin qu'ils interviennent. La police demeurait sourde à tout cela et ne lâchait pas pied tandis que la procession poursuivait ses allées et venues. L'attitude des policiers indiquait que, quoiqu'ils fussent sans doute en accord avec les éléments favorables de la Fête, ils s'étaient vu confier une tâche et il était vain de compter les empêcher de s'en acquitter scrupuleusement.

A la porte, Blas tendit quatre billets et Ben apprit avec étonnement que l'entrée était payante et que les places coûtaient assez cher. Il avait jusqu'alors eu l'impression que la cérémonie, de même que les festivités dans les rues de Port Buchanan, était libre et gratuite. Il était curieusement décevant de voir Blas, de la position avantageuse où il se tenait une fois la porte franchie, évaluer la foule qui emplissait l'arène, puis annoncer avec satisfaction que la recette allait assurément battre tous les records.

– Au minimum cent mille dollars, assura-t-il. C'est d'autant plus beau qu'il n'y a aujourd'hui aucune vedette capable, comme Luis, d'attirer les foules.

– Que fait-on de tout cet argent ? demanda Ben. Je croyais qu'il s'agissait d'une manifestation dépendant de la Commission Culturelle ?

– C'est cela. La Commission en utilise une partie pour organiser la Fête de l'année suivante. Le reste est versé à l'Eglise pour ses œuvres charitables. C'est la somme la plus importante qu'elle reçoive de toute l'année. Sans cela elle manquerait cruellement de fonds pour venir en aide aux pauvres et aux déshérités. Maintenant, si vous voulez me suivre, je vais vous conduire à nos places. Elles sont excellentes. M. Victor s'en est occupé lui-même.

L'arène ressemblait à un amphithéâtre grec. Les gradins formaient un demi-cercle creusé à même le versant pentu de la montagne et dominaient un espace de terre brute dégagé que délimitait l'imposant mur de béton : gris à l'extérieur, il étincelait de couleurs vives à l'intérieur ; celles d'affiches publicitaires qui recouvraient le mur d'une extrémité à l'autre, et Ben n'eut besoin de l'aide de personne pour en traduire les slogans. *Fumez des Conquistadores. Fumez des cigarillos Hermanos. Buvez la bière Sabre d'Or. Voyagez par Aerovias Santo Stefano.* Il y avait même une publicité pour le magasin de Santa Cruz sur le Paseo de James Monroe : un jeune homme portant un costume probablement acheté dans ce magasin était l'objet de l'admiration d'une jolie blonde dont la robe de soirée révélait la majeure partie d'une poitrine très peu plausible. Ben se dit que Santa Cruz avait dû choisir personnellement le modèle qui avait posé pour cette photographie. C'était là un aspect de son travail qui ne devait pas manquer de le passionner.

Et tout ce commerce, cette débauche de couleurs, servaient de toile de fond à ce qui se dressait au centre de l'espace dégagé : une potence, jaillissant du sol comme une plante effrayante. Plus petite que Ben ne l'avait imaginée mais pas moins effrayante pour autant. Nue, brute, squelettique, elle attirait l'œil bien davantage que les affiches colorées ne le pouvaient faire.

– Vous remarquerez notre chronomètre officiel.

Ben regarda dans la direction qu'indiquait le doigt de Blas et vit le cadran installé bien au-dessus du mur de l'arène.

– C'est un instrument remarquable, expliqua Blas. Il a été fabriqué en Allemagne et fonctionne au millième de seconde près. Quoique cela soit, bien entendu, plus qu'il n'est besoin, il peut chronométrer jusqu'à soixante secondes. La fonction de chronométreur constitue un honneur réservé au Président de la Commission Culturelle lui-même, mais autrefois, avant l'installation de cet appareil à la mécanique parfaite, il s'agissait là d'un honneur tout à fait redoutable. Il n'en va plus de même aujourd'hui. Lorsque le concurrent s'abandonne entièrement à la corde, l'aiguille du chronomètre est commandée par une impulsion électrique. Quand il tranche la corde et que ses pieds touchent le sol, l'aiguille s'immobilise. Personne n'oserait contester la preuve qu'il a devant ses propres yeux. Les progrès de la technique scientifique sont tout simplement fabuleux, n'êtes-vous pas de mon avis ?

– Oh, regardez, s'exclama Penelope. L'aiguille bouge !

La mince flèche noire du chronomètre s'était effectivement mise à bouger. Elle progressait par saccades, avec l'inexorabilité d'une pulsation cardiaque, et décrivait une révolution autour du cadran.

– Je ne me sens vraiment pas très bien, ajouta Penelope.

Ben vit qu'elle était soudain devenue très pâle. Elle regarda alentour d'un air surpris.

– C'est affreux. Je crois que je vais être malade.

– Non, non, dit Blas sans savoir que faire. Ce n'est rien, Mlle Kipp. Ils ne font que vérifier le bon fonctionnement du chronomètre.

Ce fut Elissa qui sortit de son sac une petite flasque en argent dont elle dévissa le bouchon.

– Tenez, buvez ça, ordonna-t-elle à Penelope. Une bonne gorgée. C'est bien. Alors, cela va-t-il mieux ?

Penelope s'étrangla à demi, reprit son souffle et dit :

– Oui, je vous remercie. Bien mieux. Je crois que c'est passé. J'ai vraiment très honte, je ne sais pas ce qui a pu m'arriver.

– Sans doute quelque chose que vous avez mangé, suggéra Ben.

– Peut-être bien. Oh, vous dites cela pour vous moquer de moi, n'est-ce pas ?

– Se moquer de quelqu'un de malade n'est guère charitable, intervint Blas avec un regard désapprobateur en direction de Ben. Bon, si vous voulez bien vous appuyer sur moi, Mlle Kipp ?

Il glissa son bras sous celui de Penelope et la guida ainsi au milieu de la cohue qui envahissait les travées, le poids de la jeune femme rendant sa progression difficile.

Ben et Elissa les suivirent à une certaine distance.

– Je suis heureux de constater que vous savez encore parler, dit Ben. Vous rendez-vous compte que ce sont les premières paroles que vous ayez prononcées depuis notre départ de la maison ? Pourquoi ? Est-ce leur compagnie qui vous déplaît ?

– Non. C'est une très gentille jeune fille et Blas est tellement suffisant qu'il en devient presque drôle. Avez-vous remarqué comment il lui fait la cour ? C'est très amusant. On dirait un petit oiseau grassouillet gonflant sa poitrine pour impressionner sa femelle.

– Il lui fait la cour ?

– Bien sûr. Ce serait pour lui une alliance magnifique et, tout bien considéré, elle ne s'en tirerait pas si mal non plus.

– Mais la dernière fois que je l'ai rencontrée, Virgilio Barruguete semblait être l'homme de ses pensées.

– Oui, depuis son plus jeune âge elle est folle de lui, mais il en va de même pour la plupart des femmes qui l'ont approché. Et puis Virgilio est un célibataire endurci. Je pense que Penelope a maintenant atteint un âge où l'on comprend pleinement ce genre de chose.

– Et vous ? Avez-vous aussi été folle de lui ?

– Jamais. Je l'ai toujours trouvé plutôt déplaisant. Il a une attirance excessive pour la chasse, la Fête de la Corde, tout ce qui concerne un exploit physique. Avez-vous déjà lu l'un de ses livres ? Vous devriez, un jour. Ils sont très bien écrits mais ils glorifient la masculinité à un point tel que l'on en vient à douter de la sienne. Attention. Il est juste là et n'apprécierait guère notre conversation.

Barruguete faisait partie du cercle de courtisans qui s'empressaient autour du dragon dans son fauteuil roulant. Ils se tenaient au dehors de la loge qu'elle occupait avec sa famille et il émanait d'eux une impression palpable de servilité. Quand Elissa s'approcha, ils s'écartèrent pour qu'elle puisse se pencher au-dessus du rebord de la loge et déposer un baiser respectueux sur le front présenté à cet effet.

– Chère Grand-maman, murmura-t-elle.

– *Querida niña.*

Le visage ridé encadré d'une mantille de dentelle noire semblait aller de droite et de gauche comme la navette d'un métier à tisser.

– Et ce jeune homme ? demanda-t-elle. Où est-il donc ? Ah, le voici. Pourquoi vous cachez-vous, jeune homme ? Venez ici.

Quand les vieux yeux malicieux rencontrèrent les siens, Ben aurait pu jurer, l'espace d'un instant, qu'un éclair de dérision les traversait. Puis les paupières de la vieille dame s'interposèrent comme un écran.

– Un *norteamericano* va participer à la Fête. Le connaissez-vous ?

– Oui.

– Que savez-vous de lui ? Est-il fort ? Brave ? Peut-il battre les Indiens ?

– Si vous voulez savoir si je serais prêt à parier sur ses chances, ma réponse est non.

C'était bien ce qu'elle désirait s'entendre dire. Comme tout joueur patenté, elle était prête à parier sur plusieurs concurrents mais préférait s'en abstenir. Elle hocha la tête en signe d'assentiment puis congédia Ben de la main.

– Nous verrons bien, dit-elle. Maintenant, vous devez tenir compagnie à mon enfant. Asseyez-vous là-bas avec elle parmi les *aficionados*. Cela va bientôt commencer.

Bientôt, oui et non, se dit Ben, anxieux, assis entre Blas et Virgilio Barruguete. Devant eux avaient pris place Penelope, Elissa et une jeune fille maigre, pâle et sans aucune grâce qui accompagnait Barruguete. Leur rang était en fait le tout premier de l'amphithéâtre : au-delà il n'y avait plus qu'une travée, la barrière qui s'élevait à hauteur de taille, puis, à moins de vingt-cinq mètres, la potence. Le ciel était bleu, sans un nuage ; le soleil brillait et la silhouette de la potence se découpait, d'un noir absolu, dans la lumière éblouissante. Quelque effort que fit Ben pour détacher son regard de cette structure de bois toute en angles, elle exerçait sur lui un attrait irrésistible.

Pour son malheur, Blas interpréta son attitude comme la curiosité naturelle du néophyte. Il multiplia commentaires et observations sur l'art de la corde, comme eût fait un guide à l'intention d'un plein car de touristes traversant un pays étranger. Ben se dit qu'il s'agissait somme toute d'une question de conditionnement. L'enfant est le père de l'homme et, si le spectacle du matador perdant son sang tandis que le taureau l'encorne, ou celui du boxeur au visage tuméfié allongé sans connaissance sur le ring paraissent naturels à l'enfant, l'homme n'aura guère de chance de les trouver écœurants. Par conséquent, en toute objectivité, rien ne pouvait empêcher quelqu'un à qui, dès sa plus tendre enfance, on avait appris à admirer l'esthétique de la strangulation par la corde, de considérer la pendaison comme un beau spectacle.

Le vacarme des voix qui s'élevait de la foule tumultueuse et envahissait l'arène s'apaisa soudain pour céder la place à un murmure d'excitation.

– Voici les musiciens, dit Blas en les désignant du doigt. Et les prêtres.

Un groupe d'Indiens avait fait son entrée dans l'espace découvert en se glissant quelque part sous la barrière. Quatre d'entre eux avaient le visage recouvert de masques fantastiques représentant des têtes d'animaux et s'avançaient lentement vers la potence, chacun tenant dans ses mains un plateau. Les musiciens, munis d'instruments à percussion ou de flûtes en roseau, se dispersèrent tout le long de la barrière où ils s'accroupirent hors de vue des spectateurs.

La musique commença par un vif *tick-tockety-tick* des percussions et Barruguete leva un doigt en disant :

– Les carapaces de tortues. Ecoutez bien.

L'un après l'autre, les tambours se manifestèrent, introduisant leurs notes de plus en plus graves. Ils firent naître un schéma rythmique complexe en accord ou en opposition entre eux, fusionnèrent en un grondement unanime pendant plusieurs mesures, puis se dissocièrent à nouveau pour revenir au schéma antérieur.

– Une fugue, uniquement jouée par des percussions : carapaces de tortue, calebasses et grosses caisses en bois et peau de chèvre. C'est merveilleux, n'est-ce pas ? s'exclama Barruguete. Les rivages, les champs et les forêts résonnent en contrepoint. Et voici la mélodie qui s'élève des roseaux au plus dense de la jungle.

Les roseaux pleurèrent à l'unisson. Ils firent entendre une ligne mélodique qui s'éleva puis s'abaissa et dont les ondulations et les sinuosités vibrèrent dans l'air immobile.

– Je la connais, cette musique, dit Penelope. On l'entendait partout juste avant mon départ pour l'Angleterre. Je l'ai sur un disque enregistré par l'orchestre de l'hôtel.

Elle leva son visage vers le ciel, ferma les yeux et, toute à ses souvenirs, entonna pianissimo : « *Mon amour, je brûle pour toi, hurle pour toi...* »

– Oh, par pitié, l'interrompit Barruguete sur un ton de profonde souffrance. Chère demoiselle, pas ça. C'est d'une obscénité consternante. Et nous ne sommes pas sur la piste de danse de l'hôtel.

Penelope devint cramoisie.

– Je suis absolument désolée. C'était vraiment stupide de ma part.

– Pas du tout, lui dit Barruguete un peu plus gentiment. L'exploitation commerciale de tout art primitif constitue, en un sens, un hommage qui lui est rendu, quand bien même il prend pour ce faire un aspect répugnant. Vous n'êtes nullement responsable du fait que vous ayez d'abord connu cet art sous sa forme dégénérée. Mais regardez attentivement les rites accomplis par les prêtres au pied de la potence. Voilà un art que vous ne trouverez nulle part ailleurs.

Prendant sur leurs plateaux des poudres colorées, les prêtres masqués s'activaient à tracer sur le sol autour de la potence des lignes symboliques. Ils travaillaient vite et avec précision et on voyait leurs doigts agiles donner forme à un tracé multicolore.

Barruguete se pencha vers Ben pour lui confier en chuchotant :

– C'est le symbole d'Ajaxa. En fait, la fusion de deux symboles : le nœud et le serpent. Je ne suis pas un disciple de Freud mais pour moi le symbolisme du nœud est aussi clair sexuellement que celui du serpent. Mais alors que le serpent symbolise les attributs masculins, le nœud coulant représente explicitement ceux de la féminité. Il rappelle aussi curieusement le cordon ombilical, ne trouvez-vous pas ? D'une certaine façon, cette sorte de boucle attachée à notre ventre ou entourant notre cou, ce principe féminin n'existe-t-il pas dans le même temps pour nous nourrir et nous étrangler ? Dans un cas comme dans l'autre, il doit être impitoyablement sectionné, sinon nous mourons. Il est fascinant d'observer comment la pensée primitive saisit ces subtilités et les restitue par le biais de son art. Ou bien pourrait-il s'agir, d'après vous d'un processus inconscient ?

– Pour le savoir, répondit Ben, il faudrait pouvoir pénétrer à l'intérieur même de la pensée primitive, non ?

– Ce qui est aussi impossible, dit tristement Barruguete, que de pénétrer dans l'esprit d'un enfant pour un adulte. Croyez-moi, j'ai, en tant qu'écrivain, été confronté à ce problème. Il n'existe pas de solution.

– Je vous en prie, intervint Blas visiblement irrité de ce conciliabule. Ça va commencer.

Autour de la potence, le tracé aux couleurs vives était maintenant achevé. Les prêtres dont les têtes oscillaient sous le poids des masques se dirigèrent vers la barrière et disparurent en se glissant en-dessous. La musique s'arrêta. Une vague d'hilarité s'éleva alors de la foule au moment où l'un des passereaux perchés sur le mur de l'arène prit son envol et vint se poser sur la traverse de la potence. Il sautilla deux ou trois fois de manière désinvolte puis se mit en devoir de se lisser les plumes.

Cela tourna aux hurlements de rire lorsqu'un musicien se précipita en faisant des moulinets avec ses bras pour mettre l'oiseau en fuite et que celui-ci ne lui prêta aucune attention. Il fallut que l'homme lançât une pierre dans sa direction pour obtenir que l'oiseau s'envole précipitamment ; les rires se muèrent alors en applaudissements moqueurs qui crépitèrent de toutes parts et le musicien, adressant un large sourire à la foule, regagna sa place à toutes jambes.

Au-dessus des têtes, les haut-parleurs aboyèrent les accents métalliques d'une fanfare. L'hymne national. Tous les spectateurs se levèrent, certains avec un air résigné, d'autres chantant les couplets de l'hymne. Blas entonna les paroles avec la même solennité que s'il se fût agi d'un Te Deum, et Penelope l'imita avec un bel enthousiasme d'écolière. Barruguete affecta de réprimer un bâillement. Dans la loge des Bambas-Quincy, Ben vit que Luz était en conversation animée avec son mari à l'apparence hautaine. Non loin de là, les têtes d'Alden-Aragone et de Salazar se rapprochaient à se toucher au-dessus d'une feuille de papier qui devait être un formulaire. A côté d'eux, Santa Cruz, qui tirait sur un énorme cigare, battait nonchalamment la mesure avec sa main. L'hymne s'éternisait, compensant en volume et en durée ce qui lui manquait par ailleurs, et quand ce fut terminé la foule se rassit d'une manière qui semblait signifier qu'elle venait de souffrir suffisamment longtemps pour la cause nationale et qu'elle avait maintenant bien mérité sa récompense. Les hymnes nationaux étaient tous identiques, quel que fût le pays où l'on se trouvait, se dit Ben.

Les haut-parleurs se manifestèrent à nouveau, diffusant en espagnol une annonce inintelligible qui retentit à ses oreilles comme une fusillade. Blas se redressa sur son siège en écoutant avec attention.

– Un message du Président de la République, dit-il en plaçant une main en cornet derrière son oreille. Maintenant, l'ordre des concurrents. Ils attendent en-dessous de nous et viennent de le tirer au sort.

– Comme si cela avait la moindre importance, fit observer Barrugete. En dernière analyse, c'est le courage de chaque concurrent qui joue seul un rôle et non le fait qu'il soit le premier ou le dernier à passer.

– Je vous demande bien pardon, s'insurgea Blas. N'oubliez pas que le dernier sait exactement la performance qu'il lui faut réaliser. Sans oublier que le premier se montre souvent prudent dans l'espoir d'être, peut-être, le seul survivant. L'expérience le prouve. Vous n'allez tout de même pas vous élever contre ?

– Je ne m'élève contre rien. Je prétends seulement que nul ne connaît ce dont il est véritablement capable avant d'avoir fixé sa corde à la potence. Préparer une stratégie ne signifie absolument rien alors que l'intellect ne peut commander ni à la chair ni aux sentiments.

La voix transmise par les haut-parleurs marqua une pause puis retentit à nouveau, prenant cette fois grand soin de prononcer toutes les syllabes.

– *Miguel Tercero.*

– Ce sera lui le premier, dit Blas très concentré.

Ben se prépara à entendre le nom qui allait suivre.

– *Pablo Huanu Blanco.*

Peut-être Chapin avait-il décidé de ne pas se présenter ? C'était bien cela. Au dernier moment, Klebenau avait réussi à le convaincre.

– *David Chapin.*

Mon Dieu, pensa Ben. Je ne pouvais absolument rien faire pour empêcher cela de se produire.

Il sentit une légère pression contre son genou et, quand il baissa les yeux, il vit qu'Elissa lui tendait sa petite flasque en argent. Elle était la beauté, la bonté même. Il but à longs traits, conscient que Blas et Barruguete détournaient poliment les yeux. Un gentleman ne regarde pas son semblable en proie à un moment de faiblesse.

– *Leon Chicamayo.*

A l'appel de ce nom, un vaste murmure de déception monta de la foule.

– Ils espéraient qu'il serait le dernier, chuchota Blas. C'est lui le favori et en dépit de ce qu'en pense M. Barruguete, le dernier concurrent est avantagé par rapport aux autres.

– *Juan Chicamayo.*

A l'annonce du dernier nom de la liste, la foule laissa libre cours à sa nervosité dans un hurlement sauvage. Le tumulte augmenta encore quand un Indien de petite taille au teint basané apparut sous la barrière et, sans se préoccuper du chahut indescriptible qui l'entourait, se mit à avancer d'un pas ferme vers la potence. Seul l'*antia,* une pièce d'étoffe maintenue autour de ses reins par une mince courroie, couvrait sa nudité. Autour de son cou était étroitement ajustée une corde. L'extrémité libre était enroulée deux fois autour de son bras gauche tendu au-dessus de sa tête et se terminait par un nœud volumineux qui se balançait un peu plus bas que son poignet. Quelques pas derrière lui suivaient les quatre prêtres masqués.

– Voilà Miguel, dit Barruguete en approchant sa bouche tout près de l'oreille de Ben afin de dominer le vacarme. Le pauvre, il porte un poids très lourd. Non seulement son grand-père et son père ont péri sous la potence, mais on m'a dit que sa mère était l'une des femmes qui composent la procession dehors, ce cortège dégradant que mène le Père Bibieni. Quelle honte ! Cela lui coûtera la vie si elle ose retourner au village ce soir.

– La démarche de Miguel est de style très classique, commenta Blas sur un ton d'approbation. Extrêmement assurée. Et *solitario*. C'est-à-dire... (Il chercha son mot). C'est-à-dire plus que seul. Ce que l'on éprouverait si l'on savait que l'on restait le seul être vivant après que le monde entier eût péri ; s'il n'y avait plus d'aide à attendre de personne.

– Très juste, souligna Barruguete. Et ô combien cela est différent des courses de taureaux avec tout cet apparat, ces courbettes et ces révérences destinées à attirer les applaudissements avant le spectacle, cette armée d'aides prêts à intervenir. *Solitario*. Absolument seul, ainsi qu'il a été créé. Regardez. L'aide qu'il va recevoir se borne à cela.

Miguel était venu se placer sous la traverse de la potence. Les prêtres firent cercle autour de lui. Ils s'inclinèrent et posèrent leurs mains à plat sur le sol, paumes tournées vers le haut. Miguel posa soigneusement ses pieds sur les mains des prêtres et fut aussitôt soulevé à hauteur de la traverse autour de laquelle il passa un bras afin de s'y suspendre. Alors les prêtres firent demi-tour et se dirigèrent à pas rapides vers la barrière. *Solitario* était bien le mot qui convenait, pensa Ben. S'il avait jamais vu un homme qui fût seul au monde, c'était bien Miguel Tercero alors qu'il se préparait à affronter son épreuve.

A ce moment, la remarque qu'avait faite Bambas-Quincy à propos d'un vaste silence prit tout son sens. Ce silence tomba si brusquement qu'il subsistait comme un bourdonnement dans les oreilles. Et dans ce gouffre de silence, le bruit d'une toux ou le grattement d'une allumette se répercutaient comme des coups de feu.

Miguel se prépara. Une encoche avait été pratiquée dans la face supérieure de la traverse, et ce fut là qu'il introduisit l'extrémité libre de la corde de façon que le nœud fût bloqué au niveau de l'encoche et supportât le poids de son corps. Jusque-là, il ne courait aucun risque. La corde restait enroulée une fois autour de son bras gauche et le poids de son corps reposait sur ce même bras, pas encore sur la corde passée autour de sa gorge. Alors, lentement, très lentement, Miguel libéra d'un petit geste circulaire le dernier tour de corde qui emprisonnait son bras gauche levé au-dessus de sa tête. Ses mains se refermèrent sur la corde et il se laissa glisser vers le bas. Ben se dit que ce serait au moment où les mains allaient lâcher prise qu'il conviendrait de détourner le regard.

Les mains lâchèrent prise, Miguel s'abandonna à la corde, mais il fut impossible à Ben de se détourner. Miguel semblait déjà mort. Les membres ballants et la tête inclinée en avant, il restait suspendu là, aussi immobile qu'un cadavre. Puis le mouvement des muscles devint visible, ceux de ses bras et de ses cuisses se nouèrent, ceux de son ventre se contractèrent spasmodiquement. La tête rejetée brusquement en arrière révéla des yeux grands ouverts au regard fixe, une bouche tordue dans un cri silencieux.

Ben suivait la scène comme hébété : il se sentit possédé par l'illusion de se trouver à la place de cet objet qui souffrait sous la potence. Sa respiration resta bloquée dans sa gorge. Ses muscles se raidirent au maximum. Le sang commença à marteler son crâne dans un bruit de tonnerre. Le couteau, pour l'amour de Dieu !

On eût dit que sa pensée commandait à distance la main de Miguel tandis qu'elle tâtonnait frénétiquement pour saisir le couteau passé dans la courroie de l'*antia*. La lame étincela dans la lumière du soleil. Comme dans une séquence filmée au ralenti, elle s'éleva cependant que le corps se tordait dans un effort suprême pour porter le coup qui lui rendrait la vie. La corde se rompit, apparemment au premier contact. Miguel, qui était suspendu à une trentaine de centimètres du sol, tomba lourdement et s'écroula en avant, la main toujours crispée sur le couteau. Il resta ainsi un moment, le visage contre terre, avant de parvenir à se remettre à genoux. Mais l'effort s'avéra trop grand. Il retomba, roulant sur le dos cette fois, et demeura ainsi, jambes écartées, haletant si violemment que chaque mouvement respiratoire faisait saillir ses côtes.

Une telle vague de bruit déferla que Ben en fut assourdi. Elle ne se composait pas uniquement d'applaudissements : huées et sifflements de dérision s'y mêlaient également. Quelques coussins commencèrent à voler vers la potence, l'un d'eux atterrissant presque sur Miguel toujours prostré à terre. Des gobelets en carton ayant contenu de la crème glacée s'abattirent sur l'espace découvert. Les Gardes Civils prirent position au pied des gradins, l'air hargneux et les cannes de bambou prêtes à entrer en action. Soudain, les manifestations hostiles cessèrent à l'apparition du docteur Mola qui, suivi de près par les quatre prêtres axoyacs, se dirigea d'un pas alerte vers Miguel, une petite trousse d'urgence noire à la main. Le docteur s'agenouilla auprès de Miguel, lui adressa quelques mots, procéda à un rapide examen. Visiblement, tout allait bien. Sur un signe qu'il fit, deux des prêtres aidèrent Miguel à se redresser puis escortèrent sa marche chancelante tandis que les deux autres dégageaient de la potence la partie de la corde qui se trouvait encore engagée sur la traverse. Lorsqu'ils disparurent à leur tour sous la barrière, le brouhaha s'apaisa pour n'être plus qu'une rumeur de conversations indistinctes.

Ben jeta un coup d'œil sur le grand chronomètre au-dessus du mur de l'arène. Six secondes. C'était impossible. Il n'en pouvait croire ses yeux. Six petites secondes seulement, à peine plus de six battements de cœur et ça lui avait paru une éternité. Ce qui, en soi, ne manquait pas d'ironie, car s'il n'y avait pas eu l'éclair de cette lame aiguisée, cela aurait vraiment duré une éternité.

Penelope Kipp se retourna pour le regarder, les traits trahissant la surexcitation.

– Vous avez vu ? C'était angoissant, non ? Proprement ahurissant. Savez-vous que je voulais fermer les yeux au début et que je n'y suis pas parvenue ? Tout compte fait, que je regarde ou non, ce n'est pas cela qui va y changer quelque chose, n'est-ce pas ? Et vous avez vu comme il restait pendu ? J'ai vraiment cru qu'il était mort.

– Cela ne risquait pas grand chose, interrompit Barruguete d'un ton acerbe qui suggérait qu'il avait dû parier gros sur Miguel et qu'il n'était pas disposé à lui pardonner une exhibition d'une telle médiocrité.

Blas, en revanche, paraissait très content de lui.

– Ainsi je ne m'étais pas trompé sur mes prédictions, n'est-ce pas ? Le premier concurrent va rarement au bout de lui-même. Les statistiques montrent...

– Les statistiques ! répliqua Barruguete. C'est bon

pour les scribouillards.

La remarque atteignit sa cible. Blas accusa le coup puis se reprit et dit avec autant de dignité que de courage :

– Chacun fait selon ses moyens.

La réponse que préparait Barrugete ne franchit pas ses lèvres car Penelope révoltée le fusilla du regard en disant :

– Vous êtes grossier, Virgilio. D'une grossièreté inqualifiable.

Visiblement estomaqué de cette attaque imprévue, il se rétracta :

– Chère demoiselle, croyez-moi, telle n'était pas mon intention. Absolument pas.

– Bien évidement, dit-elle et Ben fut intéressé de noter que, pour la première fois, elle regardait maintenant Blas avec beaucoup d'affection.

Ainsi vont les choses. Peut-être ce petit accès de mauvaise humeur de Barruguete était-il juste ce dont Blas avait besoin pour assurer le succès de sa cour, quoiqu'il y eût peu de chances qu'il appréciât l'attitude de l'écrivain et qu'il lui offrît la poignée de main qui eût été de circonstance.

Un groupe d'employés se précipitèrent au centre de l'arène pour nettoyer les débris divers qui jonchaient le sol. Les flûtes et les tambours les soutinrent dans leur tâche en reprenant la musique rituelle. Les vendeurs s'avancèrent dans les travées. La jeune compagne de Barruguete fit timidement savoir qu'elle avait envie d'un esquimau glacé qu'elle savoura à petits coups de dents précis comme une souris qui s'attaque à un morceau de fromage. Ben se pencha en avant pour proposer une cigarette à Elissa mais elle secoua la tête négativement en désignant la loge où était installée sa grand-mère. Il était fort peu probable que la vieille dame pût les voir mais sa seule présence suffisait. Ben alluma sa propre cigarette et s'adossa à son siège en attendant la suite du programme. Ce devait être maintenant le tour de Pablo Huanu Blanco. Selon Blas, il s'agissait d'un candidat très sérieux. Il semblait raisonnable de supposer qu'il allait faire mieux que six secondes.

Il fallut à Ben un certain temps pour comprendre toute la signification de ce genre de réflexions et il se fit horreur. La Fête était-elle à ce point envoûtante ? Il fallait bien le croire. Il n'avait assisté qu'à une scène extrêmement brève et, semblait-il, devenait déjà insensible à ces instants d'agonie. N'eût été la perspective de voir apparaître Chapin, il aurait pu contempler le sepctacle de bout en bout de la même façon qu'il pouvait, confortablement installé dans un fauteuil de cinéma, voir sur l'écran les victimes d'une inondation être arrachées à l'emprise de l'eau, des troupes combattre ou le nuage de fumée consécutif à une explosion nucléaire prendre la forme d'un magnifique champignon.

C'était là que le bât blessait, là que résidait le secret de cette fascination. Il était si facile de s'abstraire de cette agonie, de ne plus la regarder qu'avec l'intérêt distant du spectateur. C'était pour cela qu'à la simple pensée de Chapin naissait maintenant chez lui un tel ressentiment. Qu'il aille au diable ! Et Nora ainsi que Klebenau par la même occasion ! Ils lui interdisaient de se comporter en spectateur. D'une façon ou d'une autre, ils faisaient en sorte qu'il se sente responsable de leurs souffrances. Et il n'y avait de paix nulle part pour quiconque tombait dans ce genre de piège.

Les employés avaient achevé de nettoyer. La musique s'arrêta. Pablo Huanu Blanco fit son apparition dans l'arène, suivi des prêtres. Il était robuste et très musclé. Il marcha à la potence sans plus se préoccuper de la foule que Miguel, mais d'un pas plus lent. Et son bras gauche, qu'il tenait en l'air et qu'entourait la corde, n'était pas rigide : muscles relâchés, coude ployé, c'était le bras d'un somnambule qui se prémunit contre les obstacles qu'il ne peut voir et qui peuvent entraver sa marche. *Solitario,* pensa Ben. Seul au monde. Seul avec son rêve peuplé de dieux qui allaient peut-être lui offrir une automobile rutilante et une maison remplie d'un capharnaüm d'objets inutiles aux couleurs criardes.

– Un peu lourd, peut-être, chuchota Blas. Mais regardez son cou. Il a un cou de taureau.

Un peu lourd il l'était. Les prêtres, pliant sous son poids, durent consentir un effort pour le soulever. Quand il fut suspendu par le bras à la traverse, il fixa sa corde avec infiniment de soin. Puis il se laissa glisser presque jusqu'au bout de la corde, s'arrêtant alors un instant pour toucher de l'extrémité de ses doigts le couteau passé dans sa ceinture.

– Mauvais signe, annonça Barruguete d'un air lugubre.

Il se trompait. Sans plus hésiter, Pablo s'abandonna au nœud coulant et l'on put s'apercevoir qu'il était disposé à prendre tous les risques. Muscles détendus, tête penchée en avant de telle sorte qu'était seulement visible la couronne luisante de ses cheveux noirs, bras ballants, pieds joints, orteils pointés vers le sol, il était parfaitement à la verticale et se découpait sur l'affiche vantant les mérites de la bière Sabre d'Or.

Ben humecta ses lèvres desséchées, attendit les premiers signe de lutte. Il leva son regard vers le chronomètre. Six secondes. Sept. Miguel était déjà battu, à condition que Pablo survive à la strangulation. Pour le moment, il semblait uniquement préoccupé de mourir.

Un pied bougea enfin. Puis l'autre. Les jambes s'agitèrent spasmodiquement et imprimèrent à la corde un mouvement pendulaire qui sembla communiquer au corps tout entier une succession de soubresauts comparables à ceux d'un ver piqué à un hameçon. Il pivota sur le côté et le visage fut visible, gonflé et violacé par suite de la congestion, bouche grande ouverte. Assombrie par la même congestion, une main sur laquelle on semblait avoir enfilé un gant violet s'avança en direction du couteau. Les doigts se refermèrent sur le manche. A en juger par la lenteur avec laquelle il était tiré de la ceinture puis levé, centimètre par centimère, jusqu'à la hauteur de la poitrine où il s'immobilisa, le couteau semblait de plomb. Le corps décrivait dans l'air un vaste cercle, les jambes se débattant comme s'il enfourchait une bicyclette invisible.

– Si ce bras retombe... ! chuchota Blas d'une voix rauque.

Le bras faiblit, s'abaissa. Et soudain le corps tout entier se tordit, le couteau remonta et se rabattit sur la corde qu'il entailla très sérieusement sans toutefois la sectionner tout à fait. Quelques fibres tenaient encore, refusant cruellement de céder. Enfin, elles lâchèrent et Pablo tomba comme un masse et resta allongé inerte sur le sol.

Ben oscillait sur son siège. Vidé de tout sentiment, il regarda le docteur Mola traverser l'arène le plus vite possible, trousse balancée à bout de bras et basques volant au vent. Il s'agenouilla à côté de la forme sans vie. D'abord le stéthoscope, puis la seringue hypodermique. Digitaline, très probablement. Et la foule n'avait toujours pas émis un bruit, pas fait un geste, pas exhalé un souffle d'air. A nouveau le stéthoscope qui cherchait, cherchait encore. Un prêtre se pencha sur la main cripsée autour du manche du couteau. Il dut faire un effort pour écarter les doigts de l'arme, parvint enfin à la dégager. Le médecin leva son regard vers le prêtre, un sourire aux lèvres, et fit un signe affirmatif. Le prêtre se tourna alors vers la foule en brandissant triomphalement le couteau au-dessus de sa tête.

C'était le signal que la multitude attendait. Un tonnerre d'applaudissements retentit, aussitôt suivi d'une tempête de hurlements. Ben se trouva pris entre deux feux.

– Vous avez vu ? s'exclamait Blas en lui martelant le dos sous l'effet d'une joie sans bornes. Vingt secondes ! Vingt secondes, vous dis-je ! Vous avez vu ça ?

– Parlons-en de l'ordre de passage, maintenant, beuglait Barruguete à l'intention de Blas en se penchant sur Ben d'un air ravi. Parlons-en du dernier concurrent, maintenant, hein ?

Toute inimitié semblait oubliée dans l'enthousiasme de cette expérience partagée.

En contrebas, deux prêtres portaient Pablo vers la

sortie de l'arène, bras et jambes ballants tandis que l'un de ses pieds livides s'agitait spasmodiquement tel un symbole de cette vie indomptable qui ne l'avait pas quitté. Quand les deux autres prêtres s'avancèrent jusqu'à la barrière, l'un levant haut le couteau, l'autre le fragment de corde qui était resté sur la potence, un peloton de Gardes Civils sauta la barrière en toute hâte et les escorta pour les protéger jusqu'à ce qu'ils eurent disparu.

– Savez-vous combien valent cette corde et ce couteau ? demanda Blas à Ben. En avez-vous une idée ? Ces gens seraient prêts à se battre dans l'arène pour se les approprier si ces objets n'étaient pas protégés de la sorte !

Barruguete retomba sur son siège. Il soufflait bruyamment et luttait pour recouvrer son sang-froid.

– Le vainquer, dit-il. A coup sûr le vainqueur a moins que Léon Chicamayo ne fasse un miracle. Quel courage chez cet homme ! Quelle volonté ! Sainte Mère, il a manié la lame comme Luis seul sait le faire. Pourtant, comme il serait facile de se laisser aller au tout dernier moment, d'abandonner la lutte et de céder à l'invitation de la mort. Mais non ! Toute la masculinité présente dans son être s'est rebellée à l'instant suprême pour refuser à la mort sa proie. Quel spectacle ! Pourvu que la boisson ne vienne pas le priver de ses moyens avant l'an prochain.

– Vous croyez qu'il reviendra ? s'étonna Ben. Qu'il subira à nouveau la même agonie ?

– Sans aucun doute. A condition qu'il ne sorte pas définitivement diminué de l'épreuve d'aujourd'hui et qu'il ne se détruise pas par un abus d'alcool. Là réside la tragédie qui veut que le vainqueur se voie offrir une importante somme d'argent. Trop souvent, il en résulte un avilissement. Mais s'il peut résister à la tentation, il reviendra toujours à la corde une seconde fois. Ce qui paraît très compréhensible, n'est-ce pas ? Qui pourrait en vouloir à celui qui a goûté à la richesse et à la gloire de souhaiter s'en repaître encore et encore ?

– Mais seul Luis a réussi à deux reprises, souligna Blas. Tous les autres, semble-t-il, ont essayé une fois de trop.

– Un jour il y aura un autre Luis, prophétisa Barruguete.

Puis il hocha la tête en direction de la barrière où une silhouette apparaissait. Avec un serrement de cœur, Ben s'aperçut qu'il s'agissait de David Chapin, mais d'un David Chapin qui, vêtu de l'*antia* et avec la corde autour du cou, lui parut curieusement étranger.

– En tous cas, reprit Barruguete d'un ton méprisant, ce ne sera pas lui. J'ai bien peur que celui-ci ne me paraisse guère capable de prouver quelque chose sous la potence.

Une assertion qu'il aurait été difficile de contester, se dit Ben : comparé aux autres concurrents trapus et à la peau basanée qui l'avaient précédé, Chapin offrait un spectacle incongru. Cet effet n'était pas uniquement dû à la blancheur de sa peau ni à la maigreur de son corps velu, mais surtout à son attitude et à sa démarche. Quelqu'un qui est habitué à porter des chaussures ne marche pas pieds nus avec une grâce naturelle. Chapin s'avançait rapidement vers la potence en posant gauchement les pieds à plat sur le sol avec une inélégance hâtive, comme s'il eût craint de ne pas arriver assez vite. Avec ses jambes pitoyablement maigres et ses fesses flasques on aurait dit un Don Quichotte nu. Son bras gauche, qu'à son apparition il avait tenu bien haut dans la position requise, s'abaissait à chaque pas jusqu'au moment où le nœud traîna dans la poussière. Derrière Ben un spectateur exprima son incrédulité et des ricanements se firent entendre ici et là dans la foule. L'un des prêtres se précipita à la poursuite de Chapin et l'obligea à s'arrêter. Il releva ce bras sacrilège afin que le nœud ne traînât plus par terre et autorisa ensuite Chapin à repartir.

Les ricanements étaient de plus en plus nombreux, mais Barruguete ne trouvait pas cela drôle.

– L'imbécile. On a sûrement dû lui enseigner de quelle manière il convient de marcher à la potence. Pourtant, il y court comme un chien vers un arbre.

Penelope, saisie d'étonnement, secouait la tête :

– Il n'a pas l'air bien solide ni bien entraîné, est-ce que je me trompe ? Pourquoi participe-t-il à la cérémonie ?

– Excellente question, dit Barruguete. J'étais présent hier lorsque son agent artistique a tenté d'y répondre. Incroyable. Si l'on devait prêter la moindre foi à son histoire, son grand artiste devrait être enfermé par mesure de sécurité. Il a parlé de visions, de dieux, de diables, de la possession d'une âme noble par un esprit malfaisant nommé Luis de la Horca. Lorsque des gens apparemment civilisés peuvent s'exprimer de la sorte, cela laisse à penser que le monde entier est devenu complètement dément. Et ce sont des blancs en plus. Pas des Indiens accroupis dans l'une des huttes crasseuses de Chicamayo, mais des blancs.

– Pensez-vous que Klebenau mentait ? demanda Ben.

– Je ne le pense pas, je le sais. Ou, mon ami, pour présenter les choses de la meilleure façon possible pour lui, disons qu'il essayait de dissimuler une vérité qui n'est pas agréable à dire. Ce peintre n'a rien de bien original. Il en existe beaucoup de semblables, toute une lignée de pseudo-artistes du même genre. Ce qu'ils ne peuvent obtenir par leur talent dérisoire, ils s'efforcent de l'atteindre en se faisant remarquer, en cherchant la une des journaux à sensations. Une race éminemment méprisable. Si une célébrité honnêtement acquise ne peut être leur lot, ils se contenteront aisément d'une notoriété tapageuse. Que peut représenter la Fête de la Corde pour un homme tel que lui sinon un moyen supplémentaire de conquérir cette notoriété, même au risque d'y laisser sa peau ? Regardez-le. Cela paraît-il le contrarier de tourner ces rites en ridicule ?

La foule riait ouvertement maintenant. Chapin, hissé jusqu'à la traverse par les prêtres, s'y cramponnait d'une main tandis que de l'autre il bataillait ferme pour engager l'extrémité de la corde dans l'encoche. Il la positionnait d'un geste brusque puis, en retirant son bras, la libérait à nouveau. Chacune de ses tentatives déchaînait l'hilarité du public.

Ben regarda autour de lui et sentit la colère monter en lui à la vue de cette mer de visages hilares, de ces mouchoirs blancs agités en signe d'insulte. Ces spectateurs n'étaient qu'une meute de hyènes, venus assister à une tragédie en fumant leurs Conquistadores et en buvant leur bière Sabre d'Or. Aujourd'hui on leur offrait en prime un intermède aussi comique qu'inattendu, joué par un clown fou. Mais de quel côté de la barrière se trouvait la véritable folie ?

– Ça y est, dit Blas. Il a résolu son problème.

La corde était bien en place maintenant. Chapin bougea son bras gauche pour le libérer de la corde qui l'entourait encore. Il ne le fit pas avec ce mouvement lent et circulaire dont Miguel et Pablo avaient fourni l'exemple, mais avec une fébrilité maladroite et sans cesser de regarder vers le ciel. Ben se demanda pourquoi. S'attendait-il vraiment à ce que le bleu du firmament s'ouvrît et lui révélât une assemblée de dieux qui l'attendaient et l'invitaient à les rejoindre afin de lui dévoiler le grand secret de l'univers et toutes les réponses inscrites dans le livre d'or ? Le bras de Chapin se retrouva libre. Au dernier instant, il se rendit probablement compte qu'il n'avait plus aucune prise sur la corde et essaya de la rattraper de ses deux mains, mais il était trop tard. Avec une violence effrayante, son corps tomba jusqu'à ce qu'il fût retenu par la corde et répondît en tournoyant tandis que des bras et des jambes il battait l'air frénétiquement.

Une lueur d'intelligence subsistait, un soupçon d'instinct de conservation. Une main tâtonna aveuglément le long de l'*antia* à la recherche du couteau. Elle le trouva, le retira de la ceinture, mais ce fut tout. Le corps de Chapin devint flasque ; la lame échappa à ses doigts privés d'énergie et tomba dans la poussière à ses pieds. L'empourprement de la cyanose inonda son visage et ses membres, cependant que Ben, cloué sur son siège, glacé d'horreur et d'incrédulité, demeurait comme hypnotisé.

– Mort, chuchota Barruguete. C'est un homme mort.

Non, pas encore, pensa Ben en toute lucidité, il est encore temps d'intervenir. C'était l'évidence même lorsque l'on regardait la potence et cette chair qui s'y balançait et qu'agitaient des contractions spasmodiques. Il est des spectacles d'une telle cruauté qu'il est d'un ridicule achevé de les tolérer, et si l'on n'y prend plaisir ni ne s'en désintéresse, on ne peut demeurer les bras croisés. Même si personne d'autre qu'Elissa ne devait le comprendre, cela lui suffisait, et il savait qu'elle le comprendrait.

Il écrasa les genoux de Blas en se frayant brutalement un passage jusqu'à la travée, franchit d'un bond la barrière tandis qu'un hurlement de surprise s'élevait derrière lui, et, alors qu'il s'élançait vers la potence, reçut sur l'arrière du crâne un coup violent qui l'envoya à terre où il s'étala de tout son long. Il parvint non sans difficulté à se remettre debout, se retourna vers son agresseur tout en levant son bras pour se protéger, et découvrit qu'il s'agissait d'un Garde Civil dont la canne de bambou était déjà brandi pour lui asséner un second coup. Et une marée d'assaillants franchissaient la barrière. Non des Indiens déterminés à le mettre en pièces parce qu'il avait profané leur cérémonie, mais des Gardes Civils et des policiers qui se ruèrent sur lui avec des grognements de joie, et aussi des Jeunes Nationalistes avides de curée, et d'autres encore, des spectateurs qui n'hésitaient pas à exposer leurs vêtements de fête pour le plaisir de le rouer de coups de poings.

Il succomba sous le nombre et sombra dans l'inconscience, accueillant avec reconnaissance la souffrance que lui imposait leur vengeance.

12

Il ouvrit les yeux et eut la vision d'un pafond sale. Il était allongé sur un matelas dur et quelqu'un était penché sur lui. Un homme jeune avec une petite moustache bien taillée et des lunettes à monture d'écaille.

– Vous êtes réveillé ?

– Oui, répondit Ben.

– Comment vous sentez-vous ?

– Affreusement mal. Qu'est-il arrivé à Chapin ? Comment va-t-il ?

– Il est mort. Qu'espériez-vous ? Maintenant, si vous voulez bien me laisser vous examiner...

Un rayon de lumière fut dirigé sur l'œil de Ben et le fouilla.

– Parfait. L'autre œil maintenant. Excellent. Si vous voulez bien remuer bras et jambes. Eprouvez-vous des douleurs anormales en faisant ces mouvements ?

– Non. Seulement à l'arrière du crâne.

Ben se mit sur son séant puis, prudemment, fit pivoter sa tête. Il aperçut alors Elissa qui se tenait debout de l'autre côté du lit et le regardait. Tout près d'elle se trouvait un policier qui écrivait d'un air indifférent dans un petit carnet.

– Où sommes-nous ? A l'infirmerie de la prison ?

L'homme à la moustache posa sa petite lampe et dit :

– Non, nous sommes dans la salle d'urgence de l'arène. Je suis l'assistant du docteur Mola. Malheureusement, je ne dispose pas ici d'un matériel de radiographie mais j'ai déjà pris toutes les dispositions avec l'hôpital de Port Buchanan pour qu'ils s'en chargent dès votre admission. Au pire, vous souffrez d'un léger traumatisme crânien, mais votre état peut nécessiter certains soins. (Il s'adressa à Elissa). Votre voiture se trouve au-dehors ?

– Oui.

– Très bien. Quand vous serez prêts à partir, ce policier vous escortera jusque-là. Je rendrai visite au patient demain à l'hôpital. Quoi qu'il advienne, il doit rester en observation pendant un jour ou deux. A présent, je dois m'occuper de mes autres patients.

D'après sa voix, le docteur était, sinon ouvertement hostile, du moins complètement indifférent.

Ben s'octroya le temps de retrouver suffisamment de forces puis se dirigea vers la porte à petits pas précautionneux, découvrant de nouvelles blessures et de nouvelles douleurs au fur et à mesure qu'il avançait. Il y avait plusieurs lits le long du mur. Deux d'entre eux étaient occupés par des femmes, tout habillées, qui gémissaient et gesticulaient tandis que les infirmiers essayaient de les maîtriser.

– Elles sont hystériques, affirma Elissa. Il n'y a pas lieu de s'en inquiéter. Elles sont nombreuses à avoir de ces accès pendant la Fête.

Sa voiture se trouvait devant la porte. Au moment où ils s'y installaient, Ben entendit une clameur de joie sauvage exploser dans l'arène. Ainsi le sabbat des sorcières se poursuivait-il.

– Combien de temps suis-je resté évanoui ?

– Assez longtemps.

Elle ne dit rien d'autre jusquà ce qu'ils eurent atteint la route qui descend du Victorica à flanc de montagne. Alors, sans le regarder, elle déclara brusquement :

– L'hystérie peut revêtir de nombreuses formes.

– C'est certain.

Il n'était guère d'humeur à discuter des sciences médicales. Il lui importait bien davantage de savoir quelles étaient les dispositions de la jeune femme à son égard. Le conduisait-elle à l'hôpital pour mettre une note courtoise à leurs adieux ? Et sa mission pour le compte des Industries Maritimes était-elle arrivée à une issue désastreuse ?

– Elle se manifeste de différentes manières, reprit-elle. Au cours de la Fête, si quelqu'un vient à troubler brutalement le déroulement...

– Est-ce là ce que vous pensez ? Que j'ai sauté la barrière parce que j'étais atteint d'une crise d'hystérie ?

– Je vous en prie, ne vous fâchez pas. C'est ainsi que mon père a choisi d'interpréter votre comportement. Et ma grand-mère également. Il faut que vous le sachiez de façon à ne pas vous retrouver en contradiction avec leur analyse si le sujet vient à être abordé.

– A Dieu ne plaise ! Et vous ? Partagez-vous leur avis ?

– Je suis d'avis que le plus urgent était d'empêcher que l'on vous inculpât d'un crime devant la loi. D'autre part, ce sont tous les deux des gens très fiers. A leurs yeux, ce que vous avez fait ne peut être qu'un signe de faiblesse ou une aberration momentanée et ils refusent de vous croire faible. En un sens, c'est là un hommage qu'ils vous rendent même s'il n'est pas en accord avec vos désirs.

– Mais vous, vous comprenez ce que j'ai voulu faire ? Pourquoi j'étais tenu d'agir ainsi ?

Elissa leva une main au-dessus du volant dans un geste suppliant.

– Comment pourrais-je ne pas le comprendre, moi qui n'ai pas de fierté ? Non, ne hochez pas la tête. Vous devez me croire. Je n'ai pas de fierté. Tout ce que j'ai, c'est le même besoin de pitié que ce pauvre artiste, bien que je sache qu'elle serait, sur moi, dispensée en pure perte. Cher Ben, écoutez-moi et essayez de comprendre. Dans l'arène, je suis l'homme qui souffre sous la potence. Sa chair tourmentée est la mienne. Pendue au bout de la corde je partage son supplice, je sais que je suis incapable de lever le couteau, je supplie que quelqu'un vienne à mon secours. Et pourtant, qu'adviendrait-il ? Bientôt je devrais retourner sous la potence. Et cela indéfiniment. Il ne peut y avoir de salut autre que passager.

– Mais si rien n'est changé entre nous...

– Non, rien n'est changé. Vous avez entendu mon père dire que nul obstacle ne devait s'opposer à notre mariage. C'est un homme de parole.

– Dans ce cas, vous serez bientôt loin de tout cela. Vous n'aurez plus jamais à l'affronter.

– La Fête ? Croyez-vous que ce soit le seul endroit où se dresse une potence ? Douteriez-vous que chacun d'entre nous construise aussi la sienne ? Où que je me trouve, je vivrai toujours à l'ombre de la mienne.

Elle avait parlé avec une grande intensité et Ben ne put que répondre :

– Je n'arrive pas à comprendre où vous voulez en venir.

– A la vérité. La honteuse vérité. La terreur que m'inspire ma potence me fascine tout comme un serpent fascine l'oiseau qu'il va dévorer. Je tresse la corde autour de mon cou avec horreur, je me pends avec terreur, espérant la délivrance, et en même temps je désire ardemment l'épreuve, j'y cède avec volupté. Oh, pourquoi êtes-vous si jeune ? Pourquoi refusez-vous de comprendre ? Vous souvenez-vous de ce qui s'est passé l'autre nuit sur la route de Cordoba ?

– Oui.

– J'étais vraiment terrifiée à ce moment-là. Je ne faisais pas semblant. Mais en même temps...

– Il n'y a là rien d'anormal. Je suppose que la majorité d'entre nous éprouvons un certain plaisir pervers à vivre une expérience effrayante. Si vous avez déjà vu un chat essayant délibérément de s'effrayer lui-même...

– Un chat, dit Elissa incrédule. Seigneur, il me parle des chats...

Et elle refusa de poursuivre cette conversation plus avant.

Ben en éprouva un réel soulagement. Il n'aurait pu supporter davantage cette analyse amère et impitoyable qu'Elissa faisait d'elle-même. Surtout en des termes d'une telle morbidité. Combien préférable eût été de sa part un comportement sain et objectif à son propre égard, tel que

Nora Chapin eût pu le lui apprendre. Le souvenir de Nora s'imposa à l'esprit de Ben et y sema la consternation. Elle devait maintenant connaître la nouvelle. Dès sa sortie de l'hôpital il faudrait qu'il aille lui rendre visite pour lui apporter le peu de réconfort dont il serait capable. Au moins serait-il en mesure de se présenter devant elle sans craindre de la regarder en face après ce qu'il avait tenté de faire pour Chapin. L'hôpital était prévenu de son arrivée et une bonne sœur au front ceint d'une immense cornette qui la faisait ressembler à un vaisseau toutes voiles dehors le conduisit à sa chambre. Les mains jointes devant elle, d'une manière guindée, elle attendit à la porte qu'il eût pris congé d'Elissa.

– Qu'allez-vous faire maintenant ? demanda-t-il à la jeune femme. Retourner sur le Victorica ?

– Non. Tous les autres vont y rester jusqu'à la fin de la semaine et je me passerai très bien de leur compagnie. Je vais rester en ville.

– Seule ? Est-ce très prudent ?

– Dès la fin de la cérémonie, Juana prendra le car pour revenir de Chicamayo, si bien que je ne serai pas seule. Et maintenant, vous devez entrer dans votre chambre. Je suis sûre que la sœur désapprouve ma présence qui l'empêche de remplir ses devoirs.

– Elle peut attendre. Vous verrai-je demain ?

– Peut-être. Non, je ne le pense pas. Je ne me sens moi-même pas très bien.

Ben constata avec inquiétude que son visage avait beaucoup plus de couleurs que d'ordinaire.

– Peut-être avez-vous de la fièvre. Pendant que vous êtes ici...

– Non, non je n'ai nul besoin d'un docteur pour me prescrire des médicaments. J'en ai suffisamment à la maison. Maintenant, je vous en prie, il faut que je parte.

Jamais encore ils ne s'étaient enlacés ou embrassés mais pour lui la circonstance parut exiger davantage qu'un simple geste d'adieu. Et jamais elle n'avait montré beauté plus éclatante. La tentation était irrésistible. Il la serra dans ses bras et sut aussitôt, à la manière dont elle se raidit contre lui, qu'il avait commis une erreur.

– La sœur ! chuchota-t-elle. Je vous en prie !

Il n'avait rien à gagner à lui faire une scène. Il relâcha son étreinte, maudissant secrètement ce pays de malheur où l'on avait le droit de se pendre mais où tout le reste semblait constituer une offense aux bonnes mœurs, et il la regarda s'éloigner jusqu'à ce qu'il l'eût perdue de vue à l'angle du couloir. Quand il se retourna pour pénétrer dans sa chambre, il s'aperçut que la sœur l'observait avec une expression moqueuse. Elle semblait pour le moins déçue qu'il n'eût pas fait de scène.

On lui fit passer ses radios le soir même. Le lendemain, dans l'après-midi, le jeune docteur se manifesta et annonça qu'après une nouvelle journée de repos, le malade pourrait quitter l'hôpital. Dès qu'il eut quitté la pièce, Ben appela Elissa pour lui communiquer ce pronostic. D'une voix très ensommeillée dont elle s'excusa, elle le pria de ne pas lui en vouloir si elle n'était pas revenue le voir. Mais elle ne doutait pas qu'il le comprît. Ces derniers jours avaient été tout à fait épuisants.

– Je le comprends parfaitement, assura-t-il. Vous avez certainement davantage besoin de repos que moi. Peut-être devriez-vous venir prendre ma place ici.

– Oh, non, je déteste les hôpitaux. Je suis bien plus heureuse chez moi.

– Je serais heureux de m'y trouver également.

Elle eut un rire joyeux :

– Voilà qui est galamment dit. Eh bien, pour vous récompenser, je viendrai vous chercher demain à midi.

Elle murmura un « au revoir » et reposa délicatement le téléphone.

Ce fut suffisant pour qu'il se sente satisfait de lui-même. L'unique nuage à l'horizon était la pensée de Nora et de Klebenau ainsi que de leur situation présente ; mais même le gris de ce nuage était atténué par l'évocation d'une Nora suffisamment jeune et séduisante pour pouvoir refaire sa vie sans trop de difficulté, et celle d'un Klebenau d'une vitalité apparemment si inextinguible qu'elle triomphait de tous les revers de fortune. Un personnage étonnant, ce Klebenau. Il y avait, dans sa façon de vous faire endosser la responsabilité de ses problèmes quelque chose de presque diabolique. C'était une sorte de Vieil Homme de la Mer en plus gras et plus fripé et avec un amour accru des friandises. Ben éprouva bien des difficultés à trouver le sommeil cette nuit-là, chacune de ses articulations le faisant souffrir au plus léger contact, et lorsque enfin il y parvint, il fit un rêve désagréable qui le mit en présence d'un personnage méphistophélique lequel, en dépit de sa grande taille et de sa maigreur, n'était pourtant autre que Max Klebenau.

Il fut réveillé par l'éclat soudain de la lumière dans la pièce et cligna des yeux, se demandant s'il était toujours plongé dans son rêve. Max Klebenau se tenait devant lui, une sœur, rouge de colère, agrippée à son bras.

– Smith, s'écria Klebenau, voulez-vous expliquer à cette femme que je suis votre ami ? Ne restez pas allongé comme cela avec cet air ahuri. Débarrassez-moi d'elle et je vous dirai pourquoi je suis ici. Croyez-moi, c'est d'une importance capitale pour vous.

Ben leva sa montre vers ses yeux larmoyants.

– Mais il est plus de minuit. Que s'est-il passé ? Est-ce que Nora...

– Cela vous concerne vous, pas Nora. Maintenant voulez-vous signifier à cette détestable créature de se retirer ?

La sœur les laissa non sans afficher un air fort courroucé et, dès que la porte se fut refermée derrière elle, Klebenau se dirigea vers l'armoire.

– C'est bien votre costume, n'est-ce pas ? Bien, mettez-le. Vous et moi, allons faire une petite promenade.

– Une promenade ? Quelle promenade ? De quoi diable parlez-vous donc, Klebenau ? Je suis censé être ici pour y recevoir des soins. Je ne peux pas m'en aller comme ça au beau milieu de la nuit.

– On m'a dit que vous alliez quitter l'hôpital demain, ce qui veut dire que vous pouvez très bien marcher tout de suite. Nous n'allons pas loin et ma voiture est en bas. (Klebenau ouvrit les tiroirs de la commode). Tenez, voilà des sous-vêtements. Je vais vous expliquer pendant que vous vous habillerez.

– M'expliquer quoi ?

– Mes sentiments à votre égard. Ils sont quelque peu compliqués. Tenez, laissez-moi vous aider à sortir du lit. Vous avez reçu une belle correction à ce que je vois. Cela fait d'ailleurs partie de ce que j'ai à vous dire.

Klebenau aida Ben à ôter péniblement la chemise de nuit de l'hôpital puis s'assit au bord du lit et alluma un cigare dont il rejeta la fumée vers le plafond.

– Vous n'avez jamais parlé à Bambas-Quincy afin qu'il annule la participation de David à la Fête, n'est-ce pas ?

– Pourquoi me demandez-vous cela ? Lui avez-vous posé la question ?

– Non, mais quand je n'ai pas reçu le moindre message de vous, j'ai compris que vous n'aviez pas eu le courage d'agir. Si vous lui aviez parlé, vous vous seriez assuré que sa réponse me serait connue, qu'elle aille dans un sens ou dans l'autre. Pas de message du tout et vous reconnaissiez tacitement être passé dans le camp ennemi.

– Klebenau, vous portez l'ingratitude à un niveau que nul ne croirait possible. Si vous croyez que je suis disposé à accepter ce...

– Vous allez l'accepter. Et ce, pour la même raison que vous vous laissez si facilement convaincre de m'accompagner maintenant sans savoir où je vous emmène. Vous avez le pressentiment qu'il y a quelque chose dans l'air, me tromperais-je, Smith ? Quelque chose de catastrophique. C'est écrit sur votre visage et sur tout votre corps. Vous êtes tout pâle, vous transpirez, vos mains sont soudain tout engourdies. De quoi peut-il donc bien s'agir ? vous demandez-vous. Me préparerais-je pour ce voyage atroce conduisant de l'euphorie à la réalité que nous devons tous entreprendre tôt ou tard ? Eh bien, laisse donc à ce bon vieux Max le soin de parler et il finira bien par y arriver. En attendant, je suis en son pouvoir. N'est-ce pas là ce que vous pensez ?

– Continuez, dit Ben.

– Et vous, continuez à vous habiller. Voyez-vous, Smith, j'ai partagé avec David sa dernière heure dans une cave froide et humide située sous l'arène. Une cave, pas autre chose. Un sous-sol aux murs badigeonnés à la chaux dans lequel des hommes écoutaient, la corde au cou, les hurlements de la foule réclamant leur sang au-dessus d'eux. Il y avait également des petits bureaucrates zélés qui portaient au revers de leur veste un badge pour montrer qu'ils représentaient l'Etat, sans compter des prêtres pour représenter la Religion parce que pour devenir respectable la cruauté a besoin de leur sanction. La cruauté est quelque chose de très distrayant, vous savez, à la condition expresse de s'exercer sous le manteau de la religion, du patriotisme, ou d'une activité sportive saine aux règles bien établies. Autrement, des gens pourraient s'imaginer y voir quelque chose de perverti, que Dieu nous en garde. Non, ne m'interrompez pas. Je sais ce que vous voulez dire, mais d'abord écoutez-moi jusqu'au bout. A l'autre extrémité de cette pièce il y avait trois marches montant au cœur de l'arène et c'est là que je me suis mis avec Tito, Luis et quelques autres pour regarder quand est venu le tour de David. Vous y étiez, Smith. Vous les avez entendu rire quand il s'est avancé. Eh bien moi aussi, et cela m'a donné le sentiment épouvantable que j'étais le dernière être humain sain d'esprit sur cette terre. Et le silence qui s'ensuivit quand les prêtres l'eurent hissé sur la potence fut pire encore. Un silence avide. Le genre de silence que Hieronymus Bosch était capable de peindre. Et puis j'ai regardé David tomber. Je l'ai regardé lutter contre la corde. Je savais que la seule chose qui restait alors à faire était d'essayer de le sauver même s'il y allait de ma vie, mais en même temps je me rendais compte que jamais je ne pourrais le faire. Je suis un lâche, Smith. Je l'ai toujours été. J'ai trop d'imagination. La souffrance, pour moi, est quelque chose de tangible : elle prend couleur et forme, et je recule devant elle comme je le ferais devant une bête rampante et visqueuse qui sortirait de dessous un rocher. Pouvez-vous vous représenter cela ?

– Quelle importance cela peut-il donc avoir, Klebenau ? Vous ne m'êtes redevable d'aucune excuse.

– Je vous dois bien plus. Ce que vous avez fait était intempestif et inutile (il aurait été largement préférable d'appliquer la méthode que je préconisais et de faire pression sur Bambas-Quincy avant le début de la manifestation), mais, au moins, vous m'avez permis de reprendre pied dans un monde qui n'était plus entièrement insensé. Bien plus, d'un point de vue pratique, cela m'a convaincu qu'il n'y avait pas de place pour vous dans le camp ennemi. Voilà pourquoi je suis ici. Vous l'ignorez sans doute, Smith, mais vous êtes sur le point de vous balancer à une potence que vous avez dressée de vos propres mains.

– Que voulez-vous dire ? Pourquoi employez-vous ces mots-là ?

– Ce n'était qu'une image, une métaphore, rien de plus. Je n'avais aucunement l'intention de vous piquer au vif. Veuillez m'en excuser. J'aurais dû me rendre compte que l'expérience que vous avez vécue à la Fête pouvait être traumatisante.

– Epargnez-moi ce jargon psychologique. Ça y est, je suis prêt.

– Parfait. Quand vous passerez devant le bureau au bout du couloir, ne vous préoccupez pas de la femme qui s'y trouve. Lorsqu'on viole une règle, la meilleures tactique consiste toujours à le faire avec assurance.

Cette tactique se révéla efficace. La sœur de garde dans le bureau les regarda avec stupéfaction pénétrer dans l'ascenseur. Quand elle bondit de sa chaise pour se lancer à leurs trousses il était trop tard. Ils atteignirent la voiture sans avoir manifesté de hâte suspecte et Klebenau, qui conduisait le véhicule avec une sorte de respect méfiant, manœuvra pour quitter l'allée et s'engager dans une rue sombre débouchant sur les lumières de l'Avenida Hermanos. Pour la première fois depuis son arrivée à Port Buchanan, Ben vit l'avenue sans presque aucune voiture et seulement de rares traînards sur les trottoirs. La ville semblait frappée de stupeur : on aurait dit qu'elle se reposait, épuisée d'avoir célébré la Fête. Mais une autre célébration approchait. Ils passèrent devant des vitrines dans lesquelles il vit l'éclat et le scintillement de toutes nouvelles décorations, et, de temps en temps, une inscription proclamant *Felices Navidades*. Joyeux Noël. La fête de la mort était finie, que la fête de la vie commence.

Sur la Plaza de Hermanos, un projecteur illuminait les traits figés dans le bronze du conquistador. Puis la statue fut derrière eux.

– Où allons-nous, Klebenau ?

– Dans une institution insigne de cette ville déplorable. Chez Mme Sophie. C'est un bordel situé de l'autre côté de la place, près du quartier des ambassades. Une maison close comme à la grande époque. Il n'en existe plus beaucoup aux Etats-Unis. Aujourd'hui on préfère passer commande sur catalogue et se faire expédier la marchandise.

– Mais nous n'y allons pas pour en goûter les plaisirs.

– Non. Et pour parler avec une franchise un peu brutale, vous ne pourriez accomplir mission plus pénible. Vous allez trouver chez Mme Sophie quelqu'un que vous n'auriez jamais redouté d'y trouver. Une jeune femme dont vous pensez le plus grand bien. Voyez-vous de qui je veux parler ?

– Pas le moins du monde.

– Il le faut pourtant. Vous connaissez cette femme. Vous l'adorez. Réfléchissez donc. Faudra-t-il que je prononce son nom à votre place ?

– Je ne vois absolument pas de quoi vous voulez parler, Klebenau, alors vous pouvez dire son nom et aller au diable. Je ne suis pas d'humeur à jouer aux devinettes.

– S'il s'agit là d'un jeu, Smith, il peut être mortel. Au fond de vous-même vous le savez bien. C'est pourquoi vous fermez votre esprit à ce que j'essaye de vous révéler. C'est pourquoi vous refusez de regarder la vérité. Elle vous fait peur. Elle vous a fait peur depuis le jour où vous avez compris tout ce que cette femme pouvait vous apporter. Vous avez dû soupçonner qu'il y avait chez elle quelque chose d'étrange, de malsain, de presque psychotique. Mais quand vous en êtes arrivé à mettre cela dans l'un des plateaux de la balance, et dans l'autre un château vous appartenant en propre sur le Victorica en plus de l'opulence et de la puissance que l'on vous agitait sous le nez, vous avez réagi comme le fait tout Axoyac affamé quand il met dans la balance d'un côté la corde et de l'autre le prix qu'on lui offre pour s'y pendre. Vous vous êtes menti à vous-même. Vous vous êtes noué un bandeau sur les yeux pour ne pas voir l'évidence. N'est-ce pas là la vérité ?

En Ben explosa la rage. Puis elle tourna à la panique. Et il ne ressentit plus rien qu'un grand vide, une impression inquiétante de traverser un cauchemar, sans ressort, sans forces, sans volonté. Il avait déjà fait des cauchemars semblables dans lesquels il avançait au cœur d'abysses gélatineuses pour affronter des horreurs inimaginables. Et toujours demeurait présente à son esprit la certitude que, s'il essayait de courir, ses jambes refuseraient de bouger, et s'il essayait de frapper ces horreurs de son poing, son bras resterait mou et sans réaction.

Mais il s'était toujours réveillé à temps. Cette fois-ci, se demanda-t-il, où allait-il se réveiller ? A l'hôpital, pour voir une sœur penchée à son chevet avec appréhension ? A son hôtel, parce que c'était la première nuit qu'il passait dans cette île et que ses aspects insolites hantaient son sommeil sous la forme de ce rêve affreux ? Ou y avait-il plus longtemps que cela encore, à New York, dans son appartement, juste après avoir été convoqué par O'Harragh ? Au moins était-il certain que cette entrevue avait effectivement eu lieu. C'était après que le cauchemar avait dû commencer.

Et il persistait.

– Mais vous avez bien eu des soupçons, n'est-ce pas ? demandait Klebenau. Vous êtes intelligent. Vous avez dû relever des indices dans ses paroles, dans son comportement...

– Cela n'a aucune importance, Klebenau. Arrêtez la voiture. Je veux descendre ici-même.

– Non. Ce n'est pas ainsi que la question peut se régler.

– Je veux descendre, Klebenau. Pour l'instant je ne désire qu'être seul.

– Je comprends votre réaction, mais vous avez tort. Vous devez aller jusqu'au bout, Smith. Je ne suis pas seul à penser ainsi. Quand j'en ai parlé à Nora, elle a été du même avis. Elle a dit que, pour votre bien de même que pour celui de cette femme, vous deviez avoir une image complète de la situation. Nora a beaucoup de compassion pour les autres. Se fier à son jugement ne peut jamais se révéler néfaste.

Pourquoi Klebenau défendait-il cette cause ? Beaucoup de compassion, une image complète de la situation, un château vous appartenant en propre sur le Victorica. Rien de tout cela n'avait de sens actuellement, mais pouvait fort bien en acquérir un si le rêve se poursuivait jusqu'à son cruel dénouement.

Au-delà du palais présidentiel s'étendait un quartier se composant de bâtiments gouvernementaux, d'ambassades et de bureaux consulaires, tous plongés dans l'obscurité. La maison se dressait juste à la limite de ce quartier. C'était une bâtisse élégante, une petite Alhambra visiblement édifiée pour quelque grand d'Espagne mort et oublié depuis fort longtemps, et alors que ses fenêtres étaient discrètement voilées par de lourds rideaux, une pâle lueur filtrait au travers. Sur l'arrière de la maison se trouvait une cour où étaient garées une rangée de voitures. Quand Klebenau s'y engagea, Ben reconnu la Facel Vega resplendissante dans le faisceau fugitif des phares. Magnifique avait dit le lieutenant des guerilleros en la tapotant affectueusement. Magnifique. Puis le capitaine avait craché une insulte à l'adresse de la jeune femme qui s'était aussitôt pétrifiée. La belle voiture était ici maintenant, offrant une traduction à l'insulte, mais trop tard.

Un employé, un Indien en salopette maculée d'huile, arriva en courant vers eux, mais Klebenau ne fit aucun mouvement pour quitter son siège. Il garda un moment le silence, tirant de longues bouffées de son cigare qu'il jeta ensuite par la vitre de sa portière. A peine eut-il touché le sol que l'employé bondit pour s'en emparer et le cala entre ses lèvres.

– Ce sont mes recherches pour le Gauguin qui m'ont amené chez Sophie, commença Klebenau d'un air méditatif. Lors de ma première visite elle me raconta une étrange histoire sur une femme du grand monde qui utilisait parfois son établissement, mais sans me la nommer. Jusqu'à cet après-midi j'ai toujours ignoré qu'il s'agissait d'Elissa Bambas-Quincy. Je l'aurais probablement ignoré toute ma vie si Nora et moi n'avions à ce point ressenti la nécessité de vous retrouver. La difficulté venait de ce que vous sembliez avoir totalement disparu de la surface de la terre. J'ai appelé partout sans parvenir à obtenir le moindre renseignement, que ce fût de votre hôtel ou de Jérôme Bambas-Quincy dans les montagnes. Vous doutiez-vous que l'on vous maintenait volontairement *incommunicado,* isolé de tout contact possible avec l'extérieur ?

– Certainement pas, répondit Ben.

Non que cette révélation l'atteignît comme un choc. Certains mots semblaient prendre vie à Santo Stefano. *Incommunicado. Incognito.* Après l'avoir confié aux bons soins des sœurs, l'Infante était partie vaquer à des affaires qui l'appelaient ailleurs. La fièvre de la Fête avait fait monter le rouge à ses joues et elle était allée ainsi jouer les prêtresses du temple. Un jeu dangereux aussi longtemps que lui se trouvait dans les parages. Quelle habileté à flairer le danger, à s'assurer qu'il était bien cloîtré pendant qu'elle se livrait à ce jeu.

– Quoi qu'il en soit, reprit Klebenau, en dernier ressort j'ai appelé chez les Bambas-Quincy ici en ville. Un coup de chance. C'est une domestique qui m'a répondu, une vieille dame qui, dirait-on, écoute à toutes les portes de la maison et connait tous les secrets de la famille.

– Juana ?

– Oui. C'est ainsi qu'elle s'appelle. Ma chance fut qu'elle se trouvait confrontée à un problème crucial dont je pouvais miraculeusement lui apporter la solution. Nous convînmes d'un rendez-vous dans l'une de ces *bodegas* minables de la Calle Contenta, et nous y eûmes une longue discussion. Voyez-vous, elle est passionnément dévouée à la jeune femme qu'elle sert et, en même temps, terrifiée à l'idée de quitter Santo Stefano. Votre mariage imminent la plaçait devant un choix déchirant. Elle opta pour la solution suivante : elle me confiait un secret concernant sa maîtresse, secret que j'étais chargé de vous révéler de telle sorte que le mariage ne puisse avoir lieu. Et si vous refusiez de porter foi à mon histoire, je pouvais cette nuit-même vous montrer la preuve de la vérité. Il y a toutes sortes de courages, Smith. Savez-vous le risque que prend Juana du fait de ses révélations ? Voilà l'une des raisons pour lesquelles vous devez maintenant garder tout contrôle sur vous-même. Sa maîtresse est ici en ce moment. Et si, en vous trahissant, vous faites retomber le plus petit soupçon sur Juana, il vous faudra répondre de beaucoup de choses.

Klebenau ouvrit la portière de la voiture et reprit :

– Sophie nous attend. Elle ignore qui vous êtes alors soyez prudent quand vous lui parlerez. Je suis en bons termes avec elle quoique je ne puisse guère me considérer comme son ami. Il vaut mieux ne pas se prévaloir de l'amitié d'une femme comme elle. Quand j'étais jeune, bien sûr, je m'imaginais, au même titre que tous les autres adolescents, que ces légendes vivaces sur les tenancières compatissantes et les prostituées au grand cœur étaient vraies, mais il ne m'a pas fallu longtemps pour apprendre qu'il n'y avait là que du vent. Chez les personnes de ce genre il y a toujours carence d'un élément vital au niveau émotionnel. La sentimentalité marque leurs limites. Les véritables sentiments leur sont inaccessibles.

Ben se demanda comment cela pouvait bien s'appliquer à Elissa. Qu'est-ce qui, chez elle, déclenchait ses émotions ? N'était-ce pas là ce qu'elle avait essayé de lui dire sur la route qui les ramenait à Chicamayo ? La culpabilité était son lot. Les exigences de son corps devaient être assouvies et tout leur être sacrifié. Elle brûlait d'un désir qui lui faisait ensuite verser des larmes. Ayez pitié de moi, disait-elle et il lui semblait maintenant entendre résonner l'écho lointain de sa voix angoissée : ayez pitié de moi. Si vous me voulez pour femme, ayez pitié de moi.

Sophie les reçut dans une pièce envahie par le pépiement et le gazouillement de nombreux oiseaux, imprégnée des parfums de plantes aromatiques. Partout étaient disposées des cages remplies de petits oiseaux aux plumages multicolores, et elles se détachaient sur un fond de vigne vierge et de plantes grimpantes qui recouvraient les murs du sol au plafond. L'atmosphère qui régnait dans la pièce, chaude et humide à en paraître insupportable, communiqua à Ben une impression d'étouffement. Sophie ne semblait nullement en ressentir les effets. C'était une femme svelte aux traits anguleux et aux cheveux grisonnants dont l'élégance était rehaussée par un rang de perles. Elle accueillit Klebenau par un sourire.

– Mon cher Max, dit-elle d'une voix empreinte d'une touche d'accent indubitablement gutturale, vous arrivez exactement au bon moment. Je m'apprêtais à nourrir mes chers petits et vous allez m'aider. Avez-vous déjà donné à manger à un colibri ? Tenez, prenez le récipient d'eau sucrée et je vais vous montrer comment procéder.

Klebenau écarta d'un geste peu galant le récipient qui lui était tendu.

– Ça ne m'intéresse pas. Je vous ai déjà dit que je déteste tous les volatiles, Sophie, et plus particulièrement ceux qui polluent cette île. Pourquoi faut-il donc que je n'échappe à leur puanteur au-dehors que pour la retrouver ici ?

– Il n'y a pas de puanteur ici. C'est l'odeur des fleurs que vous captez avec votre gros nez. Et vous n'avez aucune considération pour les autres, Max, absolument aucune.

– C'est on ne peut plus exact, répondit-il en se tournant vers Ben. Voyez-vous, cela fait beaucoup de peine à Sophie lorsque quelqu'un montre un manque de considération vis-à-vis des oiseaux ou des plantes parce qu'elle est originaire d'Allemagne où l'on cultive tout paticulièrement les sentiments les plus délicats. Néanmoins, elle n'est pas d'un nationalisme exacerbé. Si vous le lui demandez, elle vous dira qu'elle vient de l'*Alt Wien,* quoique son accent berlinois bien marqué soit là pour contredire cette assertion. Le plus triste de l'histoire est qu'elle refuse de croire que je ne l'en admire que davantage. Mais c'est pourtant exact. Cela dénote un sens aigu des convenances.

– Toujours aussi éloquent, Max, répondit Sophie avec un calme imperturbable. Et toujours aussi injurieux. Enfin, si tu es de mauvaise humeur, je comprends pourquoi. Ce pauvre peintre...

– N'en parlons pas. Il est mort, Sophie. Il est mort dans sa chair. Mort, éviscéré, enterré. *Spurlos versenkt.* Occupons-nous de ce qui nous amène ici.

– Oui ? Que désirez-vous ?

– Vous rappelez-vous m'avoir un jour parlé de l'occupante occasionnelle de la Chambre Neuf ? Voilà ce que nous désirons.

Sophie haussa les sourcils :

– Et comment savez-vous qu'elle est ici en ce moment ?

– L'un de vos petits oiseaux me l'a dit. Dois-je désigner lequel pour que vous lui fassiez tordre le cou ?

– Ce qu'il ne faut pas entendre. Personne n'oserait lever le doigt sur l'un de mes chers petits, même s'ils faisaient un raffut de tous les diables. Les chéris. Si quelqu'un faisait cela ça lui coûterait la vie. Ce que vous me demandez n'est pas donné, Max.

– Combien ?

– Cent dollars, répondit Sophie d'un ton enjoué. Pour chacun de vous.

– Vous vous moquez de moi, s'exclama Klebenau.

Ben, qui n'écoutait que d'une oreille, se représenta des passagers marchandant avec le passeur le prix de la traversée pour l'Ile des Morts.

– En ce cas je vais vous proposer autre chose, conclut Sophie. Mais ne venez pas pleurer un jour sur cette occasion perdue. La jeune femme s'est trouvé un riche et beau naïf venu de New York qui va très bientôt l'emmener avec lui. Ach, messieurs. C'est lui Max, qui a bondi dans l'arène...

La main de Sophie venait soudain de se porter à sa bouche. Elle avait reconnu Ben et le regardait avec terreur.

– Oui. C'est lui.

Elle fit face à Klebenau.

– Que signifie ceci ? Qu'essayez-vous donc de faire, espèce de vieux brigand ? C'est un meurtre que vous voulez ?

– Il n'y aura pas de meurtre.

– Et alors ? Cela n'empêche pas que vous êtes fou, Max. Vous vous complaisez dans le mal. Mais vous n'y parviendrez pas à mes dépens.

– Le mal est déjà fait, répondit Klebenau qui hocha la tête à l'adresse de Ben. Avez-vous une telle somme sur vous ? Parfait. Tenez, regardez cela Sophie. C'est beau, non ? Vous n'avez pas peur de Bambas-Quincy ?

Sophie contempla les billets de banque que lui tendait Max.

– Vous me connaissez suffisamment pour le savoir, Max. Mon argent est déposé à Sao Paulo, à New York et à Genève. Je n'ai rien à craindre de personne.

– Pas même de la très respectable vieille dame ?

– Ce vieux débris ? Allez, donnez-moi cet argent, Max, mais souvenez-vous que les policiers de la ville sont mes amis, pas les vôtres. Je ne veux ni scène, ni esclandre, ni mobilier endommagé.

Elle les guida à travers un labyrinthe de couloirs aux tapis moëlleux et aux lumières tamisées. De part et d'autre, des portes fermées étouffaient les bruits en provenance des pièces : des voix, un tintement de verre, un éclat de rire. Ben avait la sensation de nager dans des abysses chauds empreints d'une senteur douce où proliférait une vie étrange et nauséeuse. On ne la voyait pas mais elle était présente. Et il y avait Sophie. Elle aurait pu être l'une ou l'autre de ces femmes qui travaillaient aux Industries Maritimes, l'une ou l'autre de ces secrétaires de direction, mais il n'en était rien.

Elle s'arrêta devant une porte, en fit doucement tourner le bouton et ouvrit.

– Je tiens à régler cela seul, dit Ben qui s'entendit prononcer ces mots comme s'il assistait en spectateur à la scène.

– Ach, mais rappelez-vous...

Il franchit le seuil. La pièce était encore plus faiblement éclairée que le couloir. Il s'immobilisa, le cœur cognant dans sa poitrine, et vit Juana en face de lui. Elle était seule. Il fit du regard le tour de la pièce. C'était un petit salon meublé en style Empire, or, noir et blanc, avec une draperie de velours rouge recouvrant l'un des murs : une pièce qui n'offrait aucune cachette possible.

– Où est-elle ? demanda-t-il à Juana.

Elle ne lui répondit pas mais le regarda avec, dans les yeux, une terreur indicible.

– Où est-elle, Juana ? Vous pouvez me le dire. Je n'ai pas l'intention de lui faire du mal.

– Ach, intervint Sophie dans son dos, cette Indienne stupide.

Elle passa devant eux et approcha de la draperie de

velours.

– Venez ici, dit-elle. Tenez, regardez.

D'un geste brusque, elle tira la draperie. Derrière se trouvait une porte vitrée : un seul panneau de verre offrait sans réserve aux regards l'intérieur d'une pièce brillamment éclairée. Une pièce dont la destination était sans mystère. Un décor pour mettre en valeur le lit immense qui, sans tête ni pied de lit, constituait la scène véritable. Et sur le lit, plongée dans le sommeil de l'oubli, nue et offerte aux regards, était étendue Elissa.

Vue ainsi, elle parut aussi étrangère à Ben que Chapin au moment où il avait pénétré dans l'arène. Et comme Chapin, qui avait lamentablement échoué à suggérer l'héroïsme du geste dans son apparition, elle ne réussissait pas à suggérer la débauche. On ne pouvait cependant pas douter que des efforts eussent été consentis dans ce sens. Ses yeux et ses cils lustrés étaient soulignés de noir, et ses paupières closes brillaient du bleu opalescent d'un cosmétique. Ses lèvres étaient outrageusement fardées du même rouge vif que les ongles de ses mains et de ses pieds. Mais tout cela n'était que maquillage enfantin, déguisement irréel, mensonge. La réalité était la minceur de ce corps frêle, la poitrine menue aux mamelons d'un rose pâle, les bras et les jambes minces jetés à l'abandon, les mèches de cheveux collées sur le front pâle par l'humidité : l'image même d'une enfant terrassée de sommeil, et non celle d'une femme comblée par l'acte d'amour. Tout cela était mensonge. Mensonge aussi l'invitation des cuisses ouvertes qui semblaient être offertes, non à un plaisir charnel partagé, mais aux outrages d'une violence terrassante.

Elle était allongée ainsi, le visage amolli sous l'effet de l'inconscience derrière son masque de cosmétiques et, en la regardant, Ben comprit qu'elle ronflait, ses lèvres tressaillant à chaque souffle. Elle ronflait et elle était ivre. Sur le plancher à côté du lit gisait une bouteille de *chicha* vide et un verre renversé. Sous le verre se dessinait une tache et Sophie laissa, à cette vue, libre cours à sa réprobation.

– Mon tapis, se lamenta-t-elle. Mon tapis qui était si beau.

Elle ouvrit la porte vitrée pour aller relever le verre et mesurer de la main l'étendue des dégâts. Une odeur repoussante émanait de la pièce, une puanteur de vomi mêlée de parfum, et Sophie franchit le seuil en sens inverse, plissant le nez contre cette infection.

– C'est à vous soulever le cœur. Mais puisque personne ne rentre dans la pièce, cela n'a aucune importance. Sinon...

– Personne ? demanda Ben.

Il essayait de comprendre la signification de tout cela. Certes, la majorité des hommes ne se satisferaient pas de contempler, pour ce prix-là, ce qui ressemblait à une enfant endormie, mais il devait y en avoir néanmoins un certain nombre qui devaient être intrigués par ce que cette pièce avait à offrir. Etait-ce parce qu'ils la connaissaient et que cela la rendait dangereuse ou n'était-ce là que pure futilité, l'offrande d'une prêtresse qui ne pouvait trouver de thuriféraires ?

– Bien sûr, personne, insista Sophie. L'Indienne, si sa présence est nécessaire, mais à part elle ? (Elle referma la porte et, des doigts, caressa la vitre d'un geste admiratif). Une glace de ce côté-ci, un miroir de l'autre. Savez-vous combien cela peut coûter ? Mais a-t-on le choix lorsqu'on fait profession de satisfaire tout les goûts.

Elle laissa retomber la draperie et le petit salon redevint un petit salon, à cent lieues de ce monde caché de l'autre côté de la porte.

– Cela suffit, dit Sophie. Maintenant je vais vous faire déguster un verre de bon whisky. Je crois que vous en avec besoin.

– Plus tard, fit Ben. Mais auparavant dites-moi ce qui se passe ici. Je veux savoir.

– Ach ? Max ne vous l'a donc pas expliqué ?

Klebenau s'était jusque-là tenu à l'écart, observant une réserve polie. Il s'avança alors vers eux, les bras grands ouverts en signe de protestation.

– Que lui aurais-je expliqué, Sophie ? Comment on dit un *voyeur* en allemand ? Ou en quechua ? Que puis-je expliquer dont vous ne puissiez vous acquitter bien mieux que moi ? Et deux cents dollars devraient pour le moins nous autoriser à recevoir quelques confidences.

– Un vrai gentleman, Max, ne s'arrête pas à faire ses comptes toutes les cinq minutes. Et d'autres ont payé bien davantage pour le plaisir d'entrer dans ma chambre neuf.

– Uniquement pour regarder ? demanda Ben. Pas pour franchir la porte ?

– La pièce a été conçue dans ce but. Il est tout a fait exact que nous sommes à même de proposer à certains des spectacles plus vivants, mais quand cette jeune dame loue la pièce, c'est pour elle seule. La règle qu'elle érige est : regardez mais ne touchez pas. C'est pour cela qu'elle paye. La chambre, une bouteille ou deux de cet infâme breuvage qu'elle avale, et l'assurance que lorsque je fais entrer des hommes pour profiter du spectacle, je ferme la porte vitrée à clef de telle sorte qu'elle puisse dormir sans être dérangée. Est-ce donc si étrange ? Elle est jolie, riche, célibataire et d'une haute moralité. C'est là sa façon de se donner aux hommes sans en subir les inconvénients. Je pourrais vous raconter des choses bien plus bizarres si cela vous intéresse.

– Elle est vierge ! cria Juana sur un ton farouche. Vierge !

– Incontestablement, admit Klebenau. Et depuis combien de temps organise-t-elle ces petites diversions ?

– Trois ou quatre ans, répondit Sophie en haussant les épaules. Plusieurs fois par an. Mais cela n'a pas toujours été comme vous l'avez vu ce soir. Au début, absolument personne n'était autorisé à pénétrer ici ; le rideau ne devait pas même être écarté de devant la porte. Par la

---

(*) En français dans le texte.

suite elle a fait ouvrir le rideau bien que personne ne fût encore autorisé à entrer pour la voir, et ce n'est que plus tard encore qu'elle m'a dit d'inviter des hommes à venir et de leur faire payer le prix qui me semblerait raisonnable. Bien entendu, il y a eu des volontaires. Pas beaucoup, mais deux ou trois de temps en temps. Et invariablement il s'agissait d'hommes qui la connaissaient et qui connaissaient sa famille. Qui d'autre serait prêt à payer pour regarder une femme endormie ? Et ivre, par dessus le marché. C'est toujours comme ça qu'elle fait. Elle a déjà un peu bu lorsqu'elle arrive ici, et il ne lui faut guère de temps pour achever de s'enivrer. Au matin, un peu avant l'aube, son Indienne l'emmène, et voilà.

Klebenau considérait Ben d'un œil compatissant.

– Je pense que cela suffit. A présent, si vous n'y voyez pas d'inconvénient, veuillez nous laisser, Sophie. J'ai à discuter d'une affaire personnelle avec mon ami.

– Ach ? Mais il n'y aura pas d'histoires, Max ? Et pas de casse ?

– Ne craignez rien. Vous pouvez constater qu'il est parfaitement maître de lui. Il souffre des effets d'un choc violent mais est suffisamment jeune et dynamique pour reprendre rapidement le dessus. Je regrette que vous ne le connaissiez pas davantage, car alors vous partageriez l'admiration que j'ai pour lui.

– Etre un homme jeune ne va jamais sans tristesse, Max. Pour ma part je préfère avoir affaire à des hommes âgés, gras et menteurs comme vous. On sait toujours à quoi s'attendre. *So auf wiedersehen.*

Elle fit halte à la porte, ajouta :

– Et n'oubliez pas le tableau que vous m'avez promis. Une œuvre majeure. Peinte à la main. Je vous fais confiance pour le prix, mais le tableau doit être digne d'un musée.

– Une œuvre majeure. Une grande fresque signée Bougereau. Non, Cabanel. C'est exactement cela qu'il faut.

– Tous ces noms ne signifient rien pour moi, Max,

mais les Français sont tous de grands peintres, n'est-ce pas ? Alors je m'en remets à vous.

– Entendu. Et *auf wiedersehen*.

Klebenau referma la porte derrière elle, attendit un instant avant de la rouvrir et d'inspecter le couloir des deux côtés. Visiblement satisfait, il ferma à nouveau la porte et se tourna vers Juana.

– Maintenant que nous voici seuls, lui dit-il, vous n'avez plus rien à craindre. Vous pouvez parler en toute franchise.

– Elle est vierge, croassa Juana comme un oiseau de mauvais augure. Vierge.

– Vous n'avez pas besoin de nous le répéter, fit Klebenau avec impatience. Je vous l'ai dit cet après-midi : M. Smith ne considère pas que ce qu'elle fait soit mal. Il sait qu'il s'agit d'une maladie, seulement d'une maladie.

– C'est la vérité. Seulement une maladie, répéta Juana avec gravité.

– Et qui la lui a transmise ? demanda Klebenau.

– La *patrona*. La grand-mère. Qui d'autre voulez-vous que ce soit ?

– Et de quand cela date-t-il ?

– Il y a longtemps, très longtemps. Un jour où la petite était encore une enfant mais où pour la première fois elle a eu ses règles.

Juana s'avisa soudain que ce credo s'adressait en fait à Ben et elle se tourna vers lui.

– Ce jour-là, quand la grand-mère apprit ce qui venait de se produire, elle nous emmena, l'enfant et moi, au musée, devant la statue d'Ajaxa. La petite n'avait jamais vu Ajaxa et le regarda d'un œil neuf et surpris. Et la grand-mère l'attrapa par le bras comme... ça... (Juana s'empara du bras de Ben et y enfonça ses ongles), elle la traîna jusqu'à la statue et lui dit d'une voix chargée de colère : « Regarde ! Regarde bien ce que je te montre. Voilà un homme nu. Voilà un homme tel qu'il est réellement. Et voilà la chose que tu dois redouter et dont tu dois te préserver maintenant que tu es femme. Parce que cette chose n'est faite que pour lui apporter du plaisir et te procurer de la souffrance. »

Juana relâcha lentement le bras tout engourdi de Ben, puis elle poursuivit :

– Et après, l'enfant tomba malade de peur au point que le médecin lui-même ne savait plus à quel saint se vouer. La nuit elle pleurait et refusait de dormir, et le jour elle ne voulait pas sortir de la maison. Il fallut des semaines, des mois même pour que ses forces reviennent. Mais la maladie est restée en elle et n'a jamais quitté son esprit. En ce moment précis elle y succombe.

L'emprise de ses doigts osseux avait été douloureuse et bien réelle pour Ben ; elle n'appartenait nullement au domaine des rêves.

– Mais pourquoi sa grand-mère a-t-elle fait cela, demanda-t-il. Par haine ? Elissa m'a raconté combien la vieille dame était jalouse d'elle. Etait-ce pour cette raison ?

– Comme pourrait-il en être ainsi puisque par la suite elle a agi de même avec Luz ? Seulement Luz a la tête dure et cela n'a eu aucun effet sur elle. Non, ce n'était pas par haine de la petite, mais par haine des hommes. Parce que la *patrona* affirme que tous les hommes sont des porcs et des êtres malfaisants. Et le père et la mère qui savaient très bien ce qu'elle allait faire à l'enfant ne l'en ont pas empêchée car elle est la *patrona*. L'argent, les terres, les maisons, tout lui appartient. Tout le monde tremble devant elle pour cette raison.

Klebenau désigna du doigt la draperie de velours :

– Et qui est au courant de ce qui se passe ici ?

– Vous l'avez bien entendu. Tous les gens qui sont de bonne famille le savent. Tous. Ceux qui sont venus ici l'ont répété aux autres.

– Et sa famille ? insista implacablement Klebenau. Sont-ils au courant ?

– Tous à part Luz et Jérôme. Les autres en ont été informés par le docteur Mola qui est venu ici voir de ses propres yeux ce qu'il en était. La mère et le père sont de braves gens. Ils ont beaucoup d'affection pour leur fille. Mais ils ne peuvent rien faire pour elle. Ils ont essayé et cela n'a abouti à rien. Elle les a avertis que s'ils l'enfermaient chez elle ou s'ils l'envoyaient dans un hôpital elle se tuerait ; et ils la croient. Une fois, le père l'a enfermée dans sa chambre : quand je l'ai retrouvée, elle avait un bas noué autour du cou comme la corde à la Fête, et elle était presque morte. Depuis, ils la laissent faire et préfèrent la voir vivre, même avec cette maladie.

– Mais l'année dernière, ne s'est-il pas produit un événement qui leur a redonné un peu d'espoir ? demanda Klebenau.

– Oui. Cela s'est passé comme je vous l'ai raconté. Un homme est arrivé ici, un *norteamericano :* il espérait fonder une grande compagnie de pêche qui exporterait ses prises vers les Etats-Unis. (Elle hocha la tête en direction de Ben). Il était envoyé par la même société que vous.

– Burleson, dit Ben. C'est bien ainsi qu'il s'appelait ?

– Oui. Mais comme personne n'était intéressé par ses propositions il est reparti. Je crois qu'il était furieux, mais qui peut le savoir ? C'était quelqu'un qui ne souriait jamais.

– Peu importe, coupa Klebenau. Après sont départ, que se passa-t-il ici ?

– La *patrona* fit venir mon Elissa ainsi que la mère et le père sur le Victorica, et ils discutèrent très longtemps. La maladie de l'enfant était en train de détruire l'honneur de la famille, leur dit-elle, et puisque la maladie semblait incurable, il fallait l'envoyer loin de l'île, quelque part où les gens ne la connaissaient pas. Pas seule, parce que l'amour que lui portaient son père et sa mère s'y opposait, mais mariée. Cependant, tous les jeunes gens de Santo Stefano qui étaient de bonne famille n'ignoraient en rien sa maladie et aucun ne voudrait jamais l'épouser. C'était la vérité. Même pour beaucoup d'argent, qui serait diposé à épouser une femme que ses amis ont contemplée dévêtue dans un endroit tel que celui-ci ? Mais, assura la *patrona,* il existait un espoir. Le *jefe* de la société *norteamericano* tenait énormément à monter une affaire dans l'île. Il fallait donc que le père rencontre le *jefe* et lui dise qu'il avait une fille atteinte de maladie et qu'il souhaitait la marier. Il appartiendrait alors au *jefe* de choisir un jeune homme de bonne famille, mais pauvre et ayant besoin d'argent, et de l'envoyer ici pour représenter sa compagnie. Un jeune homme séduisant, un *caballero* honorable et gentil qui ferait un bon époux pour la petite. Alors, s'il voulait d'elle, il devrait l'emmener dans son propre pays et elle ne devrait plus jamais revenir à Santo Stefano où elle était un objet de scandale. Voici ce qu'annonça la *patrona* et qui fut retenu. La petite ne pouvait pas refuser car cela aggraverait la peine de ses parents. Elle demanda seulement que le jeune homme ne fût pas informé de sa maladie car si, après en avoir eu connaissance, il voulait toujours l'épouser, elle refuserait cette union. Cela fut donc également décidé.

– Ah, non ! s'indigna Ben. A notre époque ? Mais c'est impensable.

– C'est la vérité. Je le jure. Et par la suite il y eut une entrevue à San Francisco avec le *jefe* de votre société qui a promis de faire le nécessaire. Et il en fut fait ainsi.

La souffrance fit à Ben l'effet d'une lame tranchante pénétrant dans son corps. *Et il en fut fait ainsi.* Cela avait une résonance quasiment biblique, comme une citation de l'Ancien Testament. *Et les Industries Maritimes dirent, Apportez-moi un aveugle d'un naturel confiant. Et il en fut fait ainsi.*

Klebenau affectait de porter un grand intérêt au cigare tout neuf qu'il débarrassait de sa cellophane.

– Curieux individu que ce *jefe,* fit-il remarquer. S'agirait-il de ce John O'Harragh que vous m'avez décrit un jour avec tant d'admiration ?

– James O'Harragh, dit Ben. Jim pour les intimes.

– Bien sûr, dit Klebenau qui prit son temps pour allumer son cigare. Eh bien, il est indéniable qu'il vous offre des perspectives d'avenir extraordinaires : la richesse, une situation de premier ordre, la véritable corne d'abondance plaquée chrome. Il vous suffit seulement de prétendre que cette nuit n'a jamais existé et tout cela vous appartient. Saint Antoine n'a pas connu pareille tentation. Mais il se peut que vous n'ayez pas la force d'âme d'un saint, Smith. Si j'étais vous, je chasserais immédiatement cette tentation de mon esprit avant qu'elle ne devienne irrésistible. Et je ne laisserais pas davantage cette femme occuper mes pensées. Quand un homme se marie, c'est pour prendre une compagne, pas une malade.

– Avez-vous jamais entendu parler de pitié, Klebenau ? Un jour, elle m'a supplié d'avoir pitié d'elle. Ce sentiment n'existerait-il pour vous qu'en paroles ?

– Il y a bien d'autres femmes dans ces chambres, Smith. Beaucoup sont tout aussi attirantes qu'elle et certainement plus à plaindre. Après tout, elles doivent accepter des hommes dans leur lit et pas seulement leurs rêves. Mais sans exception, elles sont pauvres. Envisageriez-vous d'épouser l'une d'elles ?

– Vous savez pertinemment que ce n'est pas la même chose, répondit Ben avec irritation.

Juana, qui avait suivi chacune de ses paroles avec une attention extrême, joignit ses mains sur sa poitrine en un geste de supplication et dit :

– Non, ce n'est pas la même chose, mais il ne faut pas qu'elle devienne votre femme. Elle ne peut être la femme d'aucun homme. Vous devez partir d'ici et trouver une autre femme.

– Croyez-vous qu'elle désire que j'agisse ainsi ?

– Oui.

– Mais comment peut-elle demeurer ici ? Comment peut-elle regarder en face des hommes qui l'ont vue dans cet état ?

– Cela, vous ne pouvez pas le comprendre. C'est un sentiment bizarre que seules peuvent comprendre les femmes. Elle en éprouve une certaine honte, mais uniquement parce que cela ne va pas non plus sans plaisir.

– Ce que l'on pourrait appeler une titillation, dit Klebenau. Smith, pensez à toutes ces femmes extrêmement chastes qui portent des sous-vêtements de soie et de dentelle parce que cela leur donne le sentiment d'une transgression. Une transgression secrète et dépourvue de risque. Et elles s'en contentent parfaitement. N'oubliez pas d'autre part qu'Elissa a une famille qui l'accepte telle qu'elle est, même si elle le fait à contrecœur, et qui est capable de s'occuper d'elle.

– Le père est un brave homme, dit Juana. J'en connais qui, pour cela, auraient tué leur enfant.

– Un homme qui porte la responsabilité d'avoir laissé la *patrona* provoquer cette situation, intervint Klebenau. Et qui en est conscient.

– Mais il pourrait mettre un terme à cet exhibitionnisme, dit Ben. Quelqu'un d'aussi puissant que lui pourrait faire pression sur Sophie, quoi qu'elle en dise.

– Et que se passerait-il alors ? demanda Juana. Il sait qu'il existe d'autres établissements semblables. Certains de ceux de la Calle Contenta sont dangereux. Ici, elle peut dormir en toute quiétude.

– Sophie ne manquera pas d'apprécier votre jugement, dit Klebenau. Eh bien, Smith. Vous êtes-vous décidé ?

– Décidé à quoi ? A faire mes valises et à prendre la fuite ?

– C'est ce que Nora et moi allons faire dès demain. Nous prenons le vol de l'après-midi à destination de Lima, et de là nous partirons pour New York. Venez avec nous.

– Nora est-elle en état de voyager ?

– A en juger par le sang-froid dont elle a fait preuve aux obsèques de David ce matin, je crois bien que oui. Une cérémonie d'ailleurs très poignante. Il y a un cimetière à flanc de montagne au-dessus de Chicamayo qui est réservé aux victimes d'Ajaxa, et pratiquement tout le village a assisté à l'enterrement. Il y avait également le petit prêtre. Cet homme antipathique, le Père Bibieni. Nous en sommes venus à parler des magnifiques

Zurbarán qui sont dans la cathédrale et figurez-vous qu'il les déteste parce qu'il les trouve trop profanes, pauvre âme aveugle. D'autre part je crains fort qu'il n'ait sérieusement un jour l'intention d'essayer de détruire la statue d'Ajaxa qui se trouve au musée. Cet après-midi j'ai pris la peine d'aller voir le conservateur pour le mettre en garde.

L'hystérie peut revêtir de nombreuses formes, lui avait dit Elissa et Ben se demanda contre laquelle d'entre elles il était en train de se débattre.

– Vous voulez dire qu'après tout ce qui s'est passé vous avez pris la peine de... que vous avez craint que la statue... ?

Alors, sous le regard de deux témoins ébahis, il abandonna la lutte et éclata de rire : un rire fou et irrépressible qui le submergea, mais il savait que c'était le rire marquant la fin du cauchemar, le rire du bon sens qui le ramenait dans un monde censé.

– Klenebau, vous êtes quelqu'un d'extraordinaire. Oui, je vais prendre le même avion que vous.

– Je pensais bien que vous le feriez. Mais je vous demande une faveur. Permettez-moi de me faire votre interprète auprès des Bambas-Quincy. Laissez-moi le soin de les informer de votre décision. Je peux vous déposer à votre hôtel et poursuivre ma route jusque dans les montagnes. Je serai de retour pour le petit déjeuner.

– Je pourrais tout aussi bien leur envoyer un message.

– Non. Laissez-moi m'en charger à ma façon. Je n'ai jamais rencontré la vieille dame et j'aimerais le faire avant mon départ. Pardonnez-moi de m'exprimer de la sorte, mais ce sera pour moi un plaisir de la rencontrer en de pareilles circonstances.

– Par vengeance ?

– En partie. La vengeance est exactement le genre de purgatif émotionnel dont j'ai besoin en ce moment. Cela vous ennuie-t-il ?

– Si c'est votre idée d'un dénouement heureux, absolument pas.

Klebenau hocha la tête :

– Ah, jeunesse ! Un jour viendra où vous comprendrez.

– Où je comprendrai quoi ?

– Qu'il n'y a jamais de dénouement heureux. Il n'y a que des intermèdes de bonheur fugitifs.

13

Nora et Klebenau étaient déjà à l'aéroport lorsque Ben y arriva, et après les avoir aperçus, il se prit à réfléchir de manière plus ou moins détachée à la façon capricieuse dont la roue de la fortune régit la destinée des hommes. Il y avait à peine quelques semaines il avait été accueilli dans ce même lieu par Blas Miralanda, choisi tout spécialement pour représenter la famille Bambas-Quincy. Aujourd'hui, ce n'était pas lui qui venait assister à son départ mais un curieux assortiment de citadins obscurs : Juliana Aguilar entourant de son bras une petite femme indienne aux yeux proéminents parée de ses plus beaux atours ; Pepe et sa petite Prima timide ainsi que quelques jeunes gens en uniforme de *nadaista* qui tous inclinèrent la tête poliment en signe d'hommage lorsqu'il s'approcha d'eux. D'autres personnes attendaient également à proximité, des voyageurs bien habillés et prospères qui trouvaient visiblement, dans cet étrange attroupement, le sujet de nombreuses plaisanteries. Des imbéciles, pensa Ben. Les éternels spectateurs.

Comme il s'y était attendu, Nora était harassée de fatigue, les yeux et le nez rougis par les pleurs.

– Oui, dit-elle pour répondre à ses condoléances embarrassées, mais tout cela appartient au passé maintenant, n'est-ce pas ? A tout jamais. Et vous en avez souffert vous aussi. J'y ai beaucoup réfléchi et vous ne pouvez pas savoir à quel point je vous suis reconnaissante de ce que vous avez fait.

– Cela n'a pas suffi, dit Ben. J'aurais pu faire davantage.

– Vous n'avez rien à vous reprocher, dit Juliana d'un ton amer. Nous avons tous conspiré contre David. Tous. Ceux qui l'aimaient au même titre que ceux qui le détestaient.

La petite femme indienne la tira par la manche tout en lui parlant très vite en quechua, et Juliana réussit à sourire.

– Elle est la mère de Miguel Tercero qui a participé à la Fête, dit-elle à Ben. Il l'a chassée de chez lui parce qu'elle s'est jointe à la manifestation de protestation contre la cérémonie et elle vit avec moi maintenant. Elle veut que vous sachiez que vous êtes quelqu'un de bien, plus brave que son idiot et son ingrat de fils.

– Il est tout cela en effet, répondit Ben. Et c'est gentil de votre part et de celle de Tito de lui venir en aide. Mais où est Tito ?

Juliana baissa la voix.

– Loin d'ici. Il est parti la nuit dernière pour se joindre à une partie de chasse dans la jungle. Il paraît que la chasse a été très bonne ces derniers temps.

– Bonne ou pas, il a commis une grave erreur, fit observer Klebenau. Le rôle d'un poète n'est pas de livrer des batailles doctrinales une arme à feu entre les mains. Il s'en rendra compte bien assez tôt.

– C'était ou bien cela, ou bien devenir un disciple du Père Bibieni, Max. Vous avez vu l'impact que la Fête a eu sur lui. Mais en parlant hier avec Bibieni, il a eu l'impression de se trouver avec quelqu'un qui sortait tout droit de l'âge des ténèbres. Le passé n'est pas pour lui. Il se donne au futur.

– Et quelle promesse ce futur offre-t-il ? demanda Klebenau. Il va être instauré par des hommes dont les intentions sont peut-être généreuses aujourd'hui, mais qui ne pourront manquer d'être corrompus par le pouvoir aussitôt qu'ils s'en seront emparés.

– Ah, oui, dit Juliana avec mépris. Je connais cet argument rebattu. Le pouvoir a tendance à corrompre, et le pouvoir absolu corrompt absolument. Mais très bizarrement cette mise en garde ne s'adresse jamais au pouvoir en place. Je me demande bien pourquoi.

– Vous le savez. Et moi je sais que Tito aurait dû faire son profit de cette mise en garde. Les chasseurs n'aiment pas voir les poètes explorer le sens de la vie. Il leur suffit qu'ils chantent des hymnes à la gloire de la chasse et de son issue heureuse.

– Et à la fin de l'oppression dans l'île ainsi que de la Fête qui en est le symbole. Revenez un jour ici, Max, et vous verrez qu'il n'y aura plus de potence dans l'arène. Il y aura seulement un arbre en fleurs et des enfants qui joueront tout autour.

– Oui, ainsi qu'un peloton d'exécution qui se livrera à sa besogne dans le sous-sol de l'arène. Enfin, nous n'allons pas nous séparer en mauvais termes. J'ai l'impression très nette que l'avenir vous appartiendra, Juliana, et j'espère sincèrement que Tito vivra pour le partager avec vous. (Il montra le parapluie volumineux qu'il portait à la main). Ne vous laissez pas impressionner par l'oiseau de mauvais augure que je fais : vous voyez, je suis toujours prêt à affronter les orages même quand il n'y a pas le moindre nuage dans le ciel. Et maintenant, il nous faut partir. Ma chère Nora...

Nora et Juliana s'étreignirent.

– Vous m'écrirez, dit Juliana. N'oubliez pas.

– Non, je n'oublierai pas.

– Et un jour...

Mais il était évident que ni l'une ni l'autre ne croyait que ce jour viendrait. Elles semblaient comprendre que leurs adieux étaient définitifs.

L'avion, vieux et de piètre apparence, était assez confortable pour un vol aussi court que celui de Lima, d'autant que la moitié des places étaient libres. L'hôtesse de l'air était la même jeune femme au sourire éclatant qu'à l'aller. Ben s'aperçut cependant qu'elle avait adopté à son égard une attitude nettement moins souriante. Et il en allait de même vis-à-vis de Nora et de Klebenau. Tout le charme professionnel qu'elle déployait était réservé aux autres passagers ; dans ses rapports avec ce malheureux trio de *norteamericano* elle affectait un air de tristesse discrète identique à celui qu'observent les employés des entreprises de pompes funèbres prospères.

Quelques minutes après le décollage l'avion survola la mer et, un peu plus tard, Klebenau qui, jusque-là, avait été assis avec Nora de l'autre côté de l'allée, se leva en disant :

– Smith et moi allons fumer un cigare au salon. J'aimerais que vous dormiez un peu maintenant.

Comme une enfant obéissante, elle appuya sa tête contre le dossier de son siège et ferma les yeux.

Klebenau fit signe à Ben de le suivre au salon, se servant de son parapluie comme d'une canne. Ben remarqua qu'après avoir refermé la porte derrière lui et s'être installé dans un fauteuil, le parapluie étroitement serré entre ses grosses cuisses, les mains jointes sur le pommeau du manche, il ne fit pas mine d'allumer un cigare. C'était la première fois qu'ils se retrouvaient seuls ensemble depuis qu'ils s'étaient quittés devant l'hôtel, la nuit précédente, et Klebenau ne lui avait encore rien dit de sa démarche auprès des Bambas-Quincy.

Lorsque Ben y fit allusion, Klebenau répondit :

– A quoi vous attendiez-vous ? Ils ont exprimé tous les sentiments de circonstance, l'incrédulité, l'offense et, pour finir, le déchirement ; mais au moins, Bambas-Quincy a montré des symptômes de honte évidents. C'est à lui et à sa mère que je me suis adressé. Quelle femme ! je vous jure, Smith, qu'une fois qu'elle eut compris l'échec de sa machination, elle s'est aussitôt mise à en échafauder une autre ; je pouvais le lire dans ses yeux.

– Ont-ils parlé d'Elissa ?

– Son père, oui. Il lui est assurément extrêmement

attaché. Il a dépensé un fortune pour faire venir des psychiatres dont elle n'a pas voulu entendre parler, lui a offert tout ce qu'elle pouvait vouloir pour qu'elle parte plusieurs années en voyage avec sa mère, réaffirme sa vertu à tout moment. Il commet aussi l'erreur fort répandue de considérer que la virginité est en soi un joyau de grande valeur capable de racheter pratiquement toute faute. Cette notion est pour lui, comme pour Juana, une véritable obsession, quoiqu'il fasse preuve d'assez d'honnêteté pour reconnaître qu'un homme est en droit d'attendre certaines autres qualités de la femme qu'il choisit d'épouser. En ce qui vous concernait, c'était là la raison majeure de votre attitude et la cause de votre départ, lui ai-je expliqué en usant de toute ma diplomatie. Et maintenant que tout ceci est loin, Smith, puis-je vous demander comment vous envisagez l'avenir ?

– C'est difficile à dire. Une chose est certaine : j'ai tiré un trait sur mon travail, que les Industries Maritimes souhaitent me garder dans leurs effectifs ou pas. Je ne veux pas courir le risque d'être à nouveau utilisé de la sorte.

– Avez-vous une idée de ce que vous désirez faire maintenant ?

– Précisément pas. Je suis embêté, profondément inquiet. Je voudrais faire quelque chose d'envergure, quelque chose d'exaltant, mais quoi ? J'y ai beaucoup réfléchi, Klebenau, et je sais que je trouverai une réponse pourvu que je dispose d'un peu de temps, mais à présent, j'en suis au même point que vous : j'ai besoin d'argent pour tenir quelque temps et je suis complètement fauché ou presque.

– C'est très fâcheux, dit Klebenau en posant précautionneusement son parapluie sur ses genoux et en faisant glisser ses doigts sur l'étoffe. D'un autre côté, n'oublions pas que vous possédez dix pour cent de cet objet fort laid. Tout disgracieux et inutile qu'il soit (il ne vous protègerait même pas de la pluie parce que les baleines ont été enlevées), il n'en est pas moins le parapluie le plus précieux qui existe dans le monde entier. J'estimerais volontiers que votre petite part à elle seule vaut vingt à trente mille dollars. Dois-je vous expliquer pourquoi ?

Ce n'était pas nécessaire. Son visage était maintenant illuminé d'un sourire aussi radieux que le soleil levant.

– Vous avez le tableau ? s'exclama Ben. Le Gauguin ? Mais où et comment l'avez-vous eu ?

– D'abord, fermez la porte à clef.

– Mais ce n'est pas un compartiment privé.

– Eh bien, il va l'être pendant quelques minutes.

Ben ferma la porte à clef et regarda Klebenau d'un air accusateur.

– Est-ce que cet objet était en votre possession depuis le début ? M'avez-vous fait avaler une histoire à dormir debout en me racontant que vous le cherchiez ?

– Non. Il m'a été remis ce matin à cinq heures. Son propriétaire m'en a fait don. Cela ne vous dit rien ?

– A cinq heures ce matin ? Alors ce devait être Bambas-Quincy. C'était lui le propriétaire.

– Un coup pour rien, Smith. Réfléchissez bien et vous allez voir si la lumière ne se fait pas aussi soudainement en vous qu'elle s'est faite en moi.

Lorsque la lumière vint, Ben en retomba lourdement sur son siège.

– La *patrona*. La vieille dame. La très vieille dame. Mon Dieu, Klebenau, elle n'était quand même pas le modèle ?

Klebenau se pencha en avant avec excitation.

– C'est pourtant ce que je soupçonnais. J'avais de sérieuses raisons de le soupçonner depuis longtemps. Comment pouvait-il en être autrement alors qu'elle vouait aux hommes cette haine implacable ? Et ne venez pas me parler de l'ascension de la Grande Catherine ! Ce n'était rien en comparaison de ce qu'a fait cette femme. De la sale petite putain des lupanars de Colon à la *patrona* dans son château sur le Victorica. Et une *patrona* d'une moralité irréprochable. Oh, oui, l'essence même d'une moralité à vous glacer le sang. Pensez-y un peu. Non seulement elle avait ainsi rompu avec le passé, mais elle l'avait enterré si profondément que nul au monde, hier encore, n'en savait rien, pas même sa famille. Aujourd'hui, Nora, vous et moi le savons, mais c'est notre secret exclusif. Il ne doit jamais être révélé. Je m'y suis engagé de bonne foi et nous devons nous y tenir. Ne l'oubliez pas, Smith.

Oui, mais comment l'avez-vous démasquée ? Comment avez-vous réussi à la confondre ? Klebenau, d'une certaine façon, vous êtes aussi invraisemblable qu'elle.

– Oui. Mais il est aussi exact que j'ai passé la plus grande partie de ma vie à découvrir des trésors cachés et à négocier leur acquisition. Et j'ai souvent eu de la chance, quoique jamais autant que cette fois-ci. Ce qui n'empêche que la chance elle-même obéit à sa logique propre. Si son ambition de puissance n'avait pas poussé cette femme à s'élever jusqu'au sommet, je n'aurais jamais retrouvé sa trace ni celle du tableau. La piste que j'ai suivie de Colon à Buenos Aires était celle de son ambition. A chaque étape, la piste devenait de plus en plus clairement tracée, sa réussite plus brillante. Prostituée, courtisane, tenancière de son propre établissement, propriétaire de toute une chaîne de maisons. A Buenos Aires encore aujourd'hui, son nom est inséparable de la légende des bordels. Son véritable nom, bien sûr. Le nom mentionné dans la lettre de Laval et qui était celui sous lequel je la connaissais. Puis, soudain, plus aucune trace de ce nom, plus aucune trace de cette femme. Le seul fait connu était celui-ci : au début du siècle elle avait vendu tous ses biens qui représentaient une fortune immense et avait quitté la ville pour toujours. L'unique rumeur persistante à laquelle je pouvais me raccrocher prétendait qu'elle avait contracté une maladie incurable et s'était probablement retirée pour mourir en paix sur l'île peu hospitalière de Santo Stefano. C'est ce qui m'a conduit ici. Evidemment, jamais je n'aurais imaginé que cette femme fût encore en vie, mais je savais que si la rumeur était fondée, j'avais une chance de retrouver ses héritiers. Une femme aussi immensément riche ne pouvait pas disparaître de la face du monde sans laisser quelque trace. Il me faut pourtant reconnaître que tel semblait bien être le cas jusqu'au jour où j'entendis parler pour la première fois de *la reina,* la reine sans couronne de l'île. Presque immédiatement j'eus l'intuition qu'il se pouvait fort bien qu'elle fût celle-là même dont je suivais la trace, et plus j'entendais parler d'elle, plus mon hypothèse m'obsédait. Néanmoins je ne pouvais agir qu'à coup sûr sans quoi toute l'affaire tombait à l'eau. Si elle n'était pas la femme que je cherchais, elle ne pourrait pas me donner le tableau et, bien pire, tout le monde connaîtrait alors la raison de ma présence dans l'île. Le vrai propriétaire de la toile en saurait la valeur réelle, et jamais je ne pourrais payer le prix qu'il en demanderait. Finalement, ce fut Juana qui me fournit la preuve dont j'avais besoin pour me permettre d'agir.

– Comment cela ?

– Pauvre Juana ! Elle semble n'avoir d'autre fonction dans la vie que d'aider les gens à suivre le bon chemin pour de mauvaises raisons. Dès qu'elle m'eut révélé le complot ourdi par la vieille dame contre vous, mes recherches étaient terminées. Il n'y a rien de surprenant à cela. Faites travailler votre matière grise, Smith. Ne voyez-vous pas que la *patrona* projetait pour sa petite fille exactement ce qu'elle avait accompli elle-même ? Une femme de mauvaise réputation ne rencontre pas de problèmes si elle est suffisamment riche. Elle achète un époux respectable, va s'installer avec lui dans un pays lointain et s'octroie une nouvelle identité qui lui confère une moralité toute neuve. Ne pouvez-vous pas imaginer le raisonnement de la vieille dame ? Si cela a réussi pour moi, s'est-elle dit, cela réussira également pour ma petite-fille à la conduite si gênante. Ainsi soit-il. Et il n'est pas impossible qu'elle y parvienne. Elle a assez de volonté pour cela.

– A vous entendre on dirait presque que vous l'admirez.

– Eh bien, mes sentiments sont ambivalents. Après tout, Smith, elle a servi de modèle pour ce tableau. Voyez-vous ce que cela signifie ? Elle a connu Gauguin. Elle a passé des heures avec lui, parlé avec lui, couché avec lui. Il était pour elle un être de chair et de sang, cet homme sublime. Dieu merci, la mémoire est ce qu'elle est. Quand on atteint son âge, la journée de la veille peut paraître quelque peu confuse, mais les souvenirs ayant trait à l'adolescence restent remarquablement clairs. Oui, elle se souvenait de lui et m'a raconté tout ce que sa mémoire avait retenu. Seul avec elle dans sa chambre, à l'aube, je l'ai écoutée parler de Paul Gauguin, elle qui l'a tenu dans ses bras. *Machote,* m'a-t-elle dit. Très viril, un homme, un vrai. Et cruel parfois, comme savent l'être les hommes. Il la harcelait, lui disait combien elle était laide, comment il allait essayer de l'embellir en la peignant pour que les gens ne s'esclaffent pas en voyant le résultat. Le tableau lui-même est splendide. Il a besoin d'un bon nettoyage, mais sous la saleté on voit qu'il s'agit d'un chef-d'œuvre d'une exceptionnelle importance. Bien évidemment, il n'était ni encadré, ni visible. Elle le gardait dans sa chambre, dans une malle fermée à clef, et c'était, à ce qu'elle a dit, le seul lien qui pouvait révéler son passé. Elle avait parfois songé à le détruire mais n'avait jamais pu s'y résoudre. Rien que pour cela, elle gagnera peut-être sa place au ciel. Et voulez-vous savoir quelque chose ? Je crois qu'elle a beaucoup influencé Gauguin. En Bretagne, un an après avoir quitté Panama, il a peint le tableau de Jacob luttant avec l'ange : le connaissez-vous bien ?

– Seulement à partir de reproductions, répondit Ben en secouant la tête. C'est celui dans lequel des femmes en habit breton assistent à la lutte ?

– Oui, et je jurerais que la *patrona* y figure. Il a dû garder d'elle une image très précise parce que je la retrouve en bas dans le coin gauche et qu'il s'agit en fait du personnage le plus frappant du tableau tout entier. On ne peut s'y tromper bien qu'elle soit représentée de profil alors qu'elle l'est de face sur le portrait. C'est bien elle, ce petit animal rapace aux formes généreuses et aux lèvres pleines, perdu au milieu de ces grandes bretonnes de femmes toutes en os : on dirait une créature échappée à quelque rituel sauvage pour venir assister à un cérémonial puritain. Son caractère tout entier est inscrit dans ce visage calculateur. Quel âge avait-elle quand Gauguin l'a rencontrée ? Seize ans ? Dix-sept ans ? Mais déjà à cette époque elle savait ce qu'elle attendait de la vie et comment l'obtenir. Il y a deux ou trois siècles, elle aurait pu devenir la puissance occulte cachée derrière un trône de roi. Vous ne pouvez pas m'en vouloir d'avoir des sentiments partagés vis-à-vis d'elle.

– Non, admit Ben, tant que vous n'essayez pas de me faire partager ceux qui lui sont le plus favorables. Comment avez-vous réussi à vous faire remettre le tableau ?

– En me livrant à un petit chantage de bon ton. J'avais sur moi le dossier complet de sa carrière professionnelle depuis Colon jusqu'à Buenos Aires. C'est en échange de la destruction de ce dossier et de ma promesse d'en effacer le contenu de ma mémoire que le tableau m'a été donné. Et quelle vieille hypocrite roublarde elle fait ! Malgré le choc que ma révélation a dû être pour elle, elle a quand même réussi à me signaler avec beaucoup de sang-froid que de révéler publiquement son secret pourrait entraîner le renversement du régime politique de son pays et en placer les ruines sanglantes entre les mains des fous furieux de la gauche. C'est de nos jours un argument assez répandu, mais je doute qu'il ait jamais été mis à contribution dans des circonstances comparables. Bien sûr, je n'ai pas hésité un seul instant à abonder dans son sens. Je ne fais pas partie de ces gens dont le destin est de renverser des gouvernements, et quand je pense à ce qui pourrait arriver à cette statue d'Ajaxa si les iconoclastes venaient à prendre le pouvoir, cela ne me remplit pas de joie.

N'ayez crainte, dit Ben. Ajaxa survivra. Regardez à

quoi votre Gauguin a survécu.

– Notre Gauguin. N'oubliez pas que vous êtes associé dans cette affaire. Et vous devrez reconnaître que, jusqu'à présent, il s'agit d'une association remarquablement réussie. Ce qui m'maène à vous demander, Smith, si cela vous intéresserait de la mener plus avant ?

– Comment cela ?

– Je vais rouvrir ma galerie de Manhattan et également créer une succursale dans une partie du monde où ils adoptent une attitude civilisée à l'égard des impôts. Probablement à Zurich ou à Genève. Tout cela demande du temps, naturellement, et en attendant je pourrais vous apprendre les rudiments du métier. Puis, quand nous serons devenus opérationnels, Nora et vous pourriez prendre New York en charge tandis que je serais à l'étranger. Nous ne pouvons pas ne pas réussir. Pour l'ouverture de la galerie, nous exposerons tout simplement le Gauguin pour la première fois. Ainsi bénéficierons-nous d'une publicité énorme à la une des journaux du monde entier. Pouvez-vous vous représenter la ruée qui s'ensuivra ? Attendez d'être pris en plein milieu, Smith, et vous en serez le témoin privilégié. Vous trouverez cela infiniment plus gratifiant que de vous livrer à des statistiques sur la vente des poissons surgelés. Croyez-moi, une œuvre d'art n'a rien de figé dans la glace, elle.

– Mais je ne suis qu'un amateur dans ce domaine. Je n'y connais pratiquement rien !

– Cet aveu à lui seul vous rend irremplaçable. Les deux qualifications essentielles pour se lancer dans ce métier sont une ignorance sans préjugés et la sincérité de ne pas essayer de s'en cacher. Dès lors, vous êtes prêt à apprendre et je suis prêt à enseigner. Et qui plus est, nous disposons du temps nécessaire pour nous en acquitter. La mort de David est l'événement qui doit d'abord retenir toute notre attention. Quelle que soit mon adoration pour Gauguin, il est hors de question qu'il prive David de la gloire qui lui revient. Ceci mis à part, le seul problème pour vous est de savoir comment vous allez faire pour vous en tirer financièrement pendant les quelques mois à venir. Une fois annoncée la découverte du Gauguin, l'argent ne constituera plus un problème, mais d'ici là nous allons être réduits à la portion congrue.

– Je dois pouvoir m'arranger si c'est nécessaire, répondit Ben. Mais travailler avec vous dans une galerie n'est pas du tout ce que j'avais dans l'idée de faire.

– Vous ne travaillerez pas qu'avec moi. Nora fera également partie de l'équipe. Une fille merveilleuse, Smith. Mieux vous la connaîtrez...

Malgré lui, Ben ne put s'empêcher d'éclater de rire.

– Klebenau, seriez-vous en train de jouer les marieurs ? Soyez donc raisonnable. Il n'y a pas encore une semaine que Chapin est mort. Le moment n'est guère choisi de me proposer sa veuve.

– Ne soyez pas aussi affreusement vieux-jeu, Smith. Nora et vous ferez un couple splendide et c'est le bon sens même qui me fait dire qu'une telle union ne doit pas être laissée à la merci du hasard. Il y va de son intérêt à elle aussi bien que du vôtre. Traverser une expérience tumultueuse comme celle qu'elle a vécue avec David est quelque chose d'épuisant et elle a besoin d'autre chose maintenant. Un foyer stable, des enfants : elle a toujours voulu avoir des enfants mais n'en a jamais eu car elle pensait que David réclamait son attention sans partage. Elle a bien mérité de connaître tout cela maintenant. Et ce n'est pas parce que vous êtes le genre d'homme capable de le lui apporter que cela vous rend moins *machote* pour autant.

Ben ne se sentait plus du tout enclin au rire.

– Merci du compliment. Et de l'offre. Mais je ne l'accepte pas.

– Vous ne l'acceptez pas ? C'est impossible. L'art est devenu un marché très prospère où l'on peut faire fortune. Et on en retire maintes satisfactions morales, à l'inverse de ce que vous avez fait jusqu'à maintenant.

– Non, dit Ben. Je me contenterai de ce que vous me

devez, rien de plus.

– J'avais l'impression qu'il existait entre nous un lien plus fort qu'une simple dette, Smith. Quelque chose qui était peut-être assez proche de l'amitié.

– Vraiment ? Mais quel genre d'amitié pourrions-nous partager, Klebenau ? Je ne suis pas David Chapin. A vous en croire, je ne suis que le terne fleuron d'une humanité suburbaine. Un personnage conventionnel dépourvu d'imagination. Un compagnon de bonne composition avec lequel Nora pourra partager les suites paisibles d'une existence jusque-là passionnante et agitée.

– Ah, alors c'est pour cela ! Mais vous vous méprenez sur le sens de mes paroles, Smith. Vous me prêtez des intentions que je n'ai pas.

– Non, je ne fais que reprendre la façon dont vous me voyez. Le pire est que vous avez peut-être raison. Peut-être. Mais peut-être y a-t-il enfoui profondément en moi quelque chose qui attend de se libérer, et peut-être est-ce précisément le moment de découvrir ce quelque chose et de lui laisser libre cours. Qu'est-ce qui me dénierait le droit de partir pour les mers du sud et de m'essayer moi aussi à la peinture, comme Gauguin ? Ou, aux côtés de Tito Aguilar, de participer à la guerilla ? Qu'est-ce qui me rend si différent d'eux ?

– Une chose, répondit Klebenau. Si vous aviez pu vous entendre parler à l'instant, vous le sauriez. Il n'y avait dans vos paroles ni conviction, ni fureur, ni passion véritable. Rien que de la colère devant l'injustice de la vie qui ne vous a pas octroyé les mêmes dons qu'à eux. Et c'est une colère fort louable, profondément justifiée parce qu'elle démontre que vous éprouvez de l'envie pour la seule et unique chose au monde qui soit réellement enviable. Ce sentiment ne m'est pas inconnu, Smith. Il m'arrive encore d'en souffrir bien que cela ne se produise plus aussi souvent que dans ma jeunesse. Dans votre cas, là, vous en souffrez comme d'une sorte de maladie insulaire. J'ai appris il y a bien longtemps que de passer ne serait-ce que quelques semaines sur une petite île, et en particulier sous les tropiques, provoque une catharsis émotionnelle. C'est comme de se retrouver enfermé dans une petite pièce au milieu d'une foule d'inconnus. On ne peut ni leur échapper ni s'échapper à soi-même. En se frottant les uns aux autres se trouve accumulée une puissante charge d'électricité. La vue que l'on se fait du monde extérieur passe de l'impressionnisme apaisant à l'expressionnisme déchirant. Tous les sentiments sont exacerbés. Même le touriste le plus épais peut expérimenter ces symptômes. Et je suppose que, pour quelqu'un comme vous qui n'êtes pas épais et qui avez vécu intensément au cours de ces dernières semaines, c'était inévitable. Mais la fièvre insulaire ne dure pas très longtemps, Smith, alors ne prenez aucune décision sous son emprise. Le continent a sa propre magie qui donne des résultats rapides. La charge d'électricité décroît, la perspective réapparaît, les sentiments redeviennent mesurés. Vous vous en rendrez bientôt compte. Attendons donc ce moment-là pour rediscuter de ma proposition. En ce moment précis nous n'avons au propre comme au figuré, pas suffisamment les pieds sur terre. Dès que nous aurons repris contact avec le sol, nous pourrons envisager l'avenir de manière beaucoup plus judicieuse.

– Et j'avais, moi, le sentiment que je l'envisageais en ce moment de manière tout à fait judicieuse. Mon problème n'a rien à voir avec votre fièvre insulaire, Klebenau. Il consiste à essayer de franchir cet écran de condescendance qui vous entoure.

– Oui, répondit Klebenau d'un ton égal, je comprends vos sentiments. Néanmoins, quelle que soit votre décision future, il vous faudra prolonger notre association pendant au moins une semaine de plus. Je ne prends pas l'avion qui va directement de Lima à New York. Puisqu'il faut trouver une provenance à notre Gauguin, je vais d'abord passer par Colon pour arranger cela. J'y connais plusieurs boutiques minables vendant toutes sortes d'objets bizarres parmi lesquels des tableaux sans valeur. Je vais aller en acheter un, si possible un portrait de jeune femme, afin de me trouver en possession d'un certificat de vente.

– Je vois. Vous détruirez alors le tableau sans valeur et ce sera le Gauguin que vous aurez acheté à Colon. Très joli, pour autant que le marchand ne se suicide pas quand il apprendra qu'il a apparemment vendu un Gauguin pour dix dollars.

– Cinq dollars, spécifia Klebenau. Et la mort du marchand ne représentera pas une grande perte pour l'humanité. Pendant ce temps, Nora et vous rentrerez aux Etats-Unis avec le Gauguin que je vous confie jusqu'à mon arivée. Bien évidemment pas un mot de l'affaire ne doit transpirer. En débarquant vous allez trouver la gent journalistique en émoi car ils ont assurément appris la mort de David à présent, et il vous faudra faire preuve de beaucoup de prudence pour ne pas laisser échapper une allusion au Gauguin au cours des interviews.

– Des interviews ?

– Ne vous inquiétez pas. J'ai déjà expliqué à Nora ce qu'il conviendra de dire à ce moment-là. Elle vous expliquera tout cela avant votre arrivée à New York. (Klebenau tendit le parapluie à Ben). Maintenant, vous devez défendre ceci au péril de votre vie. Ne le lâchez jamais, pas même une seconde. Mais ne le tenez pas ainsi, pour l'amour de Dieu. Tenez-le par le manche.

Tout en gardant un œil inquiet sur le parapluie, Klebenau ouvrit la porte du salon.

– Je vais fumer mon cigare à présent, dit-il, et vous devriez aller rejoindre Nora. Un changement de compagnie lui fera du bien. Elle a déjà entendu plus de cinquante fois tout ce que je peux avoir à dire.

Il demeura dans le salon tandis que Ben suivait l'allée séparant les sièges et prenait place à côté de Nora. Elle avait les yeux fermés, la tête appuyée en arrière contre le dossier de son siège, et ses jambes étaient repliées sous elle. Ses chaussures gisaient par terre et, considérant à quel point elle les détestait, Ben se demanda si ses très hauts talons aiguilles venaient de son propre choix ou s'ils trahissaient un fétichisme quelconque de la part de Chapin.

En la contemplant, il se sentit envahi de pitié pour le peintre. En aucun cas un homme qui possédait une telle femme à ses côtés et autant de talent dans les mains n'aurait dû achever sa vie aussi soudainement dans un pareil abîme de futilité. Mais à un endroit ou à un autre, Chapin avait pris la mauvaise direction. Il avait coupé toute possibilité de communication avec le réel et s'en était allé à la poursuite d'une chimère qui l'avait immanquablement conduit à une mort inutile. Selon sa propre définition, l'artiste absolu était un homme capable de se tourner face au soleil, de fermer les yeux et de se laisser gagner par l'extase née des couleurs et des formes nageant dans son champ visuel aveugle. Etait-ce là ce qu'avait fait Chapin, lorsque, accroché à la traverse de la potence, il avait levé son regard vers le soleil pour la dernière fois ?

Nora remua. Pendant qu'elle ouvrait les yeux, Ben repensa à la façon dont Klebenau lui avait ordonné de dormir et à celle dont elle avait obéi à son ordre. En dépit de toute cette indépendance qui, aux dires maintes fois répétés de Klebenau, était la sienne, en dépit aussi de la dépendance de Chapin vis-à-vis d'elle, une chose était claire : son mariage n'avait survécu, dans les faits, que parce qu'elle avait épousé deux hommes. Chapin avait prodigué sa virilité notoire, Klebenau tout le reste. Pouvait-ce être là ce qui inquiétait maintenant Klebenau, ce savoir qu'un époux doit servir de père et de frère à sa femme en même temps que de partenaire, et la crainte qu'une fois qu'il ne serait plus là il n'y aurait plus personne pour remplir ces rôles auprès de Nora ? Etait-ce cela qu'il avait essayé de lui dire ? Qu'un homme qui parvient à s'en acquitter vraiment n'en devient pas pour autant moins viril, mais, peut-être, un peu plus ? En ce cas, il n'y avait plus grande offense à avoir été aussi arbitrairement désigné pour tenir lieu de futur prétendant.

Elle tourna la tête et considéra Ben d'un air un peu perdu.

– Oh, c'est vous. Je m'attendais à voir Max. Je suppose que j'ai dû m'assoupir.

– Peut-être pouvez-vous dormir encore : c'est la meilleure façon de faire passer le temps pendant les voyages en avion.

– J'aime autant pas, dit-elle en frissonnant. Ça ne me servira qu'à faire une fois de plus l'un de ces affreux cauchemars. Et quand je me réveille, ce n'est guère mieux que dans mes rêves.

Elle se mit à pleurer doucement tout en hochant la tête comme pour s'en excuser.

– Ne faites pas attention à moi, je vous en prie. C'est plus fort que moi. Je n'arrive pas à me faire à l'idée que David n'est plus là. Il me faudra du temps, je suppose.

– Préférez-vous que je m'éloigne ?

– Oh, non. Quand je suis seule, je retourne sans arrêt les mêmes idées dans ma tête et je ne veux plus y penser. Nous pouvons parler d'autre chose. Peu importe de quoi. Ce qui vous convient le mieux.

Cela rappela à Ben le remède utilisé contre les maux de tête dans l'Egypte ancienne : il fallait faire trois fois le tour du temple à la course sans penser à un renard. Il fouilla désespérément dans sa tête à la recherche d'un sujet de conversation qui fût sans danger, mais ne parvint à rien trouver qui, d'une façon ou d'une autre, ne se rapportât à David Chapin. Ce fut Nora qui eut pitié de lui et rompit ce pénible silence en lui demandant sur un ton indifférent :

– Max vous a-t-il parlé de son idée d'association ?

– Oui, répondit Ben avec soulagement.

– Cela me fait plaisir. Ce sera une excellente association. Il a besoin de quelqu'un comme vous.

– Vraiment ?

– Oui, grand besoin. Vous verrez quand nous organiserons la rétrospective consacrée à David. Cela signifie qu'il faudra parvenir à se faire prêter les meilleures de ses œuvres par les musées et les collectionneurs. Il est difficile d'y parvenir quand on ne possède qu'une modeste galerie. Max n'a aucune diplomatie, ce qui ne rend pas les choses plus faciles. Il faut savoir se montrer diplomate lorsqu'on va à droite et à gauche pour demander une faveur. Je m'en suis chargée parfois, mais je ne suis pas assez persuasive. Vous seriez parfait dans ce rôle. (Elle se détourna pour regarder par le hublot). Nous ne devons plus être bien loin de Lima, n'est-ce pas ?

– Non, plus très loin.

Ces quelques mots échangés semblaient l'avoir calmée et ils restèrent côte à côte sans plus éprouver le besoin de parler : Nora regardait par la fenêtre tandis que Ben était plongé dans ses pensées. Parfait dans ce rôle. Il se voyait s'adresser à une douairière en usant de finesse, enjôler un conservateur de musée pour l'amener à ses vues. Acheter, vendre, marchander des œuvres d'art.

Après tout, pourquoi pas ? Il fallait bien que quelqu'un le fasse et, s'il en croyait Klebenau, le suprême raffinement auquel il pouvait prétendre ne se pouvait atteindre qu'en œuvrant au service de ces saints doués de créativité. Connaissant Klebenau, il valait mieux y réfléchir à deux fois avant de contester ses assertions les plus délirantes.

Voilà ce qu'au fond de lui-même se disait l'un des deux Ben Smith. Et l'autre Ben Smith, lui ? La peau bronzée par le soleil, la musculature exposée aux yeux de tous, il s'avance dans l'arène, le cou ceint par la corde qui vient se lover ensuite autour de son bras tendu. Le tonnerre d'applaudissements qui monte de la foule derrière lui roule sur le Victorica comme une tempête qui en ferait ployer les hautes herbes. A pas mesurés il marche à la potence. Passé dans l'*antia,* le couteau offre à chaque pas la caresse rassurante contre sa cuisse. Maintenant il est sourd au tumulte de la foule, aveugle à tout ce qui n'est pas la potence qui l'attend. *Solitario.* Seul au monde. Pablo Huanu Blanco : vingt secondes. Ben Smith...

– Regardez, lui dit Nora.

Et lorsqu'il regarda par le hublot, il vit en-dessous d'eux un mur de montagnes énormes et comprit qu'il s'agissait des Andes, le continent retrouvé.

ACHEVÉ D'IMPRIMER
SUR LES PRESSES DE
L'IMPRIMERIE TARDY QUERCY
A CAHORS (LOT)

Imprimé en France
N° d'Impression : 6706
Dépôt légal : octobre 1986